아버지의 나라는 없었다

아버지의 나라는 없었다

박명아 지음

다락방

차 례

펼치며 • 7

수해 • 12

양세봉 장군 • 34

아버지와 김원봉 • 50

반민특위와 아버지 • 104

1967년 여름 • 120

우이동 • 147

불행한 인연들 • 157

초등학교 입학 • 178

문제아 • 192

언니들 • 207

개미와 베짱이 • 215

닮은 사람들 • 229

슬픈 노래 • 244

아버지의 눈물 • 261

만주군 • 281

마적단 부인 • 288

가마솥의 눈물 • 302

운명 • 313

타인들 • 326

한빛교회 • 340

전두환과 군사반란 • 351

서울의 봄 • 357

도피와 기만 • 368

현지처 • 388

접으며 • 408

추천사 • 413

펼
치
며

마침표를 찍지 못한 첫 책을 생각할 때마다 숙제를 마치지 못한 학생처럼 늘 불안하고 초조했다. 완성해야 한다는 강박증을 무거운 짐처럼 이고지고 살았다. 하지만 선뜻 용기를 낼 수 없었다. 첫 책을 쓰는 작업은 끔찍했다. 내가 살아온 시간으로 되돌아가 다시 살아내야 했다. 미리 알았더라면 불가능했을지도 모른다. 무지했기에 용감했고 가능했다. 그런 기억 때문에 또 다시 그 시간으로 되돌아간다는 것이 무서웠다. 하지만 살다보면 더는 물러설 수 없을 때가 온다. 내 삶이 나를 불러 세워 다시 쓰기를 명령한 것이기도 하지만, 인간을 역사의 도구로 삼는 시간이 원했기 때문이기도 하고 운명이기도 하다.

책을 쓴 가장 중요한 이유는 나보다 더 불행한 삶을 살다 간 아버지의 얘기를 쓰고 싶었다. 아버지를 이해하지 못한 무지에 대한 속죄

이기도 하다. 아버지에 대한 기억은 여러 가지로 내게 다가왔다. 부분적으로 생각나던 것들이 시간이 지날수록 퍼즐을 맞추듯 명확해졌다. 명확했던 것들이 시간이 지남에 따라 서서히 흐려지기도 했다. 어떤 부분은 끝끝내 기억해낼 수 없기도 했다. 글을 쓰는 내내 아버지가 내 기억 저장고의 문을 두드리길 기다리고 또 기다렸다. 내가 잊고 있었던 기억들을 되살려주길 간절히 염원했다. 내 염원이 이루어진 것도 있었고 끝내 이루어지지 않은 것도 있었다.

처음 책을 쓸 땐 나와 화해하고 세상 안으로 걸어 들어가는 용기를 냄으로써, 불운은 내 책으로 끝나게 될 줄 알았다. 그러나 이후 나에게 다가온 시간은 그것을 허락하지 않았다. 오히려 내가 쓴 책이 우스워지는 시간들을 살아내야 했다. 평범한 세상을 사는 사람들은 상상조차 하지 못할 만큼 끔찍하고 고통스러운 시간이었다. 나에게 일어날 일들을 미리 알았다면 과연 내가 그 시간들을 견디며 살 수 있었을까. 몰랐기 때문에 살았고 여기까지 왔다. 미래를 알 수 없어 미래를 꿈꿀 수 있었다.

오늘이란 시간 앞에서 난 언제나 겁을 집어먹은 어린아이였다. 살아보지 못한 오늘을 탐험하는 서투른 여행가였다. 내가 만난 초행길에서 길을 찾기 위해 고심하고 비틀거렸다. 휘청거리며 넘어졌다. 나의 여행이 너무 힘하거나 길에서 많이 벗어나지 않기를, 내 선택들이 어리석지 않기를 간절하게 바랐다.

불행하게도 나의 여행은 나의 간절함을 외면했다. 들어주지도 허락하지도 않았다. 최선이라고 내린 선택들과 배려가 최악이 됐다. 인간관계는 휘어지고 틀어졌다. 그것들은 시간 위에 얹힌 공간들을 촘

촘한 밀도로 메웠고, 그 무게에 휘청거리며 생채기를 냈다.

시간이 지나면 잊힐 수 있는 것들과 잊히지 않는 것들 사이에서 난 늘 불안하게 서성거려야 했다. 잊고 싶어하는 내 이성과 잊으려 하지 않는 내 감성은 늘 충돌했다. 지금도 현재 진행형이다.

내가 유일하게 잘한 일은 내 아이들의 엄마가 된 일이다. 여기까지 나를 끌고 온 것은 아이들이었다. 아이들은 그들의 의지와 무관하게 내 삶의 반경 안으로 끌려 들어왔다. 엄마의 불행을 보고 자랐다. 그런 면에서 나의 아이들은 불운했다. 표현은 안 했지만 항상 가슴에 무거운 돌을 얹어놓은 듯 답답하고 깊은 죄의식에 시달리며 살았다.

그럴수록 아이들이 맞닥뜨릴 세상에서 상처가 덜 나도록 강하고 엄격하게 키웠다. 그것이 내가 아이들에게 해줄 수 있는 최선이라고 생각했다. 얼마나 어리석은 생각인가. 난 그들에게 닥칠 상처만 생각하느라 사랑하는 시간들을 놓쳐버렸다.

나의 죄의식은 나의 아이들이 자신의 권리를 행사할 수 있는 국적을 찾아주고 나서 조금 덜어졌다. 하지만 그렇게 된 것은 그들이 성장한 후였다. 오랜 시간 동안 내 아이들은 나의 불행을 그들의 불행으로 받아들이며 어른이 됐다.

그럼에도 불구하고 아이들은 한 번도 그들의 불운에 대해 투덜거리거나 원망한 적이 없다. 묵묵히 태어나게 해줘서 고맙다는 말로 나를 위로했다. 바보 같은 엄마이지만 존경한다며 나에게 살아갈 용기를 주었다. 부족하고 미련한 엄마의 곁을 지켜주며 올곧고 반듯하게 자라주었다. 나의 아이들은 나보다 훨씬 강하고 용감했다.

살면서 많은 인연들을 만났다. 내내 좋은 인연들과 무덤덤한 인연들. 그 순간은 무덤덤했지만 시간이 지날수록 애틋해지는 인연들. 그땐 애틋했지만 시간이 지나고 보면 끔찍해 진저리치는 인연들도 있었다. 그리고 아예 만나지 않았으면 더 좋았을 인연들도 있었다. 불운하게도 나의 인연들은 전자보다 후자의 인연들이 더 많이 주어졌다. 때로 운명이었다고 스스로를 위로했다. 운명으로 돌리는 일들이 많을수록 쓸쓸하고 허망해졌다. 하지만 운명이란 말처럼 나를 빠르게 단념시키고 체념시키는 존재도 없었다.

내 주위의 모든 사람이 나에게 상처만 준 것은 아니다. 변함없이 나를 이해하고 도움을 주신 분들도 많다. 가장 도움을 많이 받은 사람은 당연히 나의 아이들 아빠이다. 그리고 문창과 재학 시절 내내 용기를 주시고 격려하며 대학원 논문의 지도교수가 되어주신 김성렬 교수님. 내가 틈틈이 쓴 수필들을 모아 책으로 내보기를 권유하며 격려해주신, 지금은 고인이 되신 신영복 선생님.

마지막으로 바쁜 와중에도 나의 부족한 논문을 심사해주신 이병찬, 이병헌 교수님과 라캉의 세계로 첫발을 떼게 만들어주신 임명숙 교수님. 특히 이병찬 교수님은 나의 감수 부탁에 흔쾌히 응하시어 교정까지 꼼꼼하게 봐주셨다.

그 외에도 내 삶의 무수한 편린의 시간들 사이에서 만난, 나를 이해하고 용기를 주신 많은 분들이 있다. 그분들에게 항상 고마운 마음을 가지고 있다.

부족한 글을 수정하는 동안 묵묵히 기다려준 출판사 분들께도 고맙다는 말을 전하고 싶다.

수
해

하루 종일 빗발이 가늘어진 듯하다가 굵어지기를 반복했다. 불안한 마음으로 빗줄기에 시선을 고정했다. 예전에 겪었던 악몽 같던 수해들이 떠올랐다. 처음 겪은 수해는 양주에 집을 짓고 들어오던 해였다. 포장한 길과 지하수를 퍼 올리던 모터 등이 다 떠내려가고 집만 남았다. 그 다음 겪은 수해는 옆집이 새로 집을 짓고 들어오던 해였다. 그 집 또한 우리 집보다 더하면 더했지 결코 덜하지 않았다. 길은 물론 창고로 쓰던 컨테이너까지 떠내려가는 피해를 입었다.

집 앞 개울물이 길을 덮친 건 오래 전이었다. 거대한 물길이 된 길 위로 정자가 둥둥 떠내려가고 있었다. 창문으로 바라보다 같이 지켜보던 아들에게 물었다.

"저거 실화지?"

"그런 거 같은데……."

아들도 놀란 듯 정확한 대답을 하지 못했다.

밤이 되자 빗발은 더 세차지고 굵어졌다. 전봇대가 쓰러져 전기선과 전화선이 끊긴 것은 한참 전이었다. 천둥소리와 함께 천지가 떠나갈 듯 우당탕탕 시끄러운 소리가 났다. 깜깜한 어둠 속에서 불안에 떨던 아들의 목소리가 밝아졌다.

"엄마! 우리를 구하려고 헬기가 떴나봐!"

칠흑같이 어두운 밤에 휘몰아치는 빗줄기 속에서 우리를 위해 헬기가 뜰 리 만무했다. 아들의 희망을 꺾을 수 없어 침묵했다.

"엄마, 우리 대피해야 하는 거 아니야?"

헬기가 아닌 것을 알아챈 아들의 말이었다.

"어디로? 이 비를 맞으며 산 위로?"

"그렇게라도 피해야지."

아들의 대답이 시무룩했다.

"휴대전화 있지? 119에 전화해 봐."

"배터리가 없어 전화가 안 돼."

아들의 목소리가 흔들렸다.

"아들, 이럴 때는 그냥 가만히 있는 게 사는 길이야. 섣불리 집을 나섰다가 이런 비에 산에서 갑자기 쏟아지는 물이라도 만나면 어쩌겠니? 그땐 정말 대책이 없게 돼. 지금 우리가 할 수 있는 건 아무것도 없어. 걱정한다고 달라질 것도 없고, 인명은 재천이야. 어차피 죽을 운명이면 길을 가다가도 차가 인도로 돌진해 죽고, 살 운명이면 비행기에서 떨어져도 살아. 그러니 걱정하지 말고 잠이나 자자."

아들은 할 말을 잊은 듯 내 얼굴을 쳐다봤다. 아들이 그런 표정으로 내 얼굴을 본 것은 두 번째였다. 어느 날 아들이 "엄마 글 쓰는 사람 맞아?"라고 물었던 바로 그 얼굴이었다. 기억이 나지 않지만 감수성이나 감정이 배제된 내 행동이나 말이 지금처럼 아들을 기함시켰으리라.

날이 새자 비는 그쳐있었다. 눈을 뜨니 아들이 보이지 않았다. 밖의 사정이 궁금해 나간 것 같았다. 조금 후 아들이 집으로 들어섰다. 목소리가 공중에 떴다.

"엄마, 집채만큼 큰 돌들이 다 굴러 내려왔어!"

나와 달리 아들은 한 숨도 자지 못한 듯 했다.

"그럼 네가 들은 헬기 소리가 돌들이 굴러 내려오며 지르는 비명 소리였나 보다."

내 말에 아들은 놀라는 표정을 걷어 들이지 못하고 고개를 끄덕거렸다.

"그랬나봐. 우리가 집을 짓고 들어올 때도 그랬고, 아랫집이 들어올 때도 그랬는데……. 자연이 자기를 다치게 해서 화가 많이 났나봐."

"어, 우리 아들 대단한데! 그런 걸 다 생각하고!"

일부러 목소리를 밝게 내며 아들의 어깨를 쳤다.

"엄마, 지금 그런 말을 할 때가 아니야. 전기도 나가고 배터리도 충전이 안 돼. 전화도 안 되고 물도 안 나오고 길마저 끊기고 우리는 고립됐어. 문명인으로 우리가 할 수 있는 건 없어. 원시시대로 돌아간 거야. 우린 원시이이 된 거라구."

"괜찮아, 아들. 죽지 않고 살았잖아. 게다가 집도 남았고. 이런 일이 한두 번이니? 덕분에 개울물까지 불어 물도 마음대로 쓰고 밥도 할 수 있잖아. 얼마나 다행이니."

그게 뭔 대수냐는 내 말에 아들은 어처구니가 없다는 듯 나를 쳐다봤다.

"화장실은? 샤워는?"

"화장실은 삽 들고 산에 가서 볼일 보고 샤워는 개울에서 해."

"뭐라고 개울에서? 이렇게 찬물에서?"

한 술 더 뜨는 내 말에 아들은 벌린 입을 다물지 못했다.

"여름이니까 괜찮아. 옛날에는 다 개울에서 씻었어."

천연덕스러운 내 말에 아들은 울상이 돼 있었다.

"누가 보면 어떡해!"

"보긴 누가 보겠니? 길이 끊겼는데 누가 오겠어? 설혹 사람이 와도 홀딱 벗은 네 모습을 보면 그쪽에서 민망해서 피할 거야."

아들은 말을 잇지 못하고 멍하니 내 얼굴을 쳐다봤다.

"또또 그런 얼굴로 나를 본다. 그만큼 살았음 이제 대충 엄마에 대한 파악이 끝나지 않았니. 도대체 넌 언제까지 나에게 놀랄 거니?"

처음에는 씻지 않던 아들도 끈적거림을 오래 견디지 못했다. 어느 날부터 개울에서 씻고 오는 눈치였다. '그것 봐라 몸부림쳐도 어차피 환경에 적응하게 돼 있어. 환경에 적응하지 않으면 살아갈 수 없는 거야.' 난 속으로 실실거리며 아들에게 물었다.

"거 봐? 처음에는 차가워도 점점 적응되잖아. 씻고 나니 개운하고 좋지?"

"응……."

마지못해 대답하는 아들의 볼이 부어있었다.

"그건 그렇고 전기가 나갔으니 냉장고의 음식이 큰일이다!"

"버려!"

아들은 자신보다 냉장고 음식을 더 걱정하는 나에게 불어터진 목소리를 냈다. 환경에 굴복한 무력감까지 섞였다.

"버리면 뭘 먹고 살아? 당장 길도 끊겨 사올 수도 없는데…….”
걱정하는 내 얼굴을 보고 아들의 얼굴이 수굿해졌다.
"엄마, 배낭을 메고 나랑 같이 바위들을 타고 내려가 볼까?”
방금전과 달리 모험을 앞둔 사람처럼 아들의 얼굴이 들떠 있었다.
"글쎄, 위험하지 않을까?”

그때 밖이 웅성웅성 소란스러웠다. 구조대원들이 로프를 어깨에 걸치고 올라오고 있었다.
"아니, 피하지도 않고 괜찮으셨어요?”
구조대원이 나와 아들을 보고 놀라며 물었다.
"네, 피할 수가 있어야죠. 길이 끊겼는데……, 아랫집들 어때요? 저수지가 넘쳤나요?”
"다행히 저수지는 10센티 남겨놓고 넘치지 않았어요. 그런데 전기가 끊겨 다들 피난갔어요. 마을이 텅 비었어요. 공사가 커서 시간이 걸리니 복구가 될 때까지 아주머니도 당분간 다른 데로 가 계셔야 할 것 같아요.”
"저희는 그냥 여기 있으려고요. 아들과 내려가서 먹을 거라도 사오려고 하는데 길이 괜찮을까요?”
"아이구! 저희도 여기 올라오는데 힘들었어요. 길이 전부 계곡으로 변해서 저희들도 겨우 올라왔어요. 집이 떠내려가지 않은 게 신기하네요. 내려가시려면 지금 저희들과 같이 내려가세요.”
"아니요. 저희들이 알아서 할게요.”
"정말 괜찮으시겠어요?”
"네, 괜찮아요.”
구급대원들은 걱정스런 눈빛을 남기고 내려갔다. 썩어나갈 냉장고의 음식들을 대충 버리고 정리한 뒤에 아들과 함께 배낭을 메고 집을 나섰다. 길들은 깊은 계곡이 돼 버렸다. 돌들을 타고 조심조심 내려가야 했다. 간신히 슈퍼에 도착했다. 바깥세상 소식을 알아야 했다. '나랏님이 바뀌었소' 할 수는 없지 않은가.

건전지로 쓰는 라디오를 찾았다. 불을 켤 초와 간단한 비상식량도 샀다. 돌아오는데 해가 지고 있었다. 해가 떨어지자 집은 암흑이었다. 컴퓨터나 휴대전화는 아무짝에도 쓸모가 없었다. 전기가 나간 깜깜한 집에서는 잠을 자는 것 외엔 할 수 있는 것이 아무 것도 없었다.

아들은 촛불을 켜고, 컴퓨터 대신 잠이 들 때까지 그림조각 맞추기를 했다. 화장실을 가야 할 땐 여전히 삽을 들고 산으로 올라가야 했다. 난 아예 먹는 것을 피했다.

"엄마, 우리 정말 원시인 같아."

삽을 들고 내려온 아들의 얼굴이 우울했다.

"그래도 아파트가 아닌 것이 어디니? 아파트였다고 생각해봐. 끔찍하지."

일부러 목소리를 밝게 하기 위해 톤을 높였다.

"아파트는 이런 수해를 안 겪지. 소외된 사람들과 도시와 멀어진 사람들이 수해를 겪는 거지. 부자들이 사는 동네가 수해를 입고 수재민이 됐다는 말 들어봤어?"

아들의 말이 백 번 맞았다. 하지만 엄마인 나까지 우울해 할 순 없었다.

"아들, 엄마는 힘들 때마다 이보다 더 나쁜 상황을 생각하며 견뎠어. 조금 구차스런 방법이긴 한데……. 음, 그러니까 아들이 지금 삽을 들고 산으로 올라가야 하잖아? 그런데 삽도 휴지도 없다고 생각해 봐? 그건 더 끔찍하지? 더구나 개울물이 없다고 생각해 봐? 상상하기조차 싫지? 그럴 때 내가 갖고 있는 것에 고마워하고 만족해봐. 견디기가 훨씬 수월해져. 행복해지기까지 해. 조금 불편하고 실망스런 상황이지만 절망은 하지 않게 되지."

"아이구! 엄마, 여기서 무슨 행복을 찾냐구요? 하긴 지금 내가 원시인이라고 생각한다면 엄마 말대로 행복하겠지. 집도 있어요, 삽도 있어요, 휴지도 있어요, 초도 있어요, 부싯돌 필요 없이 프로판가스로 밥도 해요, 게다가 라디오까지 있어요, 우리는 아주 재벌 원시인이에요."

아들의 말에 나는 웃음을 터트릴 수밖에 없었다. 아들도 같이 따라 웃어줬다. 아들과 서로 바라보며 물이 불어난 개울 앞에서 사이좋게 웃었다.

이런 경험들은 나에게 자연은 인간이 손을 대서는 안 된다는 것을 철저하게 학습시켰다. 하지만 원시인이 아닌 이상 집도 짓고 길을 내며 살아야하지 않겠는가. 피할 수 없는 일이라면 서로를 존중하고 배려하며 살 수밖에 없다. 과학이 발달해 기술을 개발하고 첨단시스템을 갖춰도 자연재해를 완벽히 피해갈 수는 없다. 달나라에 가고 인공위성을 쏘아 올려도, 21세기 최대 문명의 이기인 스마트폰조차 무용지물이 되지 않는가.

자연 앞에서 인간은 철저하게 무력했다. 사람은 그리 잘난 동물이 아니란 걸 깨닫게 해줬다. 다른 동물들보다는 다른, 생각하는 능력을 지닌, 자연에게는 영원한 을의 존재일 뿐.

엄마는 40년 전, 둘째 언니를 설득해 지금 내가 살고 있는 이곳의 대지와 밭을 구입했다. 어떻게 이 먼 곳까지 들어와 땅을 구입했는지

의아했다. 알고 보니 우이동에 있던 우리 집을 절로 쓰도록 잠시 세를 놓았다. 그때 주지스님이 이 땅을 소개했다고 한다.

지금은 마을 입구까지 아스팔트 포장이 돼 있지만 그때는 황톳길이었다. 게다가 의정부 시외버스터미널에서 한 시간에 한 번씩 오는 버스를 기다려야 하는 외진 곳이었다. 처음 땅을 구입한 엄마는 초가집이 있던 이곳과 서울을 오가며 농사를 지었다.

그러다 서울 생활이 바빠졌고 차츰 이곳으로 내려오는 일이 뜸해지기 시작했다. 사람의 훈기를 잃은 초가집은 무너졌다. 게다가 이곳을 산 둘째 언니의 가세마저 기울었다. 언니가 돈을 갚지 못하자 언니에게 돈을 준 사람들이 이 땅을 저당 잡았다. 엄마는 그 사실을 알고 몹시 안타까워하며 아쉬워했다. 시간들이 지나 세월이 흘러갔다.

내가 이 땅을 살 여유를 갖게 됐다. 엄마는 내게 이 땅을 찾을 것을 완강하게 고집했다. 엄마의 완강함은 절실했다. 땅을 다시 찾은 엄마는 원을 풀었다는 듯 한동안 버려졌던 이곳을 나와 함께 찾았다. 이곳으로 들어서며 엄마는 기뻐했다.

"땅이 나를 보고 반가워하는 것 같다."

그런데 우리 밭 한가운데로 떡하니 없던 길이 나 있는 게 아닌가.

"이, 이거 뭐지 엄마?"

놀라 묻는 내 말에 엄마도 정신이 없는 것 같았다.

"글쎄다, 이게 뭔 일이냐? 우선 길을 따라가 보자. 가보면 알겠지."

길을 따라 올라가보니 못 보던 산소들이 들어서 있었다. 우리 밭을 가로질러 산소로 바로 올라가는 길을 만든 것이다.

"엄마, 산소들이 들어서 있네. 그런데 왜 남의 밭에 함부로 길을 냈지?"

"그러게 말이다. 사람이 살지 않으니 그랬나보다. 우선 누가 그랬는지나 알아보자."

"누구에게 알아봐?"

"한두 개도 아니고 이리 큰 규모의 산소가 들어온 것을 보면, 동네 사람들은 알 것 아니냐?"

동네 사람들이 하는 말에 따르면 우리 집 위의 산소들은 최남선 종중의 선산이라고 했다. 상계동이 개발되면서 그곳에 있던 선산을 옮긴 것이라고 했다. 이곳에 묘 터를 잡을 때 종중의 일원인 장군(將軍)이 헬기를 타고 터를 둘러보았다는 말까지 곁들였다.

동네 사람들은 저수지 위로 선산이 들어온다는 사실을 알고 결사 반대했고 재판까지 갔다고도 했다. 하지만 무산시키는 데까지는 힘이 미치지 못했다고 애석해했다.

우리가 없었을 때 많은 일들이 일어난 것이다. 그간의 사정이야 그렇다고 하더라도 남의 밭에 허락도 받지 않고 길을 낸 것은 상식에 어긋난 일이었다. 어떻게 된 일인지 자초지종을 듣고 싶었다. 하지만 그들의 연락처를 알 수가 없었다. 어쩔 수 없이 '길이야 다시 덮으면 된다' 생각하고 지나갔다.

다시 이곳을 찾았을 때 성묘를 온 최남선 종중 사람들을 우연히 만나게 됐다.

"아, 이곳 땅 임자세요? 그렇지 않아도 찾으려고 했는데 이제야 만났네요! 값은 후하게 쳐드릴 테니 저희에게 파세요."

허락없이 길을 낸 것에 대해서는 한마디 말조차 없었다. 그들은 처음 선산을 살 때부터 우리 땅을 염두에 두고 있었던 것 같았다. 자기

네 선산 아래에 있는 유일한 대지가 바로 우리 땅이었다. 그것도 여러 해 산속에 버려져 있는 땅이었다. 값만 잘 쳐주면 팔 것이라고 쉽게 생각했을 것이다. 그러나 이곳에 집요할 정도로 애착을 가지고 있던 엄마에게는 씨도 안 먹히는 말이었다. '팔 땅이 아니라'고 한마디로 잘랐다.

그 후 형편이 어려웠던 동생과 결혼을 앞둔 조카가 살 집을 마련해야 했다. 이곳에 집을 지을 수밖에 없었다.
이곳은 군(軍) 작전지역이어서 집을 지으려면 군의 동의를 받아야 했다. 예전부터 있던 집은 허가를 받지 않아도 다시 지을 수 있었다. 하지만 예전에 있던 초가집은 흔적조차 찾을 수 없었다. 다시 집을 지으려면 어쩔 수 없이 군(軍)의 동의가 필요했지만 군(軍)에선 작전지역이라고 허가를 내주지 않았다.
새롭게 작전지역이 된 것이 아니다. 초가집이 있었을 때부터 작전지역이었다. 게다가 원래 집이 있던 대지에 다시 집을 짓는 것인데 왜 허가가 나지 않는지 이해할 수 없었다. 그 때 지인이 이곳 부대에 근무하는 대령을 알고 있다고 했다. 그에게 무슨 이유로 허가가 나지 않는지 알아봐 달라고 부탁했다. 돌아온 대답은 '그곳은 문제가 있는 땅이니 일체 개입할 생각조차 하지 말라'는 것이었다. 손사래를 치며 고개까지 흔들었다며 포기하라고 했다. 내 땅에 집을 짓겠다는데 왜 포기해야 하는지, 땅에 무슨 문제가 있어 손사래까지 치는 건지 의아했다.
결국 내가 직접 알아보기로 마음먹고 군대로 찾아가 담당자를 만났다. 대체 무슨 이유로 동의를 해주지 않느냐고 항의했다. 그러자 지금 그곳이 군 작전지역이라 동의해줄 수 없다고 했다.

갑자기 작전지역이 된 것도 아니고 더구나 대지인 사유지다. 초가집이 쓰러져 다시 짓겠다는데 왜 안 되냐고 따졌다. 그리고 군 작전도 국민의 생명과 재산을 지켜주기 위해 있는 것 아니냐? 그런데 국민의 재산인 사유지를 무단 점거하여 작전지역으로 쓰면서 집을 짓고 살 수도 없게 한다는 것이 말이 되는 소리냐? 그렇다면 군 부대 안에 천막이라도 치고 살아야겠다고 했다.

그러자 당시 집이 있었다는 근거가 되는 사진을 가지고 오라고 요구했다. 1970년대에 무슨 수로 초가집을 찍어두었겠냐는 생각을 했던 것 같다.

모든 식구가 앨범을 뒤지고 난리를 쳤다. 천만다행으로 초가집을 배경으로 찍은 사진 한 장을 겨우 찾아낼 수 있었고 사진을 들이밀었다. 더는 할 말이 없게 된 담당자는 할 수 없다는 듯 허가를 내주었다. 그 사진이 없었다면 엄연히 집이 있던 내 땅인데도 다시 집을 지을 수 없었을 것이다.

그러나 어려움은 거기서 끝난 것이 아니었다. 집 지을 땅을 고를 때 성묘를 마친 최남선 종중 사람들이 몰려 내려왔다. 그중에 가장 나이 많은 사람이 소리소리 지르며 악을 썼다.

"지금 뭐하는 거야! 누구 맘대로 어디다 집을 짓는 거야!"

내 땅에 내가 집을 짓는데 왜 악을 쓰는지 황당했다. 우리 땅에 짓는다고 했다. 그래도 계속 소리를 질러댔다.

"과연 제대로 된 곳에 집을 짓고 있는지 알아야겠어! 정확히 알아야겠어!"

마치 악을 쓰지 않으면 말을 할 수 없는 사람처럼 계속 소리를 질렀다.

"저희들 땅에다 짓는 겁니다. 측량도 했습니다."

그 말은 들리지도 않는 듯 나이든 사람은 지치지도 않고 목소리를 높이며 계속 악을 썼다.

"측량해! 우리도 제대로 정확하게 측량해!"

정 의심스러우면 자신들도 측량하면 되는 일이었다. 우리가 엉뚱한 곳에 짓는다는 것이 밝혀지면, 그때 따져야 하지 않는가. 그런데 왜 다짜고짜 소리부터 지르는지 어이가 없었다. 마치 자기 땅에 몰래 집을 짓는 도둑을 잡았다는 듯 기세가 등등했다. 오히려 소리를 지를 사람은 그들이 아니고 우리였다. 남의 밭에 허락도 받지 않고 멋대로 길을 낸 그들이다. 자신들이 행한 부당한 일은 생각지도 않고 펄펄 뛰며 악을 쓰는 그들의 행동에 어처구니가 없었다. 그렇게 펄펄 뛰더니 우리가 정당한 곳에 집을 짓고 있다는 걸 알았는지 그 후론 잠잠해졌다.

집을 짓고 얼마 되지 않아 아이들 아빠 몸이 아프기 시작했다. 요양을 위해 어쩔 수 없이 나까지 이곳으로 들어와야 했다. 마치 어제 일 같은데 20년이 흘렀다.

들어와 살아보니 가장 큰 문제는 길이었다. 지적도 상에 있는 우리 집으로 올라오는 길은 가파르고 험했다. 그래서 옛날부터 관습적으로 하천을 지나는 우회도로를 사용하고 있었다. 최남선 종중들이 선산을 매입하면서 우회도로의 초입 부분은 그들의 소유가 됐다. 하지만 초입을 지나 나오는 길은 내 땅이 들어가 있다. 종중 사람들이 선산을 가려면 내 땅이 들어간 길도, 내 집 앞마당도 밟아야 했다. 나 역시 그들 땅의 초입 부분을 지나야 집으로 올 수 있게 돼버렸다. 서로의 길이 뫼비우스 띠처럼 얽혀져 상부상조해야 하는 상황이 된 것이다.

 길보다 더 큰 문제는 길옆에 붙은 하천이다. 해마다 큰비가 내리면 하천을 끼고 집으로 올라오는 길은 어김없이 거대한 물길로 변했다. 거센 물살에 패이고 쓸려 흉물스러운 계곡이 돼버린다. 우리 집은 길이 끊어진 계곡 위에 달랑 얹힌 꼴이 된다. 전신주마저 쓰러져 전기가 나가면 전기로 쓰는 모든 것이 일시에 멈추었다. 냉장고가 멈춰 음식이 썩어나가고, 지하수를 끌어 올리는 모터마저 멈춰버린다.

 물이 끊기면서 식수는 물론이고 화장실조차 쓸 수 없게 된다. 휴대전화를 비롯한 모든 통신이 두절되고, 길마저 쓸려 내려가 통행마저 불가능해진다. 모든 문명의 혜택이 멈추고 순식간에 원시시대로 돌아가 고립된다. 불편은 여름으로만 끝나는 것이 아니었다. 겨울에 눈이라도 내리면 포장이 안 된 길은 제설차를 진입시킬 수 조차 없다. 면에서 눈을 치워줄 수가 없게 된다.

 당연히 겨울에도 또 고립된다. 면에서는 길을 고쳐주겠다고 했지만 길을 고치려면 초입부분인 최남선 선산 소유자의 동의가 필요했다. 하지만 지금까지도 최남선 종중에선 동의를 해주지 않고 있다. 마을의 공동가스나 상수도조차 종중이 동의를 해주지 않아 혜택을 받지 못하게 됐다. 그뿐 아니라 집 뒤에 있는 나무가 쓰러져 집을 덮칠 위험수목인데도 동의를 해주지 않아 나무가 언제 쓰러져 집을 덮칠지 몰라 바람만 불면 불안에 떨며 잠을 설치고 있다.

 모든 것들이 절실하지만 가장 시급한 것이 길이었다. 여름과 겨울마다 악몽같이 되풀이 되는 재해를 막을 수 있기를 바라는 마음은 해가 갈수록 간절해졌다 온전한 길을 만들어달라고 면이나 시에 수없이 민원을 제기했다. 하지만 돌아오는 대답은 지금까지 한결같다. 무조건 길 초입의 소유주인 최남선 종중의 동의를 받아 오라는 거였다. 그들의 동의가 있어야 다리를 놓고 길도 포장할 수 있다고 했다.

종중 회장에게 이런 상황을 설명했다. 지리적으로 서로 도와가며 살아야하는 상황이니 동의를 부탁했다. 돌아온 대답은 변함이 없었다. 절대로 동의를 해줄 수 없다는 거였다. 이유가 무엇이냐고 물었다. 종중 어른들이 완강하게 반대하기 때문이라고 했다. 종중 어른들에게 상황을 설명하고 이해를 구해달라고 부탁했지만 돌아오는 대답은 늘 똑같았다.

동네 이장까지 나서서 상황을 설명하고 동의를 부탁했다. 그래도 그들의 입장은 변하지 않았다. 이장이 도대체 동의를 해주지 않는 이유가 뭐냐고 물었다. 그들은 이곳이 개발되길 바라지 않는다고 했다. 그리고 선산을 옮길 때 동네 사람들이 너무 심하게 반대를 하여 자신들을 너무 힘들게 만들었던 것이 괘씸해 부탁을 들어줄 수 없다면서 정 살기 불편하면 싸게 팔고 나가라고 했다며 이장이 전해주는 것조차 미안해했다.

순간 내 귀를 의심했다. 선산이 들어올 때 우리는 여기에 있지도 않았지만, 그들의 대답은 지각을 가진 어른이 할 수 있는 대답이 아니었다. 도대체 얼마에 팔고 나가라고 하더냐고 물었다.

"그게 평당 10만원에 팔고 나가라는데……."

어이가 없어 웃음이 나왔다. 나 역시 그들처럼 경우도 상식도 집어던지자고 마음먹었다. 그들에게 내 땅을 지나가지 말라고 했다. 그러자 그렇다면 자신들은 아예 길 초입을 막아버리겠다고 으름장을 놓았다. 길 초입을 막겠다는 건 여기서 살지 못하게 만들겠다는 협박이었다. 그들의 반응에 어처구니가 없고 기가 막혔다. 한동안 말을 잃고 멍해졌다. 어떤 자신감이 사람을 이렇게까지 만들 수 있는지 신기하기조차 했다.

그들의 태도로 봐선 절대 동의를 구할 수 없다는 생각했다. 나의 사정을 양주시에 청원하기로 했다. 지적도상에 도로로 나와 있는 길을 내달라고 했다. 그러자 공무원들은 예산이 없다는 말로 단호하게 잘랐다. 지적도상의 도로를 내면, 최남선 종중 소유인 길 초입을 밟을 필요가 없다. 그들의 동의조차 받을 필요가 없어진다. 게다가 길 초입 전의 하천이 범람해 오고가도 못하는 피해를 입을 일도 없었다. 하지만 예산이 없다는 데 어쩌겠는가? 그렇다면 길 초입은 놔두고 내 땅이 있는 곳만이라도 공사해 달라고 부탁했다. 그러자 길은 처음부터 이어져야지 중간부터 공사할 수 없다며 거절했다. 그리곤 무조건 최남선 종중의 동의서만을 고집했다.

당장 내가 불편해 살 수가 없었다. 길 초입을 빼고, 내 소유의 땅인 중간부터 도로포장을 했다. 그 길마저 수해를 입고 포장한 부분이 일부 유실됐다. 그때 종중 회장에게서 전화가 왔다. 자신들의 선산도 수해를 입어 공사해야 한다며, 공사하는 동안 트럭들을 세워둘 곳이 필요하고 장비와 돌을 날라야 하니 우리 집 앞마당을 쓰겠다고 했다.

돌아가신 분들 산소를 고친다는 데 거절할 수가 없었다. 그래서 기왕 공사하는 것이니 일부 유실된 길의 포장을 부탁했다. 처음에는 선선히 그러겠다고 했다. 하지만 공사가 끝나자 그들은 선산을 다듬고 남은 돌덩이 몇 개만 길옆에 놓아두고 떠나버렸다.

처음과 말이 다르지 않느냐고 전화했다. 그러자 돌 몇 개를 놓아두고 오지 않았냐며 당당하게 나왔다. 어이가 없었다. 쓰다 남은 돌덩이 몇 개가 나에게 무슨 소용이 있단 말인가. 지금도 그 돌들은 마당 한 쪽 구석을 차지하고 있다.

다시 전화를 걸었다. 조상의 산소를 다듬는 것도 후손이 잘되기를 바라는 마음에서 하는 것인데, 이런 식으로 사람을 우롱하시면 되겠냐며 따졌다. 그들은 그런 말에도 아랑곳하지 않았다. 자신들은 할 일을 다했다는 듯 당당했다. 나중엔 아예 전화조차 받지 않았다. 우리가 길을 내주지 않으면, 그들은 산을 깎아 새로 길을 내야한다. 그런데도 이렇게 나오는 건 도대체 어떤 자신감인가.

그러더니 이번엔 선산에 떼가 오래돼 다시 입혀야 한다고 했다. 떼를 입히기 위해 내 집으로 올라오는 길을 쓰고, 마당 앞으로 선산으로 가는 길을 새로 내겠다는 것이었다. 그들이 지금 선산으로 다니는 길도 내 땅에 내준 것이다. 그런데 그 길은 경사가 험해 어렵다며 새 길을 내달라는 거였다. 떼를 다 입히고 나면 원상복구를 해 주겠다고 했다. 그 말을 믿을 수가 없었다.

"전에도 공사가 끝나고 나니, 말이 달라지셨잖습니까?"

"그때 제가 말한 원상복구는 공사 중에 길이 망가지면 원상복구를 해주겠다는 거였습니다. 그때 따지고 드셔서 제가 얼마나 상처를 받았는지 아세요?"

기가 막힌다는 것이 이런 거구나라는 생각을 했다. 벌어진 입이 다물어지지가 않았다. 저렇게도 말을 갖다 붙일 수 있는가, 감탄스럽기까지 했다.

"공사 중에 망가진 길을 원상복구해 주는 것은 상식입니다. 원상복구니 뭐니 말할 필요가 없지요. 상처로 말한다면 제가 더 받았습니다. 그건 이왕 지난 일이니 더 말하지 않겠습니다. 마당 앞으로 길을 내고 공사가 끝나고 나면 덮는다는 조건으로 부탁을 들어드리겠습니다. 그러니 회장님께서도 길 초입 공사의 동의를 부탁합니다."

"우리는 절대 동의를 해줄 수 없어요. 그건 종중 회칙에도 해줄 수 없다고 적혀 있습니다."

"회장님은 동의를 해주시지 않으면서, 저에게만 동의를 요구하십니다. 지금 상황을 제가 어떻게 받아들여야 하는지 당황스럽습니다."

"종중에서는 길 초입의 사용료도 받지 않고 있잖아요?"

"사용료라면 회장님이 선산에 갈 때 사용하는 제 땅의 사용료도 있습니다."

"하여튼 절대 동의는 해드릴 수 없고요. 저희가 선산을 옮길 때 동네 사람들과 재판까지 갔어요. 골치가 너무 아팠어요. 저희는 법 없이도 사는 사람들인데 정말 힘들었어요. 그리고 길이 포장이 되면 개발이 될 겁니다. 그럼 여기서도 우리는 또 쫓겨나야 합니다. 그러니 절대 동의는 해 드릴 수 없습니다!"

"저를 비롯해 대부분의 사람들 역시 법 없이 삽니다. 그리고 그때 우리는 여기 있지 않아 힘들게 만든 적도 없어요. 길이 포장된다고 이곳이 얼마나 개발이 되겠어요?"

"글쎄, 동의는 절대 안 됩니다! 그건 회칙에도 나와 있어요."

"헌법도 개헌을 하는데, 회칙이야 바꾸면 되는 겁니다."

"아, 저희는 절대 동의는 안 돼요."

자신들은 절대 동의를 해 줄 수 없다며 내 동의만을 요구했다. 그들을 이해할 수도, 이해하고 싶지도 않았다.

기가 막힌 일은 그 뿐이 아니었다. 어느 날 누군가 문을 쾅쾅 두들겨댔다. 문을 부술 기세였다. 나가보니 얼굴이 벌겋게 상기된 70대의 남자가 서 있었다.

"이 위가 최남선 종중 묘 맞지요?"

남자가 노여움 가득한 얼굴로 물었다.

"누구신데요?"

"누군지는 알 것 없고, 저번에 물었을 때도 대답도 없이 문을 확 닫고 들어가셨잖아요?"

적의까지 느껴졌다.

"저는 그런 적 없는데요……."

"뭘 그런 적이 없어요? 분명 내가 물어봤더니 문을 닫고 그냥 들어가던데!"

"제가 그럴 이유가 없는데, 혹시 제 동생을 잘못 보신 건 아닌지 모르겠네요."

"동생이고 뭐고 여기가 최남선 선산이란 걸 다 알고 왔어요! 여기 사시니 선산을 지키는 분이겠네요. 그래서 문을 닫고 피한 거 아니에요? 문을 두드려도 열어주지 않던데……."

남자는 힐난과 비난이 가득한 시선으로 내 아래 위를 훑었다. 그게 아니라고, 당신이 잘못 알고 있다고, 당신이 힐난하고 있는 나는 그들과 상관없다고, 오히려 종중 때문에 불편을 겪고 사는 독립운동가 후손이라고 설명할까. 설명하면 그 순간은 죽이 맞겠지. 하지만 그 외에 무엇을 더 할 수 있단 말인가. 결국 무력감만 확인하겠지. 더 초라해지겠지. 구차스러워 그만두었다.

큰비는 주기를 두고 어김없이 내렸다. 그때마다 변함없이 원시생활을 반복해야 했다. 길이 유실되면 면에서는 굴착기로 쓸려 내려간 돌들을 이리저리 굴려 대충 길을 만들어줬다. 그렇게 만든 길은 자동차가 오르기도 불편했다. 우편물을 배달하는 오토바이는 아예 올라올 수조차 없었다. 우편물이 오면 배달부가 전화를 했다. 내려가서 받아와야 했다. 집을 비웠을 때에는 아랫집 길 귀퉁이에 돌로 눌러두고 갔다. 우편물 하나를 가져오는 데에도 불편을 겪어야 했다. 21세기에 통신의 자유마저 누릴 수 없었다.

면에서 대충 만들어준 길은 큰비가 오면 또다시 유실되었다. 그러면 또다시 굴착기가 올라와 대충 만드는 일을 20년간 되풀이하고 있다. 종중들의 소유인 길 초입마저도 유실되었지만 그 또한 동의를 해주지 않아 공사를 하지 못하고 있다. 그때마다 쓸려나간 곳을 군데군데 때우거나 흙으로 덮어서 겨우 사용하고 있다.

면사무소와 시청까지 찾아가 상황을 설명하며 고충을 말하고 민원을 넣었다. 돌아오는 대답은 항상 같았다. 길은 이어져야 하니 중간부터 공사할 수는 없다, 지적도상의 길은 난공사라 예산이 없다, 반드시 종중의 동의서가 필요하다는 말만 되풀이했다. 그 말을 지금까지 20년 동안 끈질기게도 앵무새처럼 반복하고 있다.

이것도 안 되고 저것도 안 된다니 억장이 무너지고 답답하기만 했다. 답답하고 기가 막힌 것은 그것만이 아니었다. 집으로 올라오려면 길 초입 직전에 있는 하천을 지나야 한다. 큰비가 오면 하천이 범람해 아예 진입조차 못하게 된다. 하천은 국가 소유이니 사람이 다닐 수 있게 공사를 해달라고 했다. 그런데 하천마저 종중의 소유라는 거였다. 할 말이 없었다. 내가 속한 세상의 모든 땅과 하천, 아니 하늘까지 전부 최남선 종중들의 소유 같았다.

하천이 어떻게 개인 소유가 되냐고 물었다. 지적도상의 하천을 종중의 땅으로 우회시켰다는 것이다. 하천을 우회? 이건 또 무슨 소린가? 종중은 지적도까지 변화시켜 하천도 옮기는 힘을 가졌다는 말인가? 무언가 처음부터 많이 잘못돼 있었다. 하긴 대한민국에서 잘못

된 것이 어찌 이거 하나뿐이겠는가.

생각을 거듭하다 국가보훈처에 사정을 설명하고 해결을 부탁하는 민원을 냈다. 국가보훈처에서 돌아오는 대답 역시 되돌이표였다.

대한민국의 광복을 위해 헌신하신 애국지사 고(故) 박영선 님과 유가족분들께 깊은 감사의 뜻을 전합니다.
귀하께서 국민신문고를 통하여 신청(1AA-1809-004934) 하신 민원은 '귀하의 거주지로 통하는 도로가 우천 등의 사유로 침수와 유실이 자주 발생하고 매번 사비를 들여 임시 방편으로 도로를 정비하기에 행정기관의 도로 개설이 필요한 상황이나 진입로 중 일부 구간의 토지 소유자가 도로 개설에 대한 동의를 거부하고 있어 그에 대한 해결'을 요청하고 있는 것으로 이해하고 다음과 같이 답변 드립니다.
귀하께서 오랜 기간 동안 거주지로 통하는 도로의 유실 등으로 훼손에 따른 복구를 반복하고 있으며, 그 복구 또한 사비로 처리하고 있는 것에 대하여 그간의 고충과 불편함을 충분히 이해하오며 안타깝게 생각합니다.
다만 귀하께서 요구하시는 거주지의 자유로운 통행을 지원하기 위한 도로 개설과 관련된 사항은 지방도로를 관할하는 행정기관인 양주시를 통하여 답변할 수 있도록 지정하였음을 양해해주시기 바랍니다.

국가보훈처는 양주시에서 해결하지 못해 낸 민원을 다시 양주시로 보낸 것이다. 결국 탁상행정의 결과만 확인한 꼴이 됐다. 그들의 말대로 광복을 위해 헌신한 독립투사의 자손에게 감사한 마음을 가지고 있다면 광복된 나라에서 거주의 자유로운 통행은 물론 통신이 보장되고 불편을 겪지 않게 했어야 했다.

이제 최남선 종중은 선산의 무덤에 떼를 입히거나 벌초를 할 때마다 아예 사전에 양해조차 구하지 않는다. 인부들은 당연한 듯 우리 집 마당에 차를 세워두고 벌초를 한다. 그나마 살게 해준 것만도 고맙게 생각하라는 그들의 태도로 봐선 당연한 일이었다.

나를 더욱 경악하게 만드는 것은 그들의 질리도록 당당하고 거침없는 태도다. 자신들의 부당한 행동을 전혀 부당하게 느끼지 않는 그들은 누구인가. 더불어 사는 사회에서 최소한의 기본적인 예의와 배려마저 벗어버린 그들은 어느 별에서 온 사람들인가. 부당함을 전혀 부당하게 느끼지 않는 그들은 도대체 어떤 존재들인가. 그들의 조상이 경우와 상식마저 집어던지고도 불편 없이 살게 만들어준 것인가.

훌륭한 조상에게 예를 지내고 돌아가는 그들의 당당한 뒷모습을 볼 때마다 내 자신에게 화를 내는 날들이 이어졌다. 그들은 장마 전의 한식과 장마 후의 추석에 성묘를 온다. 그들에게 장마나 수해는 딴 세상 얘기다. 나와는 다른 세상에서 사는 사람들이다.

해방이 된 지 70년이 지나 반민특위 탐정위원장의 딸과 최남선 후손들이 다시 엮인 것이다. 지금 나에게 닥친 이 상황을 어떻게 이해해야 하나? 한 가지 확실한 것은 역사의 아이러니다. 악연이 아닐 수 없다. 이따위 관조적이고 한가한 말들로는 결코 나를 이해시킬 수는 없다는 사실이다.

양세봉 장군

나의 아버지는 평안북도 선천에서 태어났다. 아버지의 호적은 6살이나 많은 1908년 출생으로 되어 있다. 어렸을 때 형이 죽자, 죽은 형의 호적을 그대로 쓴 까닭이다. 지금처럼 의학이 발달하지 않았던 시절엔, 태어나서 죽는 아이가 많았다. 바로 아래 태어난 동생이 형의 호적을 그대로 물려 쓰는 일이 흔했다. 그런 연유로 실제 아버지의 출생년도는 1908년이 아닌 1914년으로 범띠이다.

독립운동을 했던 친할아버지는, 1919년 3·1독립만세운동 때 고향을 떠나 만주 길림(吉林)으로 망명했다. 아버지는 할아버지를 따라 길림에서 성장하며 중국 학교를 다녔다.

할아버지가 망명한 만주에는 조선인들이 이미 마을을 이루고 살고 있었다. 일제강점기 이전부터 수탈을 일삼는 지주들을 피해 만주로 이주한 사람들이었다. 그들은 버려진 땅을 개간해 삶의 터전을 이루었다. 그들의 수가 4만 명을 헤아렸다.

그러던 중 1919년 3·1독립만세운동이 일어났다. 수많은 독립운동가들이 대거 만주로 망명하기 시작했다. 만주의 인구가 폭발적으로 증가할 수밖에 없었다. 독립운동가들이 몰려든 만주는 정의부 및 국민부·조선혁명당·조선혁명군 등 민족주의 계열의 독립운동 근거지가 되었다.

상해에는 대한민국 임시정부가 세워졌다. 할아버지가 망명한 길림성은 독립운동가들의 중요한 활동 무대였다. 김일성의 아버지 김형직도 만주로 망명했다. 그는 나의 할아버지 박국형과 친하게 지내며 독립운동을 했다. 아버지는 당신보다 두 살이 많은 김일성과 길림에서 같이 학교를 다녔다. 서로 형, 아우로 지내다 아버지들을 따라 자연스럽게 독립운동을 하게 됐다. 하지만 김일성은 중간에 공산주의 이념에 빠졌고, 이념이 달랐던 아버지는 김일성과 갈라서게 되었다.

아버지는 길림에서 중국 학교를 졸업하여 중국어에 능통했다. 아버지는 할아버지와 친분이 있던 양세봉 장군의 통역보좌관으로 들어갔다. 아버지 나이 만 18세였던 1932년의 일이다.

양세봉 장군은 평안북도 철산에서 소작농의 아들로 태어났다. 조국이 일제에 의해 강점이 되자 독립운동에 뛰어들었다. 양 장군은 독립군 사이에서 군신(軍神)이라 불리고 있었다. 아버지가 보좌관으로 있을 때 양세봉 장군은 조선혁명군 사령관으로 한중연합작전을 펼치고 있었다. 양세봉 장군은 북로군정서의 총사령관으로 청산리 계곡에서 대승을 거둔 김좌진 장군, 독립군 최초의 전투인 봉오동 전투에서 최대의 승전을 기록한 홍범도 장군과 함께 조선의 3대 용장(勇將)으로 꼽힌다.

3·1독립만세운동이 일어나자 일본은 훈춘사건[1]과 간도참변[2]을 일으키며 수많은 독립운동가들을 학살했다. 그것으로 성이 차지 않았는지 1925년 만주의 실질적 지배자 장작림과 협정을 체결했다. 조선독립군을 밀고하면 포상금을 주겠다는 거였다.

그 후 상금에 눈이 먼 중국인들은 대거 밀정으로 변해 많은 독립운동가가 체포되었다. 1931년 기어이 일본이 만주를 침략했다. 장작림이 일본군이 설치한 폭탄에 사망하는 사건이 일어났다. 그러자 장작림의 아들 장학량은 아버지의 복수를 위해 다시 독립군과 합심해 일본군과 싸우게 되었다.

일본이 만주를 침략한 후에도 일본군에게 매수된 중국인들은 돈에 눈이 멀어 여전히 밀정 생활을 지속했다. 밀정의 숫자는 계속 늘어나 조선독립군을 체포하는 데 도움을 주고 있었다. 더구나 일본군에게 매수된 한국 밀정들이 독립군으로 위장해 들어오는 일까지 일어났다. 이런 상황이 되자 독립군 사이에서도 불신이 팽배해졌다. 사기가 떨어졌다. 분위기마저 어수선해졌다.

아버지는 중국군과 연합해 싸우던 양세봉 장군을 최측근에서 보좌했다. 혼란스러운 상황에서 중국어를 통역하고 서신을 읽고 작성

---

[1] 1920년 6월 7일 봉오동 전투에서 전멸에 가까운 패배를 당한 일본은 정규군 대부대를 만주에 직접 투입하여 일거에 독립군을 소탕할 계획을 세우고 일본군의 출병을 정당화할 음모를 꾸민다. 만주 진출을 꾀하고 있던 일본은 출병 구실을 만들기 위해 중국 마적을 사주하여 훈춘현에 있던 일본 영사관을 고의로 습격하여 4시간 동안 살인과 약탈을 자행, 중국인과 조선인, 일본인 등을 살해하고 비어있던 일본 공사관을 불태웠다. 이 사건을 구실로 일본은 대규모의 간도 출병을 결정하고 대학살을 저질렀다.

[2] 1920~1921에 걸쳐 간도에서 한국인들이 일본군에 의하여 무차별 학살당한 사건으로 경신참변이라고도 한다. 훈춘사건을 전해들은 김좌진 장군이 청산리 전투에서 일본군을 크게 이기자, 일본군은 그 보복으로 간도에 있던 한국인 마을을 끔찍하게 약탈·방화하고 수만명을 학살했다.

하며 성심껏 양세봉 장군을 도왔다. 양세봉 장군은 제도(制度) 교육을 받지 않았지만 서당에서 천자문과 소학을 공부했다. 아버지의 기억에 따르면 양세봉 장군은 '중국어를 못할 뿐이지, 한자를 읽고 쓰는 데 전혀 지장이 없었다'고 했다.

만주를 침략한 일본은 만주국을 세웠고 거칠 것이 없게 되었다. 신식무기로 무장한 일본군들은 더욱 악랄해졌다. 대대적인 소탕작전을 세워 적극적으로 독립운동가들을 잡아들이기 시작했다. 가난한 독립군들은 구식무기로 싸워야했다. 화력이 월등히 떨어졌다. 수적으로도 밀렸다. 상상을 초월한 열악한 환경이었다. 그러나 굴하지 않았다. 치열하게 싸움을 이어나갔다. 게다가 중국 밀정과 조선인 밀정의 눈을 피해 군자금까지 조달해야 했다. 안팎으로 힘들고 외로운 싸움이었다.

시간이 지남에 따라 화력이 떨어지는 독립군들은 일본군에게 밀릴 수밖에 없었다. 신식무기로 무장한 일본군의 무시무시한 화력을 당할 수 없었던 것이다. 전투에서 패배하는 일들이 늘어났다. 사기는 떨어지고 위축됐다. 일본군은 그런 기회를 놓치지 않았다. 독립군이 투항하면 따뜻한 잠자리와 쌀밥과 고깃국을 제공하겠다는 전단지를 뿌리며 투항을 부추겼다. 독립군들의 투항이 속출하기 시작했다. 열악한 환경에 목숨까지 위협받으며 만주의 혹독한 추위와 굶주림을 견디지 못한 것이다. 투항한 독립군이 일본군에게 독립군의 비밀기지를 알리는 길잡이로 변하면서 독립군의 진지가 일본군에게 기습당하는 일이 빈번하게 일어났다.

양세봉 장군은 조선혁명군 사령관으로 승승장구했다. 그러던 양세봉 장군도 1931년 일본이 만주를 침략하면서 어려움을 겪게 되었다. 기세가 등등해진 일본군이 무시무시한 화력을 가지고 대대적인 공격을 해댔기 때문이다. 양세봉 장군의 한중연합군은 수적으로나 화력으로나 일본군에게 비교가 되지 않을 만큼 열악한 상황이었다. 그럼에도 양세봉 장군은 전혀 위축되지 않고 용맹하게 싸움을 이어 나갔다.

1933년 5월, 양세봉 장군의 한중연합군 근거지인 임강·환인·신빈·유하·통화 등이 차례로 공격당했다. 연합군은 위기에 빠질 수밖에 없었다. 양세봉 장군은 돌파구를 찾기 위해 고심했다. 그런 상황 속에서도 양세봉 장군은 연합군을 이끌고 일본군 40여 명을 살해하는 전과를 올렸다. 기관총 등 무기 90점도 회수하는 활약상을 이루었다. 독립군의 사기는 충천했다.

양세봉 장군을 면밀히 주시하고 있던 일본군은 독립군의 사기를 꺾기 위해 고심했다. 조선혁명군 사령관이자 군신으로 추앙받는 양세봉 장군을 제거해야 한다는 결론을 내렸다. 양세봉 장군의 제거 계획을 밀정 박창해와 치밀하게 세웠다. 그들은 비적 두목 야둥양도 끌어들였다. 야둥양은 한때 양세봉 장군과 항일투쟁을 함께해 양세봉 장군을 잘 알고 있었다. 일본군은 야둥양에게 거액을 제시했다. 돈에 눈이 먼 야둥양은 일본에게 매수되고 만다.

1934년 양세봉 장군은 청원(淸源)전투에서 만주군에게 패했다. 흥경현에 있던 왕청문(旺請門) 진지에서 재기를 도모하며 고심하고 있었다. 그때 야둥양의 은밀한 전갈이 전해졌다. 자기도 힘을 보탤 것이니, 양세봉 장군과 함께 싸우고 싶다는 내용이었다. 그렇지 않아도 계속된 전투에서 패해 독립군의 사기가 떨어지고 위축되어 있던 상황이었다. 어떻게든 위기를 돌파하고자 고심에 고심을 더하고 있던 양세봉 장군이었기에 야둥양의 전갈은 천군만마를 얻은 것처럼 반가운 소식이 아닐 수 없었다.

양세봉 장군은 즉시 참모들에게 야둥양과 접선할 장소와 시간을 물색할 것을 지시했다. 비밀리에 이루어진 만남에서 양세봉 장군과 야둥양은 마주 앉았다. 야둥양은 양세봉 장군에게 자기에게는 용감한 참모와 비적 수천 명이 있다며 당장 자신의 진지로 함께 가자고 했다. 자신의 진지를 둘러볼 겸 일본군과 싸울 계획을 세우러 가자는 것이었다.

수세에 몰려있던 양세봉 장군은 그 자리에서 야둥양의 제안을 쾌히 승낙했다. 이전에 함께 싸웠던 야둥양의 말을 의심하지 않고 믿은 것이다. 하지만 장군의 참모들은 그런 그를 만류했다. 중국인 밀정이 판을 치고 있고 한국인 밀정도 우글거리는 상황이었다. 신중해야 했다. '이런 상황에서 무조건 야둥양의 말만 믿고 성급하게 움직이는 것은 위험하다', '면밀히 확인한 후에 가는 것이 좋겠다'는 의견을 냈다. 양세봉 장군도 참모들의 말에 일리가 있다고 생각했다. 참모들의 의견을 받아 들여 야둥양에게 날짜를 정해 다음에 가겠다는 뜻을 전했다.

양세봉 장군과 참모들을 지켜보며 눈치로 이미 상황을 짐작하고 있던 야둥양은 장군의 말에 바로 반박했다. '장군과 함께 싸우자고 자신의 참모들을 겨우 설득했다. 지금 가지 않으면 참모들의 마음이 어떻게 변할지 모른다. 일이 틀어질 수도 있다.'며 한발 물러서는 듯한 모습을 보였다.

그런 야둥양의 태도에 도움이 절실했던 장군은 조바심으로 애가 바짝 탔다. 야둥양의 말을 통역하던 아버지도 수상하다는 생각이 들었다. 양세봉 장군에게, '우리가 도움이 절실하다는 것을 알고 애를

태우고 있는 것 같다. 이리 서두르는 게 미심쩍고 수상하다. 그러니 참모들의 말을 듣는 편이 좋겠다.'고 했다.

양세봉 장군은 잠시 생각에 잠겼다. 숨 막히는 긴장감이 이어졌다. 잠시 후 장군은 비장한 표정으로 말문을 열었다. '야둥양의 제안을 믿고 받아들이겠다'는 것이다. '지금 상황에서 이것저것 따지며 몸을 사리면 아무것도 할 수 없다'고 결단을 내린 것이다. 참모들도 확고하게 결심이 선 장군을 더 이상 말리지 못했다. 결정에 따를 수밖에 없었다.

양세봉 장군과 아버지, 참모들은 앞장선 야둥양을 따랐다. 밀정들과 일본군의 눈을 피해 어둠 속의 길을 나섰다. 9월, 만주의 밤은 이빨이 서로 맞부딪칠 정도로 추웠다. 만주의 차가운 밤바람은 남루하기 그지없는 독립군과 아버지의 입성 안으로 사정없이 파고들었다. 부지런히 걸어 한참을 갔다. 옥수수밭이 가을볕을 받아 누렇게 쇤 채, 광활한 대지 위로 끝 간 데 없이 펼쳐져 있었다. 사람을 압도할 만큼의 위력이었다. 달빛에 비친 말라버린 옥수수의 그림자는 불길하고 괴기스럽기까지 했다.

야둥양을 따라 양세봉 장군과 아버지, 참모들은 숨을 죽이며 옥수수밭으로 다가갔다. 옥수수밭은 사람 키를 훌쩍 넘고 있었다. 달빛에 비친 장군과 참모들의 뒷모습에서 아버지는 왠지 모를 한기와 섬뜩함을 느꼈다. 비적의 진지가 아무리 은밀한 곳이라 하더라도 이상했다. 끝을 알 수 없는 광활한 옥수수밭 뒤에 진지를 둔다는 것부터가 수상쩍었다. 아버지는 갑자기 불길한 생각이 들었다. 일행 가운데 나이가 제일 어린 아버지였다. 더구나 맨 뒤에서 따라가는 처지에서 자신의 느낌이나 의견을 낼 입장이 아니었다.

그런 의심을 불식시키듯 가장 먼저 야둥양이 자신보다 훨씬 큰 마른 옥수숫대를 헤치며 주저 없이 성큼 들어섰다. 그 뒤를 따라 양세봉 장군과 참모들이 들어섰다. 아버지는 마지막으로 뒤를 따랐다. 추석을 앞둔 깊은 가을밤이었다. 갑자기 찾아온 침입자를 경계하듯 옥수수잎들이 서로 부딪치며 서걱서걱 마른 울음소리를 냈다.

아버지는 그 울음소리마저 무섭고 불길해 몸을 잔뜩 웅크리며 걸음을 옮겼다. 장군과 참모들도 서로 말은 하지 않았지만, 불길한 기운을 느끼기 시작했다. 수많은 전투 경험에서 묻어나오는 직감으로 알아채고 있었다. 그러나 거기까지 가서 되돌아 올 수는 없는 일이었다.

옥수숫대를 헤치며 걷는 소란스런 발자국 소리가 아버지 귀를 때렸다. 달빛마저 숨을 죽인 고요한 밤이었다. 이리저리 헤쳐진 옥수숫대의 마른 울음소리가 양세봉 장군과 참모들, 아버지를 휘감았다. 그렇게 얼마나 갔을까. 성큼성큼 앞서가던 야둥양이 갑자기 옥수수밭 속으로 사라져버렸다. 순식간의 일이었다. 그와 동시에 놀랄 틈도 없이 옥수수밭에서 매복하고 있던 일본군들이 나타났다.

"너희는 포위됐다! 투항하라!"

일본군이 양세봉 장군과 참모들에게 총을 겨누며 소리쳤다.

"어따 대고 개소리냐!"

양세봉 장군이 호통을 쳤다. 허리에 차고 있던 권총을 빼들려고 하자 일본군의 총이 먼저 당겨졌다. 장군의 몸이 마른 옥수숫대가 꺾이듯 푹 꺾였다. 참모들과 아버지는 일본군의 머리가 나타났을 때부터 본능적으로 잽싸게 몸을 낮췄다. 옥수수밭에 몸을 숨기고 사격을 했지만 앞서가던 장군은 미처 피할 틈이 없었다. 대응사격을 하던 일본군은 더는 대응하지 않고 옥수수밭 속으로 사라져버렸다.

처음부터 일본군은 양세봉 장군이 목표였다. 장군이 없으면 조선혁명군은 힘을 잃을 것이라 계산하고 있었던 것이다. 총소리에 놀란 옥수숫대가 몸을 떨며 '우우우' 울었다. 아버지는 여기저기서 날아오는 총알을 피하기 바빴다. 옥수수밭 속으로 몸을 납작 엎드리고는 정신없이 총을 쐈다. 시린 가을밤인데도 아버지의 얼굴과 온몸에 진땀이 비 오듯 흘렀다. 제대로 눈을 뜰 수 없었다.

일본군이 사라지자 아버지와 참모들은 쓰러진 장군을 끌고 옥수수밭을 기어서 겨우 빠져나왔다. 1934년, 그때 양세봉 장군의 나이 39세였고 아버지의 나이는 만 20세였다.

일행은 죽을 고비를 넘기고 간신히 옥수수밭을 빠져나와 윗옷을 벗었다. 그리고 의식을 잃고 피를 흘리며 쓰러진 장군의 상처를 감쌌다. 재빨리 근처 산에서 나무를 잘라 왔다. 사람 몸 하나 누울 수 있게 얼기설기 대충 들것을 만들어 장군을 실었다.

아버지의 옷과 손도 장군의 피로 얼룩이 졌다. 찝찔한 땀이 이마를 타고 흘러내려, 눈조차 제대로 뜰 수가 없었다. 아버지는 땀범벅이 된 채 울었다. 장군은 평소 말수가 없었으나 속이 깊었다. 자신과 같은 평안북도 출신인 아버지를 늠름하고 잘 생겼다며 총애했다. 아버지도 양세봉 장군을 아버지처럼 생각하고 존경하며 따랐다.

양세봉 장군은 김일성의 아버지 김형직과도 절친한 사이였다. 그래서 김일성을 잘 알고 있었다. 공산주의에 심취한 김일성이 무기 등을 얻거나 도움을 청하러 양세봉 장군을 찾아왔다. 그때마다 장군은 김일성에게 '훌륭한 아버지를 두고 왜 딴 길을 가느냐'고 꾸짖고는 했다. 김일성은 그런 적 없다고 번번이 잡아떼며 발뺌을 했다. 화가 난 양세봉 장군이 직접 정황을 들이대면 그제서야 김일성은 독립운동을 위해 잠시 그들과 손잡은 거라며 둘러댔다. 그런 김일성의 태도가 장군을 더 노엽게 만들었다.

김일성은 공산당 사상에 빠져 옥살이까지 했다. 학교에서 퇴학까지 당한 상태였다. 그런데도 계속 공산당과 손잡고 있었다. 양세봉 장군은 그런 김일성을 늘 안타까워했다. 주위에서는 가망이 없으니 포기하라고 했지만 어떻게든 김일성의 마음을 돌리려 애쓰고 있었다. 양 장군에게 혼이 나서 돌아갈 때도, 김일성은 아버지에게 무게를 잡고는 했다. 아버지 어깨를 두드리며 '양세봉 장군을 잘 보필하라'며 돌아섰다. 그럴 때마다 아버지는, '장군님 속 좀 그만 썩이고 너나 잘하지'라는 생각을 목으로 삼켰다.

부상을 당한 양세봉 장군을 들것에 실었다. 참모들과 아버지는 평소 알고 지내던 조선인 인가를 찾았다. 총상을 입은 장군을 눕히고 피를 닦아냈다. 변변한 약도 없는 상황이었다. 급한 대로 상처에 담뱃재를 대고 천으로 칭칭 감아 출혈을 막았다. 그러나 워낙 피를 많이 흘렸고 총상이 심각했다. 약은 물론 의사도 없었다. 오직 설탕물을 타서 입에 넣어주는 것이 다였다. 하지만 그마저 삼키지 못하고 옆으로 줄줄 흘렸다. 아버지와 참모들은 눈물을 흘리며 장군의 다리와 팔을 주물렀다. 기적이라도 일어나기를 간절히 빌었지만, 양세봉 장군은 고통으로 신음하다 결국 운명하고 말았다.

양세봉 장군이 운명하자, 아버지와 참모들은 급히 시신을 수습했다. 아직 얼지 않은 땅을 파고 묻었다. 일본군이 필시 장군의 죽음을 확인하기 위해 시신을 찾을 것을 알고 있었다. 아버지 일행은 일본군이 찾아낼 수 없게 봉분을 세우지 않았다. 평평하게 만들어 단단히 밟은 후, 나무와 낙엽으로 흙을 판 자리를 가리고는 눈물을 흘리며 마지막 인사를 올렸다. 훗날 제대로 된 봉분을 만들어드릴 것을 약속하고 무덤의 위치만 눈으로 찍어 둔 채로 급히 빠져나왔다.

아버지와 참모들은 왕청문의 진지로 돌아왔다. 지휘부에 양세봉 장군의 죽음을 알렸다. 장군을 잃은 조선혁명군은 큰 충격을 받고 망연자실했다. 게다가 일본군이 '장군의 시신을 찾아 목을 자른 후 효시했다'는 소식까지 전해졌다. 도와준 조선인을 협박하여 묘를 찾아낸 것이다. 그 조선인도 일본군에게 무참하게 살해당했다는 소식까지 이어졌다. 분노로 이를 갈았지만 사령관을 잃은 혁명군으로선 당장 어쩔 도리가 없었다.

지휘부는 아버지에게 임무를 맡겼다. 항저우에 있는 임시정부를 찾아가 김구 선생에게 양세봉 장군의 죽음을 알리라는 거였다.

아버지는 목숨을 걸고 임시정부를 찾아갔다. 처음으로 김구 선생을 본 아버지의 소감은 '큰 바위 같았다'고 했다. 그때 김구 선생의 나이 58세였다. 아버지보다 38세나 많았다. 아버지는 양세봉 장군의 죽음을 소상하게 설명했다. 김구 선생은 눈을 감고 듣다 한숨을 내쉬며 나직이 읊조렸다.

"큰 별 하나가 갔구나……. 조국의 산천은 얼마나 많은 영웅의 피를 필요로 하는 것인가……."

그때는 김좌진 장군도 밀정에 의해 살해당한 뒤였다. 홍범도 장군 역시 야인으로 돌아간 상황이었다. 자유시 참변[3]으로 스스로 무장해제를 한 것이다. 서울역에서 새로 부임하는 사이토 총리에게 폭탄을 던졌으나 실패한 66세의 강우규 의사도 사형된 때였다.

1928년 히로히토 장인의 목에 칼을 꽂아 죽인 조명하 의사. 관동

---

[3] 1921년 6월 28일 노령 자유시에서 대한독립군단 소속 독립군들을 러시아 적군 제29연대가 무장해제 시키는 과정에서 서로 충돌하여 다수의 사상자를 낸 사건

군 사령관 무토오 노부요시를 암살하려다 조카의 밀고로 일본군에게 맞아 죽은 66세의 이회영 의사. 일왕에게 폭탄을 던지려다 실패한 이봉창 의사. 1932년 일왕의 생일 축하 행사장인 상해 홍커우공원에서 폭탄을 던져 상해 파견대장을 즉사시킨 윤봉길 의사. 그 외 숱한 독립투사들이 목숨을 버린 뒤였다.

당시 임시정부는 경제적으로 커다란 어려움을 겪고 있었다. 윤봉길 의거에 감동을 받은 장개석이 임정을 돕기 시작했다. 그때서야 임시정부는 끼니를 거르던 극심한 가난에서 벗어날 수 있었다. 윤봉길 의사는 임정과 백범 김구에게 의인이자 은인이었다.

김구 선생은 한참 동안 감고 있던 눈을 떴다. 선생은 그제야 아버지가 보인 듯 말을 건넸다.

"찾아오느라 고생이 많았다. 양세봉 장군의 통역보좌관이었다고?"

"네. 맞습네다."

"늠름하게 잘 생겼구나. 고향이 어디냐?"

"평안북도 선천입네다."

"오, 그래? 너도 북쪽이 고향이구나."

아버지의 고향이 평안북도라는 말에 김구 선생은 처음으로 환하게 웃으며 반겼다. 이때 아버지는 거지꼴이 돼 있었다. 일본군들의 눈을 피해 밤잠도 못자고 찾아오느라 얼굴은 물론 입성까지 누가 봐도 거지였다.

"제대로 먹지도 못했을 텐데, 우선 요기나 하게 나가자."

김구 선생은 아버지를 식당으로 데리고 나갔다.

밤잠은 물론 며칠을 제대로 먹지 못한 아버지는 음식을 보자 게걸스럽게 먹어치웠다. 김구 선생은 천천히 먹으라며 음식을 아버지 앞으로 밀어주었다. 밥을 다 먹은 아버지는 그제서야 정신을 차리고 민망한 듯 고개를 숙였다.

"많이 시장했구나."

김구 선생은 미소를 띠었다. 식당을 나온 김구 선생은 아버지를 데리고 어떤 조선인의 집을 찾았다.

"내가 잘 아는 곳이니 우선 쉬고, 내가 다시 올 때까지 당분간 여기서 머물도록 해라."

그 말을 남기고 선생은 돌아섰다. 그제야 긴장이 풀린 아버지는 그대로 쓰러져 밤낮을 먹지도 않고 잠만 잤다.

며칠 후, 김구 선생은 아버지를 다시 찾았다. 김구 선생은 '양세봉 장군이 전사한 마당에 조선혁명군으로 돌아가는 것은 의미가 없으니 중국 군관학교에 입학하는 것이 어떠냐'며 아버지의 의견을 물었다. 아버지도 군관학교에서 정식으로 교육받고 싶은 마음이 있었다. 기쁘고 고맙게 받아들였다.

그렇게 아버지는 장개석 휘하의 중국 군관학교에 들어갔다. 1937년 일본이 중일전쟁을 일으키자, 장개석 부대의 중국 국민군 소위로 입대했다. 아버지는 해방이 될 때까지 중국군의 일원으로 수많은 항일전에 참가했다.

1945년 광복이 됐을 때, 아버지는 중국 국민군 구국군 독립 제1사단 사단장인 소장으로 활동하고 있었다. 그때 아버지 나이 31세였다. 혈기 왕성한 젊은 장군이었다.

한국 사람으로 아버지 외의 중국군 장성은 김홍일 장군이 있다. 아버지보다 16살이 많은 김홍일 장군 역시 아버지와 같은 평안북도 출신이다. 김홍일 장군은 이봉창과 윤봉길 의거에 사용된 폭탄 제조에 도움을 주었다. 그리고 김원봉의 조선의용대 조직에도 힘을 보탰다.

세상은 중국군에서 장군이 된 사람은 중국 제19집단군 총사령부 참모처장인 김홍일 장군이 유일하다고 알고 있지만 아버지도 중국군 장군이었다. 역사는 아버지를 지웠다.

아버지는 당신의 지위와 장개석의 배려로 임정요원이나 이승만보다 빨리 귀국했다. 그리고 1945년 10월 6일 〈자유신문〉과 인터뷰를 했다. 이때 '분열된 당들을 통합해 중지를 모아야 한다'는 신념을 피력했다. 그리고 난립해 있던 36개의 당을 통합하고 한족회[4]의 회장으로 취임하였다.

때때로 엄마는 우리에게 자랑스럽게 말했다.

"너희 아버지가 36당을 통일한 분이다."

그럴 때마다 나는 속으로 '흥! 아버지의 말대로 2명만 모여도 당을 만들고 깃발을 꽂았다니, 36당을 통일했다고 해도 줄잡아 겨우 80명 정도였겠네!'라고 코웃음을 쳤다. 무지했다.

아버지가 통일한 36개의 당은 고스란히 이승만에게 갖다 바쳐졌다. 그 당시 이승만은 정당 통일사업을 하고 있었다. 그때 당이 43개가 있었는데, 그 가운데 36개를 통일했다니 참으로 대단한 것이었다.

그 후 아버지는 국군준비사령부 사령관으로 대한민국의 건국에 힘을 보탰다. 그리고 조국이 분단될 위험에 놓이자, 김구 선생을 따라 38선을 넘었다. 1948년 4월 19일 평양에서 개최되는 남북연석회의[5]에 참가하기 위해서였다. 김규식·김원봉 등도 이때 함께 김구

---

4 1919년 3·1운동 후 만주에서 조직되었던 독립운동단체.
5 1948년 4월 19일 남북의 정치 지도자들이 만나 통일정부 수립을 위한 방안을 모색하기 위해 평양에서 개최한 회의. 김구를 기다리면서 휴회한 회의는 21일 속개하여 23일까지 개최되

선생을 따랐다.

김구 선생이 북행을 결심한 것은 김일성과 조만식 선생 등 북의 정치 지도자들을 만나 통일정부 수립을 논의하기 위함이었다. 김구 선생으로선 남한의 단독선거를 막는 최후의 몸부림이기도 했다.

김구 선생의 북행 소식을 들은 극우세력들은 선생의 북행을 막기로 했다. 이들은 이른 아침부터 김구 선생이 머물던 경교장 앞으로 몰려들었다. 우익청년단체와 학생들, 기독교인들, 월남한 사람들이 선생의 길을 막았다. 김구 선생은 단호하게 말했다.

"38선을 베고 죽을지언정 북으로 가겠다."

학생들에게는 호통을 쳤다.

"이럴 시간이 있으면 집으로 돌아가 책이나 한 장 더 읽어라."

김구 선생은 그들의 저지를 피해 뒷문으로 빠져나가 38선을 넘었다.

었다. 회의에는 남북의 56개 정당·사회단체 대표(남측 41개, 북측 15개) 695명이 참석하였다. 남한 측에서는 좌파 인사들뿐만 아니라, 조소앙을 비롯한 임시정부 관계자들과 홍명희 같은 민족주의자들도 대거 참석하였다. 19일 평양에 도착한 김구는 22일에서야 회의에 참석해 인사말만 남기고 퇴장해버렸고, 김규식은 아예 회의에 참석조차 하지 않았다. 이들은 남북요인회담의 개최를 계속 주장하였고, 마침내 이들 두 사람과 김일성, 김두봉이 참석한 '4김회담'이 개최되었다. 공식일정에 없던 회의가 김구, 김규식의 요청에 의해 새로 만들어진 것이다. 남한의 김구와 김규식, 북한의 김일성과 김두봉, 이렇게 4김이 만나 ① 외국군 즉시 동시 철수 ② 외국군 철수 후에도 내전이 발생하지 않을 것이란 약속 ③ 총선에 의한 통일정부 수립 ④ 단선단정 반대와 불인정 등의 결과를 이끌어냈지만 끝내 실현되지 못하고 만다.

아버지와 김원봉

　북으로 간 김구 선생은 기대하던 조만식 선생을 만날 수 없었다. 그때 민족주의자 조만식 선생은 김일성에 의해 감금된 상태였다. 김구 선생은 회담을 마치고, 고향을 둘러본 후 남으로 내려갔다.

　아버지는 돌아올 수 없었다. 김일성이 보내주지 않은 것이다. 해방이 되자 김일성은 자신이 추구한 이념대로 소련군이 점령한 북으로, 아버지는 남으로 돌아왔다. 김일성은 아버지에게 '북에 남아 자신과 힘을 합쳐 새로운 나라를 만들자'고 회유했다.

　아버지는 힌마디로 거절했다. 그러자 김일성은 소련군이 지키는 평양경찰서에 아버지를 가둬버렸다. 이때 북은 소련군정 아래 있었다. 경찰서도 소련군의 감시하에 있었다. 김일성은 밤마다 소련군이 감시하고 있는 경찰서로 아버지를 찾아왔다. 아버지에게 고춧가루를 탄 물을 코로 붓는 등 고문을 했다. 거꾸로 매다는 통닭구이 고문까지 해댔다. 아버지는 자신의 소신을 굽히지 않았다. 그러자 독립투사 김원봉을 데리고 왔다. 김원봉은 김구 선생과 함께 올라왔다가 북에 머물기로 마음먹은 것이다.

아버지가 엄마와 두런두런 김원봉 얘기를 할 때마다 나는 귓등으로 흘려들었다. 아버지 입에서는 김원봉 외에 김구, 김규식, 조만식, 서재필, 여운형, 김일성, 조봉암, 김성수, 장덕수, 송진우와 아버지가 싸잡아 욕하던 이승만, 이범석, 박헌영, 조병옥, 장택상, 노덕술, 신익희, 이기붕, 김창룡 등 근현대사에서 나오는 인물들이 숱하게 나왔다. 하지만 어린 내게는 유원지에서 일하던 뽀이들 이름과 동급일 뿐이었다. 그때의 나에겐 아버지조차도 귓등인 사람이었다. 큰언니 기억에 의하면 이승만 정권시절 신문을 펼칠 때마다 아버지는 목소리를 높이며 치를 떨었다.

"이놈 이거 또 죽였구만!"

그걸 보면 반민특위가 와해 된 후, 아버지 역시 이승만 정권 내내 목숨을 부지하기 위해 눈 감고 귀 막고 살았던 것 같다.

김원봉은 평생을 조국 광복에 헌신한 독립운동가이다. 신흥무관학교 동료들과 함께 의열단을 조직한 용맹한 투사였다. 김원봉은 중국 국민당 소속 황포군관학교를 졸업하고 국민혁명군 장교로 임관하여 군관학교의 교관을 지냈다.

독립운동을 하면서 도움을 받으러 장개석을 자주 찾았다. 장개석도 김원봉의 용맹함을 높게 사, 그를 적극적으로 지원했다. 장개석 휘하에 소속돼 있던 아버지는 김원봉이 장개석의 도움을 청하러 찾아오던 때부터 알고 지냈다. 김원봉은 장개석을 찾아올 때마다 아버지를 격려하고 돌아갔다. 아버지는 김일성과 달리 군관학교에서 교관을 했던 용맹한 독립투사인 김원봉을 '선생님'이라 부르며 존경했다.

의혈단 단장 김원봉은 조선총독부와 밀양경찰서 습격, 부산경찰서와 동양척식주식회사에 폭탄을 투척했다. 일본 대장을 저격하도록 지휘했다. 중국 국민당의 동의를 얻어 조선의용대를 창설하였으며 그 뒤 광복군에 합류하여 부사령관을 지냈다. 광복이 될 때 임시정부 군무부장으로 활동하며 군부를 총괄하고 있었다. 군무부장은 지금 국방부 장관과 같은 자리다.

그를 잡기 위해 혈안이 된 일본이 백범 김구보다 더 많은 거액의 현상금을 걸었지만 끝내 잡히지 않았던 전설적인 인물이다. 그러나 아이러니컬하게도 조국이 해방되면서 그의 수난이 시작됐다. 그리고 끝내 권력을 탐한 동족 때문에 목숨을 버린 비운의 독립투사다.

1945년 조국이 해방 되자 노동조합단체인 조선노동조합전국평의회(이하 전평)[6]가 전국적으로 조직되었다. 전평은 1946년 9월 최저임금제와 유급휴가제, 8시간 노동시간 준수, 14세 미만의 유년노동을 금지하고 부당한 해고와 실업을 반대하고, '노동자들을 위한 도서관과 의료 기관을 설치하라'며 파업을 시작했다.

김원봉은 파업의 원인과 상황을 살피러 갔다가 파업의 배후 인물로 지목됐다. 당시 수사과장이었던 친일경찰 고문왕 노덕술[7]에게 잡

---

6 조선노동조합전국평의회는 1945년 11월에 결성된 조선공산당 산하의 노동운동 단체로 약칭은 전평이다. 전국 각지의 대의원 550명이 참석해 결성했다. 노동자의 기본권을 주장하며 8시간 노동과 14세 미만 노동 금지와 부당 해고 금지와 노동자 처우 개선 등을 요구하며 1946년 9월 총파업에 들어갔다. 이때 우익을 자처하는 정치 깡패 김두한이 이끄는 조선민주청년총동맹의 전 현직 깡패들이 경찰과 합세해 파업한 사람들에게 휘발유를 뿌리고 주모자가 나오지 않으면 불을 붙여 모두 죽이겠다고 위협했다. 동료들의 희생을 막기 위해 주모자들이 스스로 나오자, 대창으로 찔러 죽이고 하수도에 매장해 시멘트로 덮었다는 얘기가 김두한의 자서전 《피로 물들인 전국산하》에 실려 있다.

7 노덕술(1899~1968) 일제강점기와 대한민국의 경찰로 친일반민족행위자이며 악질고문자로 일제강점기 독립운동가들을 잡아들여 잔인하게 고문해 죽인 자로 고문왕이란 별명을 가지고

혀 수갑을 찬 채, '빨갱이 두목'이라고 뺨까지 맞으며 굴욕적인 수모와 고문을 당했다. 아버지는 수도경찰청장이었던 '장택상의 지시가 없었으면 불가능한 일이었다'고 했다.

해방된 조국에서 독립투사가 친일경찰에게 잡혀 들어가 수갑을 찬 채 뺨을 맞는 경악할 일이 벌어진 것이다. 그 뒤 풀려난 김원봉은 의열단 활동을 같이했던 유석현 집에 찾아가 3일 밤낮을 울며 울분을 터트렸다. 그의 한 맺힌 울부짖음이 가슴에 꽂힌다.

"여기서는 친일 왜놈들 등쌀에 내가 언제 죽을지 모르겠소. 조국 해방을 위해 중국에서 일본놈과 싸울 때에도 이런 수모는 한 번도 당한 일이 없었소. 그런데 해방된 조국에서 이런 수모를 받다니! 내가 악질 친일경찰 손에 수갑을 차고 뺨을 맞으며 고문을 받았소! 이게 있을 수 있는 일이요? 세상에 이런 기막힌 일이 있을 수 있소? 이게 우리가 목숨을 걸고 찾고자 했던 해방된 조국이 맞소?"

전평은 우익과 친일세력에 의해 몰락하고, 이승만의 대한민국 정부가 들어서며 불법화됐다. 1995년 숱한 우여곡절을 겪으며 이 땅에 전국민주노동조합총연맹이 다시 결성될 때까지는 반세기인 50년의 세월이 걸렸다.

김원봉은 협박과 우익세력에게 테러 위협까지 받자, 독립운동을 할 때처럼 수시로 거처를 옮겨다니며 생활했다. 그러면서도 중도파 인물인 여운형을 도왔다. 여운형은 조선인민당[8]과 일본의 패망과 함

있다. 해방 후 김원봉을 체포하여 고문하고 모욕을 준 자로 훈장을 3개나 탔다. 이승만의 충복 김창룡과 대립하다 물러나 국회의원 선거에 출마했으나 낙선했다.

8 1945년 해방 직후 여운형이 주도적으로 결성했던 중도파 계열의 정치정당.

께 만든 최초의 건국 준비 단체인 건국준비위원회(이하 건준)⁹를 조직했다. 김원봉은 여운형과 함께 좌우합작에 힘을 보탰다.

당시 여운형과 김원봉은 '조국 통일을 위해선 좌우를 가리지 않고 힘을 모아야 한다'고 생각했다. 그러나 여운형은 좌우합작을 앞두고 일어난 13번째 테러를 피하지 못했다. 여운형의 죽음으로 좌우합작의 꿈도 조국 통일의 꿈도 물거품이 되어버렸다.

김원봉도 불운을 피해갈 수 없었다. 김원봉의 자택이 습격당하게 되었고 사무실마저 폐쇄되었다. 뜻을 같이했던 여운형마저 암살당한 상태였다. 게다가 생명의 위험을 느끼게 되면서 남한에 환멸감을 가지게 됐다. 김원봉은 김구와 함께 남북연석회담을 위해 38선을 넘었다. 결국 김원봉은 가족과 고향을 등지고 북에 남기로 결심했다.

아버지가 회고했던 김원봉과의 마지막 만남이다. 모진 고문에도 아버지는 끝내 결심을 버리지 않았다. 그러자 김일성은 아버지가 갇혀 있던 평양경찰서로 김원봉을 데리고 왔다.

"김 선생! 우리 영선이와 조국을 위한 건설적인 얘기를 잘 좀 해보시라요."

김일성은 아버지와 김원봉만을 남겨두고 자리를 피했다.

아버지와 김원봉은 책상을 앞에 두고 마주 앉았다. 김원봉은 고문을 받아 엉망진창이 된 아버지의 모습을 물끄러미 바라보았다. 거기에는 중국군을 호령하던 씩씩한 젊은 장군은 없었다. 눈앞에는 처참하고 비참하게 구겨진 상처투성이의 아버지가 앉아있을 뿐이었다. 김원봉은 한참동안 말이 없었다. 침묵이 그들을 감쌌다. 김원봉이 입

---

9 1945년 8·15일 광복과 함께 여운형이 만든 최초의 건국 준비 단체.

을 열기 시작했다.

"일본과 싸울 때에도 당하지 않던 일을 우리가 같은 민족에게 당하고 있구나. 해방된 조국이 일본군과 싸우던 전쟁터보다 더 무서운 세상이 되다니……. 목숨을 걸고 함께 싸웠던 동지들이 이젠 적이 되어 서로 물어뜯고 죽고 죽이고 있으니……. 이런 세상을 찾기 위해 우리가 목숨을 내놓고 독립운동을 한 것인지……."

자조적인 목소리로 혼자 읊조리던 김원봉이 아버지에게 천천히 시선을 던지며 물었다.

"고향이 여기인 네가 기를 쓰고 남한으로 가려는 이유가 무엇이냐?"

"아시다시피 저와 김일성은 이념이 다르지 않습네까."

목이 잠긴 아버지는 피멍이 든 입술로 대답했다.

"그럼 넌 단재 신채호 선생이 '이승만은 이완용보다 더 큰 역적이다! 이완용은 있는 나라를 팔아먹었지만, 이승만 이놈은 찾지도 않은 나라를 팔아먹었다'고 통탄하며 임정을 떠나게 만든, 그 이승만이 미국을 등에 업고 자행하고 있는 이념을 좇는 것이냐?"

"저도 이승만의 행동 모두를 무조건 좋아하지는 않습네다만……. 이승만을 지지하는 세력들은 이승만이 미국을 움직여 외교로 독립운동을 했고, 지금 하고 있는 행동도 조국을 위해 실리를 추구하고 있는 거라고 말하고 있습네다."

"외교로 독립운동을 했다?……. 이승만이 외교로 어떤 독립운동을 어떻게 했는지 모르겠다. 내가 알고 있는 이승만의 독립운동은 미국이 참전하자 그때부터 대일전을 선포하고, 백범 선생의 지지를 받아 임정을 인정해 달라고 미국에게 청을 넣고, 미국의 도움으로 〈미국의 소리(VOA)〉[10] 방송을 한 것이 다였다."

"이승만이 대일 전면에 나선 것은 임정이 세워지기 직전인 1918년 파리강화회의[11] 대표로 나선 때부터가 아닙네까?"

"파리강화회의 대표는 자신의 의지가 아닌 억지로 떠밀려 맡은 것이었지. 이승만도 자기 입으로 '하와이 동포 모두가 열광하고, 뉴욕과 샌프란시스코 영자신문들이 파리강화회의 문제를 보도했기 때문에 어쩔 수 없이 왔노라'고 말했다. 뉴욕에 도착해서는 '하와이에서 급하게 와 병이 났다'며 병원에 덜컥 입원해 버렸다. 그리고 대표를 다른 사람으로 교체해 줄 것을 요구했다. '파리강화회의 참석이 불가능하다'고 공식적으로 사임 의사를 밝히기까지 했지. 그런 사실은 제대로 알려지지 않고 파리강화회의 대표라는 보도만으로 국민들은 이승만을 능력 있는 외교론자로 인정하게 된 거다."

"하지만 모든 사람이 총을 들고 싸울 수는 없는 일 아닙네까. 조국의 독립을 위해 외교전 또한 필요한 것 아니갔습네까?"

"물론 '모든 사람이 총을 들고 싸울 수는 없다'는 네 말에도 동의한다. 자신이 처한 상황에서 외교전을 벌이는 치열한 독립투쟁도 필요하지. 하지만 이승만은 '무장투쟁 불가론이나 자력독립 불가론을

---

10 미국의 소리(voice of america) 한국어 방송. 1942년 대외 선전활동을 휘해 만든 미국의 해외선전 방송. 미일전쟁의 발발을 계기로 일본군과 심리 교란, 한국인의 반일활동 조성, 그리고 미국의 정책과 입장을 선전하기 위해 설립되었다.

11 1919년 프랑스 파리에서 열린 강화회의로 제1차 세계대전의 전후 처리에 관한 조약 체결을 위해 열렸다. 우리나라는 파리강화회의에서 일제 무단통치의 부당함과 식민지의 가혹한 현실을 고발하기 위해 어려운 여건 속에서도 참석을 강행했다. 임시정부의 외무총장으로 선임된 김규식의 몇 달 동안 계속된 활동에도 불구하고 미국이 일본의 편을 들어 뚜렷한 성과를 거두지 못한다. 하지만 독립에 대한 열망을 열강에 알리고 한국의 존재감을 드러내면서 일본 유학생들의 2·8독립선언과 함께 3·1 운동의 기폭제가 됐다.

비판하며, 오로지 자신의 외교론만이 독립을 이룰 수 있다'고 부르짖었다. 그건 무력투쟁을 한 너와 나를 비롯해 수많은 무력투쟁자를 비판하며 무력화시키는 행동이지 않느냐. 이승만이 부르짖는 외교전은 '우리 스스론 힘이 없으니, 무조건 강대국에 기대어 강대국 힘을 빌려 독립을 해야 한다'는 철저히 외세의존적인 무력하고 나약한 방법이었다."

"그래도 이승만은 윌슨과 친분이 있지 않습네까. 이승만으로서는 조국의 독립을 위해 최선을 다해 노력한 것입네다. 어쨌든 지금 미국을 움직일 수 있는 사람은 이승만 아닙네까."

"이승만이 내세우는 윌슨과의 친분도 이승만이 프린스턴대학에 있을 때 윌슨이 학장이었던 것이 전부였다. 그것을 부풀려 이승만이 윌슨을 움직일 수 있다는 듯 허풍을 떤 거지. 내가 보는 이승만은 현란한 말솜씨로 사람들을 선동하고 자기선전을 일삼고 자신의 실리 앞에 독립을 갖다 붙인 권력과 탐욕을 추구하는 추악한 기회주의자일 뿐이다."

이승만에 대해 환멸에 차 있던 김원봉의 말은 신랄했다.

"그래도 조국을 일본놈들이 집어삼키기 전, 루즈벨트까지 직접 만나지 않았습네까? 루즈벨트를 만나 일본의 야욕을 알리고 조국의 어려운 상황을 설명하며 도움을 요청하지 않았습네까? 조선의 청년이 미국의 대통령을 만난 것만 봐도 이승만이 아니면 할 수 없는 대단한 일입네다."

"자신이 루즈벨트를 만났다고 떠벌리고 다니는 거를 말하는 것이냐? 그것도 이승만이 선교사들의 도움을 받는 감리교 신자가 아니면 불가능한 일이었지. 감리교 목사 윤병구가 미국 감리교와 주지사의 도움으로 다리를 놔, 이승만이 루즈벨트를 만날 수 있었던 거였다.

그리고 이승만이 루즈벨트를 만났을 때는 이미 가쓰라-태프트밀약[12]으로 '일본은 우리나라를, 미국은 필리핀을 나눠 가지겠다'고 결정한 후였다. 이승만은 그런 줄도 모르고 고종이나 국민의 대표가 아닌, 하와이 8천명의 교민 대표라며 '우리나라를 독립시켜야 미국에 이익이 된다'고 자신의 주장을 열심히 설명했지. 그러나 그 순간 그는 루즈벨트에게 우롱당하고 있었다. 루즈벨트는 동양에서 온 젊은이를 만나주는 형식적인 제스처를 취한 것뿐이다."

"그렇다면 그거야 이승만을 우롱한 루즈벨트가 천하의 나쁜 놈 아닙네까? 일이 그렇게 됐다면 애당초 만나주질 말든지, 순진한 청년을 손 안에 놓고 우롱하다니 뭐하는 짓입네까? 우리가 약소국이니 얕보고 그런 짓거리를 한 거 아닙네까? 쳐 죽일 놈들 같으니라구!"

아버지는 자신이 모욕을 당한 듯 얼굴이 벌겋게 상기됐다.

"미국이 그런 나라다. 그런데도 이승만은 부끄러운 줄 모르고, 루즈벨트를 만났다고 대단한 듯 떠벌리며 지금도 미국을 떠받들고 있지 않느냐?"

"기래도 박사학위를 따고 나서 미국으로 망명하지 않고 막 조국을 집어삼킨 일본놈들이 득실거리는 조국으로 돌아오지 않았습네까?"

"그건 이승만이 대단한 애국심이 있어서 조국으로 돌아온 것이 아니다. 미국 기독교계 도움으로 학업을 마쳤기 때문에, 한국의 선교사로 되돌아올 수밖에 없었다. 돌아올 때도 선교사를 통해 조선통감으로부터 신변 보장에 관한 언질을 받은 후에 안전하다고 판단해 귀국한 거였다."

---

[12] 가쓰라-테프트 밀약. 1905년 7월 미국과 일본이 필리핀과 대한제국에 대한 서로의 지배를 인정한 협약으로 일본이 제국주의 열강들의 승인 아래 한반도의 식민화를 노골적으로 추진하는 계기가 되었다.

"하지만 이승만이 전혀 독립의지나 개혁의지가 없다고는 할 수 없는 거 아닙네까. 조선의 부정부패를 개혁하려다 종신형을 받고 5년이 넘는 감옥생활까지 하지 않았습네까."

"그것은 독립의지나 개혁과는 아무 상관이 없다. 박영효가 고종을 폐위시키고 의화군 이강을 국왕으로 추대하려했던 쿠데타에 연루된 거다. 그래서 도망다니다 체포돼 투옥된 거였다."

"그래서 종신형을 받았단 말입네까?"

"종신형도 탈옥을 하려다가 옥리에게 총상을 입혔기 때문이다."

"그런데 어드래 풀려났습네까?"

"이승만을 풀어 준 것이 일본이었지. 그때 일본은 러·일전쟁[13]으로 소련세력이 물러가자 힘을 되찾은 때였다. 종신형을 받은 이승만을 풀어준 것만 봐도 일본이 이승만을 자신의 편으로 본 것 아니겠느냐?"

"기래도 6년 동안이나 감옥살이를 했다고 하지 않습네까. 어케됐든 개혁 의지가 있어 무능한 고종을 몰아내려다 고생한 것은 사실 아닙네까."

"감옥살이도 미국 선교사들과 처가와 잘 아는 엄비의 도움으로 파격적인 대우를 받으며 했다. 옥중에서도 도서실과 학교까지 설치해 운영하고 자유롭게 집필활동을 하면서 아들과 함께 아주 편하게 했다. 그때 감옥에서 만난 사람들까지도 이승만의 권유로 기독교인으로 개종하기에 이르렀지. 그들은 마침내 이승만을 흠모하며 옹호하는 지지자들이 됐다. 이승만은 그들을 자신의 국내 지지기반으로 삼았다. 양반계층인 조선인을 기독교로 개종까지 시킨 것만 보아도 이

13 러일전쟁(1904~1905) 만주와 한국의 지배권을 두고 러시아와 일본이 벌인 제국주의 전쟁.

승만의 외교력만큼은 인정하지 않을 수가 없지."

"그걸 꼭 지지자들로 삼기 위한 계획이었다고만 볼 수는 없는 겁네다. 감리교 신자인 이승만이 감옥살이를 하다가 서로 마음과 뜻을 같이하는 사람들을 만나 의기투합해 개종한 것 아니갔습네까? 더구나 독립협회 활동도 했지 않습네까? 그러다 105인 사건[14]에 가담한 사실이 발각된 거 아닙네까? 결국 일본의 탄압을 피해 미국으로 망명한 것만 봐도 알 수 있는 사실 아닙네까?"

"독립협회 활동은 선교사들의 치외법권 지위를 이용해 안전하게 활동한 거였지. 105인 사건도 이승만이 특별히 활동한 것이 없었다. 105인 사건이 터지자, 미국에서 개최되는 국제감리교대회에 '한국 평신도 대표로 참석한다'는 명목으로 서울을 떠났지 않느냐. 이승만이 105인 사건의 중요 인물이었으면, 아무리 선교사들의 도움이 있었다 할지라도 일본이 출국을 허락했겠느냐? 게다가 미국으로 향하는 도중에 일본에 들려 동경 YMCA의 회관 기금 모금운동까지 참여했다. 그걸 보면 일본이 자신을 잡지 않으리라는 자신감이 있었기에 가능한 일 아니겠느냐?"

"그건 어쩔 수 없는 일 아닙네까. 선교사들의 도움을 받았으니 그들에게도 도움을 주어야하는 입장 아닙네까?"

"그렇다면 이승만이 선교사들의 도움으로 미국에 가서 바로 105인 사건을 비판한 것은 무엇이냐? 이승만은 국제감리교대회에 참석하고 혹시라도 모를 위험을 피하기 위해 바로 망명을 선택했다. 그리고 한국이 한일합방 후, '일본 덕분에 낡은 인습을 버리고 활발한 산업국으로 거듭났다'며 일본에게 우호적인 발언까지 서슴지 않던 인

---

14 일본이 데라우치 총독을 암살하려 했다는 누명을 씌워 신민회를 와해시킨 사건.

물이다."

"그거야 독립에 도움을 받고자 그런 거 아닙네까. 일본을 지지하던 미국의 동의를 얻기 위한 발언으로 생각할 수도 있는 겁네다."

"네 말대로라면 '독립을 위해 미국의 지지를 받으려고 조국의 독립 단체를 비난했다', '일본 덕분에 우리나라가 낡은 인습을 버리고 산업적으로 거듭났다'는 발언도 모두 '독립을 위해 미국의 지지를 얻기 위한 것'이라는 말이냐? 말이 되는 소리를 해라. 그렇다면 그런 이승만이 소련과의 연대를 기대하고 소련에 들어간 것은 또 어떻게 설명할 수 있느냐?"

"거이 무슨 말씀입네까? 이승만이 소련에도 들어갔단 말씀입네까?"

"몰랐느냐? 백범 선생과 임정요원들도 알고 있는 일이다. 이승만은 미·일 간에 전쟁이 나면 소련의 역할이 중요하게 되고 시베리아 한인의 역할이 커질 거란 걸 계산했을 거다. 그래서 소련과 교섭하러 비밀리에 입국한 거겠지. 그러다 하루 만에 추방당하는 모욕을 겪자 더는 소련에게 희망이 없다고 생각하고 그때부터 그는 반소 감정을 더욱 강력하게 외치게 된 거다."

"아니, 그런 사실을 알고도 김구 선생님과 임정이 가만히 있었단 말씀입네까?"

"가만히 있지는 않았지. 이승만은 모르리라 생각했겠지만 세상에 비밀이 어디 있느냐. 결국 소련에 들어간 사실이 임정에게 들통이 났고 임정이 추궁했지. 그때 이승만을 옹호하는 세력과 반대 세력이 갈려 임정이 분열되고 난리가 났다. 그 사실 하나만 보더라도 이승만은 자신의 야망과 탐욕을 위해선 이념이나 사상쯤은 아무 문제가 되지 않고 언제든 던져버릴 수 있다는 걸 반증하는 게 아니겠느냐. 만일 그때 이승만이 소련에 의해 추방당하지 않고 소련과 연대해 도움을 받았다면 지금과는 또 달라졌을 게다."

"김구 선생님이 저에겐 그런 말씀을 하지 않으셔서 그것까진 몰랐습네다. 그래도 미국으로 망명하고 나서 편히 살 수도 있었습네다. 하지만 조국의 실상을 알리며 한인들을 규합하여 독립사상을 고취시키지 않았습네까. 그것을 보더라도 독립을 추구하려 나름대로 애쓰고 노력한 것은 사실이지 않습네까."

"미국으로 망명하고 나서 편히 살 수 있었다? 평생 권력을 꿈꾼 이승만이 초라한 망명객으로 산다? 있을 수 없는 일이지! 그보다는 빼앗긴 나라의 지도자로 사는 것이 교민들의 추앙도 받고 미래도 있다고 생각했을 거다. 너의 말처럼 빼앗긴 나라의 지도자로 독립을 위해 최선을 다해 살았다면 문제될 것도 없겠지. 하지만 이승만의 사상은 일본이 조국을 강탈하기 전부터 친일적 색채가 농후했다. 이승만 유학시절 장인환이 스티븐슨을 암살했지 않느냐. 그때 이승만은 장인환·전명운을 '살인자'라며 통역조차 거부했다. 게다가 '이 일이 일본 정부의 탄압만 초래할 것'이라고 임시정부에 항의편지까지 보냈다. 한 술 더 떠 안중근 의사의 의거까지 '동양 문명국의 수장 이토 히로부미를 제거한 테러'라고 몰아붙였지. 하지만 이승만이 테러리스트라고 부르는 안중근 의사나 장인환 역시 기독교 신자였다. 이승만의 말대로라면 기독교 신지인 그들은 살인을 해 지옥에 갈 사람들이지. 그러나 기독교 교리엔 의로운 일을 행하라는 말도 있지 않느냐. 기독교 신자인 그들이 한 행동은 자신의 조국을 강탈한 도둑으로부터 조국을 찾고자 하는 의로운 행동이었다. 그때 장인환·전명운을 살인자로 몰아붙이며 통역을 거부한 이승만의 태도는 미국과 일본에 아부하는 이기적이고 비겁한 자기변명이었다. 이런 인물이 강대국인 미국에서 치열한 독립의지를 가지고 살았겠느냐?"

"스티븐슨의 암살에 대해선 이승만으로서는 그렇게 판단할 수도 있는 일 아닙네까? 신앙심에서 나온 발언일 수도 있고 스티븐슨을 암살함으로써 일본이 더욱 악랄하게 굴 것을 걱정한 마음에서 나온 행동일 수도 있는 겁네다. 게다가 그때 이승만은 기독교인들에게 도움을 받으며 공부하고 있던 고학생이지 않습네까. 그러니 이승만 입장에선 어쩔 수 없는 일이었을 겁네다."

"난 그렇게 보지 않는다. 그때 이승만이 기독교인들에게 도움을 받고 있는 상황이라 어쩔 수 없는 형편이었다 해도, 최소한 그들의 행동을 살인자나 테러라고 몰아붙이진 말아야 했다. 그가 한 행동은 서방세계에 아부하고 일본을 편드는 것이었다. '동부에서 공부를 하느라 서부까지 가서 통역하는 것은 불가능하다'고 거절했으면 그걸로 충분했다. 이승만에 따르면 너와 나를 비롯해 일본과 무력으로 싸운 독립군은 전부 하나님의 말씀을 거역한 지옥에 떨어질 살인자고 테러리스트이다. 지금까지 이승만의 모든 행동을 종합해보면, 그는 한국인으로 독립운동을 한 것이 아니라 미국인으로 독립사업을 한 것으로밖에 볼 수 없다."

김원봉의 말에는 시퍼런 날이 서 있었다.

"지금 선생님의 입장에서 그리 말씀 하시는 건 충분히 이해는 됩네다만, 설마 그렇게까지 했갔습네까. 이승만이 강하게 주장해서 미국으로 하여금 OSS[15]가 계획한 독수리작전[16]까지 진행하게 하지 않

15 OSS(Office of Strategic Service) 미국 전략정보국. CIA의 전신.
16 제2차 세계대전 중 미국 OSS(Office of Strategic Service)가 한인을 대일전에 활용하기 위해 광복군과 합작으로 정보요원을 양성한 계획.

앉습네까? 그러니 김구 선생님도 이승만을 무시하지 못한 것 아닙네까. 일본이 예상보다 너무 빨리 항복하는 바람에 독수리작전이 허무하게 된 거 아닙네까. 김구 선생님의 말씀대로 독수리작전이 성공했더라면 조국의 상황은 달라졌을 겁네다."

"네 말처럼 백범 선생도 '독수리작전이 성공했다면 달라졌을 거라'고 하지만, 그건 백범 선생의 순진한 생각이다. 독수리작전에 독립군이 투입된 것은 미군이 우리나라의 지리를 잘 알고 우리말을 할 줄 아는 우리의 전투력이 필요했기 때문이다. 만일 독수리작전이 성공했다고 할지라도 그것이 조국의 완전한 해방과는 연결되지 않았을 거다. 우리나라의 신탁통치는 이미 1943년 카이로회담[17] 때부터 얘기가 있었다. 독수리작전의 가장 큰 수혜자는 당연히 이승만이다. 독수리작전으로 이승만은 OSS의 부책임자였던 굿펠로우를 든든한 친구로 둘 수 있었지 않느냐? 굿펠로우는 하지의 자문 역할을 하며 정보 공작정치의 달인 아니냐. 그런 굿펠로우로 인해 이승만은 반공·반소를 외치는 미 군부내 인맥까지 굳힐 수 있었다. 게다가 미국의 소리(VOA)방송을 통해 자신의 명성을 드높일 수 있었다. 더구나 해방이 되고 귀국할 때, 이승만은 일본에 들러 맥아더의 비행기를 타고 개선장군처럼 국민들의 열렬한 환호를 받으며 돌아왔다. 임정요원들이 개인 자격으로 들어온다는 서약서를 쓰고 초라하게 돌아온 것과 사뭇 달랐다. 그때부터 이미 승리는 이승만의 것이었다. 그러니 독수리작전이야말로 이승만을 위한 축복의 작전이었다고 할 수 있지."

---

[17] 1943년 9월 이탈리아가 항복하자 세계 대전에 대한 전후 처리문제를 사전 협의하기 위해 이집트 수도 카이로에서 미국의 루스벨트, 영국의 처칠, 중화민국 장제스가 두 차례 (제1차 1943년 11월 22일~26일, 제2차 1943년 12월 2일~7일)가진 회담.

"결과적으로 그리된 것까지야 어쩌겠습네까. 그것 또한 이승만의 운 아니갔습네까. 임정이 눈 먼 소경도 아니고, 어쨌든 임정에서 대통령까지 시킨 것을 보면 임정도 이승만의 영향력이나 힘을 인정하고 기대한 것 아닙네까."

"이승만이 임정의 대통령이 된 것도 '국내에 있는 한성정부가 자신을 대통령으로 임명했다'고 스스로 대통령을 자처했기에 어쩔 수 없이 인정해준 거였다. '한성정부가 이승만을 대통령으로 임명했다'는 근거는 재미 한인단체가 만든 신문 〈신한민보〉 귀퉁이의 짧은 기사가 다였다. 그 기사란 것도 '국내 기호파와 합중국에서 교육받은 사람들이 비밀리에 한성정부를 만들었고 이승만을 대통령으로 선출했다'는 내용이 전부였다. 그걸 가지고 이승만은 자신을 임정에서 인정해준 대통령이라고 자처하고 다닌 거였다."

"그렇다면 임시정부가 그 사실을 따지지도 않고 무턱대고 이승만을 대통령으로 임명했단 말씀입네까?"

"왜 안 따졌겠느냐? 임시정부에서 따져 묻자 이승만은 자신을 대통령으로 임명한 한성정부의 문건을 가지고 있다고 했지. 또 미국 언론사 〈뉴욕타임즈〉가 자신을 대통령이라고 소개해 어쩔 수 없었다고 변명까지 했다. 그리고 한성정부가 국내 13도 대표대회와 국민대회를 개최했기에 '한성정부야말로 정통성이 있는 유일한 임시정부'라고 말했다. 백범 선생의 임시정부를 부정하는 주장까지 한 거지. 하지만 이승만이 주장한 〈뉴욕타임즈〉는 그런 기사를 올린 적도 없었다. 한성정부의 13도 대표대회나 국민대회도 역시 있지 않았다. 이승만이 갖고 있다는 한성정부의 문건은 시위용으로 뿌려진 전단지가 전부였다. 더구나 한성정부는 대통령이 아닌 총재정부의 혼합체였다. 총재도 이승만 혼자가 아니었다. 이동휘와 이승만 두 사람이었다."

"아니, 그게 정말입네까? 그런 거짓말과 임시정부를 부정한 사실이 뻔히 드러났는데도 임정에서 대통령으로 임명했단 말씀입네까?"

"아니지, 임정이 그 사실을 들어서 다시 따졌지. 그러자 이승만은 한성정부가 집정관 총재라고 발표했는데, 〈뉴욕타임즈〉 등을 통해 미국에 'President'로 잘못 알려진 거라며 억지를 부렸다. 자신은 'President'라는 단어를 사람들이 이해하기 쉬운 대통령으로 번역했을 뿐이라고 했다. 더구나 '집정관 총재, President, 대통령 등의 명칭이 아무런 차이가 없다'는 황당하고 해괴한 변명까지 해댔다. 하지만 한성정부는 총재가 대통령인 'President' 체제가 아니었다. 하물며 총재는 이승만 한 명이 아니라 이동휘까지 두 명이었지 않느냐. 이승만은 총재 이동휘를 국무총리로 격하시킨 내용을 발표했다. 자신에게 유리한 미국식 대통령 중심제를 만들어 낸 거지. 그리고 미주와 상해의 교민들과 독립 진영에는 이런 사실을 감쪽같이 숨겼다."

"지, 지금 그, 그거이 무슨 말씀이십네까? 이승만이 대통령이 되기 위해 문서를 조작까지 했단 말입네까?"

아버지는 놀라 말을 더듬었다.

"사실이다. 게다가 이승만이 정통성 있다고 주장하는 한성정부는 국내에서 수립된 과도적 정치체제였을 뿐이었다. 그런데 이승만은 그 체제를 바탕으로 자기 식의 자신을 위한 새로운 대통령제 정부를 날조해낸 거지."

"아, 아니, 김, 김구 선생님과 임시정부는 그런 사실을 다 알고도 이승만을 대통령으로 임명했단 말씀입네까?"

"그때 상해임시정부는 노령-한성-상해의 3정부를 통합하는 과정에서 국내와 해외의 지지세력을 등에 업은 이승만을 무시할 수 없었을 거다. 오히려 이승만을 배격한 신채호를 이승만 세력들이 조롱까지 하지 않았느냐. 그래서 결국 신채호가 임정을 떠난 거 아니냐. 백범 선생은 그때 이승만의 탐욕스런 야심과 인물 됨됨이를 간파했어야 했다. 이승만을 옹호하는 세력을 단호히 물리치고 그를 대통령으로 뽑지 말았어야 했다."

아버지는 혼란한 감정을 수습하느라 한참동안 고개를 숙이고 있다가 무겁게 입을 열었다.

"이미 엎질러진 물이 아닙네까. 독립군들이 목숨을 걸고 싸울 때 그따위 짓이나 하고 있었다니 한심합네다. 선생님 말씀대로 그런 사실을 알았다면, 조국을 위해 목숨을 내놓고 싸우는 독립군들을 생각해서라도 죽음으로 막아야 했갔지요. 그렇지만 이승만 지지세력들 또한 만만치 않았을 겁니다. 그들을 무시할 수만은 없었갔지요. 그런 상황이었으니 김구 선생님도 어쩔 수 없었을 겁네다. 그래도 하와이로 가서 교민들을 규합하여 신문을 만들고 독립사상을 고취시키는 등 나름대로 노력하지 않았습네까."

"지금 네가 말한 것처럼 국민들도 너처럼 이승만이 곧바로 하와이에서 독립운동을 한 것으로 알고 있지. 하지만 처음 이승만은 곧바로 하와이로 가지 않았다. 미국 본토로 망명해서 YMCA 일을 돌보며 근근이 살았지. 그런 이승만을 박용만이 비행기 표를 보내 줘 하와이로 초청한 거였다. 이승만은 박용만과는 감옥에서 의형제를 맺은 사이였지. 그때부터 이승만의 40년 하와이 생활이 시작된 거였다. 하지만 하와이에 가서도 이승만은 '대일전이 불가능하다, 조선총독부가 많은 개혁을 단행해 한국인의 성원을 얻고 있다'는 등의 발언까지 서슴지 않았다. 그렇게 우호적이었으니 일본인 총영사가 기부금까지 낸 것이 아니겠느냐. 그런 이승만이 소극적이나마 반일을 표명한 것은 임정에 의해 대통령직을 맡고 나서부터였다."

아버지의 목소리는 우울했다.

"……이제 와서 돌이킬 수도 없는 일 아닙네까. 그나마 대통령이 되고나서 최선을 다했다면 어쩔 수 없는 일 아닙네까."

"네 말대로 최선을 다했다면 문제될 게 없었을지도 모르지. 하지만 임정 대통령이 되고 나서도 문제가 많았다. 자신이 운영하던 학교 건축비 조달을 위해 모금 활동을 할 학생들을 모집했다. 그렇게 모국 방문단을 만든 이승만은 나라를 빼앗은 일본 총영사관과 교섭했다. 결국 학생들이 원수의 나라인 일본 여권을 갖고 모국을 방문하게 만들었지 않느냐."

"그걸 꼭 나쁘게만 볼 수는 없는 거이 이승만의 실리적인 외교론과 맞아떨어지는 거 아니갔습네까. 독립사상을 고취시키기 위해 교민들을 규합하고 교육시킬 학교를 짓고 건물도 지어야 하지 않습네까. 그런 이승만에게 돈이 필요한 건 당연한 일 아닙네까. 그러려면 일본의 협조가 필요한데, 그로서는 불가피한 선택이었을 겁네다."

"네 말대로 학교를 짓고 건물도 지어 독립사상을 고취시키고 하와이 교민을 규합하려는 목적이었다고 치자. 그럼 이승만이 은인인 박용만의 무력투쟁노선을 비판하고, 자금에 문제가 있다며 그를 몰아낸 것은 무엇이냐. 더구나 그의 자리를 차고 앉아 하와이 교민들을 분열시키고 가는 곳마다 반목과 분열을 야기하며 재판까지 한 것은 어떻게 설명할 것이냐?"

"그런 일들이 있었던 것까지야 몰랐지만 그건 각자의 말을 들어봐야 확실히 알 수 있는 거 아닙네까. 자세한 속사정이야 본인들만 알

뿐이지, 제3자가 어드래 정확히 알 수가 있갔습네까."

"시간이 더딜 뿐 결국 진실은 드러나는 법이다. 이승만은 임정의 대통령으로 임명됐을 때 중국인으로 위장해서 잠시 왔다 갔을 뿐이다. 그 후론 임정에 다시 발을 들이지 않았다. 하와이에서도 자금 문제로 시끄러웠다. 교민들과도 분열, 반목, 재판 등에만 정신이 팔려 있었다. 임정에 대해선 관심조차 없었다. 윌슨에게 '국제연맹이 우리나라를 대신 통치해 달라'는 위임통치 청원까지 넣었다. 임정은 그런 이승만에게 더는 대통령직을 맡길 수 없다고 판단했다. 그래서 결국 임정이 이승만을 대통령직에서 파면시킨 것 아니겠느냐?"

"지금 그게 무슨 말씀입네까? 이승만이 대통령직에서 파면됐단 말씀입네까?"

"그것도 몰랐느냐?"

"일본놈들과 싸우느라 오줌 눌 틈도 없었는데 내래 어찌 알갔습네까. 말을 해주지 않는데, 내래 어드래 자세한 내막을 알 수 있갔습네까? 저는 그저 하와이 생활이 바빠 스스로 그만둔 것으로만 알고 있었습네다. 대체 언제 파면 됐습네까?"

"그게…… 1925년이지. 임정이 이승만을 대통령 직에서 파면하자, 이승만은 임시정부를 부정하고 자신이 직접 임시정부를 세우려고까지 했다. 백범 선생은 그런 이승만을 끝까지 감싸고 돌았다. 무조건 미국을 움직일 수 있다고 호언장담하는 이승만을 믿은 것부터 잘못된 거였지."

"그런 문제가 있었으면 아예 처음부터 대통령을 시키지 말아야지, 시켜줬다 중간에 파면됐으니 악심이 난 거야 사람으로서 당연한 거 아닙네까? 그건 전적으로 단호한 판단을 내리지 못한 임정의 책임입네다!"

아버지의 목소리가 노기로 높아졌다.

"너의 말에도 일리가 있다. 아무리 반대가 심해도 이승만의 지지세력을 누르고, 이승만을 대통령 자리에 앉히지 말았어야 했다. 백범선생이 단호한 강단을 내렸더라면 좋았을 것을……"

아버지 목소리와 달리 김원봉의 목소리에는 힘이 빠졌다.

"일이 그리 된 걸 이제 와서 어카겠습네까. 그래도 이승만이 끝까지 한국의 독립을 위해 관심과 끈을 놓지 않고 있었던 것은 사실 아닙네까."

아버지는 자신을 타이르고 있었다.

"네가 말한 관심과 끈이란 전세가 미국의 승리로 기울자 이승만이 기회를 놓치지 않고 강력하게 대일전을 선언한 것이 다였다. 일본에 우호적이었던 이승만이 180도로 태도를 바꾼 것만 보더라도 그의 기회주의적 야심을 드러내는 행동이지 않느냐. 이승만의 본심을 잘 보여준 거였지. 단재 선생은 이미 이승만을 꿰뚫어본 거지. 그러나 임정을 떠난 건 이승만이 아닌 단재 선생이었지. 그때부터 비극이 시작된 건지도 모르겠다. 그런데도 백범 선생은 임정을 분열시키고 부정까지 한 이승만을 끝까지 싸고 돌았다. 게다가 귀국해서는 자신을 찾은 여운형의 몸수색까지 하지 않았느냐. 여운형은 선생의 가족을 만주로 탈출시켜준 은인인데도 말이다. 그건 백범 선생의 가장 치명적인 판단 미스의 하나였다."

"여운형의 몸수색은 좌파로 기운 여운형을 믿지 못해 벌어진 일일 겁네다. 그때 김구 선생님으로선 막 돌아와 고국의 실정을 모르고 있었던 상황이 아닙네까. 더구나 이승만에게는 국내에도 감옥의 동지들이나 독립협회 활동을 하면서 아는 지인들과 YMCA 브루주아 인맥들인 지지세력들이 버티고 있는 상황이었습네다. 그런 상황에서 김구 선생으로선 당연히 이승만에게 의지할 수밖에 없었을 겁네다. 게다가 미국 박사로 미국 말을 할 수 있어 하지의 자문 역할까지 하고 있었지 않습네까. 칼자루를 쥔 미국의 지지를 받고 있었으니, 김구 선생으로선 이승만을 무시하지 못했을 겁네다."

"바로 그 점이 잘못됐다는 거다. 막 돌아와 조국의 상황을 모른다는 건 이유가 되지 않는다. 이미 해방 전부터 백범 선생은 송진우[18]와 연락을 하고 있어 고국의 사정을 어느 정도 알고 있었다. 게다가 조국의 통일을 준비하기 위해 건준[19]을 만든 여운형도 있었고 민족주의세력도 있었다. 그런데도 백범 선생은 그들을 적대시하고 오직 이승만에게만 전폭적인 지지를 보냈다. 그전에도 백범 선생이 이승만의 됨됨이를 알아볼 수 있는 기회는 차고 넘쳤다.

이승만은 '백범 선생의 임정을 부정하고 스스로 임정을 만들려는 시도까지 했다'고 했잖느냐. 게다가 대통령 임명을 조작하고 스티븐슨의 저격과 안중근의 의거를 테러라고 몰아붙였다. 또 강대국에 한국의 위임통치 청원까지 넣은 사실이 알려져 임정이 이런 사실들을 추궁하자 이승만은 '위임통치 건은 3·1운동 이전이니 문제 될 것이 없다'는 어이없는 말까지 해댔다. 그리곤 박용만의 정치적 공격일 뿐이라 둘러댔다. 게다가 위임통치는 안창호와 임원회의 사전 인가장을 받았다는 헛소리와 변명으로 일관했다. 여기에 외교론 운운하며 임정을 더욱 분열시켰다. 그런 상황 속에서도 백범 선생은 이승만의

18 송진우(1980~1945) 독립운동가. 동아일보 사장을 역임한 언론인으로 일장기 말소사건에 책임을 지고 사장직에서 물러났다. 온건한 우익세력으로 한국민주당을 창당하고 대표로 활동하다 신탁통치 문제로 김구와 갈등을 겪기도 했다. 극우세력인 한현우 등이 쏜 총에 맞아 최후를 마쳤다.

19 《조선건국준비위원회》 1945년 해방과 함께 여운형이 중심이 되어 조직된 최초의 건국준비 단체.

손을 들어줬다. 최후엔 임정에서조차 부인한 이승만인데, 백범 선생은 왜 그리 이승만에게 집착하고 지속적인 연락을 취하고 관심을 가졌는지 도무지 이해할 수가 없다."

"그건 강대국인 미국을 움직일 수 있다는 이승만의 말을 무시할 수 없었기 때문일 겁네다. 미·일전이 시작돼 전세가 미국의 승리로 기울어지자, 이승만 말대로 이승만이 미국에 영향을 끼칠 수 있다고 믿었갔지요. 더구나 멀리 떨어진 임정에서 미국의 상황을 정확하게 인지할 수 없는 것 아니갔습네까. 그러니 미국에 있는 이승만의 말을 믿고 의지할 수밖에 없었던 점도 있었을 겁네다."

"미국과 임정이 멀리 떨어져 있었다고 해도 소식을 전하는 루트가 있었고 판단은 백범 선생의 몫이었다."

"임정이 김구 선생님 혼자만이 아닌, 이승만 지지세력들도 있었지 않습네까. 그리고 위임통치 건은 이승만 뿐만 아니라 당시 미국에 있던 안창호 선생이나 독립운동가들도 동조하고 있던 일 아니었습네까?"

"도산 안창호는 위임통치가 아니라 실력을 키우자는 말에 동조한 거다. 처음에 도산이 실력을 양성하자는 것까지는 이승만과 같았다. 다만 이승만은 실력을 양성해 외세에 기대어 독립을 하자는 거였다. 하지만 도산은 실력을 양성한 후에 무력투쟁을 해서 독립을 쟁취하자고 주장한 거였다. 그렇게 이승만과 도산의 최종 목표는 달랐다. 그러니 나중엔 도산도 이승만의 외교노선을 비판하고 만주에 와서 투쟁에 임했지 않았느냐? 네가 추구하는 이념이란게 이렇게 외세의존적이고 책임회피적이고 기회주의적인 나약한 이념을 말하는 것이냐?"

"저의 이념은 김구 선생님과 같습네다."

"백범 선생의 이념이다? 백범 선생도 '친일민족반역자를 처단하는 일보다 민족을 합치는 일이 더 중요하다'고 했다. 그러니 '우선 민족을 합친 다음에 친일민족반역자를 찾아내자'고 이승만과 똑같이 부르짖었다. 친일반역자와 합친다는 것 자체가 있을 수 없는 일 아니냐?"

"저도 거기엔 전적으로 동의할 수가 없었습네만, 김구 선생님으로선 이승만의 주장을 따를 수밖에 없었던 상황이지 않았습네까. 그러니 어쩔 수 없이 우선 분열된 국민을 통합하고 친일파를 찾아내자는 이승만 말에 동의한 것일 겁네다. 김구 선생의 입장에선 미국과 친밀하고 미국의 지지를 받는 이승만을 무시할 수 없는 상황이었지 않습네까. 게다가 철저한 반공정책도 이승만과 생각이 같았으니, 거저 그를 믿고 따를 수밖에 없었을 겁네다."

"백범 선생의 말대로라면 빨갱이나 공산주의도 민족이 합치고 나서 가려내야 하는 것 아니냐? 민족의 반역자 친일파보다 빨갱이나 공산주의를 가려내는 것이 더 시급한 문제냐?"

"친일민족반역자를 처단하는 것도 중요하지만 국가를 전복시키려는 공산당의 처단 역시 그에 못지않게 중요합네다. 더구나 박헌영과 김일성은 민족보다 혁명을 먼저 외친 악질 공산당 아닙네까?"

"그렇다면 네가 보기에도 내가 민족을 분열 시키는 혁명을 외치고 국가를 전복시킬 악질 공산당 빨갱이로 보이느냐?"

"선생님께서는 소련이 원하는 찬탁을 주장하시니 빨갱이로 몰리는 것 아닙네까?"

"찬탁을 주장하면 빨갱이다? 너도 모스크바 3상회의에서 의결한 내용을 오직 신탁에만 중점을 두고 보도한 것을 믿는 것이냐? 이승만의 기관지 역할을 하던 언론이 반대로 보도한 국민 선동용 가짜 기사[20]를 믿느냐. 이승만에게 충성하는 우익세력과 그 뒤에 숨은 친일파의 악랄하고 간교한 수에 휘둘리는 것이냐 말이다. 즉시 독립을 주장한 쪽은 오히려 소련이었다."

"소련이 즉시 독립을 주장한 건 또 다른 속셈이 있었기 때문입네다. 지금 공산주의 세력이 득세하고 있지 않습네까. 그러니 즉시 독립을 해도 조국이 공산주의가 될 자신이 있기 때문에 그렇게 주장한 것일 겁네다."

"나 역시 소련이 우리나라를 순순히 해방시킬 마음에서 즉시 독립을 주장했다고는 생각하지 않는다. 너의 말대로 지금 독립하면, 혼란한 정세를 틈타 강력한 공산주의 세력이 정권을 잡을 것이란 자신감에서 내린 결정일 수도 있다. 하지만 강대국이 내린 결정을 우리가 번복할 힘이 있느냐? 그러니 우리는 모스크바 3상회의의 결정을 받아들여 하루라도 빨리 통일을 향한 임시정부를 만들어야 했다."

"모스크바 3상회의의 의결 내용이 한국을 식민지로 만든다는 것인데, 그걸 받아들이면 또다시 조국이 식민지가 되는 것 아닙네까!"

"영선아, 그건 극우세력이 제대로 보도하지 않고 악의적으로 왜곡해 국민들을 선동하고 있는 말이다. 모스크바 3상회의의 골자는 대한민국을 독립적인 민주국가로 발전시키는 것이야. 일제의 지배와 잔재를 조속히 제거하기 위해 조선의 임시정부를 설립한다는 것이다. 임시정부와 연합국이 협의하여 5년의 통치 기간을 두고 그 기간 동안 필요한 것들을 지원함으로써 민주주의를 발전시킬 역량을 키워준다는 것이었다. 그런데 한민당과 이승만의 기관지 역할을 하는 언

---

20 동아일보 오보기사 사건. 당시 소련은 즉시 독립을, 미국은 신탁을 주장했으나 이 사실을 반대로 내보냈다.

론들이 오직 신탁통치에만 중점을 두고 보도했다. 조선에 임시정부를 세운다는 말이 빠진 채 악의적으로 왜곡 보도한 것이란 말이다."

"다 좋은데 우리나라를 왜 남의 나라가 통치를 하느냐 이 말입네다. 남의 나라가 조국을 통치하면 다시 식민지가 되는 겁네다!"

"영선아, 제발 극우세력이 하는 말만 믿지 말고, 지금 우리나라 상황을 자세히 봐라. 미군정은 조국을 강탈한 일본놈들이 쓰던 친일파들을 그대로 쓰며 현상유지를 하고 있다. 일본의 패망과 함께 도망갔던 친일경찰들까지 다시 들어와 자리들을 차지하고 있다. 통치자만 일본에서 미국으로 바뀌었을 뿐이지. 일본놈들에게 충성하던 친일경찰과 친일관료가 그대로 자리를 지키고 있지 않느냐. 동족을 핍박하고 등골을 파먹고 탄압한 친일파가 여전히 활개를 치며 일본놈들이 통치하던 시대와 똑같은 악행을 저지르고 있는 상황이다.

미군정의 반공정책에 지하로 들어갔지만 공산주의는 여전히 존재한다. 백범 선생의 민족주의세력, 소련세력을 등에 업은 김일성과 연안파, 박헌영의 재건세력, 게다가 사회주의세력들까지 대립하고 있다. 여기에 몽양이 만들어놓은 건준에 의해 조직된 전국의 수많은 단체와 당이 존재한다. 미군정을 등에 업은 이승만이 만들어놓은 친일세력과 우익세력도 버티고 있다. 또 각자 견해와 이해가 다른 독립운동가들도 서로 대치하고 있는 상태이다.

조국이 이렇게 혼란스러운 상황이지 않느냐. 이런 상황에서 35년간 일본놈들 통치 밑에서 일하던 사람들을 선별해 가려낸다는 게 쉬운 일이겠느냐? 소극적 친일행위와 적극적인 친일파를 가려내고, 35년간 계속된 일제의 잔재를 치우는 일이 단기간에 이루어질 수 있겠느냐 말이다. 시간이 필요한 건 당연하지 않느냐? 그런 상황이니 우선 임시정부를 세우고 강대국이 임시정부와 협의해 친일세력들을 교체하고 일제의 잔재인 행정제도와 사법제도를 고치고 새로운 나라를 세우겠단 것이다. 우리가 반대를 해서 미국이나 소련의 힘을 꺾을 만큼 우리 힘이 강하다면 또 모르겠다. 하지만 그럴 힘이 우리에게는 없지 않느냐? 그러니 우리는 모스크바 3상회의에서 내린 결정을 충실하게 따라 미소공동위원회에 참석해 임시정부를 세워 하루라도 빨리 통일국가를 만들어야 했다."

"그러다 통일국가를 만들기도 전에 공산국가가 될 수도 있는 겁네다."

"흥! 순진한 소리! 지금 미군정이나 이승만과 친일파가 국민들에게 신탁을 하면 바로 공산주의 국가가 된다고 선동하고 있지. 하지만 미·소가 서로 으르렁거리며 우리나라를 놓고 힘겨루기를 하는데 과연 미국이 그렇게 되도록 보고만 있을까? 더구나 우리를 신탁통치하려는 4개국 중 영국과 장개석의 중국은 미국 편이다. 그런데 공산국가가 된다? 어림없는 소리지! 우리는 미국과 소련의 힘겨루기를 이용해 모스크바 3상회의의 결정에 따라 임시정부를 세우고 미·소의 세력을 물리쳐야 했다. 지금 남한 단독선거의 야욕을 가지고 신탁을 하면 공산국가가 된다고 선동하는 이승만과 친일파가 과연 국민들이 원하는 민주주의 국가를 만들까? 이승만이 정권을 잡는다면 공산주의를 타도한다는 미명 아래 공산주의보다 더 잔인한 친일파가 활개를 치는 독재국가를 만들 거다. 미국에 있을 때 조선인들을 모아 영구 총재로 군림했던 것만 보아도 알 일 아니냐?"

"그걸 꼭 나쁘게만 볼 수는 없는 것 아닙네까? 교민들이 함께 살 땅을 마련해 분열된 교민들을 규합하여 독립사상을 불러일으키고 독립의 중점지로 만들려는 강단의 조치일 수도 있는 겁네다."

"나는 그렇게 생각하지 않는다. 이승만이 지금껏 한 행동으로 봐선 그것조차 자신만의 왕국을 만들려는 야욕이 아닌가 한다. 이승만에게는 의리도 정의도 신념도 이상도 그 어떤 것도 중요하지 않다. 그간 행적을 보면 이승만은 자신의 사익과 야욕을 위해선 그 어떤 사람도 배신할 수 있는 인물이다. 이승만은 반대파에겐 무자비하고 추종자들에게도 관대하지 못한 인물이다. 감옥에서 이승만과 의형제를 맺은 박용만은 이승만을 열렬히 옹호하고 도와준 은인이었다. 도망친 이승만에게 미국까지 아들을 데려다주고 〈독립신문〉 원고를 가져다줘 출간할 수 있게 만들어주고 비행기 표를 보내 하와이로 초청까지 했다. 그런데 이승만은 은인인 박용만의 국민회를 장악하고 그의 무력투쟁론을 성토하기까지 했다. 거기에 더해 자금 문제까지 깨끗하지 않다며 박용만을 몰아내고 배신하지 않았느냐? 분열된 교민들을 규합하려는 취지라면 그런 일을 하지 않았어야지."

"하지만 박용만이 자금 문제에 있어 선명하지 않았던 건 사실 아닙네까?"

"박용만은 과묵하고 선이 굵은 사람이다. 이승만과 맞붙어 일일이 대거리를 하며 싸우지 않고 묵묵히 하와이를 떠났다. 그 후 타국에서 암살 당해 확인된 것은 없다. 하지만 정작 교민들과 자금 문제로 끊임없이 말썽을 일으킨 것은 이승만이었다. 끝내는 자신을 공부시켜 주고 도와주고 키워준 감리교단까지 배신하지 않았느냐. 이승만이 신립교(후일 한인기독교회)라는 사이비 종교단체인 무교파를 창설해 교주까지 된 것을 보면 그가 어떤 인물인지 알 것 아니냐? 교주가 되어서도 독단적이고 독재적인 행동으로 교민들과 끊임없이 불화를 일으켰다. 이젠 상해임시정부 시절부터 이승만을 끝까지 밀어주고 믿어준 백범 선생에게까지 차갑게 등을 돌렸다. 게다가 자신을 지지하고 미국으로 갈 수 있게 편의를 봐준 하지도 배신했다. 미국에서 하지를 몰아낼 로비를 해서 하지가 경악하고 치를 떨었던 인물이 바로 이승만이었다. 그걸 보면 자신의 야욕과 탐욕을 위해선 수단과 방법을 가리지 않고 이용하다가 이용 가치가 없어지면 가차 없이 뒤통수를 치고 언제든 배신할 준비가 된 인물이 이승만이다. 그런 이승만에겐 의리나 정의란 하찮고 거추장스러운 짐일 뿐이지.”

"그런 면이 전혀 없다고는 할 수 없지만 박용만이 암살된 것은 레닌의 자금 문제 때문 아닙네까? 그렇게 보면 박용만이 자금 문제가 있다는 말이 영 엉터리는 아닐 수도 있는 겁네다.”

"레닌의 자금 문제 역시 일방적인 추측일 뿐 확실하게 드러난 것은 아무것도 없다. 그리고 자금 문제로 말하자면 이승만을 따라갈 자가 없다. 이승만은 처음 임정의 국무총리로 임명된 순간부터 국채 발행권과 자기 지위에 대한 신임장만을 요구했다. 대한민국 임시정부가 어디 있으며 무슨 일을 하고 있는지 혹은 무슨 일을 하려고 하는지는 관심조차 없었다. 자신의 로비를 위해 미국에 가면서도 국민들에겐 '조국의 독립을 호소하러 간다'고 속여 미국에 갈 경비를 성금이란 이름으로 둔갑시켜 국민들을 협박해 강탈하다시피 갈취했다. 친일파에겐 친일 경력을 협박하여 돈을 뜯어내고, 하지를 등에 업고는 거액의 자금까지 확보했다. 그것도 모자라 끝내는 장개석이 이별 선물로 준 백범 선생의 돈까지 탐냈지 않았느냐. 심지어 장개석에게 직접 편지까지 써서 자신의 개인 통장으로 넣어달라고 간청까지 했지. 그래도 안 되니 장개석을 직접 찾아가기까지 하지 않았느냐. 그래도 거절당하자 프란체스카를 데리고 영사를 만나러 다녔지. 그래서 결국 백범 선생이 반을 준 건 너도 알고 있지 않느냐? 그렇게 긁어 모은 막대한 정치자금으로 미국에 가서 자신을 대통령으로 만들어줄 로비스트들을 고용하고 국내에선 자신을 포장하고 선전할 언론사를 사들인 것 아니냐? 이것만 봐도 누가 탐욕의 화신이 돼 자금에 목을 매는지 알 것 아니냐?"

"좀 과한 면이 있지만 정치를 하려면 정치자금이 필요하고, 언론이야 자신을 알리는 데 필요하니 어쩔 수 없는 선택이 아니갔습네까. 그래도 김구 선생님과 함께 반탁을 부르짖으며 미국에게 항의까지 하지 않았습네까."

"넌 백범 선생처럼 끝까지 이승만에게 관대하구나. 백범 선생이 이승만과 함께 반탁을 외쳤지만 백범 선생과 이승만의 반탁은 의도부터 다르다. 우직하고 순직하게 민족이 다른 나라의 통치를 받으면 안 된다는 애국심 하나로 반탁을 주장하는 백범 선생과는 다르다는 말이다. 지금 이승만의 나이 73세이다. 그런데 이승만이 하고 있는 행동을 봐라. 양녕대군이 세종대왕에게 보위를 양보하지 않았으면 자신이 고종이 될 수도 있었다고 부르짖는 이승만이다. 한성정부가 세워지자 집정관을 대통령이라고 문건을 조작해 대통령을 자처하고 다녔다. 임시정부를 부정하고 자신이 임시정부를 세우려고까지 했다. 결국엔 사이비교를 세워 영구 교주까지 되지 않았느냐. 이런 이승만의 행동을 종합해보면 자신이 직접 나라를 차지하려는 추악한 욕심으로밖에는 안 보인다."

"그걸 전부 사욕으로만 몰아붙이는 것은 좀 과한 생각일 수도 있습네다. 애국심을 가지고 새로운 나라를 만드는 초석을 다진 것으로 볼 수도 있는 일입네다."

"참으로 답답하다. 어찌 그리 이승만에 대해선 한 치의 의심도 없이 관대한 것이냐? 초석을 다지려면 조국에서 다져야지. 미국에서 무슨 초석이냐? 초석이 외국에서 다져질 일이냐?"

"거야 초석을 다지기 위한 준비작업일 수도 있지 않습네까?"

"준비작업? 초석을 다지기 위해 준비작업을 한다? 그것도 외국에서? 그렇다면 애국심도 준비작업을 하면 얻어지겠구나. 그렇게 준비작업을 해서 이승만이 민족 반역자인 친일파를 옹호하고 있는 거구나. 친일파라는 약점을 잡고 그들을 자신의 충복으로 만들어 자신의 세를 늘리는 데 그들의 자금력과 힘을 이용한 것도 초석을 위한 준비작업의 결과고?

미군정과 협력해 친일파를 민주주의를 사수하는 세력으로 둔갑시킨 것도 그런 것이고? 친일파가 다시 득세하는 세상을 만든 것 역시 그렇고? 정작 애국심이 있는 사람들은 공산당으로 몰아 죽인 것도 초석을 다지기 위한 준비작업 때문이겠구나. 몽양[21]과 고하[22]까지 죽이는 걸로도 모자라, 이젠 나까지 빨갱이로 몰아 죽이려는 것도 초석을 다지기 위한 준비작업의 결과냐?"

"네? 거이 무슨 말씀입네까? 여운형이나 송진우를 이승만이 죽였다는 증거가 없지 않습네까? 오히려 송진우는 김구 선생님이 죽였다고 하지가 이를 갈고, 장덕수[23]가 죽었을 땐 김구 선생님이 법정에까

---

21 여운형(1886~1947) 독립운동가. 언론인. 정치인. 초당의숙을 세우고 신한청년단을 발기하였다. 고려공산당에 가입하여 한국의 사정을 세계에 알리는 역할을 하였다. 파리강화회의 때 김규식을 대표로 보내는데 큰 역할을 하며 일본의 패망을 알고 건국준비위원회를 조직하였다. 좌우합작을 도모하다 13번 째 테러를 피하지 못하고 암살 당했다.

22 송진우(1890~1945) 독립운동가. 언론인 우익의 거두로 1936년 일장기 말소사건 이후 동아일보가 정간되자 책임을 지고 사장직에서 물러났다. 광복 후에는 여운형이 이끄는 조선건국준비위원회 참여를 거부하고 임정 봉대론을 내세우며 국민대회 준비회를 조직했다. 일본에 굴복한 언론인들, 자본가, 지주 기득권 세력의 지지를 바탕으로 한국민주당을 결성하고 수석총무가 된다. 김구와 반탁과 찬탁으로 입장을 달리하다 암살당한다.

23 장덕수(1894~1947) 독립운동가였다가 친일반민족행위자로 변절했으며, 동아일보 부사장과 초대 주간을 맡았다. 광복 후 한국민주당 발기인으로 참여하고 송진우 사망 후 한민당을 이끈다. 단독선거 문제로 김구와 이승만이 반목했는데, 일주일 만에 김구는 단독선거를 지지하는 성명을 발표하며 이승만과의 합작을 발표한다. 하지만 합작을 일주일 앞두고 한민당의 정치부장 장덕수가 암살된다. 장덕수 암살의 배후에 신익희·조소앙·엄항섭·김석황 등 한독

지 서지 않았습네까? 함부로 큰일 날 소리 마시라요."

"지금 여기서 내게 큰일 날 일이 뭐가 더 있겠느냐. 너도 그들을 백범 선생이 죽였다고 생각하는 거냐? 그들이 죽고 누가 가장 덕을 보았느냐? 장덕수가 암살되고 누가 가장 곤경에 빠졌느냐 말이다. 장덕수의 암살로 합당이 물거품이 돼버리고 백범선생이 곤경에 처한 것 아니냐? 그런데 장덕수를 백범선생이 죽였다? 삼척동자가 웃을 일이다!"

"선생님! 선생님께서 이러시니 지금 이런 상황에 빠지신 겁네다! 모두 심증일 뿐 확실한 증거가 없지 않습네까? 그리고 자신이 죽였다고 하는 사람들이 엄연히 있는데 겁 없이 그런 말씀을 하시니, 밉보여서 빨갱이라고 잡아 족치려 하는 것 아닙네까? 그리고 이렇게 민감한 시기에 좀 가만히 계시지 전평 시위엔 왜 가셨습네까?"

"목에 칼이 들어와도 할 말은 해야 하지 않느냐? 그리고 전평에 간 것이 무슨 문제냐? 넌 누구를 위해 독립운동을 한 것이냐? 임금과 부패한 관리들에게 나라를 찾아주기 위해 한 것이냐? 나라와 민족을 위해 한 것이냐?"

"내래 임금이나 썩은 관리들 낯짝을 본 적도 없는데, 어드래 그런 인간들을 위해 싸웠겠습네까. 그것들이 나라를 잃게 만든 장본인인데 어떤 넋 나간 미친놈이 그들을 위해 목숨 내놓고 독립운동을 하갔습네까. 다 나라와 민족을 위해 한 것 아닙네까."

"바로 말했다. 나 역시 나라와 민족을 위해 전평에 갔다. 나라를 찾았는데도 여전히 악질 친일파와 가진 자들에게 착취당하고 허덕

당 관계자들이 관련된 것이 밝혀지면서, 두 조직의 통합 결의는 물거품이 되어버렸다. 장덕수의 죽음으로 한민당과 김구·임정 간에는 극도의 적개심이 자리잡게 되고, 김구는 그 암살의 배후로 법정에까지 서게 된다.

이며 생존권을 위협받고 있는 동족을 모른 척할 수가 없었다. 같은 민족이 살려달라고 몸부림치며 비명을 지르는데, 너라면 모른 척하겠느냐? 우리는 민족을 위해 싸웠지 않느냐. 그런데 민족인 인민이 살려달라는데, 왜 살려달라고 하는지 그들의 말을 들어보고 무엇이 문제인지 알아보고 문제를 해결하고자 하는 것이 빨갱이냐?"

"인민공화국이니 조선인민이니 뭐니 하는 인민이란 말 자체가 빨갱이 공산당이 쓰는 말 아닙네까? 선생님의 말대로 공산당이 아니라면 굳이 왜 그런 말을 써서 트집을 잡히느냐 이 말입네다."

"인민이란 말이 공산당이다? 미군정과 이승만이 쓰고 있는 국민은 민주적이고? 지금 넌 미군정과 이승만이 선동하는 '인민이란 말 자체가 빨갱이 공산당이다'라는 말에 휘둘리고 있다. 너도 잘 알다시피 인민(人民)이란 사람 인(人) 자에 백성 민(民) 자이다. 인민이란 바로 백성이고 사람이다. 거기에 비해 국민(國民)이란 나라 국(國) 자에 백성 민(民)이다. 나라를 우위에 둔 말이다. 나라 안에 백성이 있다는 것이다. 어느 쪽이 더 사람을 중요하게 생각하는 말 같으냐? 인민이란 말은 옛 성현의 고전인 《맹자》에도 나와 있는 말이다. 그럼 맹자도 빨갱이냐?"

"맹자가 그런 말을 썼는지는 모르갔지만, 맹자의 사상이 지금 공산당이 부르짖는 사상이라면 맹자도 빨갱이 아니갔습네까?"

"맹자도 **빨갱이**다? 허어, 영선아. 너는 새로운 책을 하나 써야겠다. 장개석 장군 휘하에 있을 때부터 네가 외골수인 건 알았지만 이 정도로 한 곳에만 집중적으로 치우쳐 있는지는 몰랐구나."

"내래 지금 악질 김일성 놈의 고문을 받기도 바빠 정신없어 죽갔는데 어드래 책을 낼 정신이 있갔습네까? 그 책은 선생님께서 내시는 것이 좋갔습네다!"

아버지가 볼 맨 소리를 했다.

"허허, 알았다. 책은 내가 시간이 있을 때 내마."

김원봉은 아버지를 보며 너털웃음을 쳤다. 김원봉의 웃음에 심기가 불편해진 아버지가 불만을 터뜨렸다.

"지금은 힘을 모아 새로운 민주주의 나라를 만들어야 하는 것이 책보다 중요합네다. 전평이 하는 요구는 나라가 바로 서고 나서 해도 되는 일 아닙네까?"

"자신들의 요구 조건을 들어주지 않는 나라를 만들 것 같으니 그러는 것 아니냐? 이승만은 한인자유대회에서는 '독립을 해도 국민들의 자치 능력이 향상될 때까지 최소 10~15년 동안은 참정권 행사에 제한을 가해야 한다'고 대놓고 독재를 부르짖던 인물이다. 이것만 봐도 이승만이 정권을 잡으면 어떤 나라가 될지 짐작할 수 있는 일 아니냐?"

"그것도 미국에 있을 때, 나라가 서기도 전에 세상모르고 한 말 아닙네까. 민주주의 국가 미국에서 정치 감각을 배우고 민족주의자들과 국민이 시퍼렇게 눈을 뜨고 있는데 설마 독재야 하갔습네까? 지금 가장 중요한 것은 나라를 바로 세우는 일이 아닙네까. 나라가 서기도 전에 그렇게 설쳐대니 정신을 차릴 수가 있갔습네까? 일에는 최우선이 있고 차선이 있는데, 그것은 나라가 서고 나서 서로 좋게 정당한 방법으로 해결해도 되는 일 아니갔습네까."

"네가 말한 그 설마라는 믿음 때문에 얼마나 많은 사람이 죽고 불행한 일이 일어났는지 아느냐? 설마라는 믿음으로 살아난 이승만은 미국식 우월주의에 취한 자이다. 자신이 한국인이라는 것을 자각하지 못하고 같은 민족을 미개인으로 보고 참정권을 제한하자는 발언까지 한 것 아니겠느냐. 그런 인물이 대통령이 된다면 어떤 나라를 세울지 빤한 것 아니냐? 정당한 방법? 민주주의에는 엄연히 집회와 결사의 자유가 있다. 그들은 정당한 방법으로 자신의 생존을 위해 집회를 열고 파업이란 투쟁을 선택한 것이다. 그들이 처음부터 무턱대고 파업을 했겠느냐? 자신들의 요구 조건을 들어주지 않으니 파업을 한 것 아니냐? 네가 말하는 정당한 방법이라는게 점잖게 '우리의 요구 조건을 들어주십시오'라고 말하는 것이냐? 그래도 들어주지 않으니 최후의 선택을 한 것 아니냐? 그럼 너도 정당한 방법으로 점잖게 일본에게 '당신들이 우리나라를 빼앗았으니 돌려주십시오'라고 하지, 왜 총칼을 들고 무력으로 싸웠느냐?"

"그거와 그거이 지금 같습네까!"

아버지의 언성이 높아졌다.

"너는 지금 우리가 한 독립운동이 그들의 투쟁과는 다르다는 말을 하고 싶은 것이냐? 그들의 자기 생존권을 지키기 위한 투쟁 역시 우리가 했던 독립운동과 마찬가지로 처절하고 간절한 것이다. 그런 그들을 싹쓸이한 것은 악마와 같은 짓이었다. 악마들이 지휘봉을 잡은 전쟁터가 지금 우리의 조국이다."

"선생님께서 그리 말씀하시는 심정은 충분히 이해가 갑네다만 지금은 거저 혼돈 상황이니 나라의 미래를 위해 일단 힘을 합친 다음에 하나하나 바로잡아 나가야 갔지요. 다른 나라에게 조국을 맡기는 찬탁을 외치며 국민을 분열시키는 것은 바람직한 일이 아닙네다!"

"허어, 왜 이리 정세를 못 읽는 거냐? 국민을 분열시키고 나라를 분단시키는 것은 오히려 반탁이다. 찬탁하고 임시정부를 세웠더라면 조국이 분단되는 것을 막을 수 있었다. 미국은 이미 해방 전에 신탁을 염두에 둔 자신들의 구상을 갖고 있었다. 미국의 구상을 돌려놓은 것이 바로 반탁이다. 우리는 미소공동위원회가 내린 신탁 결정을 무조건 반대할 것이 아니었다. 오히려 그 결정에 따르며 시간을 벌어 통일국가를 세울 방도를 찾아야 했다. 이제 남한은 미국과 이승만이 의도한 대로 남한만의 단독선거를 하게 되었다. 조국은 허리가 잘려 불구가 되게 생긴 거다. 그리되면 남쪽은 탐욕의 화신인 이승만이 대통령이 되는 건 불 보듯 빤한 일이다. 북쪽도 소련의 지지를 받는 이승만과 똑같은 김일성이 주인이 될 거다. 우리가 목숨을 걸고 피 흘리며 찾은 조국의 북쪽은 소련, 남쪽은 미국이란 강대국의 속국이 될 것이다. 백범 선생의 말대로 허리가 잘린 조국은 전쟁의 불씨를 안게 될 거다."

"조국이 분단될 위험에 놓인 것은 찬탁을 부르짖던 세력도 책임이 있습네다! 왜 반탁에서 갑자기 찬탁으로 돌아섰는지 국민에게 충분히 설명하고 납득을 시켰어야 하지 않습네까? 같이 열심히 반탁을 외쳐대다 어느 날부터 느닷없이 찬탁을 외쳐대니, 국민들이 소련의 연방국이 되려는 세력의 주장[24]이라는 말까지 믿게 된 것 아닙네까? 정말 국민을 위하고 생각했더라면 국민이 이해하고 납득할 수 있게 설명하는 것이 먼저 아니갔습네까? 설명하지 않은 것은 국민더러 무조건 우리가 하는 대로 따라오라는 겁네다. 국민을 무시한 처사로 국

---

24 박헌영 존스턴 기자회견 사건으로 1946년 1월 16일 〈동아일보〉 등 남한의 우익 언론은 박헌영이 외국 기자단과의 인터뷰에서 매국적 발언을 했다고 일제히 보도했다. 박헌영이 신탁통치를 지지하며 10~20년 후 한국이 소련의 연방으로 참가하기를 주장했다는 것이다. 언론의 보도로 박헌영은 순식간에 나라를 팔아먹은 매국노가 되었다. 한민당을 비롯해 우익 세력은 즉시 박헌영 타도를 결의했다. 조선공산당은 즉각 언론의 보도 내용을 부인했지만 논란은 쉽사리 가라앉지 않았다. 이 일로 박헌영은 정치적 이미지에 큰 타격을 입었다. 사실 이는 미군정이 기획한 의도적인 왜곡 보도 사건이었다. 〈뉴욕타임즈〉의 기자 리처드 존스턴(Richard Johnston)이 작성한 악의적인 왜곡 기사를 미군정이 샌프란시스코 방송을 통해 보도하게 하고, 다시 이를 보도자료에 담아 국내 언론이 보도할 수 있도록 조장했던 것이다.

민의 마음을 얻지 못했으니 실패한 겁네다!"

"네 말이 맞다. 정신없이 밀려드는 정세에 따라 급하게 몰아치느라 세심히 신경 쓰지 못하고 설명 없이 무조건 친탁을 외친 우리의 불찰이었다. 그러나 분단의 책임은 반탁에만 있는 것이 아니다. 우익 정당인 한민당이 합의를 깬 것에도 책임이 있다. 난 박헌영의 과격하고 공격적인 투쟁 방법을 좋아하지 않지만 친탁을 외친 박헌영이 '소련에 속한 연방국을 건설하려고 한다'는 것은 공산당 세력을 뿌리 뽑기 위한 미군정의 악의적인 모략이었다."

"모략이고 악의고 그건 악질 공산당 박헌영 문제이고, 좌우합작도 박헌영이 적극적으로 나섰다면 달라졌을 겁네다. 좌우합작에 시비를 걸고 재를 뿌린 것은 악질 박헌영 아닙네까? 그리고 모스크바 결의안이 나왔을 때는 이미 시간이 흘러 좌우 남북의 체제가 공고해진 후였습네다. 이제 어쩌실 겁네까? 우리가 무엇 때문에 목숨을 걸고 싸웠습네까? 조국이 잘리는 것을 두 눈 뜨고 멍청히 보고 있을 수만은 없지 않습네까? 무슨 수를 써서라도 막아야 하지 않갓습네까?"

"막아? 내가? 아니면 네가? 미국의 하지도 이승만에게 이용만 당하며 휘둘렸는데? 막을 수가 있으면 지금까지 이러고 있었겠느냐? 게다가 몽양도 죽고 백범 선생도 이승만의 간계에 놀아나 이용당하고 막지 못하는 것을 이승만이 빨갱이라며 죽이려고 벼르는 내가 막을 수 있다고 생각하는 거냐? 우리가 가진 유일한 수는 모스크바 3상회의의 신탁 결정을 지지해 임시정부를 세우는 것이었다. 그 수마저 이미 물 건너 가버렸는데 무슨 수를 말하는 것이냐?"

"기래도 분단을 반대하는 민족진영과 김구 선생이 계신데 뻔히 눈 뜨고 당하기만 하갔습네까?"

"넌 지금까지 이승만에게 이용만 당한 백범 선생이 힘을 쓸 수 있을 거라고 생각하는 거냐? 국자사건[25]으로 하지에게 미운털이 박히고 송진우와 장덕수 암살의 배후자로 몰린 백범 선생이?"

"벽보야 김구 선생님을 배신하고 이승만에게 붙은 신익희 명의로 붙인 것 아니었습네까?"

"그때는 중국에서 막 돌아와서 신익희가 이승만에게 돌아서기 전이다. 신익희의 배신 시점은 미군정이 먼저 파악하고 있었을 거다. 신익희가 백범 선생의 허락을 받지 않고 벽보를 붙였다면 하지에게는 신익희가 불려갔어야지 왜 백범 선생이 불려갔겠느냐? 하지에게 불려가 '한 번만 더 자기를 기만하면 죽이겠다'고 협박당한 백범 선생 아니냐? 격분한 백범 선생이 하지 앞에서 자결하겠다고 난리가 났지만 결국 하지에게 고개를 숙이고 파업을 철회하지 않았느냐? 그런 백범 선생이 미국을 등에 업은 이승만을 이길 수 있다고 생각하는 거냐? 그러기엔 백범 선생은 정치적인 감각이나 판단도 이승만을 따라갈 만큼 간교하지도, 교활하지도 않다. 그저 순직하고 우직하기만 할 뿐이다."

"사실이 그렇다면 이제부터라도 이승만의 정체를 안 김구 선생님과 민족주의자 모두가 힘을 합해 결사항전으로 나서갔지요."

"너처럼 희망을 갖는 것도 나쁘지 않다만 지금 백범 선생에게 그들 모두를 응집시킬 힘이 있을까? 나설 수 있는 사람들은 모두 죽거나 손발이 잘렸는데? 내가 보긴 이미 늦었다. 우직한 백범 선생은 철저하게 이승만에게 이용만 당하신 거다. 조국이 해방되기 전에 백범

25 임시정부 내무부장 신익희 명의로 국자(國字) 1호와 2호의 포고문이 발표된 사건이다. 미군정 산하 기관 및 직원을 임시정부가 접수해서 통치한다는 내용으로, 임정의 정치공작 대원들이 중심이 되어 서울 시내에 즉각적으로 부착되었고 지방에도 전달되었다. 하지는 이것을 김구와 임정세력의 쿠데타로 받아들였고 하지의 협박을 받은 김구는 중앙방송을 통해 파업 중지와 복업을 지시했다.

선생이 막판까지 이승만을 지지하지만 않았어도 상황은 달라졌을 거다. 조국이 해방되기 전 백범 선생이 이승만을 끌어들여 미국으로부터 임정의 지도자로 인정받게 한 것부터가 잘못이었다."

"하지만 당시는 미국이 승전하고 있었지 않았습네까? 그런 미국에게 이승만이 힘을 쓸 수 있다고 믿고 지지한 거야 김구 선생님으로선 당연한 일이었을 겁네다."

"난 그리 생각하지 않는다. 백범 선생이 막판에 이승만을 끌어들이지 않았다면 미국은 이승만을 임정의 최고 지도자로 보지 않았을 거다. 맥아더를 비롯해 소련에 대해 강경한 정계 인물들을 자기편으로 끌어들일 수도 없었을 것이다. 그들의 로비를 이용해 임정세력보다 무려 한 달이나 빠르게 조국으로 돌아올 수도 없었겠지. 일본에 들려 맥아더가 제공한 비행기를 타고 귀국하지도 못했을 게다. 윌슨과 막역한 사이에 파리강화회의 대표이며 미국의 소리(VOA) 방송을 통해 부풀려질대로 부풀려진 이승만이었다. 거기에 더해 맥아더가 제공한 비행기까지 타고 금의환향하듯 돌아왔다. 그 순간부터 임정의 최고 지도자는 이승만이었고 대통령도 이승만이었다."

"그거야 김구 선생님의 의지가 아닌 이승만의 외교력 아니갔습네까?"

"난 그리 생각하지 않는다. 이승만이 아무리 외교력이 뛰어나다고 해도 임정을 등에 업지 않았다면 미국에게 인정받기는 쉽지 않았을 거다. 임정세력들에게서 개인자격으로 돌아온다는 각서까지 받은 것을 보면 미국도 임정의 힘을 무시하지 못했기 때문이 아니냐? 고국으로 돌아와서 백범 선생이 이승만을 전폭적으로 밀어주지만 않았어도 상황은 또 달라졌을지도 모르지. 백범 선생은 미군정의 세력을 등에 업은 이승만이 조국의 자유와 통일을 위해 헌신할 것이라 믿었다. 그래서 이승만을 국부로 치켜세우고 지지를 호소한 것 아니겠느냐. 백범 선생은 그렇게 스스로 자신을 낮춰 국민이 이승만을 최고 지도자로 보게끔 다시 한 번 확인시켜줬다. 백범 선생의 지지가 없었다면 우리 국민들도 이승만을 전폭적으로 지지하지는 않았을 거다. 미국인에게 돈을 받고 광산의 권리를 양도한 광산스캔들[26]과 한미무역회사[27]를 차렸다는 추문까지 일으킨 이승만 아니냐? 그런데도 이승만은 결국 자기를 모략한 사람은 장래에 혹독히 처벌받을 거라며 큰소리 탕탕 치다 민주의원 의장직을 내려놓지 않았느냐? 게다가 이승만의 로비스트로 활동하며 그에게 유리한 고지를 차지하게 해준 굿펠로우도 광산스캔들이 터졌을 때 물러나지 않았느냐? 그런 상황에서 백범 선생의 지지가 없었다면, 이승만이 다시 자리를 차지하기는 쉽지 않았을 거다."

"하지만 그런 일이 있다고 지금까지 지지하고 있던 노선을 바꿔 무작정 돌아설 수도 없는 일 아닙네까? 그건 이승만을 지지했던 김구 선생님의 실책을 인정하는 것과 같은 일이었을 겁네. 광산스캔들이 터지고 한미무역회사 건이 터졌어도 여전히 하지의 자문역할을 하며 전폭적인 신임을 얻고 있었지 않습네까. 그런 상황에서 김구 선생님이 돌아선다고 달라지기야 하갔습네까."

---

26 이승만이 미국인 사무엘 돌베어(Samuel H. Dolbear)를 광산의 고문으로 임명하고 한국 광업권에 대한 광범한 권리를 양여하는 대가로 미화 100만 달러를 받기로 약속했다는 스캔들. 금액만 다를 뿐 그것은 사실이었다.

27 이승만은 1946년 5월에 미군정의 승인 하에 친일파와 자본가로 이루어진 경제보국회로부터 1천만원을 헌납 받아 독점권을 갖는 한미무역회사의 설립을 시도했다. 이는 미군정의 묵인과 후원 없이는 불가능한 일이었다. AP통신이 이승만의 워싱턴 대표인 임병직이 이승만과 함께 한미회사를 수립했다고 보도하자 남한의 좌익 신문은 즉각 이를 보도했다. 하지와 러치는 오보라고 해명하고 이승만은 두 차례의 성명을 통해 해명을 내놓고 언론의 태도를 비난했지만, 이는 이승만의 사업가 기질이 사람들에게 널리 알려지게 된 계기가 되었다.

"그렇다하더라도 백범 선생은 결단을 내리고 용감하게 돌아섰어야 했다. 그렇다면 민심이 바뀔 수도 있었다. 백범 선생은 기회를 여러 번 놓친 거다. 그러니 이승만이 그런 추문들을 일으키고도, 민심을 살핀다는 이유로 전국을 돌며 친일파에게 둘러싸여 정치자금을 끌어 모았던 게 아니냐. 유창한 화술로 국민을 선동해 남한 단독선거 발언까지 하지 않았느냐. 그렇게 위기를 기회로 삼아 살아남고 정치 백단인 이승만을 백범 선생이 막아낼 수 있을 것 같으냐? 백범 선생이 가진 것이라곤 오직 하나 민족뿐이지 않느냐. 그마저 이승만에게 휘둘려 단독선거를 반대했다가 찬성하는 등 오락가락하는 모습까지 보여줘서 국민들을 헷갈리게 만들기까지 하지 않았느냐?"

"그래도 끝까지 노력해야 하지 않갔습네까. 김구 선생님이 왔다 갔다 한 거야 머리가 있는 국민들이라면 이유를 알갔지요. 독립운동을 할 때도 이보다 더 암울한 상황이었지만, 끝까지 희망을 버리지 않고 싸우지 않았습네까. 김구 선생님 혼자가 아닌 김구 선생님을 따르는 국민들과 많은 민족주의자가 아직 건재하지 않습네까? 여기서도 4김 회담까지 끌어내지 않았습네까?"

"지금 상황은 우리가 독립운동을 할 때와는 또 다르다. 여기서 합의한 4김 회담? 글쎄, 그게 과연 효력을 떠나서 쓸 기회나 있을지 모르겠다. 지금 38선에선 서로 유리한 위치를 차지하려고 국지전이 일어나고 있는 상황이다. 이승만은 미국의 힘만 믿고 '공산당을 쓸어버리는 총알을 미국이 제공해야 한다'는 헛소리를 하며 북한을 자극하고 있지 않느냐? 이런 상황에서 과연 4김 회담의 결과가 영향력을 발휘할 수나 있을까 의심스럽다. 미군정의 하지도 못이긴 이승만을 번번이 이승만의 수에 넘어가 시키는 대로 하다 이용만 당하는 백범 선생이 이승만을 이긴다? 게다가 미국의 반공세력을 등에 업고 한 손에는 친일세력, 다른 손에는 자신의 지지세력을 잡은 이승만을 누르고 과연 백범 선생이 활시위를 잡을 수 있을까? 그런 믿음이 있었다면 내가 여기 남지도 않았겠지. 내 생각엔 4김 회담은 무의미하게 폐기되고 이승만이 남한의 대통령이 되는 건 시간문제다. 백범 선생은 이승만을 절대 이길 수 없다. 남한의 대통령은 임정의 대통령이 된 순간부터 야욕의 칼을 갈고 있던 이승만이었다."

김원봉의 눈은 정확했다.

"선생님의 말씀대로 그거이 사실이라면 이렇게 속수무책으로 있을 수만은 없는 일 아니갔습네까? 정말 여기 남으실 겁네까? 여기 김일성도 일본군 10명 죽이고 100명을 죽였다고 하는 사기꾼에 악질입네다."

"나도 김일성이 마음에 드는 것은 아니다. 하지만 적어도 여긴 친일 악질 경찰이 독립운동가들을 잡아들여 고문하고 취조하는 세상은 아니지 않느냐……, 차라리 독립운동을 할 때가 더 낫던 것 같다. 그땐 조국을 찾겠다는 희망과 목적이라도 있었지. 일본이 물러가니 이젠 같은 민족끼리 물고 뜯고 싸우고 죽고 죽이는 전쟁터보다 더 무서운 세상이 되었다. 독립투사인 내가 일본놈들도 아닌 동족에게 목숨의 위협을 느껴 가족과 고향을 등지게 될 줄 누가 알았겠느냐. 남한이 고향인 나는 여기에 남고 북한이 고향인 너는 기를 쓰고 내려가려고 하다니, 이게 바로 민족의 비극이 아니고 무엇이냐? 결국 이리 되려고 그 많은 동지가 목숨을 버리고 죽어간 것인가……. 어쩌면 이 꼴을 보지 않고 희망을 품고서 의롭게 죽어간 동지들이 지금 나보다 덜 비참한지도 모르겠다. 나는 이제 목숨을 구걸하기 위해 북에 남는 처지가 됐다. 우리의 독립은 해방이 아니라 신채호 선생 말대로 나라의 주인만 바뀌어 또 다른 나라의 속국이 되는 그 이상도 이하도 아니었다."

 김원봉의 한탄 어린 말에 목숨을 걸고 같이 독립운동을 한 동지로서 아버지도 마음이 아팠다.

 "그렇지만 선생님이 여기 남으시면 김일성의 공산당 사상이 좋아서 남으신 걸로 됩네다. 지금까지 고생했는데 그럴 수는 없지 않갔습네까? 김일성을 믿을 수 있습네까? 교활하기로 한다면 김일성 장군 이름까지 도용한 김일성도 만만치 않은 인간입네다."

 "나도 김일성의 이념이 마냥 좋은 것은 아니다. 이름이야 독립운동을 할 때는 서로 가명을 쓰고 자신이 존경하는 사람의 이름을 쓰는 일이 왕왕 있지 않았느냐? 그래도 여기선 나를 공산당으로 몰아서 잡아 죽이진 않겠지. 비굴하게 들리겠지만 난 목숨을 부지하기 위해 남은 거다. 모두 죽였는데 이승만이 나를 살려두겠느냐? 독립운동 할 때에 죽었다면 차라리 명분이라도 있지. 지금 죽는 것은 그저 허망하게 죽는 개죽음밖에 더 되겠느냐? 민족이 주인이 되는 나라를 만들려고 하던 사람들까지 전부 공산당으로 몰리고 빨갱이가 되어 죽어갔다. 나 또한 남으로 가면 어찌 될지 불을 보듯 빤한 것 아니냐? 내가 빨갱이로 몰려 얼마나 치욕스런 일을 당했는지 너도 알 것 아니냐? 의미 없는 죽음도 싫고, 도망치며 사는 것도 이제 지쳤다. 그렇게 바라던 일본의 패망으로 조국이 해방됐는데 악질 친일경찰과 친일파가 버젓이 활개치며 사는 세상 아니냐? 오히려 독립운동가들을 빨갱이라고 잡아들여 고문하고 취조하는 세상이다. 이런 세상이 바로 된 세상이고 우리가 목숨을 걸고 찾고자 했던 해방된 조국이냐? 이런 세상을 찾기 위해 우리가 그 고생을 하고 추위와 굶주림에 떨며 싸운 것이냐……."

김원봉은 말을 잇지 못하고 고개를 떨어뜨렸다. 아버지 역시 안타깝고 착잡하기는 마찬가지였다. 한참 고개를 숙이고 있던 김원봉은 다시 말을 이어나갔다.

"공산당? 이념? 우리가 그런 사치스러운 옷을 입을 형편이었더냐? 영선이 너도 알 것 아니냐? 살을 에는 만주와 연해주의 추위에 변변히 입을 옷마저 없이 이리저리 거지처럼 구걸하며 싸운 우리가 이념을 따질 처지였더냐? 우리는 중국 공산당과도, 비적과도 함께 싸웠다. 장개석의 국민당과도, 모택동의 군대와도 함께 싸웠다. 레닌의 혁명당과도 함께 싸웠고 레닌의 돈도 받았다. 무기를 구하기 위해 헝가리까지 갔었다. 그땐 나라의 독립을 위해서라면 지옥에 가서 악마와도 손을 잡을 상황이었다. 그런데 우리가 원하던 악질 일본이 물러가니 공산당과 함께 싸웠다고 죽어야 한단다. 이게 말이 되는 소리냐……."

울분에 찬 김원봉의 목소리가 떨려 나왔다.

"저도 일본이 항복하면 독립전쟁이 끝나고 조국이 해방돼 좋은 일만 있을 줄 알았는데 도대체 이거이 무슨 일인지 당최 모르갔습네다. 눈만 뜨면 사람들이 죽어 나자빠지질 않나, 서로 모함하고 적이 돼 싸우질 않나, 두 명만 모여도 깃발들 꽂고 시위하지 않나, 이거이 도대체 어떻게 된 세상인지 저도 정신이 하나도 없고……, 이럴 땐 사태를 관망하며 잠잠할 때까지 있는 거이 최고인데 좀 조용히 계시지 저도 안타깝습네다……."

"잠잠해질 때까지 조용히? 그런 마음이었다면 목숨걸고 독립군으로 싸우지도 않았겠지. 35년 동안 압제에 신음하던 동족이 해방되고도 여전히 압제에 신음하며 살려달라고 아우성치고 있는데 조용히 있어라? 그렇지 않고 그들의 아픔을 대변하면 빨갱이 공산당이다?

그렇다면 나는 기꺼이 그들을 위해 빨갱이 공산당이 될 거다. 나라와 민족을 위해서라면 나는 기꺼이 빨간 피를 흘릴 거다. 그런 의미에서 빨갱이라면 나는 나라와 민족을 위해 빨간 피를 흘리는 빨갱이가 맞다. 나는 나라와 민족을 위해 빨간 피를 흘릴 각오를 하고 싸웠다. 그런 나더러 동족이 아프다고 살려달라고 하는데도 눈 감고 귀 막고 조용히 있어라? 영선이 너라면 그렇게 하겠느냐?"

"이제는 저도 정말 모르갔습네다! 어느 것이 옳고 누구의 말이 맞는지, 이 말을 들어보면 이 말이 맞는 것 같고, 저 말을 들으면 저 말이 맞는 것 같고, 누가 진짜 공산당이고 빨갱이인지 정신을 차릴 수도 없습네다. 이거이 도대체 어케 된 세상인지……. 선생님이 소련의 사주를 받는 박헌영 같은 악질 공산당이 아닌 것은 알고 있습네다. 하지만 아우성치는 사람들을 주도한 것이 공산당 세력들이지 않습네까?"

"아무 불평불만이 없는데 아우성을 치겠느냐? 불만이 목까지 차오른 상태가 되자 아우성이 터져 나온 거 아니냐? 그들을 주도한 것이 공산당 세력이라고 해도 그들의 요구가 미군정과 이승만이 주장하듯 국가 전복의 목적이 아닌 생존을 위한 것이라면 공산당이나 빨갱이를 떠나 들어주어야 하는 것 아니냐? 그리고 지금 상황에서 공산당 세력이 전혀 없다는 것이 더 이상한 상황 아니냐? 우리 동지들은 조국의 독립만을 생각하고 모택동과도 스탈린과도 함께 싸우며 자연스럽게 공산당 사상을 받아들였다. 정판사 위조지폐 사건[28]으로 공산당 세력은 찬 서리를 맞고 지하로 들어갔지만 여전히 존재한다. 그들 모두를 일시에 완벽히 부정할 수는 없다. 서서히 이해를 도모해

---

28 일제강점기 조선은행의 지폐를 인쇄하던 정판사 인쇄소가 있던 건물에서 〈해방일보〉를 발행하던 조선공산당 당원들이 위조지폐를 찍어내다 적발된 사건. 이 사건으로 공산당원들이 지하로 들어가는 계기가 되고 조선공산당 기관지인 〈해방일보〉는 폐간되었다.

가며 입장과 견해 차이를 줄여 통합해가는 과정으로 생각하고 인간으로서 최소한의 요구는 들어주어야 하지 않겠느냐?"

"그렇다면 들어주어야 하갔지만 그거이 대단히 어려운 일 아니갔습네까……."

"물론 어렵고 시간이 필요한 일이지……. 하지만 미군정과 이승만과 극우세력은 그들을 설득시키려는 생각도, 이해하려는 마음도 없다. 무조건 공산당으로 몰아 찍어 누르기만 했다. 그러니 대구 10월 항쟁[29]이 일어나고 끝내는 비극적인 제주 4·3항쟁[30]으로까지 치달은 것 아니냐?"

"저도 그 소식을 듣고 같은 동족으로 마음 아프고 참 황망했습네다. 누구의 잘못이든 일어나지 않았어야 할 비극적인 일입네다."

---

29 미군정의 식량정책 실패로 식량난에 시달리던 대구 시민들은 보리까지 수탈당하자 불만이 목까지 차올랐다. 그 와중에 콜레라 환자까지 발생하자 미군정은 대책은커녕 무조건 대구를 봉쇄해버렸다. 더는 참을 수 없게 된 대구 시민들은 1946년 10월에 죽음이 아니면 쌀을 달라고 외치며 친일파 반대, 좌파 인사 석방, 미군정 반대를 요구하고 나섰다. 대규모 시위 중에 경찰의 발포로 노동자 1명이 사망하자 경찰과 시민 간의 물리적인 충돌 사태로 번졌다. 미군정은 경찰력을 총동원했지만 경찰력의 한계가 보이자 군까지 동원했다. 국방경비대와 미군까지 투입되었고 반공 우익청년단도 파견되었다. 대구 10월 항쟁으로 민간인 1,000여 명과 경찰 200명이 사망하고 수천 명이 부상했으며 1만여 명이 검거됐다. 1946년 9월 총파업과 맞물린 10월 항쟁으로 전평과 전농, 지역의 노동조합, 농민조합 등 대중조직의 역량은 치명적인 타격을 입었다. 이 사건으로 미군정에 반대하거나 좌파적인 시각을 갖고 있는 사람들은 설 땅을 잃고 항쟁을 주도한 사람들은 사살이나 검거됐다. 검거를 피한 사람들은 북쪽이나 산속, 지하에 잠복했다.

30 제주에서 3만명이 희생된 민중항쟁. 1947년 3월 1일 제주 북국민학교에서 3·1절 행사를 마친 후 외세는 물러가라는 구호를 외치며 가두시위를 하는 과정에서 어린아이가 경찰의 말 발굽에 치이는 사고가 발생했다. 경찰이 사과하지 않고 그냥 지나치자, 성난 사람들이 돌을 던지며 항의했다. 이에 미군정 경찰이 제주경찰서 망루에서 총을 발사해 6명이 사망하고 8명이 부상을 입었다. 제주도민을 더욱 분노하게 한 것은 이들이 모두 등에 총을 맞았다는 사실이다. 제주도를 빨갱이 섬으로 규정한 조병옥은 정당방위를 주장했지만 희생자가 모두 등에 총을 맞았다는 것은 도망가는 사람을 향해 총을 쐈다는 증거였다. 미군정과 우익세력은 불의를 참지 못하고 분연히 떨치고 일어난 제주도민을 전부 공산당으로 몰아 잔혹하게 학살했다. 제주도민 30만명을 모두 죽여도 좋다며 무참히 도륙하던 박진경은 그의 잔혹함을 보다 못한 부하에게 목숨을 잃는다. 제주 4·3항쟁은 제주도민을 학살하기 위해 차출되기를 거부하면서 일어난 여순민중항쟁으로 이어진다. 2000년 김대중 정부 때 진상 규명 및 희생자의 명예 회복을 위한 특별법이 제정되었다.

"약소국의 비극 아니겠느냐. 그런 약소국에 있는 너나 나나 참 어려운 상황이다. 무수히 죽을 고비를 넘기기도 했고 죽음 직전까지도 갔지만 지금처럼 고통스러운 적은 없었다. 지금처럼 치욕스럽고 서글픈 적도 없었다. 춥고 배고프고 목숨을 위협받았지만 조국 해방이란 신념만은 하늘보다 더 높은 곳에 두고 살았다. 그런데 지금 내 꼴을 봐라. 해방된 조국에서 친일경찰에게 고문을 당하고 쫓기고 목숨을 구걸하는 비루한 인생이 돼버렸다. 내가 그토록 목메어 찾고자 했던 조국이 나를 이리 만들 줄을 어찌 알았느냐. 오직 조국의 독립만을 생각하고 목숨을 걸고 함께 싸운 너와 내가 지금 이렇게 마주 앉아 있을 것을 우리가 상상이나 했느냐……."

김원봉은 울먹임으로 말을 잇지 못했다. 아버지도 고개를 숙이고 눈물을 흘렸다. 그는 이미 장개석을 찾아와 아버지를 격려하던, 항상 자신만만하고 신념에 찬 김원봉이 아니었다. 장개석 휘하에서 소장으로 일본군에 맞서 싸운 용감한 아버지도 없었다. 한참 동안 침묵하던 김원봉은 아버지에게 나직이 속삭였다.

"영선아, 그래도 네가 굳이 남한으로 내려가고 싶다면 지금 이렇게 미련하게 고집 세우며 고생하지 말거라. 우선 김일성의 말을 따르다 기회를 봐서 내려가라. 김일성에게는 네가 동조할 것 같다고 말해두마."

아버지는 고개를 숙이고 있다 한참 만에 대답했다.

"……알갔습네다. 선생님 말씀대로 그렇게 하갔습네다. 그런데 정말 선생님께선 여기에 남으실 겁네까? 내려가도 국민을 선동해 국가를 전복시키려 한 공산당이라는 증거가 없는데 무조건 잡아 죽이기야 하갔습네까?"

김원봉은 아버지를 보며 허탈한 듯 웃었다.

"넌 아직도 순진하구나. 증거야 만들면 되는 것이다. 그런 일이야 그들에겐 식은 죽 먹기보다 더 쉬운 일이다. 지금까지 죽은 사람 모두가 정말 국가 전복의 증거가 있어서 죽은 것이냐? 내가 내려간다는 것은 죽음 속으로 들어가는 거다. 나 하나 죽이는 거야 시간문제 아니겠느냐? 내가 내려가면 바로 이승만과 악질 친일파가 날 공산당으로 몰아 가장 먼저 잡아 죽일 거다. 지금 내가 내려간다는 것은 아무 의미도 없이 스스로 저승문을 열고 들어가는 것과 같다."

"그래도 선생님을 고문하고 모욕한 민족반역자 악질 친일파 놈들을 잡아 처단해야 하지 않갔습네까?"

"친일파 처단? 남한으로 내려가면 죽을 게 뻔해서 목숨을 구걸하러 여기 남은 내가? 더구나 이승만은 친일파 처단을 나라가 바로 선 다음에 해도 될 일이라고 주장하며 지금까지 질질 끌고 있는 상황이다. 그것도 모자라 친일파를 자신의 호위무사로까지 기용하고 있는데 과연 친일 청산이 가능할까? 더구나 백범 선생까지 그 말에 동조하지 않았느냐? 이제 미국은 자신들의 이념을 충실히 따를 이승만을 권좌에 앉히고 형식상 물러가는 태도를 취할 거다. 미국과 같은 배를 타고 미국의 구미에 맞게 반공을 부르짖는 이승만이 자신의 지지기반인 친일파를 청산한다? 그러기엔 이승만에게 친일파의 이용 가치가 너무 높다. 아직도 그들의 이용 가치가 무궁무진한데 친일 청산이 가능할 것 같으냐? 그런 상황인데 친일 청산? 그게 가능하다는 믿음이 있었다면 내가 고향을 등지고 여기 남지는 않았겠지……."

김원봉은 이승만의 속셈을 꿰뚫고 있었다.

"선생님께서 목숨만을 위해 여기 남는 것이라면 김일성보다 차라리 장개석 장군을 찾아가는 것이 낫지 않갔습네까?"

아버지는 조심스럽게 말을 꺼냈다.

"영선아, 넌 애국심을 어떻게 생각하느냐? 내가 여기 남는 것은 목숨을 위한 이유도 있지만 여기 또한 내 조국이고 내 민족이기 때문이다. 난 이미 조국과 사랑에 빠져 버렸다. 조국이 나를 버린다 해도 내가 먼저 조국을 버릴 수는 없다."

"그건 그렇갔지요. 제가 김일성을 겪어봤기에 믿을 수가 없어 드리는 말씀입네다."

"네 마음도 충분히 안다. 만약 그렇다 하더라도 그것까지야 어쩔 수 없는 일 아니겠느냐? 미련하고 우둔한 사랑에 빠진 내 탓 아니겠느냐?"

나직이 한숨을 쉬는 김원봉의 얼굴이 쓸쓸했다.

그 후 아버지는 이를 끝으로 남한에 내려올 때까지 김원봉과 마주친 적이 없었다고 했다. 김원봉이 자신과 아버지를 위해 '서로 곤란해지지 않도록 자리를 피한 것 같다'고 회상했다. 아버지는 김원봉의 말대로 김일성에게 잠시 동조하는 척했다. 김일성이 시키는 대로 군인들 훈련을 시키며 기회를 엿보았다.

그러다가 38선이 안전하게 지켜지는지 둘러본다는 구실을 만들어 남한으로 도망쳐 내려왔다. 한국전쟁이 일어나기 전까지 38선은 허술했다. 날마다 위험을 무릅쓰고 남한으로 내려오는 사람들이 많았다. 아버지도 그 중에 한 명이었다.

아버지는 두고두고 김원봉을 고마운 사람이라고 생각했다. 살아가는 동안 김원봉의 말이 맞았다고 수없이 되뇌었다. 김원봉의 말대로 아버지는 이승만으로부터 친일파 청산을 물거품으로 만드는 배신을 당했다.

그때부터 아버지는 죽음보다 못한 삶을 살게 됐다. 살기 위해 북에 남은 김원봉 역시 자신의 믿음과 달리 죽음을 피하지 못했다. 한국전쟁이 끝나자 김일성은 전쟁을 반대한 김원봉을 장개석의 첩자로 몰아 감옥에 가두었다. 결국 김원봉은 감옥에서 자살로 생을 마감하게 만들었다. 훗날 아버지는 김원봉이 북에서 숙청됐다는 소식에 탄식했다.

"이게 무슨 개 같은 경우가? 야! 이 악질 김일성 놈! 결국 지보다 천배는 훌륭한 독립운동가를 죽였구나야! 일본놈에게도 잡히지 않았던 독립운동가가 같은 민족에게 목숨을 잃다니 이게 말이 되는 소리가! 김일성 그 악질 종간나 새끼! 김원봉을 그리 죽였으면 나 같은 것이야 하루살이였겠구나야!"

한때 이름만 들어도 일본인들의 심장을 얼어붙게 만들던 용맹스러운 독립투사 김원봉. 일본이 거액의 현상금을 걸었어도 잡히지 않았던 전설적인 투사. 그는 자신이 그토록 찾고자 했던 조국에서 동족에 의해 끝내 자살로 생을 마감했다. 스스로 목숨을 버린 것이다. 죽음을 결심했을 때 그의 심정은 어땠을까.

만약 그때 아버지나 김원봉이 그들의 상관인 장개석을 찾아갔다면 또 다른 운명을 살았을지도 모른다. 하지만 조국이 없는 설움을 뼈저리게 느끼며 조국을 찾고자 목숨까지 내던져 독립투사로 살았던 두 사람이었다. 김원봉의 말대로 조국이 그들을 버린다 해도 그들이 조국을 버릴 수는 없었을 것이다. 애국이란 그렇게 맹목적이고 어리석고 답답할 만큼 우둔하고 미련한 외사랑이다. 그때 두 사람이 어떤 선택을 했든 그들의 삶은 불행할 수밖에 없었다.

1948년 남북연석 회담을 하러 김구 선생이 북으로 갔을 당시, 아버지는 34세였고 김원봉은 50세였다. 이승만은 73세였고 김구 선생은 이승만보다 한 살이 적은 72세였다. 평균 수명이 50세를 넘지 못했던 시대에 고희 70세를 넘겼다면 적은 나이가 아니다. 권좌에 있어도 내려놓고 조금씩 자신의 삶을 정리해야 하는 나이가 아닌가.

그 나이에 이승만은 무슨 생각으로 그리 욕심을 부렸을까. 그 욕심이 결국 추방으로 이어져 85세의 노구를 이끌고 도망치듯 망명길에 올랐다. 조국이 해방되기 전에 자신이 살았던 하와이로 다시 돌아간 것이다. 인간의 탐욕은 바닷물 같아서 마시면 마실수록 갈증을 느끼다 끝내는 죽음에 이르게 된다는 것을, 욕심이 바닷물처럼 일렁일 때는 알 수가 없는 것 같다.

미소공동위원회는 끝내 결렬되었다. 우리나라 문제를 미국의 지지세력들이 들끓는 유엔에 가져갈 수밖에 없었다. 미국이 원한대로 유엔은 남한만의 단독선거를 결정한다. 유엔의 결정에 따라 1948년 5월 10일 남한만의 단독선거로 제헌의원을 선출했다.

같은 해 5월 31일에는 제헌국회가 문을 열었다. 7월 12일에 국회의장의 서명을 받아 7월 17일에 대한민국 헌법을 공포했다. 제헌헌법에서 대통령을 선출하는 방식은 제헌의원들 중에서 추대된 인물을 제헌의원들이 뽑는 간접선거였다. 그러니 대통령이 되려면 우선 제헌의원에 당선돼야 했다.

제헌의원 선거에 나선 이승만은 자신과 같은 선거구에 나온 최능신을 이길 수 없다고 판단했다. 최능진에게 '국가를 전복시킬 목적으로 혁명의용군을 만들었다'는 누명을 씌워 투옥시키고는 자신이 제헌의원으로 당선됐다.

7월 20일, 대한민국 헌법에 따라 제헌의원들의 간접선거로 이승만은 대통령으로 당선되었다. 처음 헌법을 만들 때는 내각제를 채택했지만 당시 국회의장이던 이승만은 강력하게 반대를 했다. 의원내각제로 정부를 수립하면 자신은 참여를 하지 않겠다는 주장을 했다.

이승만이 대통령 후보에 나서지 않으면 대통령이 될 사람이 없었다. 어쩔 수 없이 막판에 대통령제로 바뀌게 됐다. 만일 김구 선생 등이 투표에 참여해 제헌의원에 당선되었다면 이승만이 강력하게 대통령제를 주장할 수 없었을지도 모른다. 그랬으면 한국의 역사는 또 달라졌을 것이다. 그렇게 이승만은 73세의 나이로 그토록 오매불망 바라고 바라던 대한민국의 초대 대통령이란 권좌에 앉게 됐다. 그리고 반쪽이나마 1948년 8월 15일에 대한민국 정부가 수립되었다.

김원봉의 예언대로 대통령이 된 이승만은 자신의 정적들과 수많은 선량한 양민들을 빨갱이로 몰아 죽이며 독재정치를 했다. 친일파를 가려내는 반민족행위자특별조사위원회(이하 반민특위)를 와해시켜 친일파 청산도 물 건너가게 만들었다.

조국 산천과 민족이 전쟁에 피눈물을 흘리며 신음하고 있을 때 부산에서 피난국회가 열렸다. 한민당의 지지를 얻지 못한 이승만은, '제헌의원들의 간접선거로는 대통령이 될 수 없다'는 판단을 하고는 직선제 개헌을 강행했지만 부결되었다. 그러자 한 번 부결된 안을 이리저리 수정하여 발췌한다.

그리고 직선제를 반대하는 국회의원들을 공산당으로 몰아 협박했다. 정치깡패까지 동원된 험악한 분위기에서 국회의원의 기립투표로 직선제 개헌인 발췌개헌을 통과시켰다. 그렇게 대통령이 되고 나서 '대통령을 3번 연속할 수 없다'는 헌법을 '초대 대통령에 한해선 예외를 둔다'는 개헌을 또다시 강행하였다.

개헌안이 부결되자 국회의원 수를 사사오입시켜 계산하는 등 갖은 해괴한 방법으로 개헌을 이끌어내면서 영구집권을 꿈꾸었다. 4번째 치러진 선거에서 대통령 후보였던 신익희가 유세 중 죽고 조병옥마저 사망했다. 이제 이승만이 대통령이 되는 건 시간문제였다. 그것으로도 성이 차지 않아 85세 나이에 자신을 상왕으로 추대할 이기붕을 부통령으로 만들기 위해 부정선거까지 저지른 것이다.

민중들은 인내를 끝냈다. 결국 이승만은 성난 민중들에 의해 권좌에서 쫓겨나 비밀리에 하와이로 도망쳤다. 망명지 하와이에서 고국으로 돌아올 날을 고대하며 병석에 누워있는 이승만의 사진을 보면 안타깝기 그지없다. 그토록 명민한 머리와 날카로운 직관력, 현실 파악 능력, 능란한 화술, 외교력과 카리스마 등을 개인의 욕심이 아닌 조국의 발전을 위해 썼더라면 얼마나 좋았겠는가.

초대 대통령으로서 이승만이 우리나라에 남긴 부끄러운 선례는 너무나 많다. 우리는 아직도 이승만이 만들어 놓은 역사에서 완전히 탈출하지 못한 것 같다.

반민특위와 아버지

반민특위와 아버지

역사적 사건들은 누구에겐 축복이 되고 누구에겐 비극이 된다. 한국전쟁은 이승만과 박정희, 일본에겐 축복이었지만 우리 민족에겐 씻을 수 없는 비극이었다. 반민특위의 와해는 친일파에겐 축복이었으나 독립운동가와 후손들에겐 비극이었다.

아버지가 목숨을 걸고 북한을 탈출해 내려왔을 때, 이미 이승만은 남한만의 단독선거로 대통령이 되어 있었다. 분에 떨며 아버지는 김구 선생이 머물던 경교장으로 달렸다. 선생에게 '일이 이 지경이 되도록 놔두었냐'고 분통을 터트렸다. 김구 선생은 선거를 강력하게 반대하고 투표에도 참여하지 않았지만 '자신의 힘으로 막을 수 없었고 모든 것은 정해져 있었다'며 낙망의 눈물을 흘렸다.

아버지는 김구 선생에게 왜 투표 불참이란 무력하고 비효율적이며 미온적인 방법을 선택했느냐며 안타까워했다. 제헌의원이라도 돼 이승만을 견제하거나 직접 대통령 후보로 나서 끝까지 대항하지 않았느냐고 원통해 했다.

아버지는 불같은 성격 그대로 경교장을 박차고 나왔다. 이승만이 머물고 있는 경무대로 다시 내달렸다. 이승만을 만나자마자 마시라고 내놓은 찻잔을 집어 던졌다. 조국의 통일을 위해 36개 당을 통일해 바쳤는데 끝내 조국을 분단시키고 민족을 배신했다며 항의했다. 그러나 아버지는 노련한 이승만에게 적수조차 되지 못했다.

이승만은 분을 못이겨 씩씩대는 아버지를 달래며 자신의 얘기를 하나, 둘 차근차근 풀어갔다.

자신은 대통령이 될 마음이 추호도 없었다. 다만 조국이 빨갱이 공산당에게 넘어가지 않고 민주주의의 뿌리를 내리게 해야 한다는 사명감뿐이었다. 그래서 십자가를 지듯 대통령직을 수락했다. 70을 넘긴 자신이 오늘 죽을지 내일 죽을지 모르는데 무슨 욕심이 있겠느냐. 오직 나라와 민족을 생각해 하나님과 국민의 부름을 받아 고난의 길을 가기로 결심했다며 능란한 화술로 아버지를 달랬다. 그리고 이미 결정 난 일에 대해 왈가왈부하는 것은 민족의 단결을 저해하는 일이다. 더구나 독립운동가와 민족을 탄압한 친일파를 일치단결하여 단죄해야 할 민족의 대과업이 남은 상황이다. 이런 때 서로 반목하는 건 민족을 분열시키는 일이다. 친일청산은 영선이 네가 매진해야 한다면서 아버지를 구슬렸다.

김원봉의 말처럼 아버지는 단순하고 순진했다. 결국 아버지는 이승만의 마음에도 없는 말에 설득만 당하고 돌아왔다.

당시 국회는 '친일파를 처단하라'고 이승만을 압박하고 있었다. 친일파는 친일파대로 살길을 모색하기 위해 안간힘을 썼다. 정부 내의 장관급 2명과 상공부 차관, 법제처장 등에 일본에 협력한 자들이 기용됐다는 소문이 파다했다. 민심이 술렁이며 동요하고 있었다. 이런 민심에 부응해 경기도 옹진 출신의 민국당 소속 김인석은 정부를 상대로 총공세를 폈다.

"새로운 국가를 건설하고 신정부를 조직하는 데 정부는 모름지기 친일파 색채가 없는 고결무구한 인사를 선택해서 국무위원 등 고관을 임명해야 하는데도 불구하고, 황민화 운동을 적극 추진한 자, 조선어폐지반대운동을 고창하던 애국지사를 일제에 밀고하여 영어(囹圄)에 신음케 한 자, 일군부(日軍部)에 물품을 헌납 아부하여 치부한 자, 총독부 고관이었던 자, 문필로 일제에 협력했던 자들이 정부의 장·차관 의자에 타고 있다."

이런 일이 있은 하루 뒤에 「반민족행위자처벌법」(반민법)이 제안되어 국회를 통과했다. 아버지는 국회에서 가결된 반민법에 의해 설치된 반민특위의 탐정위원장을 맡았다.

반민특위는 1949년 1월에 사무실을 열었다. 그달 11일에는 일제에 비행기를 헌납한 친일파 박흥식을 제일 먼저 체포했다. 박흥식의 체포로 민족의 대과업이 시작되었다. 이때 그는 미국으로 도망갈 준비까지 마친 상태였다.

반민법이 국회에서 통과되자 친일파들은 민주주의의 지킴이로 배를 갈아탔다. 그들은 반민특위 사무실 앞에서 반민특위가 국가를 분열시킨다며 매일 시위를 해대는 뻔뻔스러운 짓까지 서슴지 않았다. 서울 운동장에서 반공대회라는 이름으로 대규모 집회까지 열었다. 친일파는 집회에서 반민특위를 성토했다.

"반민법은 이승만의 지론인 정국의 안정과 민심의 동요를 막고 건국 과업에 매진하도록 국민의 총화를 이끌어내야 한다는 것에 반대하는 일이다."

그것도 모자라 반민법 통과에 앞장선 소장파 국회의원들을 '민심과 국론을 분열시키는 공산주의자'라고 몰아붙였다. 여기에 사이비 언론까지 합세해 〈대한일보〉는 '반민법이 나라와 국민을 분열시키고 망하게 하는 망민법'이라고 규탄하는 내용을 연일 대서특필했다. 언론플레이로 순진한 국민을 선동한 것이다.

그런 모습들을 본 아버지는 '친일파가 반성하기는커녕 뻔뻔스러운 작태를 보이는 것'에 경악했다. 그렇지 않아도 조국이 해방되자마자 행해져야 했던 일이 늦어진 데에 불만을 품고 있던 아버지였다. 아버지는 친일파들이 부끄러움을 모르고 뻔뻔하게 시위를 하고 오히려 반민법을 통과시킨 의원들을 '빨갱이'로 모는 그들의 교활함에 치를 떨었다.

친일파가 기를 쓸수록, 아버지 또한 '간사하고 수치를 모르는 민족 반역자를 하루라도 빨리 잡아들여 싹 쓸어버려야 한다'고 이를 갈았다. 게다가 친일파가 살인청부업자까지 동원해 반민특위 위원들을 살해할 계획을 세우고 있다는 제보까지 들어왔다. 반민특위 위원들의 목숨마저 위협받게 된 것이다.

그런 상황에서도 반민특위 위원들은 민족적 소명인 친일파 청산의 의지를 잃지 않았다. 김상덕 위원장과 머리를 맞댔다. 친일파에 의해 수난과 박해를 당한 사람들의 제보를 받기 위해 전국에 제보함을 설치할 계획을 세웠다. 제보가 필요 없는 대표적인 친일파는 바로 잡아들이기로 했다.

아버지 기억에 의하면 반민특위가 와해되기 직전, 6개월 동안에 전국에서 제보된 사람의 수가 약 7천명 정도였다고 한다. 그러나 이 서류들은 쿠데타를 일으킨, 반민특위 사무실을 습격해 요원들을 두들겨 패고 무장해제 시킨, 경찰에 의해 압수되었다. 아버지는 친일파를 탐지하고 색출해내는 외부로부터 철저하게 감춰진 탐정위원들의 수장이었다. 다행히도 경찰이 사무실을 습격할 때 미리 피해 수모는 면할 수 있었다.

당시 반민특위는 다음과 같은 방침을 세웠다.

"한일합방에 적극 협력한 자와 나라의 주권을 침해하는 조약이나 문서에 조인한 자를 사형이나 무기징역에 처한다. 일본 정부의 작위를 받은 자와 독립운동가 및 그 가족을 살해·박해한 자는 무기징역이나 최하 5년 이상의 징역에 처한다. 일제에 직·간접적으로 협력하고 우리 백성을 탄압한 자들은 10년 이하의 징역이나 재산 몰수에 처한다."

이승만은 처음부터 끝까지 반민특위의 활동에 제동과 시비를 걸었다. 흥분했던 아버지를 설득하던 말과 전혀 달랐다. 툭하면 '반민특위가 삼권분립에 어긋나는 행동을 한다'며 훼방을 놓았다. 반민특위의 수배를 받고 있던 친일파는 자신들의 재산을 정치자금으로 이용한 이승만의 뒷배를 믿고 '반민특위 내에도 공산당이 있으니 숙청하라'고 목소리를 높였다. 게다가 친일경찰의 비호 아래 데모까지 주동하는 어이없는 일까지 일어났다.

반민특위가 독립운동가들을 고문하고 죽게 만든 악질 친일경찰 고문왕 노덕술을 잡아들였다. 그러자 이승만은 김상덕 반민특위 위원장을 불러 노골적으로 압력을 넣었다. '경찰 기술자로 치안에 필요하니 노덕술을 풀어주라'는 것이었다. 김상덕 위원장은 단호하게 거절했다. 각하의 뜻이 정 그러시면 국회의 동의를 받으라고 했다. 이승만은 길길이 뛰며 분한 듯 소리를 높였다.

"그래? 그럼 나는 나대로 하겠습네다!"

이승만이 풀어주라고 압력을 넣은 노덕술, 최운하 등은 대공수사의 베테랑들이었다. 그들은 한창 국회프락치사건[31]을 내사 중에 있었다. 이승만은 반민특위를 와해시키기 위해서라도 이들의 고문기술과 수사기술이 절대적으로 필요했다.

이들의 체포가 이승만에게는 암초를 만난 격이었다. 이승만은 이들을 이용해 극우세력들과 반민특위를 옹호하던 소장파 의원들을 제거하려 했던 것이다.

아버지는 그렇지 않아도 신변의 위험을 느끼며 친일파와 이승만의 훼방을 받던 터였다. 김상덕 위원장에게 이승만의 말을 전해 듣고 길길이 뛰었다. 더구나 노덕술이 백민태라는 청부업자를 고용하여

"반민특위 간부들을 암살하라."

는 은밀한 지시를 했다는 사실까지 알려졌던 상황이었다.

아버지로서는 반민특위 간부들의 암살을 청부까지 한 민족반역자를 풀어주는 것은 있을 수 없는 일이었다. '재판이고 뭐고 당장 한군데다 몰아놓고 총으로 다 쏴 죽여야 할 것들이 독립이 돼서 좋은 세상을 만났다'며 분을 참지 못했다. '이것들을 당장 가서 다 쏴 죽여야 한다'는 아버지를 김상덕 위원장이 뜯어말렸다. 35세였던 아버지의

31 1949년 5월부터 1950년 3월까지 남조선 노동당의 프락치 활동을 했다는 혐의를 씌워 반민특위를 옹호하던 현역의원을 검거하고 기소한 사건

피는 뜨겁고 젊었다.

친일파는 살아남기 위해 반민특위 위원들을 암살할 계획을 세우는 등 갖은 수를 써가며 발악했다. 일제강점기부터 독립운동가들을 고문한 경찰들은 그대로 자리를 보전한 채로 반민특위 위원들을 공산당으로 몰며 끊임없는 방해공작을 폈다.

경찰과 동회에서 강제로 동원된 사람들이 반민법 반대 시위를 하며, 김상돈 반민특위 부위원장을 친일파라고 몰아세웠다. 사이비 언론과 국민계몽회라는 유령단체까지 나타나기 시작했다. '반민특위가 애국자들을 잡아들이는 공산당 집단'이라고 항의시위까지 하는 기막힌 상황까지 일어났다. 국부라는 이승만은 반민특위 반대 집회를 하는 데 축사까지 했다. 국무총리였던 이범석은 그 집회에 참석까지 했다.

반민특위 위원들은 신변의 위협과 방해공작에도 불구하고 민족반역자 친일파의 처단에 온 힘을 다했다. 6개월이란 짧은 기간 동안이었지만 많은 친일파들을 검거하는 데 성공했다.

이때 검거된 대표적인 인물로는 최남선, 이광수, 박흥식, 이종형, 최린, 방의석, 김태석, 이승우, 이풍한, 이성근 등이 있었다. 최남선과 이광수는 일본까지 가서 '학도병에 자원하라'는 유세를 한 대표적인 친일파였다. 박흥식은 전쟁에 기여하기 위해 비행기를 생산하는 회사를 칭립하고, 해방이 되자 미국으로 도망가려고 여행권까지 준비했던 인물이다. 〈대한일보〉 사장 이종형은 만주에서 헌병 앞잡이로 독립군과 독립운동가를 박해하고 해방 후에는 반공단장이란 감투를 쓰고 반공대회에서 반민법을 망민법이라고 외쳤던 자이다.

최린은 3·1운동 33인 중의 한 사람이었지만 후일 중추원 참의를 지내고 시중회를 조직해 친일 행위를 했다. 방의석은 중추원 참의를 지내고 일본에 고사 기관총을 헌납하는 등 온 가족이 친일에 앞장섰다. 방의석은 25년간 일제의 식민통치에 협력한 공로자로 조선총독부가 선정한 조선인 353명이 수록된 《조선공로자 명감》 중의 한 명이자, 2009년 친일반민족행위진상규명의원회가 발표한 친일반민족행위 705인 명단에도 포함된 인물이다. 김태석은 강우규 의사를 체포하고 고문했다. 변호사였던 이승우는 창씨개명에 앞장선 인물이다. 이풍한은 부친이 거부한 작위를 부친의 별세 후에 받았다. 이성근은 일제강점기 고등경찰 과장으로 근무했다. 박치의 의사와 백운기 등을 체포한 인물로 뒤에 충청도지사와 〈매일신문〉 사장 등을 지냈다.

그뿐만이 아니었다. 반민특위는 이기용, 김민수, 박중양, 이원보, 노덕술, 최운하 등도 잡아들였다. 이기용은 흥선대원군의 조카이자 조선 귀족을 회유하기 위해 조직한 '조선귀족관광단'의 일원으로, 일본으로부터 자작 작위와 수작금(受爵金)을 받았던 인물이다. 여기에 대한제국 황실이 이왕가로 격하됨에 따라 궁내부를 계승하여 설치된 일본 궁내성 소속 「이왕직」의 고문이기도 했다. 전 경방 사장 김민수는 만주국 총영사와 국민총력연맹 간부였다.

박중양은 이토 히로부미의 수양아들이며 1910년부터 1915년까지 충청남도 지사와 중추원 참의를 지냈다. 이원보는 《조선공로자 명감》에 등록된 인물이자 통역으로 경찰에 입문해 한국병합기념장을 받으며 전라북도 지사까지 된 자이다. 노덕술은 이승만과 반민특위 위원 간의 암투를 벌이게 만든 인물로 일제강점기 고문왕이라는 별명을 가진 전 수도청 수사과장이었다. 해방 후 독립운동가 김원봉을 잡아 고문하는 등 대공수사로 이름을 떨치던 고문경찰이다. 서울

시경 사찰과장 최운하는 일본 고등계 형사 출신으로 대표적인 경찰 내 친일파였다. 이렇게 반민특위는 6개월 동안에 총 682명을 검거했다.

이승만은 이런저런 방법과 수단을 동원해 반민특위에 대한 압박을 계속했다. 끝내는 반민특위를 옹호하는 국회 소장파 의원들을 '남로당의 지령을 받아 국회에서 활동하는 프락치라는 누명'을 씌워 잡아넣었다.

이승만은 '민족주의 소장파 의원들이 프락치로서 남로당 국회프락치부의 지령을 받고, 국제연합 한국위원단에게 외국군 철수와 미군이 남겨놓고 떠난 495명의 군사고문단 설치에 반대하는 진언서를 제출했다'고 주장하며 이들을 검거했다.

이 사건으로 반민특위의 검찰이던 노일환과 국회부의장 김약수 의원 등 31명이 체포되었다. 그들은 '국가보안법' 위반으로 경찰서가 아닌 헌병사령부에 수감돼 변호인 접견이 금지된 채 취조를 받았다.

국가보안법은 1948년 여순 민중항쟁 후에 생겨난 헌법을 능가하는 헌법 위의 법이었다. 반민특위를 옹호하던 소장파 의원 31명은 자신들의 진술이 '혹독하고 악랄한 고문에 의한 허위자백이었다'고 재판에서 주장했다. 그러나 그들의 의견은 끝내 받아들여지지 않았다.

이후 국회는 이승만 계열이 장악했고 개정된 반민법을 통과시켰다. 개정된 반민법에 따라 반민특위의 공소시효가 2년에서 6개월로 단축되었다. 아버지를 비롯해 김상덕 반민특위 위원장 등 모든 관련자들이 일괄사표를 제출하며 저항했다. 하지만 이미 국회는 이승만 세력이 장악한 뒤라 힘을 쓸 수 없었다.

이로부터 반민특위의 실질적인 활동은 막을 내리게 되었고 반민특위에 잡혀온 친일파들은 모두 풀려났다. 처벌받은 사람은 단 한 사람도 없었다. 이 땅은 친일파가 다시 득세하고 활개치며 사는 세상이 되었다. 이승만은 자신의 말처럼 자기 방식대로 반민특위를 확실하게 끝장낸 것이다.

반민특위의 와해는 단순한 기구의 와해가 아니다. 반민특위의 와해로 이승만을 거쳐 박정희 정권이 탄생했고, 전두환·노태우 정권이 탄생할 수 있었다. 친일세력들은 대를 이어 부에 부를 더해 큰 자산가로 자리를 굳혔다. 그들은 70년간 나라 안의 요소요소 구석구석에서 대를 이어 중요한 자리들을 차지하고 있다.

반민특위가 와해되자 아버지는 정의·믿음·신념·신뢰·배려·희망·미래 등이 들어찬 풍선줄을 놓아버렸다. 그리고 허망·불신·배신·음모·체념·불운·분노·울분·고통 등 세상에 모든 불행한 단어들이 들어찬 풍선줄을 부여잡았다. 더구나 평생을 따르던 김구 선생의 비극적인 암살까지 겹쳐졌다. 아버지는 철저하고 완벽하게 절망했다. 세상 밖으로 밀려나 야인이 되어 갔다.

아버지에 의해 잡혀 들어갔던 친일파 중의 한 명이 최남선이다. 아버지 딸인 나와 그 후손들과의 악연이 해방이 된지 70년이 지난 지금까지 대를 이어 계속 이어지고 있다.

이 기막힌 상황을 도대체 어떻게 이해해야 하나? 반민특위가 와해될 때, 아버지는 자신의 딸에게까지 자신이 잡아야했던 풍선줄을 넘겨주리라 상상이나 했을까. 그때는 무심히 넘겨들었던 아버지의 탄식 소리가 나의 뇌리를 친다.

"왜놈들이 나라를 빼앗았을 때는 싸울 적이 확실했고 나라를 찾아야 한다는 목표라도 있었다. 나라를 찾았다고 하는데 왜놈 앞잡이들인 친일파가 다시 득세하는 세상이 되다니! 친일을 한 놈보다 안 한 놈을 찾는 게 빠른 세상이니 이게 내가 청춘을 버리고 목숨 바쳐 찾고자 했던 세상이란 말인가! 김원봉 선배가 하던 말이 내 가슴을 치누나!"

그때 아버지의 등은 중국을 누비며 항일전에 참전했던 용감한 장군이 아니었다. 어린아이같이 작고 초라했다.

반민특위가 와해되면서 이 땅의 친일 청산은 역사 속에 묻혀버렸다. 친일 후손이 대를 이어 득세하면서 지금도 우리 사회의 곳곳에서 요직을 차지하고 있다. 친일세력의 청산이 없는 한, 우리는 아직 해방되지 못한 것이다. 물리적인 방법의 청산을 원하는 것이 아니다. 적어도 자신들의 선대가 한 일을 부끄럽게 생각하고 진심어린 사과와 겸손한 자세로 살아야 하지 않는가. 일본에겐 끊임없이 사과와 반성을 요구하면서도 우리는 왜 우리 안의 친일파에 대해서는 너그럽게 침묵하는가. 왜 그들은 한마디의 사과와 반성도 없이 여전히 당당하고 떳떳한가.

그 이유는 친일세력이 아직도 우리 사회의 기득권층을 차지하고 있기 때문이다. 우리나라는 그들에게 진정한 사과와 반성을 요구하지 않았다. 그러지 않아도 살아가는 데 아무 지장이 없는 사회 구조를 만들어줬다. 그리고 우리가 누군가? 우리가 남인가? 우리는 모든 것을 너그럽게 용서하고 금방 잊고 넘어가는 한민족인 배달민족이 아닌가. 그러나 독일은 지금 이 시간에도 전세계적으로 나치 전범을 찾는 노력을 포기하지 않고 있다.

언젠가 수업 중에 '친일파가 엘리트로 사회 곳곳에서 요직을 맡고 있기 때문에 친일파 없이는 나라가 돌아가지 않는다'는 얘기를 듣고 아버지에게 그대로 전했다. 아버지는 분노로 몸을 떨며 소리를 질렀다.

"뭐이 어드래? 엘리트? 이게 무슨 개소리가? 친일파 놈들이 이제 별 개소리로 자기를 지키려고 발악을 하고 있구만! 기렇다면 드골이 나찌 부역자들을 다 잡아 족친 파리나 독일은 벌써 망했갔구나! 지놈들이 무슨 엘리트간나, 엘리트는! 친일을 하는 거이 엘리트가? 뻔뻔한 놈들 같으니! 엘리트라면 엘리트답게 양심을 갖고 살아야지, 부끄러운 줄 모르고 어따대고 그런 개소리를 내뱉고 있는 거가! 똑똑한 인물들을 지 놈들이 다 죽여 놓고 뻔뻔스런 개소리가 나오는 거가? 대한민국에 지놈들보다 똑똑한 놈들이 왜 없간나! 그렇게 정신이 썩어빠진 놈들이 학생들을 가르치고 있으니 나라가 망조가 들고 통일이 안 되는 거라우! 수치를 모르는 뻔뻔한 놈들 같으니! 그딴 개소리는 입에도 담지 말라우!"

그러던 아버지가 이성을 잃은 듯 화를 낸 적이 또 한 번 있었다.

어느 날 동생의 책상에 놓인 성경책을 본 아버지가 그리움 가득한 목소리로 더듬거렸다.

"이거 성경 아니가? 너희 친할머니가 집사셨지……."

친할머니가 집사였다는 건 처음 듣는 말이었다. 그러더니 성경 옆에 놓인 나와 동생의 국어 교과서를 이리저리 살피며 물었다.

"요즘 학교에선 무엇을 가르치는 거가?"

아버지가 최남선의 '해에게서 소년에게'와 모윤숙, 서정주의 시를 보고 언성을 높였다.

"이거이 무슨 일이가? 어찌 친일 매국년놈의 시가 교과서에 버젓이 실려 있는 거이가?"

그때 나는 학교에서 배운 대로 대답했다.

"아버지 친일행적과 예술을 결부시키지 말고, 시는 그냥 순수하게 예술성으로 봐야 한다고 하던데요?"

그 말이 끝나자마자 바로 날벼락이 떨어졌다.

"뭐이 어드래! 어떤 쳐 죽일 놈이 그딴 개소리를 하고 자빠졌던! 내 집에 강도가 들어 내 집 식구를 괴롭히고 패 죽이고 있는데 그 강도를 찬양하는 시나 짓고 있는 년놈들을 예술가로 봐야 한단 말이가! 그런 썩어빠진 정신을 가진 것들이 나라를 짊어질 동량을 가르치고 있으니 나라가 개판이 되고 볼장 다 본 거 아니가! 다른 사람도 아니고 독립군의 딸이 그딴 개소리를 듣고 옮기면 쓰갔나!"

나는 아버지에게 눈물이 쏙 빠지게 혼이 났다.

아버지가 화를 낸 것보다 더 기막힌 일은, 지금 우리는 모스크바 3상회의의 첫 번째 조항도 실현되지 못한 국가에 살고 있다는 사실이다.

"일제의 잔재를 청산하고 조선의 독립을 위해 임시정부를 수립한다."

모스크바 3상회의의 첫 번째 내용이다.

지금 우리나라는 일제의 잔재를 청산했는가? 아직도 친일세력이 곳곳에 요직을 맡고 큰소리 치고 날개를 달고 사는 세상이다. 을사오적은 문교부 대신 이완용 외에 외무부 대신 박제순, 내무부 대신 이지용, 국방부 대신 이근택, 농림부 대신 권중현이다. 그 외의 많은 대신이 을사늑약과 일제 강점에 찬성했다. 수많은 친일파가 이완용의 이름 뒤에 숨어 이완용을 방패로 삼아 일제에 아부하며 대를 이어 부귀영화를 누렸다.

이하영은 이완용과 함께 을사늑약에 찬성하고 그 공로로 일본으로부터 자작 작위를 받았다. 그의 손자 이종찬은 해방된 조국에서 육군참모총장과 국방장관까지 지내고 참된 군인으로 추앙받는다. 민병석은 이완용과 친구 사이이다. 한일병합 당시 궁내부 대신으로, 합방에 반대하는 궁중 여론을 무마하는 데 앞장서면서 합방 작업을 마무리 지은 매국노다. 그의 아들 민복기는 대한민국에서 두 차례나 대법원장을 지냈다. 친일 개화파인 윤웅렬도 남작 작위를 받았고 그 자손들도 대를 이어 친일을 했다.

윤웅렬의 장남은 윤치호, 조카가 윤치영이다. 우리나라 제4대 대통령을 지낸 윤보선은 윤웅렬의 조카 윤치소의 아들이다. 박정희가 천왕에게 혈서로 충성을 서약한 만주군관학교 출신이란 것은 이미 알려진 사실이다. 박정희와 같은 만주군관학교 출신들이 바로 이주일 전 육군참모총장, 이한림 전 건설부 장관, 강문봉 전 국회의원 등이다. 국무총리 정일권과 신현확, 초대 해병대 사령관 김백일, 예비역 중장 백선엽 등은 봉천군관학교 출신이다. 특무비밀 조직이었던 협화회 출신은 윤상필 전 육군중장, 이범익, 최남선, 동요 작곡가 윤극영, 이선근 한국정신문화연구원 초대 총장 등이 있다. 최규하 대통령과 강영훈 국무총리는 만주 친일파 인사이다.

친일반민족행위자 김성수는 민족대학이라 불리는 고려대를 설립했다. 반민족행위자인 김활란은 이화여대 초대총장이었다. 친일인명사전에 등록된 백낙준 역시 연세대 초대 총장이다.

최남선의 동생 최두선은 국무총리와 유엔대사, 동아일보 사장, 적십자사 총재 등 요직을 두루 거쳤다. 장면·안익태·홍난파·정일권 등은 〈친일인명사전〉에 이름을 올렸다. 독립군을 때려잡던 간도특설대 출신인 백선엽은 북한에서 숙청을 피해 남으로 내려와 4성 장군인 합참의장과 교통부 장관을 지냈다.

어떤 기자가 백선엽에게 그때의 일을 얘기해 달라고 하자, '옛날 일을 들출 필요가 없다'며 '한국전쟁에 대해서 얘기하자'고 했다. 그리고 당시 자신들은 선각자였다고 했다. 선각자! 그들은 '공과를 구분하자, 어쩔 수 없었다'라는 말로 떳떳하지 못한 자신의 삶들을 변명한다.

그들은 말한다.

"세월이 언젠데 지금 새삼스럽게 무슨 친일파야! 친일파는 다 죽었어!"

정말 그런가. 목숨을 걸고 싸운 독립운동가들을 위해서라도 선대의 행동에 대해 진심어린 반성과 사과는 있어야 하지 않는가.

안창호 선생은 눈을 감기 직전 숨을 몰아쉬며 마지막으로 세 마디를 외치고 절명했다.

"목인아, 목인아!"

"네가 우리 민족에게 큰 죄를 지었구나!"

목인은 메이지 일왕의 이름이다. 지금 일왕의 이름은 무엇인가.

1967년 여름

나는 아버지가 겪은 일제강점기와 해방과 이승만 정권, 한국전쟁과 허정 과도정부와 장면 내각을 겪지 않았다.

나와 아버지는 1961년 5·16 군사쿠데타를 일으켜 장면 내각을 무너뜨린 박정희 시대를 함께 살았다. 박정희는 이승만보다 더하면 더했지 결코 덜하지 않은 군사독재를 자행했다. 그는 다까끼 마사오로 창씨개명까지 하고 혈서로 일본 왕에게 충성을 맹세했던 인물이다. 더구나 박정희는 독립군의 등 뒤에 총을 쏘던 관동군 출신이다. 박정희 독재 기간인 1961년부터 1979년까지 18년간은 아버지와 내가 함께 살았던 가장 긴 기간이기도 하다.

그 뒤로 역사상 가장 짧은 기간 대통령이었던 최규하, 동족의 피로 제단을 쌓은 전두환 시대도 함께 했다. 6월 민중항쟁을 통해 국민들이 이끌어 낸 직선제로 대통령이 된 노태우, 그 후 30년 야당의 문패를 가차 없이 떼어버린 김영삼은 노태우, 김종필과의 3당 합당으로 국민을 실망시키고 대통령이 되었다. 나와 아버지는 어찌됐든 최초로 정권의 수평적 교체를 이룬 김영삼시대까지 함께 보냈다.

지금부터 내가 쓰려고 하는 시대는 1967년 서슬 퍼렇던 박정희 군사독재정권 시절이다. 한국전쟁이 끝나고 소말리아보다도 가난했던 대한민국이 개발도상국으로 진입하고 월남전이 한창이던 때였다.

해마다 광복절이 되면 불같은 여름 더위도 고개를 숙이고 겸손해진다. 바위 위에 널어놓은 이불 위에선 여름이 누웠던 자리가 옅어진다. 말매미가 멀어져 가는 여름을 배웅하듯 온 힘을 다해 길게 울면 눈부신 나의 여름도 끝나간다. 자유로움과 왁자지껄한 생동감, 날카로운 여름 햇살만큼이나 뜨거운 시간이 가고 있다. 나에게 학교라는 곳을 잠시 잊게 해준 여름이 떠나간다.

나에게 광복절은 기쁜 날이 아니다. 머지않아 여름의 풍요로움과 방학을 잃어야 하는 날이다. 학교로 돌아가야 하는 슬픈 날이다.

아버지에게 광복절은 나와 결이 다른 슬픈 날이다. 현실에 배반당한 이상을 상실한 날이다. 커다란 느티나무 그늘 아래 앉은 아버지의 몸이 헛헛하다. 꿈이 빠져나갔다. 소주잔을 기울인다. 빼앗긴 이상에게 건배!

말매미의 울음은 앞으로 내가 갖지 못할 이상과 이미 잃어버린 아버지의 이상을 슬퍼하는 울음이었다. 그 기억들은 지금까지 내 뇌리 속 깊이 박제되어 있다. 그때의 상실감이 얼마나 절절했던지 환갑을 앞둔 지금도 광복절이 되면 목에서 싸한 신물이 올라오곤 한다.

내가 만 7세가 되던 1967년의 여름은 다른 해의 여름과 크게 다르지 않았다. 내가 태어난 곳은 유원지로 유명한 우이동이다. 해마다 여름이 되면 더위를 피해 시원한 계곡을 찾아온 피서객들로 북적였다. 내가 태어나기 전에는 서울이 아닌 양주에 속한 우이동은 밥 수저가 모자랄 정도로 초가집이 가득한 가난한 동네였다.

그러다 유원지로 이름이 나면서 모든 집이 몰려드는 피서객 상대로 장사를 해서 부자 동네로 거듭났다. 우리 집도 예외는 아니었다. 아버지가 지은 방 3개의 안채 외에 유원지 장사로 돈을 벌어 7개의 방을 더 지었다. 모두 10개의 방을 가진 집이 되었다. 우이동에서도 빠지지 않는 어엿한 장삿집이 된 것이다.

우리 식구가 우이동에 살게 된 건, 내가 태어나기 전인 1957년이었다. 그때 엄마는 내 바로 위의 언니를 임신한 상태였다. 언니를 가진 엄마는 매일 시름시름 앓았다. 엄마의 병이 차도를 보이지 않자 의사가 공기 좋은 곳에서 휴양할 것을 권했다. 아버지는 육당 최남선이 살던 곳을 기억해냈다. 그곳이 공기는 물론 풍광도 좋고 요양하기에 좋을 것 같다는 생각을 했다.

아버지는 엄마를 데리고 최남선이 살던 우이동으로 들어왔다. 우이동에 머물던 엄마의 병이 차도를 보였다. 땅 50평을 사서 눌러앉았다. 난 최남선이 살던 곳에서 태어나고 자랐다.

그 후 13살에 우이동을 떠났다. 나와 최남선과의 인연은 13년으로 끝나야했다. 그후 50년 가까운 세월이 흘렀다. 그리고 지금 내가 살고 있는 이곳, 양주로 최남선 종중의 묘가 들어왔다. 시간을 돌고 돌아 하필이면 지금 내 땅 위로 최남선 종중의 선산이 들어올 것은 무엇인가. 이 상황을 어떻게 설명해야 하나. 나조차 설명할 방법이 없다. 이리 만든 것이 신이라면 신도 이제 약발이 다 된 것이다.

아버지는 최남선 덕에 알게 된 우이동에 정착하여 엄마와 함께 유원지 장사를 시작했다. 아버지는 시원한 물가에 돗자리를 깔고 앉기 좋게 평평한 놀이터를 만들었다. 무려 20개나 넘게. 난 아버지가 뚝딱뚝딱 집을 짓고 놀이터까지 만드는 것이 신기했다.

아버지가 일할 때 옆에서 심부름을 하며 궁금한 것을 물었다. 아버지는 끝없는 내 물음에 엄마처럼 화내지 않았다. 무엇이든 잘 대답해줬다. 아버지가 일에 열중할 때는 화를 낼 겨를이 없는 것 같았다. 난 그 틈을 놓치지 않았고 늘 아버지 옆에서 심부름을 하며 질문을 쏟아냈다.

"아바지! 아버지는 어떻게 이렇게 집도 놀이터도 잘 만들어?"

"기야 아바진 만주에 살면서 독립운동을 하며 모든 것을 다 해야 하는 세상을 살아서 그렇게 되지 않았네."

"독립운동? 그게 뭐야?"

"잃어버린 나라를 찾으려고 싸운 거 아니가."

"잃어버려! 어디서 잃어버렸는데!"

"일본놈들이 빼앗아가지 않았네."

"일본놈들이! 어디로 빼앗아갔어?"

"나라가 가긴 어디로 가갔나. 땅덩어리야 그 자리에 기대로 있는 거 아니가. 나라의 주인을 몰아내고 일본놈들이 차지한 거 아니가."

"몰아내? 어디로 몰아냈는데?"

"노예로 몰아낸 거 아니가."

"노예?"

"일본놈들의 종이 되는 거이 노예 아니네."

"일본놈들이 노예로 몰아내는데 우리는 가만히 있었어?"

"총칼로 몰아세우는데 어쩌간나."

"총칼로? 그럼 우리는 총칼이 없었어?"

"있기야 했어도 우리 총칼은 일본놈들 총칼에 비해 형편없이 허술하지 않았네."

"그래서 우리가 싸움에서 진 거야?"

"어디 제대로 싸우기나 했네. 매국노들이 일본놈들과 합세해 그냥 고스란히 갖다 바친 거이지."

"매국노?"

"아, 나라 팔아먹은 놈들 아니가."

"나라를 팔아! 얼마에 팔았는데?"

"자세히야 어찌 알간나! 지들끼리 뒷돈도 받고 일본에서 귀족 작위도 받고 민족을 배신한 대가로 부귀영화를 누리며 떵떵거리고 살았지!"

"귀족 작위가 뭐야?"

"왜놈들에게 양반 대접 받은 거 아니가."

"양반?"

"일 안 하고 백성들이 버는 걸로 먹고 노는 놈들이 양반 아니가."

"그럼 양반이 나쁜 놈들이네."

"양반이라고 어디 다 나쁘기만 하간나. 그 중엔 좋은 양반도 있는 거 아니가."

"좋은 양반도 있었는데 나라를 팔아먹게 가만히 있었어?"

"나라가 개판이었지 않았네! 시아버지와 며느리가 싸우고, 관리들이 제 밥그릇 챙기려 패를 갈라 싸우고, 자기 나라 백성들을 죽여달라고 국모란 인간이 남의 나라 군대를 불러오고, 악질 매국노들이 일본놈들에게 붙어 아부하고, 그런 정신없는 상황에서 일본놈들이 매국노들과 합세해 힘으로 밀어붙이는데 옳은 말 하는 힘없는 사람들이 어디 당할 수가 있었간나. 기러니 나라가 망했지 않네."

"국모? 국모가 뭐야?"

"임금의 부인이 국모 아닌가."

"임금이 없었어? 국모가 왜 우리나라 백성들을 죽여달라고 해?"

"임금이 바보 같이 마누라 치마폭에서 놀아나니 암탉이 운 거 아니가. 백성들이 굶어죽게 되자 아우성을 치고 일어나니, 암탉이 강력한 외국 군대를 불러 제 백성을 죽여달라고 한 거 아니가."

"암탉이! 우리가 파는 닭이!"

"그 닭이 아니라 국모가 여자니 암탉 아니가. 암탉이 울면 집안이 망하는 거라우."

이쯤에서 아버지가 화를 내지는 않을지 슬금슬금 눈치를 살피며 물었다.

"그런데……, 아버지 제 밥그릇 챙기는 관리는 누구야?"

"정치하는 놈들 아니가."

"정치?"

"국민을 돌보며 나라를 다스리는 거이 정치 아니가."

"국민을 돌봐야 하는 사람들이 왜 제 밥그릇을 챙겨?"

"그 놈들이 돌봐야 하는 국민을 지키지 않고 오히려 국민들을 권력과 총칼의 힘으로 찍어 누르고 지들 이익만 챙긴 거 아니가."

"그럼 정치하는 놈들이 나쁜 사람이네!"

"어디 나쁘기만 하간나. 정치인도 국민들을 위해 좋은 일을 하면 좋은 정치인이고 나쁜 일을 하면 나쁜 정치인 아니가."

"그런데 정치하는 사람들은 총칼과 권력을 어디서 산 거야?"

아버지가 어이가 없다는 듯 피식 웃었다.

"에미나이, 권력을 사긴 어떻게 사간나. 자신들을 잘 보살펴달라고 국민들이 주는 힘이 권력이지 않네. 총칼도 국민들이 낸 돈으로 산 거 아니가."

"그럼 권력을 준 국민들이 나쁜 거네. 좋은 사람에게 줘야지 왜 나쁜 사람에게 줘?"

"국민들이야 정치하는 것들이 말만 번지르르하게 하니 나쁜지 좋은지 어디 알간나."

"그런데 암탉이 왜 외국 군대를 불렀어? 우리나라 군대는 없었어?"

"우리나라 군대론 힘에 부치지 않았네. 게다가 월급까지 제대로 주지 않으니 군인들이 못살겠다고 난리를 일으킨 거 아니네. 그렇게 난장판이 되니 남의 나라 신식군대를 부른 거 아니가."

"월급?"

"한 달간 일한 대가를 한 달에 한 번씩 돈으로 받는 거이 월급이라우. 기래야 처자식을 먹이고 입히지 않네."

"군인들은 우리처럼 놀이터가 없었나보네. 우리처럼 놀이터가 있다면 월급을 받을 필요가 없을 텐데."

아버지가 기가 막힌 듯 웃었다.

"에미나이, 군인들은 나라를 지키는 사람들인데 놀이터가 있으면 되간나."

"암탉이 신식군대를 불러서 어떻게 됐어?"

"어케 되긴 뭐가 어케 되간나. 힘없는 백성들이 총칼 앞에 뾰족한 수가 있었간나. 일본놈들 총칼에 모두 개죽음을 한 거이지!"

"개죽음?"

"아, 뜻을 이루지 못하고 죽은 거이니 개죽음 아니가!"

아버지 목소리가 갑자기 높아지더니 돌 위에 털썩 주저앉아 먼 산을 바라보았다. 아버지는 속이 상하면 고개를 들어 먼 산을 물끄러미 바라보곤 했다. 그때 뭔가를 더 물어보는 건 아버지의 화를 자초하는 일이었다. 어쩌면 아버지가 쉬지 않고 열심히 놀이터를 만든 것은 자신에게 생각할 시간을 주지 않기 위해서였는지도 모른다.

성장해 역사를 배우면서 알게 됐다. 임오년에 구식군대가 신식군대에 비해 부당한 대우를 당하고 월급으로 받는 쌀에 모래까지 섞여 나오자 더 이상 참을 수 없게 된 군인들이 들고 일어난 것이다. 국모가 제 백성을 죽여달라고 외국군대를 부른 것은 스터디에서 배웠다.

갑오년에 농민들의 봉기가 일어났다. 우리 군대로 힘이 부치자, 민비는 청나라에 농민의 난을 평정해달라고 부탁을 했다. 청나라 군대가 들어오자 이를 빌미로 일본 군대가 들어왔고 청일전쟁이 일어났다. 청일전쟁에서 이긴 일본은 우리나라에 군대를 주둔시켰고 일제강점으로 이어졌다는 것도 알게 됐다.

경술국치 후에 일본에 빌붙은 매국노들은 나라를 넘기는 데 일조한 공을 인정받았다. 일본으로부터 자작이나 남작 작위와 상당한 금품을 받고 일제강점기 내내 일본 편에 서서 백성을 탄압하며 호의호식했다는 것 역시 학교에서는 배우지 못했다.

내가 기억하는 아버지는 한시도 가만히 앉아 있는 적이 없었다. 항상 바삐 부지런히 움직였다. 아버지가 바닥에 엉덩이를 붙일 때는 밥을 먹고 술을 마시거나 잠을 잘 때뿐이었다.

아버지는 망치 하나와 못만 있으면 주위의 나무와 돌을 이용해 뭐든지 뚝딱뚝딱 잘 만들었다. 밥도 잘했고 손바닥처럼 큰 만두도 잘 빚었다. 쌀 위에 콩나물을 얹어 밥을 지은 뒤, 양념장을 만들어 비벼

먹을 수 있게 만들어주기도 했다. 가을이 되면 버섯을 따고, 산에서 도토리를 주워와 묵을 만들고, 무우로는 일본어인지도 모르고 썼던 '다꾸앙'을 만들었다.

아버지는 엄마가 맛없는 반찬을 해도 타박하지 않았다. 무엇이든지 군말 없이 고맙게 먹었다. 의복도 마찬가지였다. 아버지는 굶지 않고 입고 잘 곳만 있으면 만족하는 사람이었다. 궁핍하고 고생스런 독립운동을 할 때부터 얻어진 습관 덕분이다.

내가 반찬 투정을 하면 아버지는 언제나 야단을 쳤다.

"엄마, 이거 너무 맛없어."

"에미나이, 먹을 거 앞에서 무슨 말이 많나! 거저 먹으라우!"

"너무 짠데……,"

"짜면 물 마셔가며 먹으라우!"

"아바진 안 짜?"

"아바진 이렇게 짠 것도 먹을 수가 없었다우."

"언제?"

"언제는 언제가? 아바지가 독립운동할 때지."

"나라를 찾으려고 싸우는데 왜 먹고 살 수가 없어? 돈을 안 받았어?"

"에미나이, 독립운동을 하는데 누가 돈을 주간나."

"그럼 독립운동을 왜 했어? 돈도 안 주는데?"

"기야 빼앗긴 나라를 찾겠다는 일념으로 했지. 돈을 받겠다는 생각으로 한 거가? 나라를 빼앗겼는데 누가 돈을 주간나."

"아바지가 잃어버린 것도 아닌데 왜 돈도 안 받고 아바지가 싸워?"

"애국심이 있으니 기런 거 아니가."

"애국심?"

"나라와 민족을 사랑하는 마음 아니가."

"그럼 다른 사람도 다 같이 싸웠어?"

"어떻게 다 싸우간나. 다는 아니지만 많은 사람이 싸웠지 않네."

"싸우지 않은 사람들은 애국심이 없었어?"

"애국심이 있었어도 어드래 모든 사람이 다 나서서 싸울 수가 있간나, 부모들도 있고 먹여 살려야 할 처자식도 있는데 어드래 모두 나서서 싸우간."

"아바진 부모가 없었어?"

"왜 없었간나. 아바지의 아바지인 할아바지도 독립운동을 하지 않았네."

"돈도 없었는데 어떻게 독립운동을 했어?"

"기러니 돈이 있는 일본놈들에게 붙은 악질 놈들에게 빼앗기도 하고, 스스로 내놓는 양반들도 있었고, 다른 나라에게 구걸하기도 하고, 백성들이 돈을 모아 보내기도 하고, 기렇게 비렁뱅이처럼 여기저기에서 끌어모아 싸운 거 아니가."

그땐 종종 밥을 얻어먹으러 다니는 사람들이 있었다. 그들을 밥을 구걸하는 거지라고 불렀다.

"그럼 아바진 거지처럼 밥을 달라고 구걸하면서 싸운 거야?"

"그런 거나 마찬가지 아니가."

아버지는 왜 돈도 받지 않고 거지처럼 구걸해가며 아버지가 잃어버리지도 않은 나라를 찾으려고 싸웠단 말인가? 난 아버지가 한없이 어리석어 보였다. 그때 놀이터와 집을 만드는 아버지를 보고 신기해하고 감탄했던 마음 한 귀퉁이가 조금 떨어져나갔다. 용기가 났다. 혼나기로 결심했다. 밥을 먹고 있던 아버지에게 다시 물었다.

"그래서 아버지가 나라를 찾은 거야?"

안 찾았다면 아버지는 정말 바보였다. 내 질문에 아버지는 혼을 내긴커녕 긴 한숨을 내쉬었다. 비가 와서 유원지를 찾는 손님들이 오지 않아 하루 장사를 허무하게 망쳐버렸을 때 엄마가 쉬던 바로 그 한숨이었다.

"아버지가 찾았음 아버지나 나라 꼴이 이리 되었간나. 제대로 된 나라를 찾지 못했으니, 나라를 찾았다고 할 수 없는 거 아니가."

"제대로 된 나라?"

"친일파가 물러간 나라가 제대로 된 나라 아니가."

"친일파?"

"나라를 뺏은 일본놈들에게 붙어 제 민족을 탄압하고 괴롭힌 놈들 아니가. 일본놈들보다 더 악질인 일본놈들의 앞잡이 놈들 아니네."

"그럼 친일파가 물러나지 않았어?"

"결국 기렇게 되지 않았네. 친일파가 일본놈들이 나라를 다스리던 때와 똑같이 그대로 자리를 차지하고 있는 거 아니가. 그놈들이 활개를 치고 사니 제대로 된 나라가 아니지 않네. 결국 못 찾은 것과 같은 거이지."

"그래서 못 찾은 거야?"

난 아버지에 대한 실망을 이미 준비한 상태였다.

"일본놈들에게 찾았지만 우리가 찾은 거이 아니지 않네."

"누가 찾은 건데?"

"미국놈들이 찾은 거 아니가."

"그럼 우리나라가 미국놈들 것이 된 거야?"

"결국 기리 된 거이나 마찬가지가 되지 않았네."

난 아버지에 대한 감탄에 마침표를 찍었다. 미국 것이 되면 된 거지, 된 거와 마찬가지란 말은 또 뭐란 말인가? 나라를 찾겠다고 그 고생을 하고 미국이 찾도록 놔두다니! 아버지는 헛고생을 한 거였다. 왜 미국이 찾도록 놔두었냐고 묻고 싶었지만, 미치도록 궁금한 것을 멈춰야 했다. 마루에 앉아 밥을 먹던 아버지가 아예 밥 수저를 놓고 또 먼 산을 바라보았기 때문이다. 더는 용기를 낼 수 없었다. 그리고 내가 묻고 싶고 알고 싶은 것 역시 학교가 아닌 곳에서 배웠다. 아버지에 대한 실망과 감탄의 마침표는 안쓰러움으로 바뀌었다.

우이동에 가을이 빼곡히 들어차면 온 산이 가을빛을 깊게 뿌린다. 울긋불긋 화려한 옷이 뜨거운 가을빛을 받아 색이 바래가면 나무들은 낡은 옷을 미련 없이 훌훌 벗어버렸다. 아버지는 엄마와 우리를 데리고 산으로 갔다. 나무가 벗어버린 누렇게 바랜 잎들을 헤치며 버섯을 따고 도토리를 주웠다.

산에만 가면 아버지는 다시 태어난 것처럼 씩씩하고 활기차졌다. 아버지는 독버섯과 먹는 버섯을 귀신처럼 구별해냈다. 선홍빛을 띤, 색이 고운 버섯을 발견해 자랑스럽게 아버지를 불렀다. 아버지는 손사래를 치며 나를 무색하게 만들었다.

"에이! 에미나이! 버리라우! 그건 먹으면 죽는 독버섯이라우! 색이 고우면 독버섯인 기야."

"아이구 그렇게 잘 알면서 예쁜 여자만 탐내는 당신은 뭐요?"

아버지 말이 끝나자마자 엄마가 토를 달았다.

"에미나이! 여기서 여자가 왜 나오나? 개소리 말고 버섯이나 따라우!"

아버지는 엄마 말에 조금도 위축되지 않았다. 씩씩하게 나뭇잎들을 헤치고 우중충한 버섯들을 따서 소쿠리에 담으며 알려주었다.

"이건 싸리버섯이고, 이건 느타리버섯이고, 이건 송이버섯이라우."

아버지가 그렇게 알려줘도 내 눈엔 누르퉁퉁한 것이 그 버섯이 그 버섯이었다.

버섯과 도토리를 따다 지치면 우리는 나무가 벗어버린 푹신한 잎들 위에 앉아 쉬었다. 나는 넓은 바위 위에 앉아 쉬고 싶었지만 아버지는 절대 바위 위에 앉지 못하게 했다. 바위 위는 차가워 몸에 좋지 않고 위험하다고 했다. 널찍한 바위가 쉬기도 좋고 위험할 리가 없어 보였다. 그래도 아버지는 허락하지 않았다. 나는 소쿠리에서 버섯과 섞여 있는 나뭇잎을 골라내고 있는 아버지에게 물었다.

"아바지, 바위 위가 왜 위험해?"

"바위 위는 표적이 되고 오래 앉으면 몸이 차가워져 좋지 않다우."

"표적이 뭐야?"

"남의 눈에 잘 띄는 거 아니가."

엄마가 또 타박을 했다.

"어이구, 참내! 아직도 저런 습관을 버리지 못하다니! 여기서 표적이 왜 나오우? 지금 우리가 버섯 따러왔지 독립운동을 하러 왔소?"

"에미나이! 바위 위가 차가워서 몸에 좋지 않은 건 사실 아니가!"

아버지가 역정을 냈다.

"오래 앉으면 그렇지만 금방 쉬는 데야 상관없지 않소?"

"잔말 말고 시키는 대로 하라우!"

엄마는 아버지 말에 더 이상 토를 달지 않았다. 우리는 낙엽 위에 앉아 땀을 식혀야 했다. 소쿠리에서 나뭇잎을 다 골라낸 아버지가 먼 산을 바라보며 우두커니 생각에 잠겼다. 일본군과 싸웠던 중국의 산들을 생각하는 걸까.

그렇게 앉아 있어도 아버지는 담배를 피우지 않았다. 우이동에 오는 남자 손님들은 맛있게 담배를 피우곤 했다. 난 참지 못하고 아버지의 눈치를 슬금슬금 살피며 물었다.

"아바지, 아바진 왜 담배를 피우지 않아?"

아버지의 목소리가 시무룩해졌다.

"할아버지가 못 배우게 하지 않았네."

"할아버지가? 왜?"

"담뱃불 하나에 내 목숨은 물론이고 동지들의 목숨까지 빼앗는다고 못 배우게 한 거 아니가."

"담뱃불이 목숨을 빼앗아?"

"기렇지. 독립운동을 하면서 담배 연기를 피우거나 밤에 담뱃불은 일본놈들에게 나 잡아가 달라고 하는 거와 같은 거 아니가. 그러니 아예 배우질 못하게 하지 않았네."

"그럼 독립운동을 하는 사람은 다 담배를 안 피웠어?"

"왜 안 피웠간나! 피우는 사람이 더 많았지!"

"그 사람들은 다 죽었어?"

"죽긴 왜 죽간나. 담배 피운다고 죽간나. 싸우다 죽는 거이지. 연기나 담뱃불이 보여도 안전한 곳에서 피웠지 않네. 하지만 할아버지는 피우지 않는 것보단 위험하니 아예 처음부터 못 피우게 한 거 아니가."

"그럼 할아버지도 담배를 안 피운 거야?"

"피셨지! 할아버지도 독립운동을 하면서 끊으셨지. 철저하신 분이셨다우."

"할아바진 지금 어디 있어?"

"만주에서 돌아가셨다우."

아버지의 대답에 물기가 얹혔다. 우리 집은 다른 집에 다 있는 친척이 없던 것이 나는 항상 궁금했다.

"그래서 아바진 아무도 없는 거야?"

"아무도 없다우……. 겁이 많아 독립운동도 하지 못한 겁쟁이 형님 하나만 살아있고, 독립운동을 하던 할아버지와 고모까지 싹 다 죽었디. 오마니는 아버지가 만주로 가는 기차 안에서 마주쳤던 거이 마지막이었디. 이 아버지를 잡으러 오마니를 앞세우고 다닌 일본 경찰 놈들과 함께 계셨다우. 친척들이야 죽지 않았으면 이북에 남아있갓디."

아버지의 목소리가 외로웠다. 우리는 9명이나 되는 남매들로 나에게는 언니들과 동생들이 있었다. 아무도 없는 아버지가 조금 가여웠다. 더구나 독립운동 때문에 남자들이 맛있게 피우는 담배까지 못 피우다니! 게다가 나라까지 제대로 찾지 못했다지 않는가. 비가 내려 우리가 허망하게 장사를 망친 날처럼 아버지는 손해난 장사를 제대로 한 거였다.

그때의 아버지는 우리가 깔고 앉아 있는 나무가 벗어버린 바싹 마른 나뭇잎 같았다. 애국심이 도대체 뭔데 아버지가 잃어버리지도 않은 나라를 찾으려고 한 것일까. 돈도 받지 않고 담배도 피우지 못하고 목숨까지 내놓았다니! 더구나 구걸하고 굶주려가며 추위에 동상까지 걸려가며 싸웠다지 않는가. 답답했다. 바보 같았다.

아버지는 너무나 조그맣고 허해보였다. 속이 빈 바싹 마른 수수깡처럼. 우리가 하루 종일 종종거리며 땀 흘려 일해도 저녁에 셈을 하고 나면 빈손인 엄마처럼 헛헛해 보였다. 그렇게 힘들게 독립운동을 하고도 제대로 된 나라를 찾지 못했다니, 아버지는 참 많이 불쌍한 사람이구나. 그때 처음으로 무서웠던 아버지가 불쌍해 보였다.

해마다 가을이 되면 버섯들이 슈퍼 한 귀퉁이를 차지한다. 기억의 서랍이 열린다. 쓸쓸했던 아버지가 버섯들 위에 앉아 있다.

또 다른 서랍이 열린다. 독립군이 아닌 고향을 그리워했던 아버지가 나온다. 망향의 동산에서 자신이 살던 동네를 찾듯 멀리 북쪽을 바라보고 있다. 그리움 가득한 아스라한 시선이 나를 보고 있다.

아버지는 맨 처음 만든 방에 붙여서 부엌을 만들었다. 우리는 부엌이 딸린 방을 안방이라 불렀다. 안방에 붙은 부엌에서 아침과 저녁밥을 했다. 방이 저절로 덥혀졌다. 다른 방들은 각각의 아궁이에 따로 군불을 지폈다. 추운 겨울에 산에서 땔나무를 마련하는 것은 쉽지 않은 일이었다.

땔나무를 구하러 산에 오르면 제일 먼저 질긴 칡덩굴을 찾아야했다. 칡덩굴을 찾아 어깨 간격으로 양쪽 어깨에 짊어질 수 있게 2개를 나란히 놓았다. 그 위로는 등에 짊어져도 아프지 않게 갈퀴로 긁은 부드러운 나뭇잎이나 솔잎을 깔았다. 그리고 각자 짊어지고 내려갈 만큼의 나뭇가지들을 낫으로 잘라 올려놓았다. 그런 다음 밑에 나란히 깐 칡덩굴을 위아래로 짝을 맞춰 단단히 동여매면 둥그스름한 나뭇단이 만들어졌다. 하지만 번번이 간격을 너무 넓게 잡는 바람에 어깨에서 벗어나 질 수 없게 되었다. 나뭇단을 다시 풀어 좁게 만들었다.

아무리 간격을 좁혀도 우리 어깨에 맞출 순 없었다. 사람의 어깨가 생각한 것만큼 넓지 않다는 걸 우리는 어렸을 때 터득했다. 좁히다좁히다 포기하고 할 수 없이 짊어졌다. 그리곤 어깨에서 벗어나려는 나뭇단을 억지로 잡아당겨 간격을 좁혀 두 손으로 움켜잡고 내려왔다.

내려오다 경사가 심한 곳을 만나면 나뭇단을 벗어서 굴렸다. 잘 굴러가던 나뭇단이 중간에서 허무하게 풀어져 버렸다. 풀어지는 나뭇단을 무력하게 바라볼 수밖에 없었다. 위험해도 지고 내려올 걸 잘못했다는 후회가 가슴을 쳤다.

속상함을 누르고 다시 나뭇단을 꾸렸다. 하지만 경사가 심한 곳은 번번이 겁을 집어 먹게 만들었다. 다시 나뭇단을 굴렸다. 가슴 치는 일들이 반복됐다. 겨울은 우리에게 후회로 가슴을 치게 만드는 계절이었다.

겨울에 우리 식구들은 안방에만 불을 지피고 모두 함께 지냈다. 땔감을 해오는 수고를 덜기 위해서였다. 한 번은 여름 장사를 도우며 우리 집에서 붙박이로 지내는 아저씨가 있었다. 갈 곳이 마땅치 않았던 것 같았다.

성이 이씨라 '이씨 아저씨'라고 불렀다. 그때는 이씨 아저씨가 지게를 지고 산에 가서 땔감을 해왔다. 우리가 땔감을 해 올 필요가 없어졌다. 편했다. 하지만 그것도 잠시였다. 그는 얼마 지나지 않아 우리 집에 요양 차 온 여자와 연분이 나서 떠났다. 그때 우리에겐 행복한 것도 편한 것도 언제나 잠시였다.

신문지나 종이가 귀한 시절이었다. 노랗게 바짝 마른 솔잎은 종이를 대신해 불쏘시개 역할을 했다. 불을 지필 땐 노란 솔잎을 가장 밑에 깔고, 그 위에 불이 잘 탈 수 있게 공기가 통하는 구멍을 틔워가며 자잘한 소나무 삭정이를 얼기설기 올려놓았다. 그런 다음 맨 위에 두꺼운 장작을 얹었다.

장작에 불이 붙으면 아궁이 중앙에 걸린 큰 가마솥에서는 밥이 됐다. 오른편의 흰색 양은으로 만든 작은 솥에서는 국이나 물이 데워졌다. 밥이 되면 엄마는 아궁이 가까이에 몸을 밀착시켰다. 최대한 팔을 길게 뻗어 불을 고래 속까지 깊숙이 밀어 넣었다.

그래도 윗목은 항상 얼음장이었다. 부엌과 가까운 아랫목이 가장 따뜻했다. 우리는 서로가 아랫목을 차지하려고 싸웠다. 한겨울을 지내고 나면 아랫목은 뜨거운 불기운으로 장판이 눌어붙었다. 윗목은 싸늘하다 못해, 자고 나면 떠다놓은 자리끼가 껑껑 얼어붙었다.

첫째 언니와 둘째 언니가 장성해 도회지로 떠났다. 일곱이 된 우리 남매는 서로 아랫목을 차지하려고 방에서 뛰었다. 엄마는 구들이 무너진다며 질색했다. 그러다 어느 날 정말 구들이 무너졌다. 굴뚝으로 나가지 못한 연기가 거꾸로 아궁이로 나왔다.

밥을 하는 엄마는 매운 연기에 매일 눈물을 흘려야했다. 구들이 하나 무너지면 그 자리의 방바닥이 푹 꺼져 불길을 막았다. 불을 때도 방은 따뜻하지 않았다. 방바닥을 뜯어 무너진 구들을 다시 세워야 하는 일은 너무나 큰 공사였다. 엄두조차 낼 수 없었다.

한겨울에 창호지를 바른 미닫이문은 우리의 부주의로 언제나 구멍이 숭숭 뚫려 있었다. 구멍을 통해 크고 찬 황소바람이 들어왔다. 엄마는 한복 치마를 커튼처럼 문에 걸어 바람을 막았다. 문틈을 막은 문풍지는 겨울 내내 바람에 떨며 윙윙 울었다.

우리는 문풍지의 울음소리를 들으며 겨울을 났다. 아랫목을 가지고 다투던 우리는 공평하게 모두 윗목에 머리를 두고 아랫목에 발을 두고 잠을 잤다. 그래도 아랫목과 가장 가까운 중간에 발을 두고 자는 사람이 가장 따뜻한 곳을 차지했다. 우리는 서로 중간 자리를 차지하려고 실랑이를 벌였다. 그러나 가장 따뜻한 가운데 자리는 언제나 하나밖에 없는 아들이 차지했다.

엄마는 우리에게 따뜻한 자리를 양보했다. 늘 가장 추운 문 옆에서 잤다. 흰 눈이 소복이 탐스럽게 내린 밤이면 뒷산의 소나무 가지가 눈 무게를 이기지 못해 뚝뚝 부러지며 울었다. 우리는 그 소리를 자장가처럼 들으며 긴 겨울잠에 빠져들었다.

엄마는 언제나 초저녁에 잠들어 새벽과 함께 일어났다. 그리곤 그 시절에는 무척 귀했던 라디오를 틀고 연속극 〈삼국지〉를 들었다. 조조가 나오는 대목에서 감탄하며 혼자 웃었다.

"저런, 꾀보 같으니!"

〈삼국지〉가 끝나면 옷을 단단히 입고 밥을 하러 나갔다. 나가면서 우리를 두들겨 깨워 천자문을 읽고 쓰게 했다. 우리는 잠이 뚝뚝 떨어지는 눈으로 부엌에 있는 엄마에게 들리도록 하늘 천, 따 지, 검을 현, 누를 황을 읽었다. 잠이 덜 깬 여덟째 동생은 엄마 눈을 피해 장롱 속에 들어가 잠을 잤다. 그런 생각을 하지 못한 내가 미웠다. 고자질을 하고 싶었지만 참았다.

길게 횡으로 4글자씩 적힌 천자문이었다. 밑엔 사람이 검은 하늘을 올려다보고 있었다. 천지는 검고 땅은 누르다는 그림과 설명이 곁들여져 있었다. 그때 '왜 하늘이 파랗지 않고 검다'고 했는지 궁금했다. 천자문을 쓴 사람도 우리처럼 꼭두새벽 하늘이 어두울 때 쓴 것인지 엄마에게 물어봤지만 엄마는 납득할 만큼 만족스러운 대답을 해주지 않았다. 난 늘 소화가 안 된 듯 답답했다.

성냥도 귀한 시절이었다. 불을 때고 나면 엄마는 불씨를 잿더미 속에 꼭꼭 묻어두며 강조하듯 말했다.

"전쟁이 끝난 독일에선 열 사람이 모여야 성냥 하나를 켰단다. 그렇게 지독하게 절약해서 잘 사는 나라를 만든 거란다. 불씨는 그 집의 운기이다. 옛날엔 며느리가 불씨를 꺼뜨리면 집안을 망해먹는다고 쫓겨났다."

엄마의 말이 과장은 아니었다. 그땐 이삿짐 트럭 위에 가장 중요한 자리를 차지하는 게 연탄화덕이었다. 화덕을 챙기는 사람은 대개 살림을 하는 며느리였다. 행여 꺼질세라 부채질까지 해가며 신주단지 모시듯 애지중지했다. 시어머니는 푹신한 이불 짐 위에 앉아 그런 며느리를 근엄하게 바라보고 있었다.

아침이 되면 엄마는 지난밤 잿더미 속에 꼭꼭 묻어둔 불씨를 살려 차가워진 방에 불을 지폈다. 밤새 불기가 가신 방은 턱이 덜덜 떨리게 추웠다. 엄마는 볼이 얼어터지는 추운 날에도 새벽에 일어나 아궁이에 불을 지폈다. 장작을 태워 벌건 숯불이 담긴 놋화로에 쇠로 만든 인두를 꽂아 방에 넣어줬다. 납작하고 날렵한 작은 삼각 모양의 인두에는 가늘고 긴 손잡이가 달려 있었다.

우리 뺨은 매서운 겨울바람에 겨울 내내 빨갛게 얼어있었다. 화로가 들어오면 추운 몸을 녹이려고 화롯가로 몰려들었다. 화로는 겨울에 충분하진 않아도 언 손을 녹일 따뜻한 난로 역할을 했다. 우리는 꺼져가는 불씨를 소생시키듯 인두로 꾹꾹 눌러가며 최대한 불씨를 오래 살리도록 최선을 다해 노력했다.

숯불은 전기가 들어오지 않던 시절엔 다리미의 전기 역할도 했다. 다리미 위에는 뚜껑이 달린 사각 모양의 구멍이 뚫려있었다. 그 안에 숯불을 넣어 불기운으로 옷을 다렸다. 하지만 불기운은 오래가지 못했다. 그런 다리미를 도운 것이 인두였다. 화롯불에 담겨 벌겋게 달귀진 인두는 옷 솔기의 주름을 펴는 또 다른 다리미 역할을 했다.
 다림질이 만만치 않아 대부분의 옷들은 다듬이질해서 입었다. 다듬이질을 하기 전에 바짝 마른 옷에 물기를 뿌려 숨을 죽여야 했다. 분무기가 없었던 시절 엄마의 입은 분무기가 됐다. 입에 물을 가득 품고 바짝 마른 옷에다 푸푸 불어가며 물을 뿌렸다. 그런 다음 옷을 반듯이 개서 깨끗한 천으로 씌우고 발로 자근자근 밟아 초벌 주름을 폈다. 그리곤 직사각형의 다듬잇돌 위에 옷을 올려놓고 나무로 만든 다듬이 방망이 2개를 들고 서로 번갈아가며 달그락달그락 두드려 나머지 주름을 폈다. 다듬이질 소리는 일정한 리듬이 있었다. 엄마의 다듬이질 소리를 들으면 마음이 편해졌다.
 엄마는 드러내놓고 우리를 사랑한다는 소리를 하지 않았다. 냉엄했지만 우리를 아낀다는 건 느낄 수 있었다. 난 엄마를 무척 사랑했다. 엄마가 집에 없으면 집은 텅 빈 세상 같았다. 힘이 빠지고 우울해졌다. 엄마의 자식 사랑은 특이했다. 사랑을 주다 자식이 실망을 주면 차갑게 돌아섰다. 자식에게도 도도했다. 할머니와 엄마의 소상한 과거사를 전부 들은 사람은 자식 중에 내가 유일했다. 대학입학 시험을 치르기 전 날 엄마와 함께 잠을 잘 때였다.
 "이제 네가 대학을 들어가니 너에게 엄마 얘기를 하마."
 그날 밤, 할머니로부터 이어지는 얘기를 소상하게 해줬다. 언젠가 언니네 집에 더부살이를 하다 엄마를 찾은 날이었다. 잠을 자다 답답해 깨보니 엄마가 나를 꼭 끌어안고 자고 있었다. 평소와 다른 엄마의 행동이 너무 낯설고 생소했다.
 살그머니 엄마의 손을 풀었다. 예민한 엄마가 내가 엄마 손을 푼 것을 모를리 없었다. 하지만 내색하지 않았다. 얼마나 서운했을까. 답답해도 참을 걸.

다듬이 말고도 온전한 엄마의 소유물로는 싱거 재봉틀이 있었다. 엄마는 재봉틀로 이불 천을 만들고 우리 옷도 만들었다. 내가 가장 부러워한 것은 엄마가 가진 바느질 바구니였다. 거기는 바늘과 실, 알록달록 너무나 예쁜 천들이 가득한 보물나라였다. 나는 엄마의 보물나라를 탐냈다. 엄마는 바느질 바구니를 우리 손이 닿지 않는 장롱 위 높은 곳에 올려두었다. 그럴 때마다 내 손이 장롱 위까지 닿지 않는 것에 좌절했다.

비가 오는 날 엄마는 이불을 뜯었다.

"비가 오시는구나! 비설거지를 해야겠다! 먼지가 덜 날릴 테니 오늘은 솜을 좀 만져야겠다."

이불은 우리가 서로 덮으려고 당겨대느라 솜이 한군데로 쏠려 뭉쳐있었다. 엄마는 뭉친 솜을 손으로 일일이 펴서 이불의 빈 공간을 채웠다.

우린 더운 여름에는 매일 개울에서 몸을 씻었다. 추운 겨울엔 거의 목욕을 하지 못했다. 그러다 구정이 가까워지면 엄마는 가마솥에 물을 가득 넣고 끓였다. 끓은 물을 붉은 고무 '다라이'에 붓고 찬물을 섞어 적당한 온도로 맞췄다.

그리곤 우리 남매를 한 사람씩 부엌으로 불러 '다라이' 안에 들여 앉혀 씻기고 머리를 감겼다. 우리가 모두 씻고 나면 물은 더 이상 더러워질 수 없을 만큼 충분히 더러웠다. 때가 둥둥 떠다녔다. 엄마는 더러운 물이 가득한 '다라이' 속으로 주저 없이 당당하게 들어갔다. 그렇게 맨 마지막으로 자신의 몸을 씻었다. 물속에 들어앉은 엄마의 피부는 첫눈처럼 희었다.

아침에 가마솥에서 물이 데워지면 빨리 나와 세수를 하라는 엄마의 불호령이 떨어졌다. 우리는 덜덜 떨면서 세수를 하러 나가야 했다. 서로 늦게 나가려고 눈치를 보며 최대한 시간을 끌었다. 그러나 더 이상 버틸 수 없게 되면 되도록 빨리 후다닥 씻고 들어왔다. 하지만 너무 늦게 나가면 찬물이 떨어졌다. 그러면 집에서 멀리 떨어진 개울에서 찬물을 떠와야 했다. 우리는 적당한 순서를 맞추려고 눈치를 보며 서로를 견제했다.

엄마는 결벽증이 있었다. 굵은 소금으로 양치질을 하고 귀 뒤까지 깨끗이 씻어야 했다. 그렇지 않으면 고양이 세수를 한다고 우리를 혼냈다. 노란 세숫대야는 밤새 꽁꽁 얼어 있었다. 손으로 잡으면 세숫대야에 손이 쩍쩍 달라붙었다. 시간이 지나 우리 집 세숫대야도 당시 유행하던 스테인레스 세숫대야로 바뀌었다.

그래도 손이 달라붙기는 마찬가지였다. 우리의 손은 찬바람에 논바닥 갈라지듯 쩍쩍 갈라졌다. 엄마는 글리세린을 갈라진 손에 발라줬다. 갈라진 상처 속으로 글리세린 액이 들어갔다. 비명을 지를 만큼 쓰리고 아팠지만 효과는 좋았다. 자고나면 손이 보들보들해졌다.

가끔 소화가 안 돼 가슴이 답답하다고 호소하면 엄마는 부엌에서 소다를 퍼와 한 수저씩 먹였다. 그러면 신기하게도 답답해진 가슴이 가라앉았다. 성장해서 알았다. 소다가 과일을 씻거나 빨래를 할 때 쓰는 베이킹파우더라는 걸. 우리가 먹은 소다가 설마 그건 아니었겠지.

저녁 군불을 땔 때와 아침 규불을 땔 때만 화로에 담긴 숯불이 방으로 들어왔다. 저녁 화로에는 된장찌개가 올라가 아버지를 기다렸다. 아버지가 먹을 밥은 뚜껑을 덮은 스테인레스 밥그릇에 담겼다. 뚜껑만으로는 모자라 옷으로 꽁꽁 싸매져 아랫목 이불 속에서 온기를 보존하고 있었다.

겨울마다 생솔가지를 때는 엄마의 눈은 매운 연기로 매일 눈물을 흘려야했다. 그때마다 아버지는 엄마를 나무랐다.

"연기가 나누만! 싸리나무를 때라우! 그러면 연기가 나지 않는다우!"

"땔 싸리나무가 어디 있소? 서로들 베어가 빗자루 만들기도 모자라는데! 그리고 나무는 다 똑같지. 싸리나무라고 연기가 안 난다니 말이 되는 소리를 하시오!"

엄마는 빨갛게 충혈된 눈으로 짜증을 냈다.

"싸리나무가 연기가 나지 않는 기야. 내가 더 잘 아는데 도대체 왜 말을 안 들어쳐먹나! 쳐먹긴!"

"나무야 다 똑같지. 싸리나무가 연기가 나지 않는다니 살다 살다 별 희한한 소리를 다 들어보겠소!"

"내래 독립운동을 할 때 연기가 나지 않아 싸리나무를 때서 추위를 녹이곤 했는데 왜 기렇게 말을 안 들어쳐먹는 거이가!"

그제야 엄마는 얼굴을 들고 충혈된 눈을 찡그리며 물었다.

"중국에도 싸리나무가 있소?"

"중국이라고 싸리나무가 없간나. 그러니 제발 말 좀 들어쳐먹으라우!"

엄마는 끝까지 지지 않았다.

"때려 해도 땔 싸리나무가 없으니 하는 말 아니오? 정 그러면 당신이 가서 해오시구려!"

엄마의 말에 아버지가 잠잠해졌다. 당시엔 땔감으로 나무가 잘려나간 민둥산이 많았다. 법으로 나무하는 것을 금지했고, 매년 4월 5일을 식목일로 정해 나무를 심고 있었다. 겨울이 되면 산에서 나무해서 불을 지피는지 감시하러 다니는 산림간수가 있었다.

그들은 불시에 부엌으로 들이닥쳤다. 산림간수에게 걸리면 비싼 벌금을 물어야 했다. 벌금을 못 내면 구류를 살아야 했다. 그래서 집집마다 암암리에 '와이료'라는 뒷돈을 찔러주었다. '와이료'를 주는 집은 넉넉한 집이었다. '뽀이'라고 부르던 여름 장사를 도울 일꾼들을 겨울에도 먹이고 재울 수 있었다. 광에는 '뽀이'들이 해온 나무들이 그득했다.

유원지를 찾는 손님이 없는 겨울만 되면 우리 집은 가난해졌다. 나무를 해올 '뽀이'도 없었고 '와이료'를 줄 수도 없었다. 돈이 없다는 건 여러모로 너무나 불편한 일이었다. 나무하는 연장뿐 아니라 솔잎마저 감춰야 했다. 미처 숨기지 못한 솔잎을 발견한 산림간수와 엄마는 실랑이를 벌였다.

"솔잎을 긁는 것도 불법입니다."

산림간수의 목소리는 단호했다.

"아니, 산을 깨끗하게 청소하려고 솔잎을 긁는데 불법은 무슨 불법입니까? 내가 나무를 잘랐어요? 가지를 쳤어요? 가지도 쳐줘야 나무가 쑥쑥 크는 법입니다!"

당당하게 큰소리를 치는 엄마의 말에 산림간수는 어처구니가 없는 듯 혀를 차며 말했다.

"아주머니, 솔잎이 쌓이면 거름이 돼 나무가 잘 자랍니다. 그러니 솔잎을 긁는 것두 산림을 해치는 겁니다."

"말이 되는 소리를 하세요! 솔잎이 썩어 거름이 되려면 산도 썩어버리겠네요!"

엄마의 말에 산림간수는 고개를 흔들며 돌아갔다. 학교에서는 나무를 심자는 노래를 가르치고 있었다. 노래에선 나무를 심으라고만 했지, 낙엽이나 솔잎이 나무의 거름이 된다는 말은 없었다. 나는 엄마의 말이 맞는지, 산림간수의 말이 맞는지 고심했다. 고심한 머리를 이고 학교에 가선 힘차게 나무를 심자는 노래를 불렀다. 하지만 끝내 선생님에게 나뭇잎이 거름이 되는지는 묻지 못했다.

산에 산에 산에는 산에 사는 메아리
언제나 찾아가서 외쳐 부르면
반가이 대답하는 산에 사는 메아리
벌거벗은 붉은 산엔 살 수 없어 갔다오
산에 산에 산에다 나무를 심자
산에 산에 산에다 옷을 입히자
메아리가 살게시리 나무를 심자

우이동

우리 집은 우이동 계곡에서도 맨 꼭대기에 있었다. 그곳엔 우리 집 외에 한 집이 더 있었다. 우리 집과 좀 떨어져 뒤로 앉은 집이었다. 적은 가까이 있듯 그 집은 우리 집의 적이었다. 피서객들을 서로 차지하려고 신경전을 벌이며 앙숙으로 지냈다. 하지만 뒤에서 쑤군댈 뿐, 박대포로 불리는 아버지가 무서워 대놓고 싫은 감정을 드러내진 않았다.

처음에 우리는 박대포가 아버지 이름인 줄 알았다. 알고 보니 아버지를 건드리면 대포처럼 펑펑 쏘아대니 절대 건드리면 안 되는 사람이라 붙여진 별명이었다.

반민특위로 아버지에게 약점이 잡힌 이승만은 아버지 성질을 건드리려 하지 않았다. 아버지는 이승만이라는 뒷배가 있었다. 그런 아버지가 자신의 마음에 들지 않는 경찰들이나 공무원들 옷 벗기는 것은 식은 죽 먹기보다 쉬운 일이었다. 그 어렵다던 정육점 허가도 아버지 말 한마디에 나왔다. 그러나 아버지는 그 힘을 자신을 치부하는 데는 쓸 줄 몰랐다. 그저 사람들의 부탁이나 들어주는 것으로 끝냈다. 지금 생각하면 쓰지 않은 건지 쓸 줄 몰랐는지 정확히 알 수가 없다.

그런 아버지를 기억하는 마을 사람들은 아버지를 두렵게 생각했다. 쉬쉬하며 몸을 사렸다. 1960년대에도 아버지가 친일파라고 욕을 해대던 많은 사람들이 관직을 차지하고 있었다. 그 덕에 아버지는 그런대로 박대포라는 별명을 유지하고 있었다.

1960년대의 우이동은 계곡을 따라 물이 넘치고 골이 깊어 호랑이가 산다는 말이 있던 깊은 산속이었다. 지금은 수도가 들어오고 물도 줄어 계곡이라 부를 수도 없지만……. 우리는 신기하게도 옆집과 맞붙은 놀이터를 구분해냈다. 그리고는 각각 이름을 지어 불렀다.

우리 집 근처에는 폭포 두 개가 있었다. 하나는 집 뒤에 있는 개울로 떨어지는 작은 폭포였다. 또 다른 하나는 집과는 멀리 떨어진 우리가 행길이라고 부르는 임도(林道)를 건너 있었다. 가을이면 버섯을 따러가는 산속이었다.

아버지는 임도(林道) 건너에 있는 폭포 한쪽 귀퉁이에 하얀 페인트로 삐뚤빼뚤하게 '박연폭포'라고 써놓았다. 아버지의 한글 필체는 어린 내가 봐도 악필이었다. 불행하게도 하필이면 아버지 악필을 내가 물려받았다. 박연폭포는 높은 바위를 따라 물이 길게 떨어지는 제법 폭포다운 모습을 갖추고 있었다.

그땐 아버지가 박 씨여서 박연폭포라 지은 것으로 생각했다. 하지만 아버지가 지은 이름이 아니라 '송도삼절'의 하나라고 안 것은 학교에 들어가 황진이의 시를 배울 때였다. 아버지는 그때 고향이 무척 그리웠던 것 같다.

    피서객은 대부분 점심을 앞둔 시간에 몰려왔다. 아버지는 피서객이 놀이터에 앉기만을 인내심을 가지고 기다렸다. 피서객이 자리를 잡으면 부리나케 달려가 '자신이 만들어놓은 자리니 자릿세를 내야 한다'고 주장했다. 순순히 자릿세를 내겠다고 하는 사람에게는 돗자리가 제공됐다. 식사를 시키면 자릿세를 면제해줬다. 점심을 먹어야 하는 피서객은 자릿세를 내지 않는 대신 우리 집의 유일한 메뉴인 닭백숙을 주문할 수밖에 없었다.

    자릿세는 3천원이었다. 식사 값도 일인당 3천원이었다. 네 명이면 일만 이천원의 식대를 내야 했다. 그때 버스 값이 4원이었던 걸 생각하면 상당한 액수였다. 맥주와 소주, 콜라 등 술과 음료는 기존 값의 3배를 받고 따로 계산했다. 그래도 손님들은 계속 몰려왔다. 그들은 군말 없이 그 돈을 내고 닭백숙과 술과 음료수를 시켰다. 그렇게 우이동의 장삿집은 집을 짓고 늘리며 부자가 됐다.

    간혹 음식을 싸온 알뜰한 피서객이 있었다. 그들은 가차 없이 쫓겨나야 했다. '유원지에 음식을 싸올 수 없다'는 유원지 사람들이 만들어놓은 불문율에 따라야 했던 것이다. 하지만 싸온 음식을 포기하고 닭백숙을 시키면 그들이 준비한 음식을 해 먹어도 탓하지 않는 아량을 베풀었다.

    가끔 '하천부지는 나라의 소유인데 왜 당신들에게 자릿세를 내야 하냐'며 따지는 사람도 있었다. 하지만 아버지는 '하천부지가 나라의 것이라도 자신이 힘들게 자리를 만들어 놓았으니, 당연히 자릿세를 내야 한다'고 주장했다.

    한 번은 변호사들이 놀러와 자릿세 때문에 아버지와 싸움이 붙었다. 아버지에게 흠씬 맞은 변호사들은 경찰을 불러 아버지와 함께 파출소로 갔다. 그러나 아버지는 아무 일도 없이 금방 풀려나왔다. 집에 돌아온 아버지는 코웃음을 쳤다.

"흥! 여기서 이런 장사나 하고 있으니 지 놈들이 나를 우습게 보는 모양인데, 빽이야 내래 너희보다 백배는 더 세다!"

피서객이 주문한 음식을 만드는 일은 큰언니와 둘째 언니, 그리고 엄마의 몫이었다. 언니들은 서울에 머물다 장사철이면 돌아오곤 했다. 피서객을 위해 자리를 깔아주고 식사 주문을 받는 일은 젊은 남자들인 뽀이들이 했다. 유원지 장사를 하는 모든 집이 여름에 장사를 돕는 뽀이를 고용하고 있었다.

뽀이가 소년을 뜻하는 영어 'BOY'에서 따온 말이란 건 후에 알았다. '다꾸앙'과 '깡기리', '와이료', '뽀이' 등 일본말과 영어가 뒤섞여 쓰이는 상황은 우리가 겪은 시대상을 반영하고 있었다.

여름만 되면 우리 집에도 뽀이가 2~3명 있었다. 그들은 월급 없이 먹고 자며 3천원인 자릿세를 4천원이라고 올려 받아 천원의 차액을 챙겼다. 4천원을 줄 수 없다고 굳건하게 버틴 피서객들에겐 3천원을 받고 '2천원만 받았다'며 천원을 챙겼다. 그렇게 식사 값과 음료 값을 올려 받으며 수입을 올렸다.

엄마는 피서객들에게 일일이 찾아가 확인할 수 없을 만큼 바빴다. 뽀이들의 말을 믿을 수밖에 없었다. 장사가 잘될 때는 뽀이들이 하루에 만원 넘는 수입을 올리기도 했다. 일손이 필요한 주인들은 그 사실을 알고도 묵인했다. 그래도 주인들은 돈을 갈퀴로 긁듯 긁어모았다. 우리 집도 장사가 잘 될 때는 커다란 드럼통에 돈이 가득 쌓일 만큼 벌었다. 그 덕에 방도 늘리고 우리 9남매도 굶지 않고 컸다.

장사 규모에 따라 뽀이를 10명씩이나 둔 집도 있었다. 뽀이들은 손님 응대뿐만 아니라 몰래 앉으려고 하는 얌체족을 쫓아내기도 했다. 피서객이 모두 돌아가면 뽀이들은 놀이터를 돌아다니며 더러워진 돗자리를 걷어 개울로 가져왔다. 하지만 닦는 일까지 하지는 않았다. 장사가 끝나고 개울에 가득 쌓인 돗자리를 닦는 일은 언니들과 우리들의 몫이었다.

우리 집 여자들은 저녁이면 돗자리 닦는 일로 하루의 장사를 마감했다. 그때 돗자리는 지금과 달리 전부 나무로 만들어졌다. 나무 돗자리는 장마철에 대부분 곰팡이가 피고 썩어버렸다. 한 해 이상 쓸 수가 없었다. 음식물이 떨어지거나 나무 사이에 끼기라도 하면 씻기도 불편했다. 다음 날까지 물기가 완전히 마르지 않아 제 구실을 못했다.

충분한 돗자리를 준비하지 못한 우리 집은 피서객을 옆집으로 빼앗기는 불행한 일을 종종 겪어야 했다. 우리 집과 옆집은 피서객을 뺐고 빼앗기는 경쟁적인 관계로 지낼 수밖에 없었다. 먹이사슬 구조에서 옆집은 우리의 천적이었다.

우리 집 돗자리는 항상 모자랐다. 그럴 땐 가끔 얼굴에 철판을 깔고 천적인 옆집에 돗자리를 빌리러 가야 했다. 그렇게 쪽팔리는 심부름은 어른들이 아닌, 아이들인 나나 언니의 몫이었다. 어른들은 우리가 모를 것이라 생각했을 것이다. 어른들은 몰랐다. 우리가 어른들 생각만큼 어리지 않다는 걸. 옆집과 사이가 나쁘다는 것쯤은 눈치만으로도 충분히 알 수 있던 우리였다. 우리는 돗자리를 빌려달라는 말을 할 때마다 뒷목이 뜨끈뜨끈해지는 열기를 감수해야 했다.

옆집은 자신들의 놀이터에 손님들이 다 들어앉아 돗자리가 필요 없을 때에야 마지못한 듯 빌려줬다. 옆집이 빌려준 돗자리에 싫은 표정이 덧붙여졌다. 하지만 돗자리가 있어도 빌려주지 않을 때가 더 많았다. 여름이 끝날 무렵이면 옆집과의 사이는 더 이상 나빠질 수 없을 만큼 나빠져 있었다.

언제부터인가 비닐돗자리가 등장하기 시작했다. 우중충한 나무돗자리와는 격이 다른 돗자리였다. 비닐돗자리는 산뜻한 초록색과 흰색이 씨줄과 날줄로 짜여 화려했다. 나무돗자리에 비해 가벼웠다. 음식물이 떨어져도 나무돗자리처럼 스며들지 않았다. 씻기도 쉬웠다. 걸레로 쓱쓱 닦기만 해도 물기가 금방 없어졌다. 더구나 장마철에도 썩지 않아 보관하기에도 편했다. 다음 해까지 쓸 수 있었다. 유원지 장사를 하는 사람들에게 썩지 않는 비닐돗자리는 신의 선물이었다. 처음 나온 비닐돗자리는 나무돗자리보다 비쌌다. 비닐돗자리를 많이 보유한 집은 장삿집 중에도 여유가 있는 집이었다.

그때는 물건을 사면 신문지로 만든 봉지에 싸서 주던 시절이었다. 여자들은 부업으로 신문지로 봉투 만드는 일을 했다. 좀 더 고급은 신문지보다 질긴 시멘트봉투로 된 누런 봉지였다. 시멘트봉투는 물건을 많이 사지 않는 한 여간해서 주지 않았다. 신문지봉지는 물기가 있는 두부나 젖은 물건을 사면 축축해져 찢어지기가 예사였다. 무거운 물건이라도 사는 날엔 물건의 무게로 봉지가 찢어질 수 있어 두 손으로 안아 들어야 했다. 가방이라도 든 날은 한 손엔 가방, 다른 한 손엔 봉지를 안아야 했다. 손의 자유를 뺏겨야 했다.

그러던 어느날 비닐봉지가 등장하기 시작했다. 종이봉지와 달리 비닐봉지는 국물이 흐르지도 찢어지지도 않았다. 더구나 손잡이까지 달려있어 손목에 걸칠 수도 있었다. 비닐봉지가 나오면서 드디어 손이 봉지에서 해방됐다. 비닐봉지는 손에게 자유를 찾아준 혁명이었다.

시간이 지나자 비닐은 봉지뿐만 아니라 온갖 음료수 병과 음식의 포장지를 대체했다. 음료수나 술병들이 유리에서 플라스틱으로 바뀌었다. 예전처럼 무겁지도 않았다. 병이 깨지는 것도 걱정할 필요가 없어졌다. 게다가 값싸고 질긴 석유에서 뽑아낸 나일론이란 섬유까지 등장했다.

나일론양말이 나오면서 더 이상 양말에 구멍이 뚫리는 걱정을 하지 않아도 됐다. 여자들은 구멍 뚫린 양말을 더 이상 꿰맬 필요가 없어졌다. 나일론은 좀도 슬지 않았다. 가볍고 모양이 흐트러지지도 않았다. 툴툴 털어 말리면 끝이라 바느질도 다림질도 필요 없었다. 여자들은 축복의 섬유인 나일론으로 치마저고리까지 해 입었다. 나일론은 신이 여자에게 준 축복의 선물이었다.

유원지 장사를 돕는 뽀이들은 여름 한철 유원지 장사가 끝나면 어디론가 사라졌다가 여름이 되면 어김없이 다시 나타났다. 여유가 있는 주인들은 뽀이들에게 먹여주고 재워주는 특혜를 베풀어 붙박이로 눌러 앉혔다. 그들은 겨울에 산에서 땔감을 해오거나 낙엽이나 눈을 쓸며 여름을 기다렸다.

먹고 입고 자는 것이 모두 궁핍한 시절이어서 가능한 일이었다. 가난한 집에선 군입을 한 명이라도 줄여야 했다. 식모도 먹여만 주면 쓸 수 있었다.

우리는 여름이 되면 부엌 옆의 나무로 엉성하게 만든 진열대 위에 참외, 수박, 복숭아, 음료수, 과자 등을 늘어놓고 피서객에게 3배를 받고 팔았다. 소아마비를 앓은 셋째 언니는 평소에 전혀 존재 가치를 인정받지 못하다 여름만 되면 가게를 지키며 한 사람의 몫을 담당했다. 여름은 셋째 언니가 가족으로 인정받는 유일한 계절이기도 했다.

음료수병과 술병은 병따개가 필요했다. 그땐 병따개를 일본 말인 '깡기리'라 불렀다. 시간이 지나자 '오프너'라 불렀다. 지금은 '병따개'라 부르던가? 우리 집 병따개는 어디에 두었는지 찾을 수 없을 때가 많았다. 그때마다 엄마가 부엌에서 식칼을 들고 나왔다. 병뚜껑을 칼로 돌려가며 따주었다. 그 모습은 보기에도 아슬아슬하고 위험했다. 물건을 팔아야 한다는 절박함이 엄마에게 위험조차 감수하게 만들었다.

물건을 판 돈은 셋째 언니 옆에 놓인 파란색의 빈 박카스 상자 속으로 들어갔다. 혼자 걸을 수 없던 언니는 물건을 파는 여름만 되면 돈을 만질 수 있었다. 언니는 종종 박카스 상자에서 돈을 꺼내 뽀이에게 지불하고 버찌를 따오게 했다.

우리 집과 옆집이 공동으로 쓰고 있던 넓은 마당 한가운데 커다란 벚나무가 있었다. 봄이면 흰 벚꽃이 하얀 솜을 얹은 듯 가득 피었다. 벚꽃이 눈처럼 내리고 난 자리에는 까만 버찌가 촘촘히 달렸다. 뽀이들이 발로 힘껏 나무를 차면, 마당 가득히 까맣고 작은 버찌가 우수수 비명을 지르며 떨어졌다. 마당은 버찌가 떨어지며 흘린 피로 검게 물들었다.

우리는 재빠르게 버찌를 노란 양은주전자에 반 정도 주워 담아 개울로 달렸다. 주전자에 물을 가득 채우고, 손으로 살살 들어 올려 버찌에 묻은 흙이 주전자 밑으로 가라앉게 만들었다. 버찌가 빠져나가지 않게 조심하며 주전자 주둥이로 물을 버렸다. 너무 많이 씻으면 상처가 난 곳으로 버찌즙이 빠져나가 맛이 없었다. 우리는 경험을 통해 맛이 빠져버리지 않는 적당한 때를 알고 있었다.

우리 집 마당에는 벚나무 외에도 아주 큰 뽕나무가 있었다. 뽕나무 열매는 버찌와 달리 인기가 없었다. 수명이 다해 마당 가득 떨어져도 줍지 않았다. 마당은 뽕나무 열매가 밟혀 죽어가며 흘린 피로 꺼멓게 멍이 들었다. 여름엔 우리 치아도 버찌와 뽕나무의 피로 항상 검게 멍들어 있었다. 버찌와 뽕나무 열매는 풍요로운 여름 색을 덧칠해줬다. 언니들에겐 하지가 되기 전에 과일주를 담는 부지런을 떨게 만들었다. 신기하게도 매년 하지가 지나면 버찌에 벌레가 생겨 더는 먹을 수가 없었다. 여름은 나무마저 우리를 풍요롭게 만들어 주는 계절이었다.

불행한 인연들

　우리 집과 옆집은 샘물을 함께 썼다. 개울 옆에 붙은 바위틈에서 나오는 물을 샘물이라 부르며 식수로 사용했다. 더운 여름에도 샘물은 얼음물처럼 차디찼다. 물을 뜨면 그릇에 작은 알갱이들인 이슬방울이 맺혔다.

　다리가 불편한 셋째 언니는 가게를 지키는 동안 하루 종일 아무것도 먹지 않고 버텼다. 화장실을 가지 않기 위해서였다. 땡볕에 땀을 흘리며 물건을 팔다 목이 말라 더는 참을 수가 없게 되면 우리에게 샘물을 떠오라고 시켰다.

　그런 사실을 안 것은 우리가 성장해서 언니가 자존심을 내려놓고 자신의 심정을 털어놓을 때였다. 솔직함과 정직함을 바탕으로 한 진솔한 대화는 불행을 막을 수도, 문제를 해결 할 수 있다는 것을 확인한 순간이기도 했다. 자존심을 내려놓는 용기를 가지고 있다는 것은 얼마나 멋진 일인가. 하지만 자존심은 자신을 내려놓는 것에 인색하다. 쉽게 허락하지 않는다.

　알몸으로 마주선 사람과 사람은 얼마나 많은 이해와 진정성을 이끌어내는가. 그리고 진정한 이해는 얼마나 많은 문제들을 해결하는가. 그런 사실을 알 수 없었던 우리는 언니의 심부름이 귀찮고 싫었다. 언니를 피해 다녔다. 그러다 재수 없게 언니의 눈에 띄어 샘물을 떠오라는 심부름을 시키면 줄행랑을 쳤다. 더운 날 샘까지 가서 물을 떠오는 일은 덥고 짜증나는 일이었다. 아무도 우리에게 알려주지 않았다. 몸이 불편한 언니가 물심부름을 시키는 것은 목이 너무 마르기 때문이니 떠다주어야 한다는 것을. 언니에 대한 이해가 없었던 우리는 측은함보다 우악스런 모습을 먼저 배웠다.

　우리가 심부름을 피해 줄행랑을 놓으면 언니는 협박했다.

　"너 엄마가 집을 비울 때 보자!"

　어린 우리는 언니의 복수심에 찬 말을 곧 잊어버렸다. 그러나 몸이 불편한 언니는 잊는 법이 없었다. 목이 타는 갈증을 참아야 했던 언니가 잊지 않는 것은 당연했다.

　언니의 소원대로 엄마가 집을 비우고 외출한 날은 언니가 벼르며 기다리고 기다리던 복수의 날이었다. 드디어 복수할 기회를 포착한 언니는 세상 부드러운 음성으로 나를 유인했다.

　"명아야, 네 옆에 저것 좀 가져다줄래?"

　언니와 신부름 사건을 까맣게 잊어버린 나였다. 아무 의심 없이 언니가 부탁한 물건을 주러 언니에게 다가갔다. 언니는 그 틈을 놓치지 않았다. 두꺼비가 파리를 채듯 잽싸게 내 팔을 낚아채 쓰러뜨렸다. 그리고 언니가 자신의 다리를 감추기 위해 항상 덮고 있던 이불로 둘러씌웠다. 그리곤 다리를 쓰지 못해 상체만 발달한 우람한 등치로 우악스럽게 깔아뭉갰다. 그런 다음 이불을 둘러씌운 채 목을 조르고 곧 숨이 막혀 죽을 것 같은 고통스러운 고문을 했다. 누구든 언니의 우악스런 손에 잡히면 절대 도망칠 수 없었다. 걸을 수 없는 언니가 고심에 고심을 더해 고안해낸 우리에게 복수하는 유일한 방법이었다.

숨이 막히는 고통에 발버둥 치다가 힘이 빠져 그냥 죽어야겠다고 체념하고 축 늘어졌다. 그제야 언니는 우릴 풀어줬다. 그때 숨 막히는 끔찍한 고통과 죽어야겠다고 체념한 순간의 감정이 지금도 생생하다.

언니가 자신의 상황을 자세히 설명하고 우리를 이해시켰더라면 괴로운 고문도 목이 타는 갈증도 없었을지 모른다. 인간관계에서 꼭 필요한 대화나 설명은 우이동에서 살던 우리에겐 존재하지 않았다. 인간의 생각하는 힘은 이해와 배려가 부재(不在)인 상태에선 서로에게 끔찍하고 잔인한 재앙이 된다. 잔인함은 분노를 넘는 순간 슬픔이 된다.

고문이 끝나면 언니는 엄마에게 일렀다가는 더한 고통이 따를 거라는 협박을 잊지 않았다. 고통이 두려운 우리는 한동안 언니의 심부름을 거절하지 못했다. 그러다 시간이 지나면 어린 우리는 언니의 고문을 잊어버렸다. 다시 언니의 심부름을 피해 달아났다. 언니의 무자비한 고문도 반복됐다.

나중에 우리의 몸집이 커져 더는 이불로 둘러씌우는 것이 불가능해졌다. 언니는 조력자를 고용했다. 언니가 조력자를 고용하는 방법은 간단했다. 너는 잘못을 해도 용서할 테니 자기를 도우라는 것이었다. 그렇게 넷째 언니가 조력자로 셋째 언니에게 매수됐다.

언제나처럼 셋째 언니가 부드러운 목소리로 나를 유인했다. 다가간 나에게 이불을 둘러씌우는 대신 도망가지 못하게 내 손목을 우악스럽게 움켜잡았다. 매수된 넷째 언니가 매를 꺾어왔다. 넷째 언니는 가슴 가득 매를 한 아름 꺾어오며 언니의 손에 붙잡혀 오들오들 떨고 있는 나를 보고 싱글싱글 웃으며 고소해 했다.

"너 이만큼 다 맞아야 해"

넷째 언니가 어떤 이유로 내가 맞을 매를 가슴 가득 꺾어왔는지 지금도 기억이 나지 않는다. 내가 얄밉거나 미운 짓을 했을 것이라고 추측할 뿐이다.

그런 언니였지만 둘째 언니네서 더부살이를 하며 공부할 때 나를 챙겨주었다. 언니 때문에 중학교를 그만둘 생각을 했지만 언니 덕분에 다시 다닐 수 있었다. 언니가 돈을 벌자 잠시나마 언니 덕에 과외를 받을 수 있었다. 충치도 때우고 노란 외투도 얻어 입었다.

하지만 살다보니 세상에 공짜가 없었다. 나와 내 형제에게도 그 법칙은 예외 없이 엄격히 적용됐다. 난 그 빚을 이자에 이자를 쳐서 복리에 복리로 대를 이어 갚아야 했다. 훗날 넷째 언니를 도와주는 것은 물론, 넷째 언니의 딸을 데리고 살며 과외와 피아노 레슨까지 시켰다. 피아노 전공으로 대학을 들여보내고 첫 등록금까지 대줘야했다.

그 후에도 매번 그 아이 때문에 힘든 일을 겪었다. 그걸 보면 도움을 받았다고 좋아할 일도, 받지 못했다고 서운해 할 일도 아닌 것 같다. 어느 날 둘째 언니가 우리 가족이 모두 모여 찍은 사진을 들여다보다 혼잣말처럼 중얼거렸다.

"이 형제를 다 살린 걸 보면 네 아이들 아빠가 갖다 주긴 숱하게 갖다 줬다. 형제를 도와주지 않았다면 빌딩도 샀을 거다."

나도 사람인지라 때때로 우울해하면 내 딸은 "속상해하지 마. 엄마는 노블레스오블리주를 실천하며 산 사람이야."라며 나를 위로했다. 난 빌딩 대신 올곧고 반듯한 아이들을 얻었다.

셋째 언니의 심부름을 거부한 대가는 이불을 씌우는 고문이나 매를 맞는 것으로 끝나지 않았다. 성장한 뒤에도 내가 처한 상황에서 또 다른 형태로 갚아야 했다.

한번은 나보다 2살 어린 동생이 셋째 언니가 마실 물에다 침을 뱉어 갖다 주었다. 동생은 자신이 침 뱉은 물을 꿀꺽꿀꺽 맛있게 마시는 언니를 바라보는 것으로 언니에게 복수했다고 내게 자랑했다.

언니가 우리에게 고통을 주는 방법이나 동생이 언니에게 복수하는 방법이나 막상막하였다. 어린 나이에 그런 방법을 생각해 내다니! 동생은 천재임이 분명했다. 동생의 복수는 오랫동안 언니의 걸어 다니는 지팡이 노릇을 해야 했던 앙심까지 더해진 것이었다.

아버지가 집을 나갔다. 첫째 언니와 둘째 언니도 나가 살게 되었다. 셋째 언니가 집에서 제일 맏이가 됐다. 그러자 셋째 언니는 만만한 내 아래 동생의 어깨를 목발로 삼았다. 언니는 변변한 목발이 없었다. 목발을 사줄 여유가 되는 여름엔 목발을 사줄 정신이 없을 만큼 엄마는 바빴다. 목발을 사줄 한가한 겨울엔 돈이 없었다. 그리고 산에는 목발을 대신할 돈이 들지 않는 지팡이가 천지였다.

언니는 산에서 주워온 삐뚤빼뚤한 나무로 된 지팡이에 의지해 걷는 것을 죽기보다 싫어했다. 감수성이 예민한 나이였던 언니는 만만한 동생의 어깨를 목발로 대신했다. 동생은 언니의 목발이 돼 한동안 언니와 함께 샴쌍둥이로 살아야했다.

엄마가 언니에게 목발을 사주지 않는 이유는 간단하고도 황당했다. 목발을 사주면 언니가 목발에 의지해 영원히 걸을 수 없다는 것이었다. 하지만 기적이 일어나지 않는 한 언니가 걸을 일은 일어나지 않을 것 같았다. 만약 그것이 엄마의 솔직한 마음이었다면 황당하리만큼 간절한 것이었다. 그렇지 않다면 그건 엄마의 궁색한 자기변명이었다. 엄마는 목발을 사주지 않았지만 언니가 목발 대신 동생의 어깨를 목발로 사용하는 것에 대해선 묵인했다. 남아도는 것이 형제들이었고 동생의 어깨는 돈이 들지 않았다.

지금 생각하면 언니가 목발을 가지지 못한 것을 꼭 엄마 탓으로만 돌릴 수는 없다. 엄마 역시 자신을 지탱할 목발을 가지지 못했다. 환경은 인간을 지배한다. 그런 시간이 계속되면 사람은 변하게 된다.

엄마는 큰언니가 어렸을 때 기억하던 얌전하고 온순한 사람이 아니었다. 많은 자식을 낳고 키우며 아버지의 주사까지 감당해야했다. 게다가 유원지 장사까지 해야 했던 엄마는 억척스럽고 고집스럽고 자기변명이 강한 사람으로 변해 있었다. 엄마의 변화는 날개를 가지고 땅에서 살아야 하는 새가 자신의 날개를 스스로 퇴화시키듯 서글프고 목멘 것이기도 했다.

환갑의 나이인 지금까지 동생의 복수방법이 잊히지 않는 것을 보면 그게 충격이든 경악이든 내 뇌리 속에 깊숙이 꽂힌 것만은 틀림없다. 내 기억에서 지워지지 않는 장면이나 충격적인 말들은 내 삶에 어떤 식으로든 영향을 끼쳤다. 어쩌면 알 수 없는 운명 같은 것들이 내 주위를 떠돌다 나보다 먼저 소스라쳤던 건 아니었을까.

언니의 목발이 된 바로 아래 여동생은 어렸을 때 신발조차 신지 않고 놀이터에서 놀이터로 자유롭게 돌아다녔다. 그러다 피서객이 펴놓은 음식을 제 것인 양 스스럼없이 집어 먹으며 컸다.

"어머, 어머, 얘 좀 봐."

피서객들은 동생의 행동이 너무나 천연덕스러워 놀랄 뿐 저지하지는 않았다. 그러다 가끔 샘에 물을 뜨러 온 큰언니까지 불러 제 음식처럼 권하기까지 했다.

"언니야 이거 먹어."

큰언니는 창피하고 무참해 마치 모르는 사람인 듯 재빨리 도망쳤다. 아무도 동생에게 남의 음식을 마음대로 먹으면 안 된다고 가르쳐 주지 않았다. 동생에게 가족이란 같은 집에서 잠을 자고 밥을 먹는 사람 외에 아무것도 아니었다. '도망치지 말고 남의 음식을 먹으면 안 된다고 가르쳐 주지 그랬어, 언니.'

하루는 동생이 배부르고 기분이 좋았는지 집 앞의 머루 덩굴 아래 깔린 돗자리에 누워 배를 두드려가며 유원지에서 들은 노래를 불러댔다. 그때 아버지와 엄마는 동생이 누워있던 바로 옆에서 육탄전까지 벌이며 싸우고 있었다. 한창 싸우느라 잔뜩 화나 있던 아버지 귀에 노래 소리가 들려오지 않는가.

"얼씨구, 절씨구, 차차차. 지화자 좋구나 차차차."

고개를 돌려보니 자신의 딸이었다. 아버지는 목에 두르고 있던 수건을 풀어 동생에게 내리쳤다.

"이느무 에미나이! 지금 뭐하는 짓이가! 뭐가 좋아 차차차이가 차차차는!"

아버지의 수건 세례를 받은 동생은 벌떡 일어나 도망치며 소리쳤다.

"아버지, 잘못했어요!"

동생은 자신이 무엇을 잘못했는지도 모른 채 무조건 잘못했다며 달아났다.

우리의 여름은 설명이나 대화, 관심이나 배려가 끼어들 틈이 없었다. 아들이라고 귀하게 떠받들리던 남동생조차 예외는 아니었다. 버찌를 따다 나무 아래로 떨어져 한동안 기절했다가 스스로 깨어나 돌아와야 했다.

여름은 우리 모두에게 각자 알아서 살아야 하는 계절이었다. 우리들은 유원지에서 자라며 한 사람이 없어져도 모르는 환경에서 몸무게가 늘고 키가 커졌다.

내 동생은 나보다 2년 뒤에 태어났다. 그 뒤로 1년이 채 안 돼 그토록 바라고 바라던 귀하디귀한 남동생이 태어났다. 여동생은 그나마 아버지가 예뻐한 나와, 밑으로 자신과 일 년 차이도 안 나는 남동생에게 치여 살았다. 소외된 존재로 자라야했다. 여동생은 뛰어난 감수성과 영리한 머리를 가지고도 인정받지 못한 불만과 억울함을 안고 성장할 수밖에 없었다. 그런 동생은 자신의 존재 가치를 빼앗긴 울분을 쏟아낼 대상을 찾아야했다. 그리고 그것이 바로 위의 언니인 나를 향한 것은 당연했다.

성장한 동생은 엄마가 됐다. 엄마가 돼서도 울분의 대상인 언니에게 수년간 도움을 받고 살아야 했다. 그 사실이 동생을 더 못 견디게 만든 것 같았다. 동생의 자존심에 상처를 내고 분노를 키우는 요인이 됐다. 그것이 먼 훗날 자식까지 대를 이은 끔찍한 악연이 되리라고는 그땐 상상조차 하지 못했다.

막 3살이 된 동생은 셋째 언니가 물건을 팔고 있는 가게 옆에서 울고 있었다. 물이 가득한 빨간 고무 다라이 속에 들어앉아 엄마만 지나가면 울음을 터트렸다. 아버지는 그런 동생을 향해 소리치며 목에 두른 수건을 풀어 내리쳤다.

"에이! 에미나이! 닥치라우!"

나는 물로 채워진 시원한 고무 다라이 속에 들어 앉아 있는 동생이 한없이 부러웠다. 어린 동생은 나처럼 물을 떠오라는 심부름이나 닭을 사오라는 심부름과는 무관한 한껏 자유로운 아이였다.

'도대체 저 아이는 시원하고 편하게 물속에 앉아 있으면서 뭐가 불만이라 저리 울고 있는 걸까?'

할 수만 있다면 난 기꺼이 세 살로 돌아가 엄마가 보여도 울지 않고 하루 종일 고무 다라이 속에 앉아 있을 자신이 있었다. 그렇게 부러워한 대가를 동생을 데리고 살면서 두고두고 치러야 했다.

태어난 지 6개월 된 막내 동생은 안방에 누워서 울고 있었다. 엄마는 내게 젖병을 쥐어주고 연유에 물을 타서 동생에게 먹이라고 했다. 내가 싫어하는 심부름 중에 하나였다.

닭을 삶느라 계속 불을 땐 방은 한증막처럼 숨이 턱턱 막혔다. 뜨거운 방에서 동생에게 젖병을 물리고 있는 일은 고역이었다. 그러기를 몇 번 반복했다. 그러다 꾀가 생겨 젖병에 옷들을 둘둘 말아 동생 턱 밑에 대놓았다. 손에 젖병을 들고 있지 않아도 동생이 먹을 수 있게 만든 것이다. 내가 생각해도 그건 썩 괜찮은 근사한 발명이었다.

그렇지만 방을 나갈 수는 없었다. 내 발명을 인정받거나 칭찬받을 자신이 없었다. 엄마에겐 내 발명보다 동생이 더 중요한 것이 확실했다. 어린 동생을 놔두고 나왔다고 혼을 낼 것이 빤했다. 어쩔 수 없이 동생이 연유를 다 먹을 때까지 기다려야 했다. 지루했다.

동생 입에서 젖병을 빼서 거꾸로 세워봤다. 연유가 천천히 똑똑 떨어졌다. 그 지경으로 떨어지는 연유를 먹으려면 한 시간도 더 걸릴 것 같았다. 젖병의 꼭지 구멍을 이빨로 물어뜯어 연유가 쉼 없이 흘러나오게 만들었다. 숨 돌린 틈 없이 줄줄 흐르는 연유를 마시는 동생의 목에서 꿀떡꿀떡 소리가 났다. 그제야 제대로 먹는 것 같아 동생의 식량인 연유통에 입을 대고 달콤한 연유를 쭉쭉 빨아

먹었다.

그리고 아랫목보다 조금 덜 더운 윗목에 누워 또 다른 나와 말을 걸며 놀았다. 나는 심심하면 내 안의 나를 불러냈다. 한겨울엔 벽을 보고 나를 불러내 손으로 날아가는 새를 만들거나 그림자놀이를 하며 놀았다. 그때 내가 불러낸 또 다른 나는 세상에서 나를 가장 잘 이해해주는 유일한 친구였다. 혼자 중얼중얼 무슨 말을 하는 거냐고 엄마에게 혼이 났다. 하지만 지금까지도 그런 나와 헤어지지 못하고 있다. 엄마가 그랬듯 내 딸에게 똑같은 지적을 받아도.

훗날 성장해서 막내동생의 연유를 훔쳐 먹은 대가 역시 수만 배로 갚아야 했다. 그러고도 끝내는 악연으로 끝을 맺었다. 그것은 모든 형제들에게 적용됐다. 그에 대한 자세한 얘기를 꺼내기보다 서랍 속에 넣어 닫아두는 것이 나를 위한 최선의 방법이라는 결론에 도달했다. 세세하게 들추고 기억해내는 자체가 나에게는 형벌과 같은 고통이었다. 내 서랍에 그 많은 얘기가 들어갈 수 있는 것이 고마울 뿐이다.

인간관계에서 가장 이상적 관계는 서로가 주고받을 수 있는 관계이다. 하지만 인간의 삶은 이상적인 관계에 인색하다. 무조건 주고 무조건 받기만 해도 고마운 관계는 대차대조표가 필요 없는 부모와 자식 관계뿐이다.

한쪽이 일방적으로 계속 주거나 계속 받기만 하는 관계가 되면 평형은 깨지고 틀어진다. 주기만 하는 사람은 주면서 지친다. 줄 수 없어 받기만 하는 사람은 점점 시간이 쌓일수록 무력감을 넘어 굴욕감을 느끼게 된다. 그것이 지나치면 치욕이 되고 막판엔 증오심으로 치닫는다. 그건 인간이 자존감을 지키기 위한 최소한의 본능인지도 모른다. 그걸 깨달을 때까지 오랜 시간이 걸렸다. 나와 형제들의 관계는 그랬다.

형제들과의 관계는 불행했지만 나의 삶 역시 모두 불행하기만 한 것은 아니었다. 인간의 삶이 전부 좋기만 한 것도, 전부 나쁘기만 한 것도 아닌 것처럼. 형제들에겐 고통을 겪었지만 아이들 아빠에게는 평생 받을 사랑을 넘치도록 받았다.

"이거 왜 이랬어?"

한 번도 이런 말을 들어본 적이 없다.

큰소리조차 들어보지 않았다. 그는 항상 조용조용했고 깔끔했고 예의 바른 신사였다. 누구에게도 싫은 소리를 한 적이 없다. 그래서 인지 지금도 내 형제들은 내 도움을 받았다고 하지 않는다. 아이들 아빠가 자신들을 도와주었다고 말한다. 그래서 죽어서도 좋은 곳으로 갔을 거라고 했다. 절대 내 도움을 받았다고 말하지도 생각하지도 않는다.

그 이유는 지금까지 나도 정확히 모르겠다. 하지만 아이들 아빠가 형제들을 도와준 것을 알았을 때 처음으로 내게 화를 냈다. 왜 도와준 거냐고 물었다. 형제들의 처지가 안타까웠다. 나 아니면 안 될 것 같았다. 그래서 도와주었다고 했다.

"아이들과 당신 살라고 가져다 준 돈을 형제들에게 써버리다니! 정말 안타까운 사람은 나네! 정말 불쌍한 사람은 나요!"

화를 내고 일본으로 가버렸다.

나는 일본까지 가서 용서를 빌어야했다. 다른 사람 같으면 당장 이혼감이지만 아이들 아빠는 일본으로 찾아간 나를 따뜻하게 맞아주고 용서했다. 아이들 아빠는 형제들을 불렀다. 이자라도 달라고 했다. 남동생은 나에게 돈이 아니라 마음을 받았다고 했다.

많은 형제들 중에서 남동생은 특별했다. 우리가 유원지에서 태어난 운명에 열심히 복종하며 살 때, 남동생은 전혀 다른 특별한 세상을 살고 있었다. 우리에게 당연한 일이 남동생에게는 예외가 될 수 있었던 건 우리와 달리 유일하게 다른 성(性)을 가졌기 때문이었다.

남동생은 우리가 만져보지도 못하는 비싼 튜브를 뱀처럼 몸통에 두르고 개울에서 물놀이를 하거나 가재를 잡으며 놀았다. 그것도 싫증이 나면 아버지와 엄마의 무한한 애정을 등에 업고 포도나 복숭아, 과자 등을 맘대로 먹으며 컸다.

우리에게는 일터인 유원지를 남동생은 놀이터로 활용하며 여름을 났다. 목에 두른 아버지의 수건은 우리에겐 체벌의 도구였다. 하지만 남동생에겐 땀을 닦아주거나 더러워진 얼굴을 닦아주는 애정의 도구로 변했다. 그런 남동생이 부럽지는 않았다.

내가 부러운 건 남동생이 가진 고무튜브였다. 한 번은 남동생을 구슬려 고무튜브를 빌려 타고 잠깐 물놀이를 한 적이 있었다. 그러다 그만 튜브 꼭지가 세찬 물살에 떨어져나가는 재앙과도 같은 일이 일어났다. 꼭지가 떨어진 튜브는 금방 바람이 빠져 쭈글쭈글해져 버렸다. 동생은 바람이 빠진 튜브를 보고 울음을 터트렸다.

나는 갖은 말로 구슬리며 동생이 현실을 인정하기를 바랐다. 하지만 나의 노력에도 불구하고 내 말이 튜브 꼭지가 되진 않았다. 쭈글쭈글한 튜브를 뱀 허물처럼 허리에 두른 남동생은 기어이 아버지에게 달려가 울먹이며 고자질을 했다.

"아찌야, 명아 년이 내 튜브 꼭지를 잃어버렸어!"

그 바람에 엄마를 제외한 여자라는 성(性)을 가진 우리 모두는 여름 밤하늘에 별이 뜰 때까지 물에서 잃어버린 튜브꼭지를 땅에서 찾는 시늉을 해야 했다. 걷지 못하는 셋째 언니까지 지팡이를 짚고.

우리는 윗사람을 언니나 누나라고 불러야 한다는 걸 배우지 못했다. 어느 날 아랫집에 살던 친구가 놀란 얼굴로 물었다.

"너는 왜 언니를 이름으로 불러?"

"언니? 언니가 뭐야?"

"자기보다 나이 많은 사람이 언니지! 그러니까 너는 이름을 부르지 말고 언니라고 불러야 해."

그때 처음으로 알았다. 나보다 나이가 많은 사람을 언니라고 불러야 한다는 걸. 그 당연한 걸 부모나 언니들이 왜 알려주지 않았느냐고? 그런 건 몰라도 유원지에서 사는데 전혀 불편한 것들이 아니니까. 우리가 유일하게 큰언니라고 부른 언니도 이름이 큰언니인 줄 알았다. 그때 우리는 자신들의 삶을 살아내기에 충분히 지치고 버거웠다. 그런 것들을 알려주고 가르쳐 줄 여유도 의지도 없었다. 언니들은 언니들대로 살아남느라 정신이 없었다. 우리는 우리대로 심부름까지 하며 서로 다투며 자라느라 너무 바빴다.

엄마는 유원지 장사를 하며 아버지의 주사까지 견디며 극성스런 우리 아홉 남매를 굶기지 않고 길러야 했다. 엄마가 날짜 가는 것마저 잊은 채 사는 것은 당연했다.

아버지는 자신의 불행에 짓눌려서 그런 것에 신경 쓸 상태가 아니었다. 그 여름 우리 모두는 무겁고 커다란 자신들의 돌덩이를 굴려 올리느라 정신이 없는 불행한 시지프스로 살고 있었다.

불행한 시지프스로 사는 형제 중에 그나마 내가 신세를 진 사람을 꼽자면 처녀시절에 잠시 나를 예뻐한 큰언니와 내게 더부살이를 허락한 둘째 언니, 더부살이를 할 때 나를 보살펴준 넷째 언니, 그리고 내 생명을 구한 남동생이다. 남동생이 내 생명을 구한 일을 기억해 낸 건 최근의 일이었다. 퉁쳤다는 생각에 억울했던 마음이 가라앉았다.

남동생과 내 생명 사이에는 '방가랑'이라는 장소가 존재한다. 우리 집 밑에는 '방가랑'이란 간판을 건 부잣집이 있었다. 방가랑은 우리 옆집의 실질적인 주인이기도 했다. 그들은 아버지와 땅의 경계를 놓고 싸우다 지쳐버렸다. 마침내 우리 옆집을 다른 사람에게 세를 줘버린 것이다. 유원지에서 세를 살려면 일 년 치 월세를 한꺼번에 지불해야 했다.

몇 년 세를 주다 마땅치 않았던지 그들은 옆집을 우리에게 사라고 했다. 둘째 언니는 그때 충분히 그걸 살만한 여유가 있었지만 사지 않았다. 거지 떼들인 우리들의 소유가 된다고. 언니의 이름으로 사는데 왜 거지 떼들의 소유가 되는지 알 수 없었다.

난 옆집과의 불편한 관계와 돗자리를 빌릴 때의 목 뜨거움을 알고 있었기에 제발 언니가 옆집을 사길 간절히 바랐다. 그때 입속에 넣고 차마 꺼내지 못한 말이 40년이 지난 지금도 가슴 한편에 그대로 남아있다.

"언니, 언니가 옆집을 사면 내가 커서 어떻게든 꼭 갚을게."

하지만 끝내 그 말은 하지 못했다. 말을 했더라도 무슨 수로 네가 그 돈을 갚겠냐며 코웃음을 쳤을 것이다. 만약 언니가 그 집을 샀더라면 우리의 운명도 언니의 운명도 달라졌을 것이다.

훗날 장사가 잘 되는 그 집을 보고 언니는 그때 사지 않은 것을 두고두고 후회했다. 나중에는 '자신이 돈을 가지고 사러갔는데 팔지 않았다'는 말로 스스로를 위로했다. 그 집을 사지 않은 것도 언니의 운명이었고 그런 상황에 처한 것도 우리의 운명이었다. 난 운명이란 말을 별로 좋아하진 않지만 살다보면 운명으로 돌릴 수밖에 없는 도저히 이해도 설명도 되지 않는 일들이 있다.

거지떼라고 하면서도 둘째 언니는 나름대로 집안을 도왔다. 나 또

한 언니네 집에서 구박을 받든 눈치를 받든 더부살이를 하며 고등학교를 마치고 대학을 갈 수 있었다. 공짜가 없는 내 인생은 후에 언니에게 진 신세를 복리로 갚게 된다.

그래도 언니에게 도움을 받은 것은 부인할 수 없는 사실이고 고마운 일이다. 다만 언니가 우리 옆집을 살 기회를 놓친 것은 못내 아쉬운 부분이다. 하지만 신이 아닌 이상 어찌 올바른 결정만 내릴 수 있겠는가. 신 또한 우리가 흡족해 할 만큼 완벽한 존재이던가?

방가랑은 본채에 큰 호수를 만들었다. 물이 내려가는 계곡을 이용해 만든 호수는 수영장보다 몇 배나 더 컸다. 호수 주위로는 놀이터를 만들었다. 우리는 종종 방가랑 손자손녀들과 호수에서 수영을 하며 놀았다.

놀이터에 앉은 사람들은 그 좋은 수영장을 옆에 두고도 뛰어들지 않았다. 그저 품위 있게 닭다리만 뜯었다. 우리 집을 찾는 손님들은 폭포 물줄기에도 거침없이 옷을 훌러덩 벗어던지고 속옷 바람으로 뛰어들었다. 물에 젖은 흰 속옷은 그들의 몸을 적나라하게 보여줬다. 떨어지는 물줄기에 몸을 내맡기다 물살에 속옷이 벗겨져 알몸이 들어나도, '뭘 이런 걸 가지고'라는 얼굴로 태평스럽게 추켜 입었다.

언니들은 양동이를 들고 물을 뜨러 가다 그 모습을 보고 기겁을 했다. 얼굴이 빨개져서 후다닥 다시 집으로 뛰어들어 왔다. 우리들은 그런 언니가 궁금해 급히 뛰어가 봤지만 '뭘 저런 걸 가지고'라는 생각에 시큰둥했다. 그런 모습은 우리에겐 너무나 익숙하고 일상적인 것이었다.

바쁘고 덥고 숨찼던 어린 시절이었다. 그 시절 역시 완벽하게 불행하기만 한 것은 아니었다. 사막이 오아시스를 감추어 놓았듯 나에게도 비밀스런 행복은 있었다.

비밀 중 하나는 개헤엄이었다. 방가랑 호수에 살그머니 숨어들어 개헤엄을 치는 거였다. 호수는 물길이 높은 곳에서 낮은 곳으로 흐르는 계곡을 이용해 만든 곳이었다. 수영장처럼 위쪽은 낮다가 아래로 내려가면서 어른 키를 넘을 만큼 깊었다.

그 집엔 한 명의 손녀딸과 세 명의 손자가 있었다. 부모들은 땅을 가지고 싸우는 견원지간이었어도 우리는 서로 비슷비슷한 나이라 친구처럼 지냈다. 호수를 소유한 그 아이들은 마음대로 물속에서 놀 수 있었고 개헤엄일망정 헤엄을 칠 수 있었다.

그게 부러웠던 나는 밤마다 몰래 호수로 숨어들어 땅을 짚고 수없이 연습을 반복했다. 드디어 물에 뜬 날 얼마나 뿌듯해하고 행복해했던가. 개헤엄의 매력에 푹 빠진 나는 연인을 그리워하듯 방가랑 호수를 그리워했다.

방가랑은 우리 집 손님들이 자기네 놀이터에 침입하지 못하게 철조망으로 경계선을 쳤다. 나는 어린애의 체구로 들어갈 수 있는 허술한 틈을 찾아냈다. 위험한 바위들을 타고 내려가 철조망에 찔리는 아픔을 참아가며 경계선을 넘는 위험을 기꺼이 감수했다. 조심조심 호수에 숨어들어 물소리가 나지 않게 최선을 다해 노력했다.

버들잎이 우거진 그늘 아래 몸을 숨기고 조용히 헤엄을 쳤다. 하지만 달콤한 행복은 그리 오래가지 않았다. 그릇이나 쌀을 씻으러 나오는 그 집 며느리에게 들키기 일쑤였다. 가차없이 쫓겨나야만 했다.

그 넓은 호수 한 귀퉁이에서 들키지 않으려고 가슴을 졸여가며 헤엄치는 작은 꼬마를 굳이 쫓아내야 했을까. 아마도 우리와 땅의 경계를 놓고 싸운 견원지간이라 그랬겠지.

이 지점에서 난 항상 길을 잃어버린다. 부모가 원수면 자식들도 원수가 돼야 하는가. 부모와 자식은 엄연히 별개의 인격체이지 않은가. 자웅동체처럼 아메바가 아닌 이상. 난 내 형제와 척을 졌을 때도 조카들을 형제와 동일시한 적이 한 번도 없다. 각기 다른 인격체로 엄격하게 구별했다.

부모와 자식을 일치시키는 건 합리성을 부르짖는 서양에서도 마찬가지 같다. 그랬으니 로미오와 줄리엣 같은 명작이 탄생했겠지만. 어쨌든 방가랑은 나의 부모와 우리들을 같은 그릇에 넣어버렸다. 그런 그들도 그들의 귀한 손녀손자가 우리와 함께 헤엄을 칠 땐 모른 척했다.

드디어 물에 뜨게 된 나는 보란 듯 당당하게 그 애들이 모여 노는 깊은 곳으로 갔다. 이젠 나도 헤엄을 칠 수 있다는 것을 자랑하듯 물속으로 거침없이 뛰어들었다.

한창 정신없이 헤엄을 치다 문득, '아! 이곳이 발이 닿지 않는 깊은 곳이지!' 동시에 무시무시한 공포가 밀려들며 온몸에 힘이 빠졌다. 까무룩 물속으로 가라앉으며 손을 뻗어 살려달라고 버둥거렸다. 애들은 내가 물속에서 노는 것으로 생각했는지 멀뚱멀뚱 쳐다보고만 있었다.

물에 빠져 허우적대던 내 손에 뭔가 잡혔다. 난 살려는 본능에 죽을힘을 다해 잡아당겼다. 어떻게 물 밖으로 나왔는지 기억조차 없다. 물 밖으로 나온 난 그대로 축 늘어지며 먹은 물을 토했다.

그때까지도 애들은, '왜 저러지?' 라는 눈으로 무심히 쳐다봤다. 정신을 차려보니 남동생이 나를 빤히 내려다보고 있었다. 자신이 나를 구해주었다고 했다. 내가 물귀신처럼 잡아당기는 바람에 자신마저 죽을 뻔했다는 말과 함께. 몹시 미안했다. 그땐 몰랐지만 남동생이 나를 살려준 은혜와 튜브 꼭지를 잃어버린 빚은 훗날 내가 할 수 있는 최선을 다해 갚은 것이 됐다.

그 집의 호수보다 더 부러웠던 건 방가랑 손녀가 가진 동화책이었다. 나보다 두 살 어린 손녀딸 방에는 할머니가 사준 세계아동문학전집이 빽빽이 꽂혀 있었다. 그때 내겐 손녀딸에게 아부해서 동화책을 한 권씩 빌려 읽는 것이 최고의 행복이었다. 헤엄치는 것보다 더 즐겁고 행복했다.

그러다 손녀는 가끔씩 수가 틀리는 날이면 '자기 할머니가 책을 빌려주지 말라'고 했다며 매몰차게 거절했다. 나는 빌려가지 않고 그곳에서 읽고만 가겠다고 사정했다. 그 방에 앉아 내가 읽을 수 있는 한, 빠르게 책 한 권을 읽고 돌아오는 날엔 '재수가 좋았다'며 혼자 웃고 행복해했다.

가끔은 빌린 책을 다 읽기도 전에 빨리 돌려달라고 채근해 나를 당황하게 만들었지만 그 아이가 없었다면 어찌 내가 그때 세계아동문학전집을 읽을 수 있었겠는가.

그때 내 소원은 세상의 모든 책이 빽빽하게 들어찬 곳에서 아무 눈치 보지 않고 하루 종일 책을 읽는 거였다. 그런 날은 내 안에 또 다른 나를 조용히 불러내 나의 소원을 털어놓으며 잠이 들곤 했다.

내가 장성해 우이동을 떠나 있을 때였다. 방가랑의 아들이 죽자 며느리가 그 집을 다 팔아먹어 쫄딱 망했다는 소식을 들었다. 잠시 마음이 복잡했다. 그렇게 망할 걸 영원할 것처럼 어찌 그리 모질었는지……. 인간의 삶이란 참으로 덧없고 부질없다. 그 집은 유년의 내게 개헤엄의 추억과 동화 속 세상을 알려줬다. 부모끼리 원수처럼 지내던 집에서 나는 유년의 행복을 맛봤다.

내가 기억하는 1967년 여름은 톱니바퀴처럼 맞물린 내 인생의 압축판이었다. 나를 유독 귀여워했지만 자기 아이가 태어나자 타인이 된 첫째 언니. 우리 생활에서 조금 비켜나 있던 내가 더부살이를 하게 된 둘째 언니. 심부름을 거절한 내게 고통스런 고문을 가했던 다리가 불편한 셋째 언니. 내가 맞을 매를 한 아름 꺾어오기도 하고 나를 돌봐주기도 했던 바로 위의 넷째 언니. 언니가 마실 물에 침을 뱉어 복수를 한 바로 밑의 동생. 튜브 꼭지를 찾기 위해 별이 뜰 때까지 땅에 고개를 숙이게 했던 내 생명을 구해준 일곱째 남동생. 물을 채운 고무 통 안에 앉아 울던 처지를 부러워하게 했던 여덟째 동생. 막내 동생의 연유를 훔쳐 먹었던 것까지도.

그들은 의식적이든 무의식적이든 내 생활의 중요한 부분들을 차지했다. 그리고 행복한 기억보다는 그렇지 못한 기억들을 내게 남겼다. 지금 와 생각하면 그 어떤 것으로도 설명이 안 되는 같은 형제로 태어나 그리 될 운명이었다.

이유를 찾다찾다 끝내는 같은 형제로 태어났기 때문이라고 결론 내리게 된 것은 내 고통이 그만큼 컸다는 의미이기도 하다. 나의 형제들이 그들이 가진 비상한 머리를 다른 곳에 썼더라면 그들의 인생도 지금과는 달라졌을지도 모른다. 하지만 우리의 환경은 그것을 허락하지 않았다.

우리가 차라리 형제로 묶이지 않고 각각 다른 환경에서 태어났다면 강한 개성에다 기발한 창의성과 영리한 머리로 지금과는 또 다른 인생을 살았을지도 모른다. 우리들의 불행은 '예술적인 엄마를 닮아 창의적이고 남다른 감수성과 개성을 지니고 아버지를 닮아 급하고 뜨거운 피가 더해진 사람들이 한 형제로 묶였다'는 사실이다.

불행의 중심에는 늘 엄마가 있었다. 아이들 아빠가 병이 들어 일본에서 암수술을 받았다. 한국에선 엄마가 투병 중이었다. 나는 일본과 한국을 번갈아 드나들며 간호를 해야 했다.

어느 날 엄마의 변을 손으로 파내고 징징 울면서 '왜 나를 낳았느냐'고 했다. 아픈 엄마에게 그리 말하면 안 되는 거였지만 너무 힘이 들었다. 그러자 엄마는 눈을 동그랗게 뜨고 정색을 했다.

"너를 안 낳았으면 우리 집이 어쩔 뻔 했니! 큰일 날 뻔 했지! 넌 엄마가 죽더라도 엄마 대신 끝까지 형제들을 책임져야 한다!"

나는 아이처럼 징징 울면서 물었다.

"왜 그래야 해?"

"넌 그렇게 태어났어!"

엄마는 한 마디로 단호하게 잘랐다. 같은 형제로 태어났다는 것보다 그렇게 태어난 운명이라는 말이 더 잔인하다.

초등학교 입학

난 이승만을 하야시킨 4·19 민중혁명이 일어난 해에 태어났다. 내가 태어난 날은 이승만이 태어난 날이었다. 이승만과 생일이 같고 이승만을 몰락시킨 해에 태어난 것이다. 운명이란 것을 믿는다면 그때부터 내 삶이 모순된 인생을 살게 되리란 것을 암시하고 있었는지도 모른다.

고무신을 신던 나는 초등학교에 입학하는 날 처음으로 운동화를 신었다. 초등학교 입학을 앞두고 큰언니는 내가 메고 갈 빨간 책가방과 빨간 외투와 빨간 운동화를 사왔다. 나는 새 옷을 입고 새 신을 신고 기뻐했다.

새 신을 신고 뛰어보자 팔짝
머리가 하늘까지 닿겠네
새 신을 신고 달려보자 휙휙

단숨에 높은 산도 넘겠네

　머리가 하늘까지 닿지도 높은 산도 넘지 못했다. 기쁜 마음만은 하늘보다 더 높았고 산보다 더 컸다. 집에서 2킬로미터를 걸어 버스를 타고 솔밭·419탑·쌍문시장·수유리·장미원·가오리를 지나면 내가 다니던 우이초등학교가 나왔다.

　새 신을 신고 새 가방을 메고 신발주머니를 들고 큰언니와 함께 버스를 타고 그 길을 오갔다. 내가 탄 버스는 지금은 문이 2개지만 그땐 앞문이 없었고 중앙에 1개뿐이었다. 양쪽에 주머니가 달린 파란 옷을 입은 차장 언니가 문 옆에 서서 외쳤다.

　"다음 정거장은 솔밭이요, 솔밭~~"

　외치면 버스가 서고 사람이 내리고 탔다. 사람이 다 탄 것을 확인한 차장 언니가 버스 옆을 탕탕쳤다.

　"오라잇!"

　소리를 지르면 기사 아저씨가 버스를 출발시켰다. 차장 언니는 버스에 탄 사람들에게 지폐를 받아 왼쪽 주머니에 넣었다. 그리고 동전이 든 오른쪽 주머니에서 거스름돈을 꺼내 주었다. 시간이 지나자 차장 언니의 옷이 파란색에서 짙은 자주색으로 바뀌었다.

　큰언니는 일주일 내내 나를 데리고 다니며 정거장을 외우라고 가르쳤다. 난 새로 산 운동화의 왼쪽 신발과 오른쪽 신발을 구분하지 못해 언니에게 항상 혼이 났다. 원래 왼손잡이였던 나는 엄마의 호된 꾸지람과 교육으로 오른손잡이가 됐다. 그 때문인지 지금도 난 왼쪽과 오른쪽을 혼동한다. 고등학교에 들어가서도 교련시간에 우향우와 좌향좌를 배울 때 무척 애를 먹었다.

　왼손뿐 아니라 엄마가 나를 변화시키려고 시도한 것은 바로 나의 뒤통수였다. 머리를 따줄 때마다 주먹을 쥐고 온 힘을 다해 눈이 튀어나올 정도로 내 뒤통수를 가격했다. 엄마가 주먹으로 내 뒤통수를 내리칠 때마다 탕! 탕! 소리가 났다. 세상에 미련한 것이 젖통 크고 뒤통수가 나온 거라며 매일 내 뒤통수를 쳐댔다.

그때마다 나는 눈물을 흘렸다. 지금은 가슴을 크게 수술하는 세상인데 미련하다니! 그때 얼마나 뒤통수를 세게 맞고 아팠는지 지금까지도 그때 기억을 떠올리면 멍하고 얼얼한 느낌이다. 내게 치매가 온다면 그건 전적으로 그때 뇌세포를 죽인 엄마 탓이다!

처음 학교에 간 날 내 왼쪽 가슴 위에 핀으로 찌른 손수건을 달았다. 거기에는 학교에서 나눠준 1학년 12반 박명아라고 이름이 적힌 빨간 명찰이 달렸다. 나는 베이비붐 세대에 태어났다. 한 반의 학생 수가 70명이 넘었고 17반까지 있었다. 한 해 입학생은 천 명이 넘었다.

예쁘장하게 생긴 선생님이 담임선생님이 됐다. 우리 반 70명과 그해 입학한 신입생 모두는 일주일 내내 운동장에서 줄 맞춰 서는 법을 익혔다. 차렷 자세와 열중 쉬어 자세와 앞으로 나란히도 배웠다. 교무실은 운동장에서 계단을 올라가야 나왔다. 교무실 위에는 커다란 스피커가 달려 있었고 음악이 흘러나왔다.

선생님은 운동장 맨 앞의 철로 만들어진 단상 위에 서서 스피커에서 나오는 음악에 맞춰 율동을 보여줬다. 우리는 선생님을 보고 열심히 노래와 동작을 따라 했다. 큰언니는 교무실 앞 잔디밭에 서서 나를 내려다보고 있었다.

학부모들에게 잔디밭을 밟지 말라는 방송이 나왔다. 잔디밭을 밟고 선 학부모들은 자기 아이들이 하는 동작을 놓치지 않으려고 했다. 잔디는 밟아줘야 자란다며 꼼짝도 하지 않았다. 큰언니도 마찬가지였다. 언니를 실망시키고 싶지 않았다. 추위를 참으며 선생님의 동작들을 열심히 따라 했다. 3월의 날씨는 바람이 많이 불고 추웠다.

엄지 어디 있소 엄지 어디 있소
여기 나와 있소 여기 나와 있소
안녕하오 오늘 재미 있소 오늘
엄지 들어가오 엄지 들어가오

그렇게 엄지와 검지 장지 약지 소지를 배웠다.

둥근 해가 떴습니다 자리에서 일어나서
제일 먼저 이를 닦자 윗니 아랫니 닦자
세수할 때는 깨끗이 이쪽저쪽 목 닦고
머리 빗고 옷을 입고 거울을 봅니다
꼭꼭 씹어 밥을 먹고 가방 메고 인사하고
학교에 갑니다 씩씩하게 갑니다

씩씩하게 학교를 다닌 지 일주일이 되었다. 드디어 담임선생님을 따라 줄을 맞춰 교실로 들어갈 수 있었다. 추운 운동장에서 벗어난 것만으로도 기뻤다. 드디어 교실로 들어간다는 생각에 몹시 설렜다. 신발주머니에서 하얀 실내화를 꺼내 갈아 신었다. 그렇게 나를 설레게 했던 신발주머니가 애물단지가 되리란 걸 그땐 몰랐다.

앞장선 선생님을 따라갔다. 마루로 된 긴 복도를 걸어가 드디어 교실로 들어갔다. 4층 건물엔 앞문과 뒷문이 있었고 1학년 교실은 1층이었다. 교실 앞문 위에 11반과 12반이란 팻말이 위아래로 걸려 있었다. 한 교실을 11반과 12반이 일주일에 한 번씩 오전반 오후반으로 나눠서 번갈아가며 2부제 수업을 했다.

나무로 된 교실 문에는 조그만 창문이 달려 있었다. 앞문 외에도 뒷문이 하나 더 있었다. 복도 쪽으로 난 교실 벽에서 발돋움을 하면 창을 통해 교실 안을 볼 수 있었다. 교실 안 맞은편 벽에는 창문이 길게 붙어있었다. 운동장이 훤히 내려다보였.

창문 아래는 허리 높이 정도에 발을 올려놓을 수 있을 만큼 튀어 나온 공간이 있었다. 창문을 닦을 때는 그 위에 올라서서 닦았다. 교실 앞쪽에 바닥보다 높은 단상이 있었고 그 위에는 교탁이 있었다. 커다란 초록색 칠판은 맨 앞에 달려있었다. 교실 맨 뒤엔 작은 칠판이 있고 그 밑에 청소도구를 넣은 양동이가 있었다. 교실로 들어가게 되자 언니도 더 따라다니지 않았다.

선생님이 까만 출석부를 들고 이름을 불렀다. 키가 작은 순서대로 앞자리를 배정해주었고 한 사람씩 번호가 붙여졌다. 선생님은 아침마다 출석을 불렀다. 초중고 12년 동안 번호가 내 이름을 대신했다. 난 20번을 벗어난 적이 없었다. 교실 안은 두 명씩 앉는 나무 책상이 빼곡히 들어차 있었다. 책상에는 흠집이 가득했다. 책상 가운데엔 자신의 구역으로 넘어오지 말라는 영역 표시의 금이 확고하게 그어져 있었다.

교실 문이 있는 쪽부터 2명씩 앉게 1분단이 시작되어 5분단까지 있었다. 앞뒤로 길게 늘어선 6개의 책상이 한 분단이었다. 선생님은 엄마가 찾아오는 아이들에게 분단장을 시켰다. 분단과 분단 사이에는 겨우 한 명만 드나들 수 있는 좁은 통로가 있었다.

작은 나무걸상에 앉아 선생님이 나눠준 교과서를 받았다. 처음 받아본 내 책이란 생각에 가슴이 두근거렸다. 국어·산수·사회·자연·도덕·미술·음악·체육이었다. 책가방에 교과서를 소중하게 넣고 집으로 돌아왔다. 그렇게 소중하고 가슴 뛰게 한 교과서가 나를 문제아로 만들 줄 어찌 알았겠는가.

체육시간이 되면 나가서 달리기나 모래밭에서 멀리뛰기를 했다. 국어시간에는 한글을 배우고 받아쓰기 시험을 봤다. 산수시간에는 구구단을 외웠다. 도덕시간에는 '수돗가에서 차례를 지키고, 친구와 싸우지 말고 친하게 지내야 하고, 침을 뱉지 말자'는 등을 가르쳤다. 왜 이런 것을 배우는지 모를 만큼 사람이라면 마땅히 지켜야 할 극히 상식적이고 당연한 것들을 배웠다. 사회시간에는 사계절이 있는 우리나라는 좋은 나라라는 사실을 공부했다. 자연시간에는 이미 우이동의 자연 안에 살고 있는 내겐 새삼스러울 것도 없는 것들을 배웠다.

아침수업과 달리 오후수업은 아침에 놀다 시간에 맞춰 스스로 알아서 학교에 가야 했다. 하루가 갑자기 반으로 잘리는 느낌이라 학교 가기가 싫었다.

토요일 수업이 끝나면 선생님은 운동장 한 귀퉁이에 있는 창고에서 옥수수로 만든 바게트 모양의 둥그런 빵을 반으로 잘라 나눠주었다. 빵에선 고소한 냄새가 났다. 학교에서 빵을 주는 것이 신기했다.

먹고 싶은 마음을 꾹꾹 누르고 집에 가져왔다. 식구들에게 보여주고 싶었다. 가방에서 빵을 꺼내자 걷지 못하는 셋째 언니가 너무 좋아하며 맛있게 먹었다. 토요일마다 고소한 냄새의 유혹을 견디고 집으로 빵을 가져와서 셋째 언니에게 줬다. 언니는 내가 준 빵을 받으면 날 칭찬하며 아이같이 좋아했다.

"어머! 네가 언니를 주려고 먹지 않고 가져왔어?"

언니는 빵보다 가족이 자신을 위해 무언가를 해준다는 자체가 더 행복했던 것 같다. 난 그런 언니를 보며 행복해했다. 언니가 좋아하는 모습을 보고 싶어 몇 번이나 먹고 싶은 유혹을 참았다. 2학기가 되자 더는 옥수수빵을 주지 않았다. 행복해 하는 언니의 모습도 더는 볼 수 없었다.

수업시간 45분에 쉬는 시간은 10분이었다. 쉬는 시간에는 푸세식 변소에 갔다. 교실을 나와 뒷문을 통해 계단을 내려가면 시멘트로 길게 지은 변소 건물이 있었다. 그 안에는 나무로 허접하게 만든 문이 통로를 사이에 두고 서로 6개씩 마주보며 길게 늘어서 있었다. 문을 열고 들어가면 시멘트로 만든 바닥에 구멍이 뚫려 있었다. 너무 깊어 안이 보이지 않아 무서웠다.

변소에 갈 때는 꼭 짝과 함께 갔다. 그래도 빠질까 봐 두려움에 떨었다. 변소에서 '귀신이 나오고 빠지면 죽는다'는 소리에 겁이 나 오줌이 마려워도 꾹꾹 참았다.

분단별로 변소청소 당번이 정해지면 양동이로 물을 떠 시멘트 위를 닦았다. 변소를 치워야 하는 고역도 치러야 했다. 우리는 선생님이 확인하지 않는다는 것을 알고 대충 치웠다.

일주일씩 돌아가면서 주번이 정해졌다. 주번이 되면 칠판을 지우고 교무실에서 분필을 타왔다. 칠판지우개를 들고 나가 복도 창문을 열고 막대기로 팡팡 쳐서 분필 가루를 날렸다. 지우개가 헐어 솜이 튀어나오고 너덜너덜해져도 교무실에선 좀처럼 바꿔주지 않았다.

미술시간에 엄마를 그리라고 했다. 난 엄마 머리를 빨·주·노·초·파·남·보의 무지개색으로 화려하게 꼬불꼬불 그려놓았다. 내 그림은 이름이 적힌 채 뒤쪽 칠판에 붙여졌다.

그러나 입학하고 한 달이 돼도 엄마가 찾아오지 않았다. 내 그림은 떼어졌고 더는 붙여지지 않았다. 엄마가 찾아오는 아이의 그림은 어김없이 그 다음 날 뒤쪽 칠판에 붙여졌다. 우리는 칠판에 붙은 그림을 보고 누구 엄마가 왔다 갔는지 알 수 있었다. 수업시간은 그 아이만을 위한 수업처럼 진행됐다. 선생님은 눈도 그 아이에게만 맞춰가며 시대를 앞선 눈높이 교육을 했다. 질문도 그 아이에게만 시키며 충실하게 일대일 수업을 했다. 난 차별과 소외를 배웠다.

봄과 가을에는 소풍이 있었지만 난 소풍을 간 적이 없었다. 소풍을 가려면 배낭을 메고 김밥을 싸야 했다. 엄마에게는 김밥을 싸줄 정신도, 배낭을 사줄 여유는 더더욱 없었다. 책가방을 들고 소풍을 갈 수는 없었다.

수업시간과 달리 소풍을 가는 날엔 결석을 해도 선생님이 야단치지 않았다. 소풍 가는 날은 나에게 공식적으로 노는 날이었다. 엄마는 삼립 팥빵을 사주며 나를 달랬다. 난 삼립 크림빵이 먹고 싶었지만 엄마는 언제나 엄마가 좋아하는 팥빵만 사왔다. 지금은 나도 엄마와 같이 팥빵을 좋아한다.

내가 제일 좋아했던 시간은 국어와 음악시간이었다. 음악시간엔 선생님이 풍금을 치며 동요를 가르쳤다. 난 처음 보는 풍금이 신기했다. 청소 당번일 때 선생님이 교실을 비우자, 아이들과 함께 풍금을 쳐봤다. 풍금은 옆에 달린 판을 허벅지로 제쳐가며 페달을 밟아야 했다. 그마저 몇 대 없어서 음악시간이면 선생님과 아이들이 달려들어 끙끙대며 이 교실에서 저 교실로 옮겨야 했다.

3학년까지는 여자 선생님이 담임이었고 남녀 합반이었으나 4학년부터 남자 반과 여자 반이 따로 나뉘었다. 남녀칠세부동석이 아닌 남녀십세부동석이 된 거였다. 이때부터 대학에 들어가기 전까지 9년 동안 난 여학생만 모여 있는 교실에서 공부했다.

4학년부터는 남자 선생님도 담임을 맡았다. 남자 선생님은 부잣집 아이들과 가난한 아이들을 차별하지 않는다는 말이 들렸다. 나는 은근히 남자 선생님이 담임이 되길 바랐다. 그런 내 바람은 6학년이 되어서야 이루어졌다.

6학년 담임 선생님은 당시 TV에서 하는 만화영화 〈철인 28호〉의 주인공과 이름이 같았다. 1970년대 초, 언니가 사온 TV에서 〈타이거 마스크〉〈우주소년 아톰〉〈황금박쥐〉〈바다의 왕자 마린보이〉 등의 만화영화를 볼 수 있었다.

내가 제일 좋아하는 만화영화는 〈황금박쥐〉였다. 얼굴이 박쥐인 아버지가 어린 아들과 함께 정체를 숨기고 위험에 빠진 사람들을 도와주는 내용이었다. 유난히 기억에 아프게 꽂히는 장면이 있다. 어린 아들이 동굴에 사는 게 외롭다며 '사람들과 함께 살고 싶다'고 했다. 아버지가 '우리는 사람을 도와줘도 사람 앞에 나설 수 없는 얼굴을 가지고 태어났다'고 어린 아들을 달래며 쓸쓸히 돌아서는 장면이었다. 어쩌면 내 미래의 삶이 〈황금박쥐〉와 같이 되리라는 걸, 그때 내 안에 떠돌던 운명의 작은 입자들이 미리 알아챈 것은 아닐까.

남자 선생님은 음악시간에 여자 선생님에게 풍금을 쳐달라고 부탁했다. 여자 선생님은 겨울에 남자 선생님에게 난롯불을 피워달라고 부탁하며 서로 품앗이를 했다. 남자 담임선생님은 내가 육성회비를 안 내도

"박명아, 너는 산수만 빼고 다른 과목은 다 잘하는데 부모님이 왜 육성회비를 안 주시는 거니?"

물었을 뿐, 머리를 쥐어박지도 집으로 돌려보내지도 않았다.

'아버님 날 낳으시고 어머님 날 기르시니'라는 시를 배울 때였다.

부잣집 딸인 김충희가 국어시간에 용감하게 손을 들었다. 엄마가 낳았는데 왜 아버지가 낳았냐고 물었다. 남자 선생님은 얼굴이 빨개지며 설명을 하지 못하고 쩔쩔맸다. 김충희처럼 용감하게 손을 들지 못했지만 나 역시 궁금했다. 용감한 김충희가 고마웠다. 대답을 못하고 쩔쩔매는 선생님을 보고 뭔가 아주 은밀하고 비밀스러운 느낌을 받았다. 하지만 끝내 선생님의 대답을 들을 순 없었다.

수업이 끝나면 분단 순으로 돌아가며 교실을 청소했다. 교실 창문은 일주일에 한 번씩 전교생이 날짜를 정해 닦았다. 교실 바닥은 거친 나무였다. 수업이 끝나고 학생들이 돌아가면 청소 당번들이 걸상을 책상 위에 올렸다.

그런 다음 바닥을 쓸고 양동이로 퍼온 물을 적셔 대걸레로 닦았다. 중·고등학교 때는 물걸레로 닦는 대신, 집에서 걸레를 만들어와 문방구에서 산 흰색 구두약으로 왁스칠을 했다. 거친 나무에 열심히 왁스칠을 해도 호박에 줄 긋기였다.

교실 밖 운동장 한쪽엔 수도가 길게 늘어서 있었다. 우리는 그곳에서 물을 마셨다. 양동이에 물을 받아 대걸레도 빨았다. 세월이 흘러 초등학교에 들어간 내 딸이 한동안 나를 고민하게 만들었다.

"수도꼭지가 5개인데 10명이 마셔야 해요. 이럴 땐 어떻게 해야 하나요?"

라는 도덕 시험문제에 딸은 '수도꼭지를 많이 만든다'라는 답을 써놓았다.

물자가 풍족한 시대를 사는 아이들이었다. 차례를 기다리는 것보다 수도꼭지를 5개 더 만드는 것이 간단하고 근본적인 문제해결 방법이었다. 청소가 끝나면 걸상들을 다시 내려놓고 뒷정리를 했다. 선생님의 점검을 받고 가방을 메고 집으로 돌아왔다.

3학년까지는 4시간만 수업했다. 4학년이 되면서 도시락을 싸야 하는 오후까지 수업을 했다. 2부제 수업도 없어졌다. 똑같은 학생들이 그대로 올라가는데 어떻게 2부제 수업을 하지 않게 됐는지 궁금했다. 지금도 궁금하다.

겨울이 되면 창문으로 연통을 뺀 커다란 쇠 난로가 교실 한가운데 놓였다. 선생님은 주번을 시켜 학교 옆에 있는 창고로 가서 양동이에 장작과 조개모양으로 생긴 조개탄을 타오게 했다.

선생님은 장작에 불을 붙일 때마다 종이가 모자라 난감해 했다. 아이들이 다 쓴 공책들로 불을 피워 장작에 불이 붙으면 조개탄을 넣었다. 가끔 장작에 불이 잘 붙지 않고 연기만 났다. 선생님은 주번에게 '잘못된 장작을 타왔다'며 짜증을 냈다. 조개탄에 불이 붙어 따뜻해지면 그제야 선생님의 얼굴도 펴졌다. 짜증 낸 것이 미안한 듯 평소보다 상냥해졌다.

조개탄을 받을 수 있는 양은 정해져 있었다. 오후가 되면 불기가 사그라져 추웠다. 우리는 호호 손을 불어가며 곱은 손으로 모나미 볼펜 끝에 끼워진 몽당연필로 글씨를 썼다.

선생님은 주번에게 조개탄을 담아주는 아저씨한테 '자기 이름을 대고 듬뿍 받아오라'고 했다. 겨울에 조개탄을 담아주는 아저씨는 힘이 셌다. 담임 이름을 말하면 아저씨는 한 삽을 더 퍼주었다. 그래도 불씨는 오후까지 버티지 못했다.

선생님은 따뜻한 난로 옆에서 교과서를 읽으며 수업했다. 선생님이 부러웠다. 난로 가까운 곳에 앉은 아이는 얼굴이 벌겋게 익었지만 난로에서 멀리 떨어진 뒷문 쪽에 앉은 아이는 추위로 오들오들 떨어야 했다.

초등학교 땐 부잣집 아이들을 난로 옆에 앉혔다. 중학생이 되자 순번제로 돌아가며 앉았다. 번호가 끝 순서인 키 큰 아이들이 난로 옆에 앉을 때마다 뒤에 앉는 나는 몸을 옆으로 잔뜩 기울여 칠판을 봐야했다.

중학교에 입학하자 조개탄이 연탄으로 대체됐다. 불을 피우는 관리 아저씨가 따로 있었다. 선생님은 노란 양은도시락을 난로 위에 올려놓는 것을 허락했다. 맨 아래쪽에 놓인 도시락은 타기 마련이었다. 맨 위쪽은 데워지는 둥 마는 둥 했다.

중간이 딱 좋았는데 그 자리를 차지하기는 쉽지 않았다. 점심시간이 가까워오면 난로 위에 놓인 도시락 속 김치 익는 냄새가 교실을 가득 채웠다. 내 짝은 도시락 반찬으로 김치를 기름에 볶아왔다. 그 아이가 무척 부러웠다.

나는 점심시간이 싫었다. 초등학교 때 엄마가 싸준 도시락은 보리밥에다 장독대에서 한 수저 푹 떠준 된장이 다였다. 그런 도시락을 펴놓고 먹는 것이 창피했다. 도시락 뚜껑을 열어놓지 않고 감춰가며 먹었다.

초등학교 6학년 말부터 중·고등학교를 다니며 둘째 언니 집에서 더부살이를 했다. 그 때에는 스스로 도시락을 챙겨야 했다. 수색에서 도봉동까지 다녀야 했다. 2시간이나 걸려 학교에 가는 것만으로도 벅차서 도시락까지 쌀 여유가 없었다. 고등학교 역시 마찬가지였다. 여의도에서 삼선교까지 가야 했다. 굶기를 밥 먹는 듯 했다. 그게 습관이 됐는지 지금도 먹는 것에는 그리 관심이 없다.

중·고등학교 때 아이들은 대부분 점심시간 전에 미리 도시락을 먹어치웠다. 쉬는 시간 10분을 이용해 먹었다. 선생님은 반찬 냄새가 난다며 도시락을 미리 먹은 학생들을 일으켜 세워 혼냈다.

중·고등학교에는 매점이 있었다. 도시락을 미리 먹은 학생들은 점심시간에 빵이나 과자를 사서 먹었다. 그땐 학생들을 위해 할인된 버스 회수권이 있었다. 반장이 한 달에 한 번 아이들이 주문한 회수권을 팔았다. 난 회수권 외에 가진 돈이 없었다. 한 번도 매점을 찾지 않았다.

초등학교 선생님은 자신의 책상에 앉아 우리와 함께 교실에서 도시락을 먹었다. 중·고등학교 선생님들은 교무실에서 도시락을 먹었다. 중학교 때 잘 사는 아이들은 작은 유리병에 김치를 싸왔다. MAXIM이라고 적힌 커피 병이었다. 그때 MAXIM 커피 병은 부유함의 상징이었다.

문제아

 나는 세상 모든 것이 신기했다. 궁금한 것이 너무너무 많았다. 바람이 왜 부는지, 왜 비가 내리는지, 왜 눈이 오는지, 왜 봄·여름·가을·겨울이 있는지, 왜 하늘엔 구름이 있는지, 매미는 여름이 끝나면 어디로 가는지, 도대체 징그러운 벌레들은 왜 생기는지, 왜 가을엔 낙엽이 지는지, 왜 봄이 되면 다시 새싹이 돋는지, 왜 사람은 늙고 죽는지, 죽어서 어디로 가는지, 뽀이들은 여름이 끝나면 모두 어디로 가는지까지. 모든 것이 궁금해 미칠 지경이었다.
 나에게 세상은 거대한 물음표였다. 내 물음에 지쳐버린 엄마가 결국 화를 내며 주둥이 다물라고 야단을 치면 그제서야 물음표를 안은 채 주둥이를 닫아야했다.
 학교도 내가 품은 물음표를 만족시킬 만한 대답을 해주지 않았다. 아버지는 때때로 세상에 내야 할 분노를 엄마와 우리에게 냈다. 그런 아버지 때문에 온 방이 쑥대밭이 됐다. 책가방이 마당으로 내던져지고 책들이 어디로 갔는지 찾을 수 없게 됐다.

　책이 없는 나는 며칠 동안 학교에 가지 못했다. 그나마 덩치가 큰 책가방은 찾을 수 있었다. 책이나 신발주머니는 끝내 찾을 수 없었다. 책과 신발주머니를 챙겨가지 못한 나는 선생님에게 늘 혼이 났다.

　책이 없어 며칠을 학교에 갈 수 없었다. 엄마가 학교에 가라고 불같이 성을 냈다. 어쩔 수 없이 빈 가방을 터덜터덜 메고 갈 수밖에 없었다. 내 짝은 가끔 책을 함께 보는 아량을 베풀었다. 하지만 대부분은 매몰차게 거절했다. 선생님에게 책을 읽으라고 지적이라도 당하는 날엔 책이 없는 사실을 들킬 수밖에 없었다. 쏟아지는 선생님의 질타를 고스란히 받아야했다.

　"넌 왜 또 책을 안 가져와? 전쟁에 총 없이 나갈래? 전쟁이 났는데 총이 없으면 어떻게 되겠어? 넌 지금 총 없이 전쟁터로 나온 거야!"

　선생님은 무서운 얼굴로 나를 꾸짖었다. 선생님이 말한 '그 전쟁이 바로 우리 집에서 일어나 총을 잃어버렸다'고 말할 수는 없었다.

　"하여튼 문제아야! 문제아! 결석을 밥 먹듯이 하고, 육성회비를 밀리고, 책도 안 가져오고, 도대체 넌 어떻게 돼먹은 아이니?"

　선생님은 내 머리를 쿡쿡 쥐어박았다.

　그런 선생님이 있는 학교가 싫었다.

　내가 학교 다니던 때는 샤프라는 필기구가 없었다. 필기구는 무조건 칼로 깎는 연필이었다. 칼은 가로 3센티미터에 세로 2센티미터 정도의 면도칼 모양이었다. 칼날 위로 손을 집을 수 있게 두툼한 부분이 있는 것이 다였다. 어린 나이에 그런 칼을 쥐고 연필을 깎는 것은 위험하고 불가능했다. 연필이 닳으면 깎아서 필통에 넣어주어야 한다. 나에게는 연필을 깎아주고 챙겨줄 사람이 아무도 없었다.

　내던져진 책가방에서 튀어나온 필통을 못 찾을 때가 많았다. 그때는 연필이 없어 필기조차 할 수 없었다. 선생님에게 걸리기라도 하면 여지없이 내 머리를 쥐어박았다.

"이제 필통까지 안 가져오니? 필통은 또 어디다 팔아먹었니? 책도 없고 필통도 없이 학교를 왜 오니? 넌 도대체 집에 가면 뭐 하니? 뭐 하는 애야?"

어느 날 수업이 시작되기 전, 짝에게 칼을 빌려 급하게 연필을 깎다가 손을 베었다. 상처가 꽤 깊어 피가 멈추지 않았다. 아이들은 교실로 들어온 선생님에게 '박명아가 손을 베어 피를 흘린다'고 말했다.

선생님은 양호실로 나를 데려가며 내 머리를 계속 쥐어박았다. 피가 멈추지 않는 손가락을 감싸며 걷는 내내 내 머리를 선생님에게 내줘야했다. 손으로 상처를 감싸도 피는 바닥에 눈물과 함께 뚝뚝 떨어졌다. 양호실에 들어가자 선생님은 나의 머리를 다시 세게 쿡쿡 쥐어박았다.

"에이, 결석 대장에 문제아야! 문제아! 이제 하다하다 손까지 베는 말썽까지 일으키니?"

예쁘게 생긴 양호선생님이 상처에 소독약을 발라주었다. 불에 덴 듯 쓰렸다. 비명을 지르지 않았다. 분노와 수치심이 고통을 눌렀다.

"얌전하게 생겼는데 말썽을 많이 일으키는 문제아구나."

양호선생님이 손에 소독약을 바르며 한 말이다. 지금도 나의 왼손 검지엔 그때 베인 상처가 아스라이 남아있다. 나만 알아볼 수 있는 상처다. 그때 날 쥐어박던 선생님은 손을 베어 피를 흘리는 가난한 문제아가 대학원까지 가게 되리란 걸 상상이나 했을까. 난 선생님에게 복수했다.

책만이 아니라 준비물을 가져가지 못해 겪는 고역은 미술시간에 정점을 찍었다. 무슨 준비물이 그리 많은지. 색연필·수수깡·도화지·크레파스·물감·팔레트·찰흙·컴퍼스·파스텔 그리고 서예를 위한 한지에 지필묵까지. 미술시간에는 준비물들을 챙겨가지 못해 뒤에서 내내 무릎을 꿇고 있어야 했다. 미술시간에 난 부끄러움과 수치스러움을 배웠다.

우리 집이 준비물을 사줄 여유가 있는 여름엔 방학을 했다. 유원지 장사가 끝나 준비물을 사줄 수 없게 되면 개학을 했다. 난 매일 밥 먹듯 혼이 났다. 선생님이 지정해준 종합참고서마저 사지 못해 더 미움을 받아야했다.

어느 날 사회시간에 지구본을 보았다. 신기하게도 브라질과 아프리카 대륙이 원래 하나였다가 갈라진 것처럼 모양이 맞아 떨어지는 것을 발견했다. 나는 용기를 내서 '대륙이 처음에 하나로 붙어있었던 것 같다'고 떨리는 목소리로 작게 말했다. 그러자 선생님은 나를 힐끗 쳐다보더니 신경질적으로 퍼붓기 시작했다.

"이젠 엉뚱한 질문으로 수업 방해까지 하니? 책을 가져오지 않아 공부를 안 하니 그런 쓸데없는 소리를 하는 거 아니야! 육성회비를 제대로 안 내고 결석을 밥 먹듯 하고 준비물을 챙기지 않고, 하여튼 넌 골칫거리 문제아야, 문제아! 뒤에 가서 무릎 꿇고 있어!"

사회시간에 난 억울함과 울분을 배웠다.

나를 무릎 꿇리는 선생님. 심부름만 시키는 우리 집. 하지 않은 말로 나를 억울하게 만드는 언니. 그 말을 믿고 나를 질타하는 어리석은 식구들. 그들에게서 떨어져 때때로 매미가 우는 뒷산으로 올라갔다. 풀밭에 누워 팔베개를 하고 하늘에 떠가는 구름을 바라보는 것을 좋아했다. 하늘은 커다란 자연 교과서였다. 학교에서 배운 새털구름과 뭉게구름과 양털구름이 그곳에 있었다. 나지막하게 학교에서 배운 동요를 불렀다.

뭉게뭉게 흰 구름은 마음씨가 좋은가 봐
솔바람이 부는 대로 어디든지 흘러간대요

한참을 누워 하늘에 떠있는 폭신폭신한 뭉게구름을 바라보았다. 어느 순간 내 몸이 붕 떠올라 구름과 함께 스르르 흘러갔다. 그런 아득한 느낌이 좋았다. 할 수만 있다면 내가 속한 모든 것에서 떠나 구름과 함께 흘러가고 싶었다. 그곳은 내가 사는 세상이 아니었다. 그곳엔 육성회비도, 문제아도, 책도, 부끄러움과 수치심도, 억울함과 분노와 심부름도 없었다. 그때 내가 많이 행복했던가.

아침마다 교무실 위에 달린 커다란 스피커에서 새마을 노래가 흘러나왔다.

새벽종이 울렸네 새아침이 밝았네
너도나도 일어나 새마을을 가꾸세
살기 좋은 내 마을 우리 힘으로 만드세
초가집도 없애고 마을길도 넓히고
푸른 동산 만들어 알뜰살뜰 다듬세
살기 좋은 내 마을 우리 힘으로 만드세

월요일 아침마다 전교생이 운동장으로 나가 조회를 섰다. 이런저런 수상식을 보고 지루한 교장선생님의 훈화를 들었다. 새마을체조를 하고, 주페의 경기병 서곡을 들으며 운동장을 몇 바퀴 돌고 나서야 교실로 들어왔다.

교장선생님 훈화 중에 유일하게 기억하는 것은 건강이 최고라며 아침에 꼭 화장실에서 똥을 싸고 오라는 것이었다. 그 외에 많은 말들을 했겠지만 똥을 싸고 오라는 말보다 우리 귀에 쏙 들어온 말은 없었다. 교장선생님의 성숙한 훈화는 성숙하지 못한 우리에겐 '소 귀에 경 읽기'였다. 교장선생님의 훈화야말로 눈높이 교육이 절실히 필요했다.

교장선생님의 훈화가 지겹고 싫증이 날 무렵 불행한 사고가 났다. 종업식을 마친 학생들이 한꺼번에 학교 뒷문을 빠져나가다 뒤에서 미는 힘을 이기지 못한 아이가 넘어졌다. 뒤따라오던 아이들이 계속 넘어졌다. 그 사실을 모르는 수천 명의 아이가 계속 뒤에서 밀려왔.

결국 앞에 넘어진 아이들이 깔려 죽는 불행한 사고가 발생했다. 시간의 간격을 두지 않고 한꺼번에 종업식을 마친 게 원인이었다. 그 일로 교장선생님이 파면됐다. 구관이 명관이듯 새로 온 교장선생님의 훈화는 더 지루했다.

학교는 교과서 외에도 배워야 할 것들이 너무나 많았다. 4학년이던 언니와 함께 '우리는 민족중흥의 역사적 사명을 띠고 이 땅에 태어났다'로 시작하는 국민교육헌장을 외워야 했다.

민족중흥의 역사적 사명을 띠고 태어난 부잣집 아이들은 선생님에게 뽑혔다. 조회시간에 반 대표로 단상에 올라가 마이크에 대고 큰 소리로 외웠다. 우리는 민족중흥의 역사적 사명을 띠고 태어난 아이들에게 박수를 쳤다.

뜻을 모르는 내겐 그걸 외우는 자체가 역사적 사명이었다. 뜻을 알았다 할지라도 달라지지는 않았을 것이다. 매일 교실 뒤에서 무릎을 꿇고 있는 아이가 민족중흥의 역사적 사명을 갖고 태어났다는 것은 한마디로 개소리였다. 그때 그 뜻을 정확히 알았다면 혼이 나는 한이 있더라도 절대 외우지 않았을 거다.

내가 산 시절보다 많이 좋아졌지만 아직도 역사 시간에 '태정태세문단세'를 외우는 것을 보면 우리나라 교육은 갈 길이 멀다는 생각이 든다. 모든 과목이 그렇겠지만 역사는 입으로 달달 외우는 과목이 아닌 가슴과 머리로 이해해야 하는 과목이다.

그러다 국기에 대한 경례로는 성이 안 찼는지 국기에 대한 맹세까지 외워야 했다.

"나는 자랑스런 태극기 앞에 조국과 민족을 위해 충성을 다할 것을 굳게 다짐합니다."

어느 날은 갑자기 애국가를 4절까지 외워 불러야 했다. 선생님이 칠판에 4절까지 빽빽이 써놓고 몇 번이나 반복해서 가르쳤다. 그러다 느닷없이 '충무공 오 충무공'이란 노래까지 불러야했다. 애국심이 국기에 대한 맹세를 외워서 강해지고, 애국가를 4절까지 불러서 충무공이 된다면, 10절인들 못 부를 것인가? 하지만 국기에 대한 맹세나 애국가를 4절까지 외운다고 해서 애국심이 강해지고 충무공이 되는 거 아니었다.

학교에선 쌀이 모자라 혼식과 분식을 장려했다. 일주일에 한 번은 혼분식의 날로 정해 도시락을 혼식이나 분식으로 싸와야 했다. 혼분식 날엔 선생님이 일일이 돌아다니며 도시락 검사를 했다. 부잣집 아이들은 샌드위치를 싸와 자랑스럽게 내놨다. 아이들 사이에선 보리밥 예찬 노래가 불려졌다.

꼬꼬댁 꼬꼬 면동이 튼다
복남이네 집에서 아침을 먹네
옹기종기 둘러앉아 꽁당보리밥
꿀보다도 맛좋은 꽁당보리밥
보리밥 먹는 사람 진짜 건강해

우리는 굳이 노래를 부르지 않아도 소쿠리에 담긴 꽁보리밥을 이미 지나칠 만큼 충실히 먹고 있었다. 솔직히 꽁보리밥이 꿀보다 맛있지는 않았다. 계속 노래를 불러도 꽁보리 맛은 꽁보리 맛이었다.

점심시간에 시간이 남으면 운동장에서 사방치기나 오재미·줄넘기 놀이를 하며 놀았다. 아이들은 잘 사는 아이들과만 놀려고 했다. 나는 끼워주지 않았다. 수업시간에도 노는 시간에도 난 늘 외톨이였다. 학교는 나에게 외로움과 따돌림을 완벽하게 가르쳐줬다. 운이 좋아 끼워줄 때는 사람 수가 모자라 쪽수를 맞춰야 할 때였다.

아이들은 고무줄이나 줄넘기를 이용해 놀이를 만들었다. 줄넘기 줄을 이어서 길게 만든 다음 술래 두 명이 양쪽에서 줄 끝을 잡고 크게 돌렸다. 그러면 줄이 위로 향하는 순간을 놓치지 않고 잽싸게 들어가야 했다. 줄을 넘기는 아이들은 이런저런 모양의 요구사항이 들어간 노래를 불렀다.

"꼬마야 꼬마야 땅을 짚어라, 꼬마야 꼬마야 만세를 불러라."

고무줄이 위로 향하는 순간에 땅을 짚거나 만세를 부르는 동작을 해야 했다. 그러다 줄에 걸리면 술래가 됐다. 또 다른 줄넘기 놀이는 술래가 양쪽에서 고무줄을 잡고 단계적으로 난이도를 높여갔다. 처음에는 무릎에서 시작하다 허리, 가슴, 어깨, 머리 맨 나중엔 만세를 부르며 고무줄을 높였다. 그때 두 팔을 땅에 짚고 두 다리를 하늘로 올려 고무줄을 뛰어넘어야했다.

나는 다행히 유연성이 좋아 술래가 된 적이 없었다. 고무줄놀이를 할 때는 짓궂은 남학생들이 칼을 가지고 다니며 고무줄을 잘라 우리를 울렸다.

어느 날 남학생 하나가 내 치마를 걷어 올리며 놀렸다. 난 그만 그 애에게 속옷을 입고 가지 못한 것을 들켰다.

"네 보지 한 번만 만지게 해주면 애들에게 말하지 않을게."

그 말이 끝나자마자 주먹으로 그 놈 얼굴을 갈겨버렸다.

그 덕분에 수업이 끝날 때까지 무릎을 꿇고 있어야했다. 부잣집 도련님 얼굴을 가격해 코피를 흘리게 한 죄였다. 왜 맞았냐고 선생님이 물어도 민족중흥의 역사적 사명을 띠고 태어난 부잣집 도련님은 울기만 했다. 답답한 선생님이 무릎을 꿇고 있는 나에게 다가와 '왜 때렸냐'고 물었다. 난 끝내 대답하지 않았다. 그 물음은 무조건 무릎을 꿇리기 전에 물었어야 했다.

그때 우리는 공산당이 뭔지도 모르면서 공산당을 무찌르자는 노래를 불렀다.

무찌르자 공산당 몇 백만이냐 대한남아 가는 길 초개로구나
나아가자 나아가 승리의 길로 나아가자 나아가 승리의 길로

이 땅의 민초들도 공산당이 뭔지도 몰랐다. 그저 골고루 잘살게 해준다는 말에 좋아하다가 공산당이란 이름을 안고 수십만명이 죽어갔다. 도덕시간에 배웠다. 무장공비에게 이승복 어린이가 외쳤다고.

"나는 죽어도 공산당이 싫어요!"

무장공비에게 입이 찢겨 죽었다는 내용을 읽고 독후감을 써야 했다. 반공에 대한 웅변대회가 열렸다. 공산당으로부터 나라를 지키며 고생하는 국군 장병 아저씨께 위문편지를 고등학교 때까지 써야 했다.

한국전쟁을 겪지 않은 우리는 동족상잔의 비극을 노래하며 놀았다.

전우의 시체를 넘고 넘어 앞으로 앞으로
낙동강아 흘러가라 우리는 전진한다
원한이야 피에 맺힌 적군을 무찌르고서
꽃잎처럼 떨어져간 전우야 잘 자라

한국전쟁은 우리 민족에겐 끔찍한 불행이었으나, 이승만과 박정희, 일본에겐 축복이었다. 이승만은 한국전쟁을 빌미로 반공을 강하게 부르짖으며 개헌을 강행해 다시 대통령이 될 수 있었다.

박정희는 여순민중항쟁 때 숙군(肅軍) 작업에 걸려 남로당 당원임이 탄로났다. 그는 동료를 모두 불고 살아나 전역한 후 빈둥거리며 살았다. 그러다가 한국전쟁으로 다시 군에 돌아와 군사쿠데타를 일으켜 이 땅에 군사독재의 기반을 만들었다. 원폭으로 폐허가 된 일본은 한국전쟁을 통해 한 해 30%가 넘는 경제 성장률과 자위대를 얻었다. 요시다 시게루 일본 총리는 한국전쟁이 일어나자 감격에 겨워 기뻐했다.

"한국전쟁은 신이 우리에게 준 축복이다. 이제 우리는 살았다."

우리나라에도 신이 준 성전만리(聖戰萬里)의 축복이 다가오고 있었다. 백마부대의 베트남 파병 노래가 유행하기 시작했다.

아느냐 그 이름 무적의 사나이
세운 공도 찬란한 백마고지 용사들
정의의 십자군 깃발을 높이 들고
백마가 가는 곳엔 정의가 있다
달려간다 백마는 월남 땅으로
이기고 돌아오라 대한의 용사들

박정희가 미국에 끈질기게 요구한 덕분에 우리나라는 1964년부터 8년간 세계에서 가장 많은 32만명의 군인을 베트남에 파병했다. 우리 병사들은 미군에 비해 3분의 1 정도밖에 되지 않는 보수를 받았다. 베트남 병사보다도 낮은 금액이었다.

베트남 파병으로 우리나라는 8년간 10억 달러를 벌어들였다. 1963년 우리나라 수출액은 1억 달러였다. 10억 달러는 그때 우리나라에겐 엄청난 액수의 돈이었다. 그 대가로 5천명 이상의 고귀한 우리 병사가 희생됐다. 고국으로 돌아온 병사들도 장애를 갖거나 고엽제의 후유증을 앓았다. 오랫동안 그들을 위한 보상은 이루어지지 않았다.

한국군은 숨 막히는 더위와 극한의 공포에 내몰렸다. 공비와 양민을 구별할 수 없는 상황에서는 전쟁과 무관한 양민까지도 잔혹하게 학살했다. 하지만 아직도 한국정부는 이에 대해 반성하는 모습을 보이지 않는다. 폴란드를 방문해 나치당에 의해 목숨을 잃은 유대인 추모비 앞에 비를 맞으며 무릎을 꿇은 빌리 브란트 서독 총리의 용기있는 모습을 보여주지 않고 있다. 강제징용이나 위안부 문제를 인정하지 않는 일본도 마찬가지다.

베트남전의 최고 수혜자는 일본이다. 일본은 단 한 명의 파병도 하지 않았다. 오키나와 해군기지의 임대료와 상품판매로만 매년 10억 달러 이상을 벌어들였다. 일본학자 사노코지는 이렇게 적고 있다.

"베트남전에서 미국은 총알을 제공하고, 일본은 물건을 팔고, 한국은 피를 팔았다."

내가 중학교에 들어간 1973년, 내 짝이 '자신의 언니가 서독에 간호사로 갈까 고민하고 있다'는 말을 했다. 짝이 언니에게 독일로 가서 돈 좀 벌어 집에 보태라고 하자 언니가 화를 냈다고 한다.

"언니가 털 북실북실한 외국 놈 엉덩이에 주사 놓는 게 좋겠니!"

그 애 언니는 결국 서독으로 갔다.

내 짝은 언니가 매달 월급을 부쳐준다며 자랑했다. 그때 서독에 간 간호사들은 털 북실북실한 외국놈 엉덩이에 주사를 놓지 못했다. 그들은 서독의 간호사들이 하지 않는 가장 궂은 일을 도맡아 해야 했다. 간호사와 함께 서독으로 간 광부들은 숨 막히는 타국의 막장 속에 갇혀야했다. 박정희의 경제신화는 그 시절 이 땅의 무수한 젊은이들의 피와 땀의 결과다.

내가 학교 다닐 때는 사친회비가 기성회비로, 기성회비에서 다시 육성회비로 이름이 바뀌었다. 학생들이 얼마나 사친회비에 시달렸으면 노래까지 만들어졌을까. 우리는 궁핍한 노래를 즐겁게 부르며 놀았다.

어머니 사친회비 주세요 아버지 사친회비 주세요
난 몰라 난 몰라

학년 초마다 새로 담임이 된 선생님은 가정환경조사서를 나눠주었다. 아버지와 엄마, 형제 수를 적는 가족 관계와 집이 전세인지 혹은 자신의 집인지를 표기하고, 피아노·세탁기·냉장고·자가용 등이 있는지 동그라미를 그려 넣어야 했다. 그렇게 작성한 가정환경조사서를 보며 선생님은 우리를 완벽하고도 알뜰하게 파악했다.

가정환경조사서를 기준으로 육성회비가 배정되었다. 육성회비는 100원에서 시작해 600원이 최고 금액이었다. 가정환경조사서에 우리 집의 방 개수가 10개라고 쓴 덕분에 한 달에 600원이 배정됐다. 의무교육이던 초등학교에서 무엇을 육성시키기 위해 육성회비를 걷었는지 이해할 수도 알 수도 없었다.

매달 육성회비를 내지 못하면 선생님의 추궁과 질책이 떨어졌다. 교무실에서는 어느 반이 육성회비를 잘 냈는지 그래프까지 그려 선생님들을 닦달했다는 사실을 나중에야 알게 됐다. 그 불똥이 우리에게 튀는 것은 당연했다. 진실을 알게 되는 것은 때론 쓸쓸하다.

학기 초에 새로 담임이 된 선생님은 형제가 몇 명인지 직접 손을 들게 해 조사했다. 내게까지 차례가 돌아오지 않아 난 한 번도 손을 든 적이 없었다. 베이비붐 세대라고 해도 9남매는 지나치게 많았다. 당시 나라에선 산아제한 캠페인을 벌이고 있었다.

"생각 없이 낳다보면 거지꼴을 못 면한다."
"아들 딸 구별 말고 둘만 낳아 잘 기르자."

당시 형제가 많은 집은 부잣집이 아닌 이상, '형제자매 중 한 사람이 부모와 형제를 돌보는 가족구조'였다. 우리 집도 예외는 아니었다. 유원지 장사를 하지 못하게 되자 둘째 언니가 집안을 도왔다. 이

후 언니의 바통을 이어받아 내가 도왔다. 지금 동남아시아 국가에서 가족과 집안을 위해 돈을 벌려고 한국에 온 사람들을 보면 남의 일 같지가 않다. 나도 그런 시대를 겪었다.

언니들

강압적인 장사법과 폭리에도 불구하고 해마다 여름이면 쉬지 않고 피서객들은 우이동으로 몰려왔다. 음식 주문이 밀려들면 나와 넷째 언니는 닭을 사오기 위해 닭집으로 수없이 뛰어갔다 오기를 반복해야 했다. 닭을 파는 곳은 거뭇거뭇 곰팡이가 핀 나무 판에 닭 피 색깔과 같은 빨간 색으로 '닭집'이라고 쓰여 있었다.
 나보다 3살이 많은 바로 위의 넷째 언니에 대한 유년의 기억은 많은 형제 중에서도 특별하다. 큰언니와 둘째 언니는 나와 터울이 많아 이미 어른이었다. 다리가 불편한 셋째 언니는 우리와는 먼 세계 사람이었다. 넷째 언니와 난 가족 구조상 어쩔 수 없이 특별한 관계를 유지할 수밖에 없었다. 내가 초등학교 1학년 때 언니는 4학년이었으니 3년 동안 언니와 나는 같은 학교에 다닌 셈이다.

 등교를 앞둔 아침이면 언니는 밥을 느리게 먹는 나를 보고 화를 냈다. '너 때문에 지각하겠다', '씹지 말고 꿀꺽꿀꺽 삼키라'고 닦달했다. 언니의 바람대로 밥을 꿀꺽꿀꺽 삼키고 심장이 터질 듯 쉬지 않고 뛰었다. 그래도 어쩔 수 없이 지각할 수밖에 없게 되면 언니는 월벽장 담벼락 위에 노랗게 핀 개나리를 꺾었다.

월벽장은 우이동에서 방가랑 호수와 비교도 되지 않는 제대로 된 수영장을 가진 유일한 곳이었다. 땀을 흘리며 닭을 사올 때마다, 근사한 월벽장의 수영장을 훔쳐보곤 했다. 담장 위에 꽂힌 유리조각에 찔리지 않게 최대한 조심하며 있는 힘껏 발돋음을 하고 고개를 뺀 담장 위로 노란 개나리가 가득 피어 있었다.

아직 차가운 바람이 떠나지 못하고 서성이던 3월이었다. 물을 뺀 수영장엔 빛이 바랜 누런 낙엽이 가득 쌓여있었다. 그러다 여름이 시작되면 묵은 낙엽을 걷어내고 바닥에 산뜻한 푸른색 페인트칠을 했다. 그리고 물을 가득 채워놓고 피서객을 맞았다.

그곳은 내가 결코 넘볼 수 없는 금단의 세계였다. 그곳에서 아이들은 내가 그토록 갖고 싶어 하던 고무튜브를 몸에 감고 물장구를 치며 놀았다. 그들은 나와는 너무 다른 행복한 세상에 살고 있었다. 나는 땀에 젖은 채, 닭 피가 밴 누런 봉투를 가슴에 안고 그들을 바라보았다. 나와는 너무 거리가 먼 세계를 비밀스럽게 훔쳐보다 쓸쓸히 돌아섰다. 담장 안의 수영장은 나에겐 결코 허락되지 않는 견고한 성이었다. 차갑고 날카로운 유리조각이 삐죽삐죽 꽂힌, 들어갈 수 없는 성이었다.

"이렇게 꽃을 가져가야 지각해도 선생님께 혼나지 않아."

언니가 담장에 핀 노란 개나리꽃을 꺾으며 말했다. 언니는 그때 벌써 어른들의 세계에서 통하는 뇌물의 실체를 알고 있었다. 개나리가 선생님을 만족시킬 만한 뇌물이 됐는지 모르겠다. 언니의 바람대로 정말 선생님에게 혼이 나지 않았는지도 알 수 없다. 물어보지 않았다.

항상 식구들에게 말수가 적고 조금 맹하다고 인식되던 언니였다. 그런 언니가 선생님에게 뇌물을 바칠 생각을 했다. 언니는 결코 식구들이 생각한 만큼 맹하지 않았다. 모두 말수가 없고 느릿한 언니를 무조건 맹한 사람으로 생각했다. 하지만 그건 관심과 관찰이 부족한 탓이었다. 언니는 뛰어난 감수성과 음악적 감각과 독단적인 자기만의 인식체계를 가진 사람이었다.

그런 언니가 어느 날 돈을 땅에 묻고 있었다.

"언니! 왜 돈을 땅에 묻어? 어디서 난 거야?"
"이렇게 묻어야 다른 사람이 못 찾지!"

언니는 짧게 대답했다. 내 기억에 10원짜리 지폐가 몇 장 됐던 것 같다. 10원은 언니와 내가 학교를 오가는 왕복 버스비 8원에서 2원이나 남는 돈이었다. 2원은 우리에겐 너무나 특별한 금액이었다. 빨갛고 파란 눈깔사탕을 한 개 사서 입안에 넣고 최대한 녹지 않게 천천히 빨아 먹을 수 있는 돈이었다. 그런데 10원짜리를 한 장도 아니고 여러 장이나 가지고 있다니! 난 언니가 부럽기도 하고 대단해 보이기도 했다.

'도대체 언니는 그 많은 돈을 어떻게 수중에 들어오게 만들었을까?'

그 뒤에도 나는 언니가 땅에 묻은 지폐를 썩기 전에 찾았는지, 아니면 언니도 못 찾았는지 묻지를 못했다. 언니에게 놀란 것은 한두 가지가 아니었다. 그 바쁜 여름에 언니는 놀랍게도 빨간 플라스틱 돼지저금통을 가지고 있었다. 나는 너무 놀라 충격을 받았다.

"닭을 사오라는 심부름만으로도 바쁜 여름에 돼지저금통을 가지고 있다니! 언니는 어떻게 문방구 기둥 위에 잔뜩 달린 커다란 돼지저금통을 살 돈이 있었단 말인가!"

어느 날 둘째 언니가 넷째 언니에게 저금통이 있다는 비밀을 알게 되었다. 둘째 언니는 부엌 앞에서 넷째 언니와 함께 쪼그리고 앉았다. 저금통에 있는 돈을 꿔달라고 구슬리고 있었다. 넷째 언니는 거절보다 더 강한 침묵으로 땅만 내려다보고 있었다.

나는 넷째 언니가 어떤 대답을 할까 궁금했다. 그 옆에 쪼그리고 앉아 턱을 괴고 기다렸다. 아무리 기다려도 언니의 대답은 들려오지 않았다. 기다리기가 지루해져 일어나 돌아서는 내 등 뒤로 둘째 언니의 목소리가 들려왔다.

"이 독한 년, 대답하지 않는 것 좀 봐!"

그 후 넷째 언니가 돈을 꿔줬는지 끝내 안 꿔줬는지도 묻지 못했다. 그 여름엔 나도 바빴다.

어느 날 언니가 집 아래에 있는 가게로 나를 데려갔다. 대나무에 쑤른 망이 달린 매미채를 샀다. 언니가 어떻게 매미채 살 돈을 마련했는지 놀랍고 신기했다. 언니 손에 들린 매미채를 부러운 눈길로 쳐다보며 집으로 돌아왔다. 부엌에서 엄마가 언니를 부르는 소리가 들렸다. 언니는 매미채를 나에게 쥐어주고 엄마가 부르는 부엌으로 뛰어가며 소리쳤다.

"나 먼저 엄마에게 갈게. 얼른 뒤따라와!"

세상에! 매미채가 내 수중에 들어오다니! 언니를 불러준 엄마가 너무 고마웠다. 난 매미채를 가지고 부리나케 뒷산으로 내달았다. 빼앗길 것이 뻔한데 뒤따라가다니! 나에게 매미채를 맡긴 언니가 잘못한 거였다. 이래서 언니를 맹하다고 하는 건가?

한창 매미 잡기에 열중하고 있는데, 갑자기 집 쪽에서 '쿵!' 하는 소리가 들렸다. 무슨 소리인가 싶어 집으로 내려왔더니 사람들이 웅성웅성 난리가 났다. 언니가 매미를 잡으러 나무에 올라갔다가 떨어진 것이다. 가지가 부러지는 바람에 돌 위로 떨어졌다 튕겨나가 밑에 땅으로 굴렀다. 피서객들이 숨을 안 쉬는 언니에게 인공호흡을 해서 겨우 숨을 쉬게 만들었다고 했다.

엄마는 의식을 잃고 축 늘어진 언니를 병원으로 데려가기 위해 택시에 싣고 있었다. 나는 매미채를 든 채 그 광경을 바라보며 무시무시한 죄책감에 빠졌다. 내가 산으로 달아나지만 않았으면 언니가 매미를 잡으러 나무 위로 올라가지 않았을 거고 나무에서 떨어지는 일도 없었을 거다. 아아, 내가 언니를 다치게 했구나! 어쩌면 좋지!

언니는 뇌진탕이었다. 의식이 돌아온 언니를 입원시키고 집으로 돌아온 엄마는 바삐 부엌으로 들어가 장사할 준비를 했다. 며칠이 지나 퇴원한 언니가 비쩍 말라 횅한 눈으로 택시 안에서 씩 웃으며 내렸다. 그때까지 난 언니에 대한 미안함과 깊은 죄책감에 시달렸다.

나는 통통한 편이었고 언니는 비쩍 말랐다. 어렸을 때 기억으로 언니는 툭하면 코피를 흘리는 허약한 체질이었다. 언니가 그렇게 마른 것이 체질이었는지 아니면 회충 때문이었는지 확실치가 않다.

몹시 추운 날, 언니는 배가 아프다며 변소에 같이 가달라고 했다.

마당 끝 쪽에 있는 변소는 집에서 멀리 떨어져 있었다. 귀찮았지만 마지못해 언니 뒤를 따라갔다. 그때 앞서가던 언니가 갑자기 구역질을 했다. 동시에 언니 입에서 통통하게 살이 찐, 벌겋고 구불구불한 지렁이가 튀어나왔다. 지렁이는 땅에 떨어져 꿈틀거렸다.

"으악!"

난 비명을 지르며 엄마에게 달려갔다. 언니가 죽을지도 모른다고 내 눈앞에서 벌어진 끔찍한 일을 부들부들 떨면서 설명했다.

"횟배가 아팠구나!"

엄마는 아무렇지도 않게 무심히 넘겨버렸다. 언제부턴가 학교에서는 해마다 변 검사를 하고 회충약을 나누어 주었다. 그래도 언니의 목에서 넘어온 것과 같은 징그러운 회충들은 한동안 변소에서 오물과 함께 구불구불 움직였다. 회충들이 갑자기 사라진 것은 몇 년이 지난 뒤였다.

회충보다 더 오래 산 것은 머리나 옷에 들끓던 이였다. 이는 서캐라는 하얀 알을 머리나 내복 솔기에 까놓았다. 그 알에서 좁쌀 크기의 까만 벌레가 나와 머릿속이나 내복에 붙어 피를 빨아먹었다.

이가 피를 빨 때는 모기에 물린 것처럼 온 몸과 머리가 간지러웠다. 우리는 내복을 벗어 홀랑 뒤집어놓고 옷 솔기 사이에 숨은 깨알같이 까만 이를 잡아 손톱으로 눌렀다. 이는 톡톡 소리를 내며 우리 몸에서 빨아먹은 검붉은 피를 흘리며 죽어갔다.

큰언니는 나를 자신의 무릎 위에 눕혀놓고 하루 종일 내 머리에서 이가 알을 깐 서캐를 잡아주곤 했다. 내가 지루해서 징징거리면 언니는 '다 잡고 곰보빵을 사준다'며 달랬다. 그러나 이는 곧 다시 생겼다. 엄마가 DDT라는 하얀 가루약을 사와 머리에 뿌려주었다. 지금 생각하면 위험하고 아찔한 일이었다. 그땐 그런 무지한 일이 아무렇지도 않게 행해졌다.

지금 내가 핸드백을 손에 걸고 핸드백을 찾는 것을 보면 엄마가 내 머리를 가격한 것과 DDT 때문이 아닌가라는 생각에 머리가 띵하다. 사람들은 연탄이 생기고 수돗물이 생겨 이가 없어졌다고 했지만 청결한 환경 덕분이었다.

지금은 강남이 부자들 사는 지역이지만 그때 강남은 한강을 넘어야 하는 쓸데없이 멀고 밭만 가득한 땅이었다. 모든 편의시설이 갖춰진 행정의 중심지는 강북이었다. 사람들은 연탄을 때고 수돗물을 먹는 강북에 사는 사람들을 부러워했다.

첫째 언니와 둘째 언니가 살던 수돗물이 나오는 도회지만 갔다 오면 우리는 수돗물을 먹어 뽀얘졌다고 서로를 부러워했다. 요새 젊은 사람들은 연탄이 어떻게 생겼는지 모르는 사람이 태반이다. 수돗물도 안심하고 먹을 수 없어 생수를 사먹는 세상이다. 그렇지만 내가 살던 세상은 지금과는 다른 그런 세상이었다.

개미와 베짱이

언니와 나는 여름만 되면 피서객들이 주문한 닭을 가마솥에 물이 끓기 전까지 최대한 빨리 사와야 했다. 땀을 줄줄 흘리며 뛸 때마다 궁금했다. 미리 닭을 넉넉하게 사놓으면 손님이 닭백숙을 주문할 때마다 닭집으로 뛰어야 하는 수고도 덜고 손님도 오래 기다리지 않을 텐데……. 왜 그러지 않는 걸까?

엄마에게 물으니 돈이 없다고 했다. 돈이 없다니! 언니와 내가 쉴 새 없이 심장이 탈출할 정도로 매일 열심히 뛰며 닭을 사오는데 돈이 없다니! 도대체 그 많은 돈은 다 어디로 간 것일까?

더 이해가 되지 않는 것은 여름엔 풍요롭지만 겨울만 되면 가난해지는 우리 집이었다. 유원지 장사를 하는 사람들은 여름 한철을 벌어 일 년을 먹고 산다. 학교에서 배운 〈개미와 베짱이〉가 생각났다. 베짱이는 여름 내내 울기만 하지만 우리 집은 돈을 벌기 위해 개미보다 백배는 더 빨리 움직인다. 하루에도 몇 번씩 닭집으로 뛰기를 반복하며 열심히 살고 있지 않는가. 그런데 왜 우리는 일하지 않는 베짱이처럼 겨울엔 가난한가?

그렇다면 겨울을 준비하지 않았다는 건데, 왜 엄마는 돈을 잘 버는 여름에 겨울을 준비하지 않는 건가? 나는 엄마를 이해할 수가 없었다. 하지만 시간이 흐른 뒤, 우리 집이 겨울을 준비할 수가 없었고 가난해질 수밖에 없는 이유를 알게 됐다.

유원지를 찾는 사람들도 해가 가면서 줄었다. 박카스통이나 드럼통에 넣어진 엄마의 돈을 원하는 사람들은 여전히 너무 많았다. 그건 차라리 몰랐으면 더 좋았을, 누구도 탓할 수 없는 쓸쓸한 일이었다.

닭집까지 가려면 어린아이 걸음으로 30분은 걸렸다. 울퉁불퉁한 비포장도로를 뛰다 걷다 반복해야 했다. 그때는 그 길이 왜 그토록 멀게 느껴졌을까. 맞아, 그때 난 고무신을 신고 있었지! 맨발에 땀이 차면 고무신 안에서 발이 미끄러져 뛰기조차 힘들었다.

어느 날 엄마가 흰 고무신 대신 알록달록 꽃이 화려하게 새겨진 꽃고무신을 사왔다. 꽃고무신을 받아든 나는 기쁜 마음에 더 깨끗하게 닦기 위해 소중하게 가슴에 꼭 안고 개울로 달려가 정성껏 닦았다.

그런데 장마로 불어난 세찬 물이 순식간에 내 손에서 꽃고무신 한 짝을 빼앗아 달아났다. 알록달록한 예쁜 꽃고무신이 흰 물살에 휩쓸려 내 눈에서 멀어져갔다. 떠내려가는 고무신을 잡으려고 손을 뻗치며 물길에서 버둥거렸다. 하지만 빠르게 흘러가는 세찬 물살을 이길 수는 없었다. 그리고 바로 아래는 폭포가 떨어지는 낭떠러지였다. 더는 따라갈 수가 없었다. 꽃고무신은 무시무시한 물소리와 함께 폭포 아래로 떨어졌다. 그 순간 꽃고무신과 함께 폭포 아래로 내 몸을 던지고 싶었다.

정신을 차린 나는 황급히 남은 한 짝을 들고 물에서 튀어나왔다. 폭포가 떨어지는 밑으로 미친 듯 내달았다. 하지만 어디에도 꽃고무신은 보이지 않았다. 난 오래 오래 폭포 밑에서 내 고운 꽃고무신이 눈앞에 짠하고 나타나주길 바랬다.

내 바램은 끝내 이루어지지 않았다. 행복은 그렇게 눈앞에서 순식간에 끝나버렸다. 그때의 흰 물결과 함께 떠내려가던 알록달록한 꽃고무신의 모습이 지금도 선명하다. 가슴아린 안타까운 상실감으로 내 기억의 한 부분을 차지하고 있다.

꽃고무신을 찾은 것은 여름이 끝나고 물이 줄어든 가을이었다. 우리가 아래 개울이라고 부르던 개울에서 빨랫감을 들고 간 엄마를 따라갔을 때였다. 꽃고무신은 여름 내내 세찬 물에 색이 바라고 흉하게 찌그러진 채 바위틈에 끼어있었다. 그땐 이미 짝을 잃어버려 쓸모없게 된 나머지 한 짝의 꽃고무신이 어디로 갔는지 찾을 수 없게 된 후였다. 그때부터였을까, 내 인생이 한 짝씩 어긋난 것은.

엄마나 언니가 닭 심부름을 시키며 하는 말은 항상 같았다.
"빨리 뛰어갔다 와라! 돈 잃어버리지 말고 손에 꼭 쥐고!"
땀이 흠뻑 찬 고무신에서 빠져나가려는 발을 붙잡아 고쳐 신기를 반복했다. 쉬지 않고 뛰어서 숨을 헐떡이며 닭집으로 들어서면 그곳엔 항상 비릿한 피 냄새가 났다. 여름에만 문을 여는 닭집은 공터 담벼락을 벽으로 삼아 닭장을 만들어놓고 손님을 기다렸다.
"아저씨, 닭 두 마리 주세요!"
나는 가쁜 숨을 몰아쉬며 외치곤 풀썩 주저앉았다. 주인아저씨는 나무로 대충 꿰어 맞춰놓은 엉성한 의자에 앉아 있거나 물이 펄펄 끓는 가마솥 앞에서 다른 집이 주문한 닭털을 뽑고 있었다. 그러다 어디를 보는지 알 수 없는, 흰 막으로 가득 찬 눈 옆에 붙은 붉게 충혈된 한쪽 눈을 가늘게 뜨고 나를 한 번 힐끗 쳐다보며 물었다.

"박대포 딸내미구먼! 중닭? 작은닭?"

박대포라는 아버지 별명에는 아버지에 대한 두려움과 비난이 함께 깔려있었다. 아버지가 경찰이라는 소문이 있었기 때문이다.

"너희 경찰 가족 맞지?"

아버지가 없을 때, 마을 사람들이 우리에게 힐난의 눈초리를 보내며 물었다. 그 말을 엄마에게 전해주면 엄마는 네 아버지가 한때 총경을 한 적이 있다며 사연을 들려주었다.

아버지가 총경이었을 때, 태풍을 만난 중국 배가 부득이하게 인천에 정박해야 하는 상황이 벌어졌다. 중국어가 유창한 아버지는 중국 배의 선장을 만났다. 대화를 해보니 그들은 정치와 무관한 선원이었다. 태풍을 만날 줄 몰랐던 선장은 마실 물이 부족하다고 아버지에게 호소했다. 태풍은 점점 심해지고 배 안의 물이 떨어져서 물을 마시지 못한 선원들의 목숨이 위태로운 상황이었다. 그런데도 아버지의 상관이 하선명령을 내리지 않는다는 것이었다.

아버지는 선원들이 물을 마실 수 있게 하선을 허락했다. 배에서 내린 중국인 선원들은 중국말로 와자지껄 시끄럽게 떠들며 우왕좌왕 물을 찾아다녔다. 그러자 주민들이 놀라 달아나는 소란이 일어났다. 그 소식을 들은 아버지의 상관이 '왜 하선명령을 했냐'며 아버지를 추궁했다. 아버지는 권총을 꺼내 상관의 머리에 겨누었다.

"네놈이 기생을 끼고 주지육림에 빠져 있는 동안 정치와 무관한 선원들은 배 안에서 물을 마시지 못한 채 죽으라는 말이가! 이 총으로 네놈 대가리를 쏘지 않는 걸 다행으로 알라우!"

그렇게 일갈을 던지고 그 자리에서 옷을 벗고 나왔다고 한다. 그렇지 않아도 '내가 겨우 이 정도 자리를 차지하고 있을 사람이가?'라며 총경 자리를 탐탁하게 생각하지 않았던 아버지였다. 국회의원에 출마하라는 엄마 말에도 두들겨 패던 아버지 아니던가.

"이느무 에미나이 내가 고작 국회의원이나 하고 있을 사람이가!"

상관의 머리에 총을 겨눈 것은 당장 총살감인 하극상이었지만 이승만이라는 뒷배가 있어 그냥 지나갔다. 나중에 아버지가 이승만에게 들은 얘기라며 엄마에게 말해주었다. 당시 아버지에게 당한 상관이 분노에 떨며 이승만에게 아버지의 하극상을 보고했지만, 이승만이 그냥 덮어버렸다고 한다.

"중국 배에 정치인들이 탄 것도 아니고 영선이 그놈은 화가 나면 목숨 걸고 물불을 안 가리는 놈이니 골치 아프게 건드리지 마시고 그냥 놔두시오."

중닭인지 작은닭인지 미처 듣지 못하고 달려온 나는 머뭇거렸다. 아저씨는 당연하다는 듯, '중닭일 거야'라고 중얼거리며 느릿느릿 일어섰다.

한쪽 다리를 절며 엉성한 의자를 돌아 닭들로 빼곡한 닭장으로 갔다. 나무를 빗대어 대충 잠가둔 닭장 문을 열었다. 아저씨의 손은 닭들에게 쪼인 상처로 가득했다. 상처로 범벅이 된 손을 닭장 안으로 집어넣고 닭들을 이리저리 더듬었다. 침입자에 놀란 닭들은 꼬꼬댁 꼬꼬댁 날카롭게 울어댔다.

닭들은 아저씨의 손을 피해 좁은 닭장 안에서 할 수 있는 한 최선을 다해 구석으로 몸을 웅크렸다. 아저씨는 그런 동작이 가소롭다는 듯 이리 저리 닭들을 쓰다듬었다. 손대중으로 대충 가늠한 닭 한 마리를 낚아챘다. 두 날개를 꺾어 잡아 꺼낸 다음, 다른 손으로는 닭장 문의 빗장을 채웠다.

아저씨 손에 날개가 잡힌 닭은 깃털을 날리면서 가는 발을 허공을 향해 버둥거렸다. 곧 닥칠 죽음에 저항하듯 낯선 세상을 향해 '꼬꼬댁, 꼬꼬댁' 날카로운 비명을 질러댔다. 아저씨는 몸부림치는 닭을 땅에다 처박아 누른 다음 능숙하게 가는 목을 비틀어 쥐었다. 그리고 날카로운 칼로 쓱 베어 한쪽으로 휙 집어 던져놓았다. 닭은 피를 흘리며 한동안 파닥거리다 곧 잠잠해졌다. 닭이 내던져진 땅바닥은 벌써 몇 마리가 죽어갔는지 비릿한 냄새를 풍기며 검붉은 피가 흥건했다.

그럴 때마다 아저씨의 눈은 점점 붉게 충혈되어 갔다. 닭들의 피로 검붉어진 땅과 비릿한 피 냄새는 간판을 걸어놓지 않아도 그곳이 닭을 파는 집이란 것을 금방 알 수 있게 만들었다. 아저씨는 닭장에서 나머지 닭 한 마리를 꺼내 처음보다 더 날렵하고 능숙하게 목을 베었다. 그런 다음 먼저 잡은 닭까지 한 손에 거머쥐었다. 물이 펄펄 끓는 커다란 검은 가마솥 뚜껑을 열고 잽싸게 닭 두 마리를 집어넣었다. 마치 닭들이 살아 튀어나오는 걸 막기라도 하듯 힘을 주어 뚜껑을 닫았다. 그리곤 의자에 앉아 멀뚱히 장작불이 타는 가마솥을 바라보았다.

나는 피로 검붉어진 땅바닥 옆에 쌓아놓은 장작더미 속에서 가는 막대기를 찾아 땅에 그림을 그리며 기다렸다.

털이 충분히 뽑힐 만큼의 시간이 흘렀다. 아저씨는 천천히 일어나 다리를 절며 가마솥 뚜껑을 열었다. 축 늘어진 닭을 망태기로 대충 건져 커다란 양동이 속의 물에다 넣었다 빼곤 했다. 그런 다음 벌겋게 익은 크고 두툼한 손으로 털을 숭숭 뽑곤 닭 머리를 움푹 파인 도마 위에 올려놓았다. 그리곤 칼을 쳐들어 힘을 줘 쿵! 소리가 나도록 내리쳤다. 도마 옆엔 잘려나간 닭목아지들이 가득했다.

아저씨는 목이 잘린 닭을 누런 봉투에 넣어 소리치며 내 앞으로 내밀었다.

"옜다!"

나는 아저씨의 손이 닿아 물이 묻은 축축한 쪽을 최대한 잡지 않으려고 노력했다. 조금 전까지 살아 있던 닭이 든 뭉클하고 뜨뜻한 봉투를 건네받았다. 잃어버릴까 봐 꼭꼭 움켜쥐고 있던 작은 손바닥을 펴 꼬깃꼬깃 땀으로 절여진 돈을 건네주었다.

비릿한 냄새가 나는 아저씨 손에 내 손이 닿지 않게 최선을 다했다. 다시 바삐 달려 땀으로 범벅이 된 얼굴로 숨을 헐떡이며 집으로 돌아와 자랑스럽게 봉투를 내밀었다.

"엄마! 여기!"

그때 엄마의 얼굴은 보름달처럼 환했다. 엄마의 그런 얼굴을 보며 힘들었던 심부름에 대한 보상을 받았다고 흡족해했다. 엄마와 언니는 내가 준 봉투에서 닭을 꺼내 남은 잔털을 제거해 깨끗이 씻었다. 미리 장작불을 지펴 물이 펄펄 끓는 가마솥에다 씻어놓은 쌀과 함께 털이 통째로 뽑힌 미끈한 닭을 집어넣었다. 아궁이에 장작을 더 넣은 다음에는 변함없이 두 번째 심부름이 이어졌다.

"명아야! 뒷밭에 가서 고추와 깻잎 따 와라!"

심부름을 시키는 엄마와 언니의 목소리는 여름처럼 바쁘고 활기찼다. 그 소리는 돈을 번다는 기대감으로 곧 끊어질 듯 위태롭게 팽팽한 고무줄처럼 탄력이 붙어있었다. 뒷밭으로 올라간 나는 백숙과 함께 상에 놓을 고추와 깻잎, 오이 등 푸성귀를 뜯었다. 조금 후면 내 역할이 끝날 거란 생각에 부풀었다.

하지만 정말 나를 절망에 빠뜨리는 것은 푸성귀를 갖다줌과 동시에 다시 닭집으로 뛰어야 할 때였다. 그처럼 맥 빠지는 일이 또 있었던가. 그 다음으로 불행한 일은 푸성귀를 갖다 주고 일이 끝났다는 행복감에 희희낙락하며 마당으로 나오다가 하필 재수 없게 셋째 언니의 눈에 띄어 샘에 가서 물을 떠와야 할 때였다. 여름은 풍요롭기도 했지만 내 의지와 달리 곳곳에 복병이 많은 계절이었다.

우리 집은 언제나 유리로 된 맥주잔이 모자랐다. 엄마와 언니들이 부엌에서 종종거리며 난감해했다. 닭이 가마솥에서 익으면 거뭇거뭇 곰팡이가 피고 4개의 다리가 엉성하게 붙은 상 위에 상처를 가리듯 깨끗한 흰 창호지를 깔았다.

살아있던 닭은 목숨을 잃고 냄비 안에 들어앉은 닭백숙으로 환생했다. 그런 닭백숙을 주인공으로 푸성귀, 김치와 맥주 등의 음식을 올렸다. 그러면 제법 그럴 듯한 밥상이 차려졌다. 그렇게 차려진 밥상을 뽀이 두 명이 양쪽에서 들어 어깨에 걸치고 계곡의 돌들을 능숙하게 밟고 건너 손님 앞에 가져다 놓았다.

손님들은 '왜 이리 늦는 것이냐, 언제 되냐, 얼마나 기다려야 되냐, 빨리 달라'는 재촉을 하다 툴툴거리다 화를 내다 나중엔 협박까지 하다 소용이 없다는 것을 알고 포기했다.

밥값을 미리 계산해 물릴 수도 없게 된 그들은 거의 해탈의 경지까지 가서야 닭백숙이 올라간 밥상을 받았다. 그리고 잊지 않고 와줘서 고맙다는 듯 기다림이란 반찬과 함께 군소리 없이 맛있게 닭다리를 뜯었다.

그렇게 한숨을 돌리고 나면 다시 주문이 들어왔고 나는 다시 닭집으로 뛰어야 했다. 난 그들이 지치지도 물리지도 않고 왜 진절머리나게 닭만 쳐먹는 건지 뛰면서 화를 냈다. 하지만 닭백숙 외에 달리 선택의 여지가 없던 그들이었다. 그들 역시 나만큼 불평하며 체념하고 운명으로 받아들였을 거였다. 그러다 꾀가 생긴 나는 부엌에서 분주한 엄마나 언니들의 눈에 띄지 않게 종종 산으로 달아났다. 구름 속으로 숨었다.

그러던 어느 날 정말 귀하디귀한 남동생이 닭을 사오는 엄청난 일이 일어났다. 우리 집의 하나뿐인 아들인 남동생이 닭을 사오다 너무 더웠는지 물이 흐르는 개천으로 내려가 세수를 했다. 그때 물속 바위 틈 사이로 고물고물 기는 가재를 발견했다. 순간 동생은 닭이 든 봉투를 내던지고 가재 잡는 재미에 푹 빠져버렸다. 정신을 차려보니 닭이 든 봉투는 없어진 지 오래였다.

결국 빈손으로 터덜터덜 돌아오는 어이없는 사건이 발생했다. 아버지의 말대로 쓸데없이 많은 딸이 그랬다면 당장에 혼쭐이 났겠지만 하나뿐인 귀하디귀한 아들의 짓이라 헛웃음을 짓는 것으로 끝이 났다. 그 대신 우리는 귀한 아들 덕분에 더 빨리 닭집으로 뛰어야 했다.

드디어 우리도 직접 닭을 키우는 기적과 같은 일이 일어났다. 본격적으로 닭장을 만들어 가두어놓고 키우는 것이 아니었다. 살아 있을 때까지 닭의 자유를 최대한 보장하며 뒷마당에 풀어놓는 민주주의 방식을 채택했다. 닭의 자유를 존중해서가 아니었다. 우린 닭장을 만들 정신도 관심도 없었다. 우리에겐 불가피한 선택이었다. 그 덕분에 닭들은 살아있을 동안은 자유를 누릴 수 있었다.

닭을 잡는 일은 주로 엄마나 언니가 했지만 바쁠 때는 내가 할 때도 있었다. 처음으로 닭을 도살하던 날, 엄마가 다급하게 나를 불러 확인하듯 물었다.

"명아야, 닭 좀 잡을래? 할 수 있겠니?"

"그럼! 내가 잡을게! 그거 하나 못 잡아? 잡을 수 있어!"

의기양양하게 대답한 건 닭집 아저씨가 닭을 저세상으로 보내는 광경을 수없이 봤기 때문이다. 자신이 있었다. 여름에 닭 잡는 일은 우리에겐 생존이 달린 돈을 버는 일이었다. 닭을 죽여야만 우리가 살 수 있고 엄마를 도울 수 있다면 그까짓 닭이야 백 마리도 더 때려잡을 수 있었다.

"엄마, 칼 줘!"

부엌을 향해 큰소리로 자신 있게 외쳤다. 엄마는 부엌에서 음식을 만들 때 쓰는 식칼을 들고 나왔다.

"엄마! 그건 음식할 때 쓰는 칼이잖아?"

나는 엄마 손에 들린 칼을 보고 기겁을 하며 한 발 물러섰다.

"그래, 어서 잡아봐라!"

엄마는 아무렇지도 않게 내 손에 칼을 쥐어주고 바삐 부엌으로 들어갔다. 나는 멍하니 내 손에 쥐어진 식칼을 바라보았다. 그렇다면 엄마는 그동안 닭을 잡을 때 이 칼을 쓴 건가? 우리가 먹은 음식이 닭을 죽인 이 칼로 만들어졌단 말인가?

그때까지 나는 우리가 쓰는 칼과 달리 닭을 잡거나 사람을 죽이는 용도로만 만든 특별한 칼이 있다고 믿었다. 그런데 우리가 먹는 음식을 만드는 칼로 닭을 죽일 수 있다니! 그럼 이 칼로 사람도 죽일 수 있다는 소리 아닌가? 아아 그것은 얼마나 끔찍한 일인가! 그제야 엄마가 서녁 설거지를 마친 다음, 왜 칼을 숨겨두는지 알게 됐다.

"칼은 보이지 않는 곳에 두어야 한다."

"아랫집에 아들들이 싸우다 칼에 찔려 죽었대!"

그 말을 들었을 때 그들이 어떻게 사람을 죽이는 칼을 구했는지 궁금했다. 그런데 지금 내 손에 들린 이 칼이 사람도 죽일 수 있는 칼이 된다니! 그 순간 내 눈에 보이는 세상 모든 것이 다 무기로 보였다. 돌·곡괭이·호미·삽·도끼·낫·갈퀴·톱·망치와 밥그릇과 수저나 젓가락까지.

'아아, 나는 정말 끔찍한 세상에 살고 있구나!'

지금까지 내가 믿고 있던 세상이 순식간에 와르르 무너졌다. 나는 현기증을 느끼며 푹 주저앉았다.

"명아야, 뭐 하니? 못 잡겠어?"

엄마의 다급한 목소리가 내 귀로 들어왔다. 닭집 아저씨가 가지고 있는 크고 네모난 칼을 갖고 있지 못한 불쌍한 엄마를 도와야 했다. 아니, 솔직히 도움이고 뭐고 생각할 겨를이 없이 여름은 너무 바빴다. 여름엔 내 생각과 혼란이 끼어들 틈이 없었다.

아무 생각 없이 부엌칼을 손에 들고 휘적휘적 일어났다. '꼬꼬댁! 꼬꼬댁!' 울부짖으며 뒤뚱뒤뚱 도망가는 얼룩덜룩한 닭을 뒤쫓아 잡았다. 그리고 닭 파는 집 아저씨가 하듯 재빨리 닭의 깃털을 거머쥐었다. 몸부림치는 닭의 목을 눌렀다. 목을 잡아 비틀고 지금까지 눈으로 배운 것을 복습하듯 칼로 닭목아지를 쓱 베었다. 닭은 피를 흘리며 몸을 떨고 땅바닥에 쓰러졌다.

'우리가 음식을 해 먹던 식칼에 정말 닭이 죽었다!'

난 닭이 죽은 것보다 우리 식구가 쓰는 식칼이 닭을 죽였다는 사실에 더 놀라고 있었다. 그렇게 나의 세계는 그해 여름에 목이 베어졌다. 피서객 중에 한 여자가 그 광경을 보고 자지러졌다.

"아아, 저 애 좀 봐! 닭을 죽였어. 어머나! 저 작은 애가 닭을 잡다니!"

날카로운 비명소리는 식칼로 닭을 죽였다는 충격에서 벗어나지 못하게 만들었다. 난 피가 뚝뚝 떨어지는 칼을 들고 멍하니 그 여자를 바라보았다. 그러다 곧 자랑스럽게 씩 웃었다. 그것은 내가 믿던 세상의 목을 벤 슬픔과 함께 '당신들은 놀라지만 난 할 수 있다'는 우월감이었다.

지금 내게 닭을 잡으라면 잡을 수 없다. 닭의 목을 베는 광경만 봐도 그 옛날의 피서객처럼 나 역시 비명을 지르며 소스라칠 것이다. 그렇게 나는 그때의 세상과 멀어져 있다. 하지만 그때 그곳에서는 닭을 잡을 수 있었다. 아니, 잡아야 했다. 그땐 여름이었고 유원지였으며 우리는 닭백숙을 팔아야 했다. 돈을 벌어야 했다. 살아야 했다. 만약 그 순간으로 다시 돌아간다면? 난 또 그렇게 할 것이다. 산다는 것은 그렇게 잔인한 일이다.

그런 우월감은 내가 쌀을 씻을 때도 일어났다. 그때는 쌀을 됫박이나 무게를 달아 팔았다. 쌀에는 자잘한 돌이 많이 섞여있었다. 가난한 시대는 쌀도 가난했다.

쌀을 씻을 때는 무거운 돌이 물 밑에 가라앉게 하여 가벼운 쌀을 살살 떠올려 건져내는 조리질을 해야 했다. 그건 엄마가 내게 가르쳐준 방법이었다. 언니를 언니라고 부르는 것보다 훨씬 실용적이고 현실적인 교육이었다. 샘에 물을 뜨러 왔던 피서객 여자가 내가 쌀을 씻고 능숙하게 조리질을 하고 있는 것을 보고는 놀라워했다.

"어머! 어쩜! 네가 쌀을 씻을 수 있어? 이렇게 작은 아이가 조리질을? 아줌마가 해줄게! 이리 줘! 내가 해줄게!"

나는 그녀의 호들갑과 친절을 속으로 비웃으며 말없이 고개를 저었다.

'흥! 이것 가지고? 나는 당신들이 잡을 수 없는 닭도 잡을 수 있어!'

그것은 당신과 나는 사는 세상이 다르다는 완강함의 표시였다. 거기엔 비웃음과 함께 서글픔도 배어있었다. 그해 내 유년의 여름은 내가 믿던 세계를 상실한 계절이었다. 잔인함조차 우월함으로 여겨지던 그 시간, 그 곳에 있던 우리 모두에겐 조금씩 아픈 시간이기도 했다.

닮은 사람들

유원지를 찾는 사람은 대부분 가족이거나 커플들이었다. 그들과 달리 종종 남자끼리만 오는 피서객도 있었다. 그들은 시원한 계곡이 아닌 방으로 들어가 자리를 잡았고 식사 주문과 함께 방석과 화투와 여자까지 요구했다.

어쩔 수 없이 아래 가게로 화투를 사러 가면서 속으로 투덜거렸다. '저것들은 유원지에 왔으면 시원한 물가에 앉아 쉬기나 할 것이지, 더운 방구석에 틀어박혀 화투를 치고 여자는 또 왜 부른단 말인가.'

엄마는 남자들이 불러달라는 여자를 '색시'라고 불렀다. 색시를 불러오는 일은 언제나 뽀이들의 몫이었다. 가끔 뽀이가 너무 바쁠 때 그 일은 내 차지가 되곤 했다. 내가 하는 심부름 중에 가장 즐거운 심부름이었다. 닭처럼 끓는 물이 기다리고 있지도 않았다. 닭을 사올 때처럼 땀을 흘리며 심장이 요동칠 때까지 뛰지 않아도 됐다. 닭의 비릿한 피 냄새를 맡지 않아도, 닭의 뭉글한 온기가 묻은 봉지를 안고 뛰어오지 않아도 됐다. 무엇보다 즐거운 이유는 색시집이 우리 집과 가까운 곳에 있다는 거였다.

"명아야, 빨리 뛰어가서 색시 두 명 불러와라!"

색시를 불러오라는 심부름도 닭을 사오는 심부름과 마찬가지로 '빨리 뛰어가서'라는 말이 빠지지 않고 붙었다. '빨리 뛰어가서'란 말은 여름날 바쁜 우리 집의 필수 용어였다.

여름엔 우리뿐만 아니라 우이동 전체가 바빴다. 해도 쨍쨍 뜨거운 열을 바쁘게 쏟아냈다. 햇볕에 익은 산과 바위도 바쁘게 '우우' 뜨거운 신음 소리를 질렀다. 열기에 달궈진 놀이터도 취객들과 함께 윙윙 바쁘게 노래를 불렀다.

닭들도 뒤뚱뒤뚱 바쁘게 뛰었다. 나의 심장과 맥박 수도 바쁘게 쿵쾅거렸고, 엄마나 언니들이 흘리는 구슬땀도 뚝뚝 바쁘게 떨어졌다. 여름은 우이동 모두가 바쁘고 들뜬 계절이었다. 닭백숙을 기다리고 색시를 기다리는 손님들의 눈동자까지도.

엄마가 '빨리 가서'란 말을 해도 난 닭을 사러갈 때처럼 뛰지 않았다. 내가 생각해도 색시를 기다리는 일은 먹는 것보다 급하고 중요한 것 같지 않았다. 색시들이 있는 집은 유원지 손님이 끊기는 가을이 되면 여자들이 썰물처럼 모두 빠져나갔다. 통통한 주인 여자만 남아 집을 지키고 있었다.

다시 여름이 찾아오면 굳게 닫혔던 문이 활짝 열렸고 그녀들이 바른 분 냄새가 문을 타고 넘어왔다. 나는 항상 여름이 지나면 뽀이들과 함께 그 많은 여자가 모두 어디로 갔는지 궁금했다. 유원지를 찾는 사람들은 해가 갈수록 줄어들었고 색시를 부르는 사람도 뜸해졌다. 방 안 가득한 색시의 수도 줄어들다 결국 모두 사라지고 말았다.

통통한 주인여자는 색시가 다 없어지고도 내가 우이동을 떠나기 전까지 그곳에 살았다.

색시집은 특이하게 문지방이 높았다. 시멘트로 발라진 한 자 정도의 높은 문지방 위에 유리로 된 미닫이문이 달려있었다. 유리문을 밀고 들어가면 겨우 신발만 벗을 수 있는 작은 공간이 나왔다. 신발을 벗고 마루로 올라서면 마루를 마주보고 양쪽에 방이 한 개씩 있었다. 왼쪽 방은 색시들이 걸어놓은 울긋불긋한 한복이 벽을 가득 차지하고 있었다.

색시들은 한복들 사이에 앉아 있었다. 한여름 더위에 웃통을 모두 벗어던지고 속치마만 입은 채 몰려 앉아 화투를 치며 불러주는 손님을 기다리고 있었다. 주인 여자는 맞은편 방에 앉아 문을 활짝 열어놓고 있었다. 적삼과 속곳만 입고 나머지 살을 모두 내보이며 더위를 쏠 듯 부채로 땀을 걷어내고 있었다. 나는 유리문 안으로 들어서며 큰소리로 외쳤다.

"아줌마! 색시 두 명만 불러주세요!"

주인 여자는 축 쳐진 젖에 얇은 모시 적삼을 걸치고 부채질을 하다 땀에 절어 숨을 헐떡이며 들어서는 내 모습을 보고 재미있다는 듯 깔깔거리며 웃었다.

"어머나! 너 박대포 딸 아니니? 어쩜! 네가 색시를 부르러 왔어? 뽀이들은? 바쁜가 보지? 그래, 예쁜 네가 골라봐라! 누가 예쁜지! 어디 너 눈 좀 보자."

예기치 않은 제안에 당황했다. 여자 수 만큼이나 가득 걸린 한복 사이에 짙은 화장을 하고 앉아 있는 여자들은 내 눈에 전부 똑같았다.

'누굴 골라야 하나?'

주인아줌마를 실망시키지 않아야 한다는 생각에 깊은 고민에 빠졌다. 주인아줌마와 방 안에 가득한 아가씨들은 땀을 흘리며 고심하는 일곱 살짜리 작은 계집애가 과연 누굴 고르는지 호기심 어린 눈동자로 나를 보고 웃고 있었다. 나는 여자들이 가득한 방 안을 응시했다. 한참을 머뭇거리다 더는 미룰 수가 없어 손가락으로 대충 여자들을 가리켰다.

"저 여자 하고요, 저 여자요."

주인아줌마와 아가씨들이 동시에 까르르 웃음을 터뜨렸다.

"어머! 어머! 너 어린데도 예쁜 사람을 알아보는구나!"

하지만 그런 칭찬에도 난 기분이 썩 좋지 않았다. 내 눈에 그렇게 예쁜 여자는 없었기 때문이다. 내가 대충 손으로 찍은 여자들은 서로를 분간할 수 없을 만큼 놀랍게 닮아 있었다. 나에게 선택된 여자 2명이 물었다.

"한복을 입고 가야 하니? 아니면 양장?"

나는 그녀들이 한복을 입는 것이 좋았다. 유원지를 찾은 모든 사람이 입고 있는 양장과 다르게 특별해 보이는 것이 좋았다.

"한복을 입고 오래요!"

나는 단호하게 대답했다.

"아이, 더운데 무슨 한복! 양장 입고 가면 안 돼?"

짜증 섞인 목소리로 여자들이 투덜거렸다.

"아니요! 꼭 한복을 입고 오래요!"

거짓말이었다.

사실 한복이니 양장이니 하는 말은 없었다. 그저 빨리 가서 색시 2명을 불러오라는 말만 들었기 때문이다. 색시를 기다리는 남자들은 자신들이 부른 여자들이 한복을 입고 오든, 양장을 입고 오든 상관이 없었다. 설혹 넝마를 걸치고 와도 자신과 다른 성(性)을 가진 여자면 족했다.

여자가 투덜거리며 한복을 입었다. 진한 개나리색이었다. 다른 여자는 기억나지 않는다. 나는 의기양양하게 앞장섰다. 지나가는 사람들이 한복을 입고 내 뒤를 따라오는 여자들을 신기한 듯 힐끔거렸다. 고개를 돌려보니 여자들은 북적이는 행락객 속에서 자신들만 한복을 입고 있는 것을 특별하게 생각하지 않았다. 오히려 창피해하는 것 같았다. 나는 그녀들이 창피해하는 모습을 보고 한복을 입으라고 고집한 것을 후회했다.

저녁 해가 산마루에 걸리고 시끌벅적한 피서객도 모두 빠져나가 휑한 마당엔 땅거미가 나지막하게 내려앉았다. 마당 한쪽을 차지하는 넓은 바위 끝에 내가 데리고 온 노란 한복을 입은 여자가 앉아서 울고 있었다.

'왜 울까? 내가 한복을 입으라고 해서 우는 걸까?'

나는 미안한 마음에 집 한쪽 구석에 몸을 숨기고 여자를 훔쳐보았다. 여자는 울먹이며 소리쳤다.

"치사한 놈들 같으니라고 몸값을 떼먹다니!"

그러더니 엄마를 향해 소리쳤다.

"아주머니라도 받아주셔야 하지 않아요?"

엄마는 난감한 표정을 지었다.

"이 사람아, 증거가 있냐고 따지는데 내가 할 말이 없잖나?"

여자는 입술을 부들부들 떨며 울먹이는 목소리로 외쳤다.

"흥! 증거요? 나쁜 놈들 같으니라고! 먼저 받았어야 하는데, 하고 나서 준다는 말을 믿은 내가 병신 같은 년이지! 치사하고 더러운 놈들 같으니라고! 떼먹을 것이 없어 몸이 밑천인 이런 년 몸값을 떼먹어! 내 몸이 무슨 자선단체야! 뽀이가 불러주면 먼저 뽀이에게 줘야 하고, 나쁜 놈들에게 사기당하고! 사기 칠 것이 없어 나같이 불쌍한 년 몸을 가지고 사기를 쳐! 천벌을 받을 놈들!"

그러더니 어깨를 들썩이며 서럽게 울었다. 노란 한복 윗저고리의 동정은 때로 물들어 누랬다. 그 위로 드러난 여자의 목은 닭의 모가지처럼 가늘었다. 그녀는 닭집에서 자신의 의지와 달리 주인아저씨 손에 끌려나와 필사적으로 비명을 지르는 닭처럼 울었다. 목이 베여 땅바닥에 던져진 닭처럼 떨며 울었다. 난 한복을 입고 오라고 해서 우는 것이 아니란 걸 알고 일단 안도했다.

여자가 왜 우는지 완벽하게 이해할 수는 없었다. 그래도 상당히 억울해한다는 것과 남자들이 여자에게 돈을 주지 않았다는 건 알 수 있었다. 뽀이들 역시 색시에게 돈을 주지 않은 남자들보다 더 치사하고 나쁜 인간이란 것도. 닭처럼 떨며 우는 여자에게 난 심한 죄책감을 느꼈다.

엄마에게는 박카스 상자에도 드럼통에도 돈이 있었다. 울고 있는 여자에게 얼마간 주기를 바랐다. 엄마는 주지 않았다. 여자는 오랜 시간 여름 볕에 달궈진 바위 위에 앉아 서럽게 울다 휘청거리며 내려갔다. 땅거미는 더 짙게 내려앉았다. 여자의 노란 한복이 작은 점이 될 때까지 난 한참을 바라봤다.

그 여자를 데리고 온 일이 엄청 나쁜 짓 같아서 미안했다. 그 후로 다시는 색시를 불러오라는 심부름을 하지 않았다. 색시를 불러 달라는 남자들에게도 뽀이들에게도 강한 적대감을 느꼈다. 엄마와도 한동안 거리를 둬야했다.

"명아야! 길음상회에 가서 소주 반 짝, 맥주 반 짝 사오너라!"

아아, 이 심부름만은 정말 내가 피하고 싶은 심부름이었다. 길음상회는 닭집보다 배는 더 가야만 하는 곳에 있었다. 거기서 버스만 타면 바로 학교로 갈 수 있는 우이동 초입이었다.

길음상회는 술 도매상이었다. 가게 안에 들어서면 저 술을 다 먹으면 죽지 않을까 싶을 만큼 술이 가득했다. 술로 빼곡한 나무상자들이 천장 위까지 숨 막힐 정도로 쌓여있었다. 배달해주는 청년도 있었다.

청년은 우리가 주문한 소주 반 짝과 맥주 반 짝을 자전거 뒤에 실었다. 두껍고 검은 고무줄로 나무 상자들이 떨어지지 않게 힘을 줘 단단히 묶었다. 그런 다음 힘겹게 자전거를 끌고 올라와 우리가 주문한 술을 내려놨다.

청년은 술이 가득한 상자를 실은 자전거를 끌고 언덕을 올라오다가 나에게 말을 걸었다. 지금 생각하면 그 청년의 나이가 17~18세 정도 되었을까?

"얘! 너 공부 잘하니?"

갑자기 던진 질문에 나는 우물쭈물했다.

사실 내가 공부를 잘하는지 못하는지 알 수 없었다. 내가 확실히 알고 있는 것은 학교가 그리 즐거운 곳은 아니라는 사실이었다. 선생님이 책을 읽으라고 시키면 책이 없어 읽지 못했다. 책이 없으니 숙제조차 할 수 없었다. 육성회비도 제때 안 내고 엄마가 한 번도 찾아오지 않는 학생을 선생님이 예뻐할 리가 없었다. 툭하면 교실 뒤에 무릎을 꿇고 앉아 있어야 하는 학교가 싫었다.

어느 날 선생님이 육성회비를 가지고 오라고 나를 다시 집으로 보냈다. 집에 가도 돈이 없다는 것을 너무나도 잘 알고 있던 나였다. 선생님이 원한 육성회비를 가져올 수 없었다. 그 말을 할 수 없었다. 집이 너무 멀어 다녀오면 저녁이라는 말도 차마 하지 못했다.

할 수 없이 버스를 타고 내려 뚜벅뚜벅 걸어 집에 도착하면 엄마는 차비만 달랑 쥐여서 다시 학교로 보냈다. 그때의 심정으론 학교라는 곳에 두 번 다시 발도 들여놓고 싶지 않았다. 하지만 학교에 책가방이 있으니 안 갈 수도 없었다.

빈손으로 터덜터덜 학교에 갔다. 땅거미가 진 어둑어둑해진 휑한 운동장엔 무거운 적막감만 가득히 내려앉아 있었다. 아이들이 모두 빠져나간 조용한 학교는 고요함을 넘어 무서웠다. 선생님도 없을까 봐 교실로 뛰어 올라갔다. 다행히 선생님은 교실에 남아 자신의 책상에서 무언가를 적고 있었다.

그 순간 미움대신 안도감이 솟구쳤다. 내 책가방이 있어서 나를 기다린 것일 수도 있었지만 나를 기다려준 선생님이 고마웠다. 하지만 안도감은 잠시였다. 육성회비를 가져오지 못해 머뭇거리며 교실로 들어섰다. 선생님도 너무했다는 생각이 들었는지 더는 추궁하지 않고 집으로 보냈다. 책가방을 들고 공포감이 들 정도로 고요한 운동장을 걸어 나오며 나를 밀어낸 학교와 세상에게 따귀를 갈기고 싶었다.

그런 학교가 싫었다. 난 학교에 가기 싫어서 아픈 척 꾀병을 앓기도 했다. 이것서섯 핑계를 대며 나로선 최선이라고 생각하는 온갖 수를 다 부렸다. 하지만 어른의 눈엔 바로 패가 보이는 가소롭기 그지없는 행동이었다.

전쟁터에 총을 갖고 오지 않았다고 많은 학생 앞에서 창피를 주고, 결석대장이라며 머리를 쥐어박고, 피를 흘려 겁을 집어먹고 있는 내 머리를 툭툭 치며 문제아라고 모욕을 주고, 툭하면 무릎을 꿇리는 선생님이 싫었다. 아니, 그런 선생님이 있는 학교가 싫었다.

만일 선생님이 어떻게 된 일이냐며 부드럽게 물어봤다면 난 고해하듯 흐느끼며 선생님에게 모든 사실을 고백했을지도 모른다. 하지만 이유를 물어보지도 않고 무조건 나를 조롱하는 선생님에게 솔직해지고 싶진 않았다. 더구나 그런 선생님에게 '아버지가 주사로 내 책과 공책과 필통 등을 내던져서 찾지 못했다'고 말하긴 죽기보다 싫었다. 설혹 말한다 해도 우이동이란 자연 속의 열린 공간에서 살지 않는 선생님은 절대 이해할 수 없는 일이었다.

"말이 되는 소리를 해라! 그걸 변명이라고 하고 있니? 던졌다 해도 집 안 어딘가에 있겠지! 책과 가방이 발이 달렸니? 찾을 수 없게!"

그렇게 말할 것이 뻔했다. 선생님은 자신의 세계를 밑그림으로 확고하게 그려놓고 이미 나에 대해 바탕색을 칠해놓고 있었다. 그런 선생님을 절대 납득시킬 수가 없다는 걸 나는 알고 있었다.

선생님 말대로 던져진 책들이 발이 달린 것도 아니었다. 그런데 없어졌다. 어디로 갔는지 찾을 수가 없었다. 귀신이 곡을 이럴 때 하는 건가. 나조차도 이해할 수 없는 일을 어떻게 선생님에게 이해시킨단 말인가. 그건 나의 바로 위의 넷째 언니도 마찬가지였던 것 같다.

"우리 오늘 학교 가지 말자!"

넷째 언니가 나에게 '학교에 가지 말고 차비로 받은 돈으로 만화방에 가서 만화를 읽고 시간을 보내다 오자'고 했다. 난 기꺼이 언니의 말에 따랐다. 언니가 어떻게 만화방을 알게 됐는지 모른다. 묻지 않았다. 만화는 동화보다 더 재미있는 꿈의 세계였다. 민애니의 만화를 보며 나는 학교를 잊었다. 그 순간은 행복했다. 행복한 일이 몇 번 반복됐다.

1학년과 4학년이 같이 돌아오는 일이 많아지자, 의심한 언니가 캐묻기 시작했다. 이실직고를 했다. 종아리를 몇 대 맞았다. 그렇게 만화와의 행복한 세계는 더 나가지 못하고 민애니로 끝이 났다.

　종아리를 때린 엄마는 안 되겠다 싶었는지, 나를 데리고 청계천에 줄지어 있는 헌책방을 찾았다. 몇 군데를 돌았다. 산수책은 헌책으로 나와 있지 않았다. 끝내 살 수 없었다. 더하기를 배우다 며칠 결석하고 학교에 가면 분수의 나눗셈을 배우고 있었다. 그 덕분에 난 산수라는 과목에서 아주 자유로워질 수 있었다.

　내가 육성회비를 꼬박꼬박 내고 산수책이 있고 결석을 하지 않았다면 내 인생은 달라졌을까? 그러다 부질없다는 생각에 혼자 웃고 만다. 그건 다시 태어나야 가능한 일이었다.

　술을 배달하는 청년이 공부 잘하냐고 묻는 말에 대답을 못하고 머뭇거리자, 눈치를 챘는지 타이르듯 말했다.

　"너 공부 열심히 해라! 아니면 나같이 된다!"

　"아저씨가 어때서요?"

　청년은 고갯길이 힘든지 느릿느릿 자전거를 끌며 한참 뜸 들이다 결심한 듯 대답했다.

　"나처럼 이렇게 술이나 나르는 사람이 된다는 뜻이야."

　"아저씨는 왜 공부를 열심히 안 하셨는데요?"

　"철이 없있지. 그냥 공부하기가 싫었어."

　"아저씨도 선생님이 육성회비를 안 낸다고 벌 세웠어요?"

　"육성회비?"

　"매달 선생님께 내는 돈요."

　"아니, 그건 아니야."

"그럼 책이 없었어요?"

"응? 무슨 책?"

"산수책, 자연책 그런 책 말이에요."

"책은 있었지."

"근데 왜 공부를 안 했어요?"

"책 때문에 공부를 안 한 것은 아니야."

"그럼 준비물을 가지고 가지 않았나요?"

"준비물?"

"도화지나 크레파스, 풀 같은 거요."

내 말을 듣던 청년이 갑자기 웃었다.

"하하, 그건 아니야."

"그럼 아버지와 엄마가 싸워서 공부를 못한 건 아니군요."

"그게 무슨 말이니?"

"아버지와 엄마가 싸우면서 책가방을 던져 모든 책이 없어지면 공부를 못하잖아요."

청년은 잠시 생각에 빠진 듯했다.

"난 아버지가 싫어서 집을 나왔어."

"아버지가 때렸나요?"

"아니, 그냥 집이 싫었어. 지금 생각하면 철이 없었지."

"다시 들어가면 되잖아요."

"이미 늦어버렸어."

나는 더 물어보지 않았다.

점점 침울해지는 청년에게 더 묻는 것은 잔인한 일 같았다. 이미 늦어버려 되돌아갈 수 없다니! 그건 조금 서글픈 일 같기도 했다. 청년은 우리 집에 맥주 반 짝과 소주 반 짝을 내려줬다. 짐을 벗어 가벼워진 자전거를 끌고 내려갔지만 청년의 뒷모습은 가볍지 않았다. 그 모습은 전날 넓은 바위 한 귀퉁이에 앉아 울던 색시의 뒷모습과 닮아 있었다.

피서객들이 닭다리를 뜯으며 음식을 먹고 술을 마시고 나면 원시적이어도 부끄럽지 않을 적당히 늦은 오후가 된다. 그 시간을 지나치지 않고 술기운에 정신줄을 놓아버린 피서객들 사이에 종종 다툼이 일어날 때도 있었다. 그때마다 난 공포영화를 보듯 집 뒤쪽에 숨어 아슬아슬하게 그들을 지켜봤다.

그들은 독한 술 냄새를 풍기며 서로 약속한 듯 맨발에 웃통을 벗고 있었다. 돌에다, 마치 그곳이 무기를 만드는 곳인 듯 맥주병을 내리쳤다. 우리가 이불을 말리거나 엄마가 앉아 하루 동안 번 돈을 세거나 색시가 앉아 울던 돌이었다. 목이 잘려나간 맥주병은 삐죽삐죽 날카로운 무기가 됐다. 무기를 든 취객은 의기양양하게 자세를 취했다. 미처 무기를 만들지 못한 상대편은 방어자세를 취했다.

무기를 든 남자가 먼저 기세 좋게 달려들었다. 상대편은 잽싸게 몸을 날려 맥주병을 발로 차서 가볍게 날려버렸다. 이제 공평하게 다음 라운드가 시작된 것이다. 허무하게 무기를 뺏긴 남자는 씩씩거리며 주먹을 움켜쥐고 상대방에게 온 힘을 다해 죽일 기세로 달려들었다. 분노에 밀린 남자는 달려든 남자를 안고 쓰러졌다. 둘은 쓰러져 서로 뒤엉켜 주먹질을 해댔다.

갑자기 싸움 속으로 뛰어든 남자들은 어김없이 흰 러닝셔츠가 흉물스럽게 늘어져 찢어졌다. 그 사이로 거무스름한 젖꼭지가 훤히 드러났다. 차라리 처음부터 웃통을 벗고 싸우는 쪽이 깔끔했다.

그들의 무기는 닭 파는 집 아저씨의 칼을 연상시켰다. 맨발은 아저씨의 손에 끌려나와 떨던 닭다리를, 서로 뒤엉켜 피 흘리는 모습은 목이 베인 닭이 퍼덕거리다 피 흘리고 쓰러진 모습과 닮았다. 그들이 먹은 닭백숙과 그들은 놀랍도록 닮아있었다. 그렇게 우이동 유원지는 서로서로 닮은 사람들이 모여 살고 몰려오고 몰려갔다.

소란스럽고 어지럽고 바쁘고 때론 살벌하기까지 한 하루가 저물면 손님들이 먹고 간 음식물이 떨어져 더러워진 돗자리가 개울을 가득 덮었다. 뽀이들은 놀이터를 돌아다니며 돗자리를 걷어 개울로 가져다줬다. 멀리 떨어진 놀이터의 돗자리를 가져오기 귀찮을 때는 종종 그대로 두고 모른 척했다. 그러다 아버지에게 들키는 날은 치도곤을 당하고 쫓겨났다. 돗자리는 유원지 장사에서 아주 중요한 밑천이었다.

돗자리가 모자랄 정도로 장사를 하는데도 우리 집은 항상 돈이 없었다. 그날그날 장사를 하며 살았다. 장사가 끝난 저녁이면 엄마는 색시가 울고 간, 취객이 무기를 만들던 넓은 바위 위에 앉아 그날 번 돈을 셌다.

나는 옆에 앉아 엄마가 돈 세는 모습을 흐뭇하게 바라보았다. 그러고 나면 돈을 받아야 하는 사람이 줄줄이 찾아왔다. 술을 대준 도매상, 물건을 대준 가게, 쌀집을 하는 일수 할아버지까지. 그들에게 돈을 내주고 나면 엄마의 손은 언제나 빈손이었다.

어떤 때는 하루 번 돈으로 물건 값을 다 치루지 못할 때도 있었다. 그 돈은 고스란히 외상으로 남았다. 엄마가 부엌에서 땀을 흘리며 열심히 움직일 때, 드럼통에 들어있던 돈들도 모래시계처럼 조용하고 은밀하게 부지런히 새나가고 있었다.

엄마는 색시가 울던 바위에 한참을 우두커니 앉아있었다. 하루 종일 부엌에서 종종거려 색시의 한복보다 더 더러워진 치마 위에 손을 올려놓은 채 땅거미가 거뭇거뭇해진 마당을 하염없이 바라보았다. 그때 나는 엄마보다 더 많이 허탈해 했던 것 같다. 엄마는 닭들만큼이나 바삐 종종거리며 그 여름의 허망한 시간을 살고 있었다.

슬픈 노래

손님들의 상에 놓인 백숙이 식어 노란 기름이 둥둥 뜰 즈음이 되면 사람들은 기분 좋게 배도 부르고 이성을 마취시킬 만큼 취해버렸다. 그들은 몸도 마음도 가는 대로 풀어버리고 계곡이 떠나가라 노래를 불렀다.

  그래도 성이 차지 않으면 일어나 흐느적거렸다. 그것도 시들해지면 막판엔 옆 사람과 실랑이를 벌여 싸움까지 하고서야 끝을 냈다. 그렇지만 대부분의 손님들은 적당히 먹고 적당히 취해 적당히 노래를 부르다 적당한 시간에 돌아갔다.

  우리 모두는 피서객들이 부르는 노래를 따라 부르며 컸다. 계곡을 가득 울리는 노래가 우리 의지와 무관하게 귀에 들어왔다. 귀가 달려 있는 이상 우리에게 듣지 않을 능력은 없었다. 우리는 로마신화에 나오는 세이렌의 노래를 들은 사람들처럼 배에서 뛰어내리진 않았다. 뛰어내릴 바다가 없는 우리 식구들은 자신들의 삶 속으로 뛰어내렸다.

"노세! 노세! 젊어서 놀아! 늙어지면 못노나니 화무는 십일홍이요, 달도 차면 기우나니라. 얼씨구절씨구 차차차! 지화자 좋구나 차차차! 화란춘성 만화봉창! 아니 노지는 못하리로다 차차차! 차차차!"

"비 오는 날은 공치는 날! 막걸리 따라주는 색시가 그리워 예예예 예 예예예."

"영자의 똥배는 이놈도 올라타고 저놈도 올라탄다!"

나는 피서객들이 부르는 노래를 흥얼거리며 따라 불렀다. 어쩌다 바쁜 엄마의 귀에 내 노랫소리가 들어가는 날엔 혼쭐이 났다. 피서객들이 부르는 노래를 내가 부르면 왜 혼이 나야 하는지 이유를 물을 수 없을 만큼 엄마는 바빴다. 이유를 물을 수 있을 만큼 한가할 때는 이미 여름이 지나 노래가 들려오지 않았고 나도 더 이상 노래를 부르지 않았다. 그러다 다시 여름이 찾아오면 피서객들은 변함없이 노래를 불렀다. 난 또다시 따라 부르다 엄마에게 혼쭐이 나는 일을 반복했다.

어느 해인가 피서객들 사이에 새로운 노래가 등장했다. 처음에는 손잡는 것부터 시작하다 끝내 매 맞고 버림받는 불행으로 치닫는 막장 같은 노래였다.

"……키스만은 돼도 키스만은 돼도 그것만은 안 돼요. 그것만은 돼도 그것만은 돼도 때리지는 마세요. 아무리 미워도 때리지는 마세요."

셋째 언니가 가게 옆에서 그 노래를 따라 부르다 눈물을 글썽이며 물었다.

"아아! 명아야, 저 노래 정말 슬프지?"

나는 눈을 멀뚱멀뚱 뜨고 언니를 쳐다봤다. 이 언니가 나를 잡아
채서 이불을 뒤집어씌우고 목을 졸라 고문하던 그 언니가 맞나 싶었
다. 언니가 이불을 씌우고 목을 조르면 나는 숨 막힘에 발버둥치다
'너무 고통스러워 그냥 죽어야겠다'고 체념하고는 했다.

사람이 사람을 때리는 일도 슬픈 일이다. 하지만 언니는 때리는
것보다 더 슬픈 일을 하고 있지 않는가. 언니는 얼마나 슬픈걸까. 때
린다는 가사에 눈물을 글썽이는 언니가 때리는 것보다 더 무시무시
하고 슬픈 일을 나에게 자행하고 있다는 것을 알고나 있는 걸까. 어
린 내가 듣기엔 그 노래는 언니가 목을 조르는 것만큼 슬프진 않은
것 같았다. 언니가 겨우 때리는 것으로 슬퍼하다니! 때리는 것이 슬
픈 건가? 목을 졸라서 숨을 못 쉬고 죽음 직전까지 가서 축 늘어지는
것이 슬픈 건가? 그 둘 사이에서 언니의 정체성에 혼란을 느끼며 잠
시 고민해야 했다.

언니가 슬퍼한 노래가 언니의 현실이 되고 만 것은 세월이 많이
흐른 뒤였다. 언니도 그 해 여름 자신의 삶을 예견하고 슬퍼했던 걸
까.

풍요롭던 유원지 장사도 서서히 서쪽으로 기울기 시작하고 있었
다. 시간이 지나치리만큼 더디게 가 어둠이 내리는 것을 눈치 챌 수
없었다. 그러다 어느 순간 갑자기 어두워졌다. 어둠은 우리에게 준비
할 시간조차 주지 않았다.

우리를 어둠에 가둔 가장 치명적인 원인은 우리가 살던 집 위로
군부대가 들어온 것이다. 부대가 들어오고 나서 유원지 매상은 눈에
띄게 나빠졌다. 부대가 들어온 것은 김신조 일당이 청와대를 습격하
여 대통령을 암살하려고 했다는 보도로 떠들썩해진 뒤였다. 무장공

비들은 아버지가 삐뚤빼뚤하게 바위에 써놓은 박연폭포로 가는 임도(林道)를 따라 내려왔다고 했다.

그 길에는 해마다 봄이 되면 아줌마들이 커다란 양은대야에 삶은 산나물을 머리에 가득 이고 내려왔다. 우이동에 있던 장삿집에 팔려는 것이다. 우리도 가끔 취나물 고사리 등 산나물을 샀다. 라디오에선 노래가 흘러나왔다.

산 너머 남촌에선 누가 살길래
해마다 봄바람이 남으로 오네
아 꽃피는 사월이면 진달래 향기
밀 익는 오월이면 보리 내음새
어느 것 한가진들 실어 안 오리
남쪽서 남풍 불 때 나는 좋대나

그 노래를 들으며 나 같은 어린애도 아는 걸 노래까지 만들어 부르는 사람들이 너무나 바보 같았다. 나는 노래하는 사람들을 비웃었다.

"바보 같으니! 그걸 모르다니! 누가 살긴 누가 살아! 산나물 장수들이 살지!"

엄마는 내 말에 웃음을 짓다가 아버지와 김신조 얘기를 하며 속삭였다.

"김신조가 정말 청와대를 습격해 우리 대통령을 죽이러 왔다는 게 맞소?"

엄마의 말에 아버지는 벌컥 화를 냈다.

"이 에미나이가 이거 정신없는 에미나이 아니가! 우리 대통령은 머가 우리 대통령이가? 수 틀리면 무조건 잡아다 족치고 관동군으로 왜놈 왕에게 혈서까지 써서 충성을 맹세하고 창씨개명한 걸로도 모자라 독립군의 등 뒤에 총을 쏘고 끝내는 공산당까지 한 독재자 악질 놈이 머가 우리 대통령이가 대통령은!"

"어이구! 당신 조용히 하시우! 큰일 날 소리를! 누가 들으면 어쩌려고!"

"듣긴 이 산속에서 누가 듣간나!"

"낮말은 새가 듣고 밤말은 쥐가 듣는다고 하잖소. 그러니 제발 목소리 좀 낮추시오. 작은 고추가 맵다고 어쨌든 우리나라를 가난에서 구하지 않았소?"

"지금 무슨 개소리를 하고 있는 거이가? 고추가 큰지 작은지 에미 나이가 봤나! 뭐가 작고 큰 거이가!"

"어이구! 망측하게 왜 이러시오? 키가 작다는 말 아니오? 그리고 가난에서 구한 것은 맞지 않소?"

"머이 어드래? 가난에서 구해? 이거 무식해서 큰일 났구먼! 외국에 광부로 간호원으로 다 팔아먹고 젊은이들을 베트남에 군인으로 팔아 목숨 값 받은 돈으로 그리된 거이지. 그놈이 무슨 수로 가난에서 나라를 구하간나, 구하긴! 일본과 수교를 반대하는 것도 찍어 누르고 지 스승인 일본놈과 속닥거려 전쟁 보상금으로 과자값 받고 끝낸 놈 아니가! 그놈과 그놈 형이 공산당이었으니 김신조가 죽이러 내려온 것이 아니라 그놈과 대화하러 내려온 것이갔지!"

"어이구, 서 어깃장은! 그런데 대통령과 대통령 형이 공산당인 것은 또 무슨 말이오?"

"아! 그놈 형 박상희가 공산당 활동하다 죽은 것은 세상이 다 아는 일 아니가! 형이 죽자 복수심으로 남로당에 가입한 것이 여순사건 때 들통이 나자 동료들을 밀고하고 저만 살아남은 거 아니가!"

"박정희와 형이 공산당이었소? 그런데 어찌 대통령까지 됐소?"

"흥! 6·25전쟁이 그놈을 살린 거이지! 군에서 나와 빌빌거리다 6·25전쟁이 터지자 다시 군대에 들어가 군사반란을 일으켜 대통령이 된 거 아니가! 김일성 그 병신 같은 악질 공산당 독재자 놈이 전쟁을 일으켜서 애꿎은 제 민족만 죽이고 정작 없어져야 할 놈들은 살린 거 아니가! 그놈이 살린 게 어디 박정희뿐이가? 이승만도 자신을 지지하던 당이 다들 떨어져나가는 위기에 처했는데 김일성 그놈이 전쟁을 일으켜 이승만이 다시 반공을 부르짖고 개헌을 한 거 아니가! 그래서 이승만을 다시 대통령으로 만들어준 것 아니네! 병신 같은 놈이 이승만을 쳐부수러 내려왔다 오히려 이승만을 구해준 꼴 아니가!"

"그게 사실이라면 참 얄궂은 일이오. 그런데 대통령 오른팔인 김종필이 대통령 조카사위인 것은 맞소?"

"아! 자기 공산당 형인 박상희의 맏사위 아니가!"

"세상에! 일반 사람 같으면 연좌제에 걸려 사람 구실을 못할 텐데, 대통령 빽이 좋긴 좋소."

"그러게, 세상이 개판 아니가!"

"박정희의 형이 장택상네 집에서 마름을 살았다는 게 사실이오?"

"거야 다 아는 사실 아니네!"

"그럼 죽은 형이 마름을 살았다는 거요?"

"죽은 형이 아니라 둘째 형 아니가."

"장택상의 고향에서는 장택상네 땅을 밟지 않으면 동네에 들어갈 수 없다던데 정말 그렇게 부자요?"

"할아버지 때부터 고혈을 빨아 재산을 치부한 탐관오리 아니가!"

"그런 장택상이 독립운동을 했다는 말이 사실이오?"

"반일단체인 청구구락부인지 흑구구락부인지 들어가 있다가 일본놈들에게 들켰지만 거기엔 거물들이 들어있었지 않네. 그것들을 몽땅 잡아들이려면 사회에 미칠 파장이 크고 특별히 한 일도 없고 하니 전부 기소유예로 풀어준 걸 가지고 독립운동이라고 떠드는 거 아닌가."

"그렇다 하더라도 형제들은 친일했는데 장택상만 독립운동을 한 걸 보면 괜찮은 사람 아니오?"

"이거이 미친 에미나이 아니가! 괜찮긴 뭐가 괜찮겠나! 이승만에게 충성하며 얼마나 많은 사람을 죽이는 데 앞장섰는지 알기나 하네! 수도경찰청장에 있으면서 노덕술에게 김원봉을 조사시킨 인간 아니가!"

"그거야 독립자금을 대라는 요구를 아버지가 반대해 죽임을 당하자 독립군에게 악심을 품게 된 거 아니오? 그건 자식으로선 당연한 일 아니겠소!"

"반대만 했음 죽이간나! 밀고를 하려고 했으니 죽였지!"

"그래도 조봉암을 끝까지 도와주려고 노력한 거 보면 인간성은 괜찮은 사람이오! 끝판엔 이승만의 영구집권에 반대하고 나왔잖소. 지금 김영삼이나 김대중도 다 장택상이 정계로 나오게 만든 사람들 아니오?"

"노력했음 뭐 하간나! 결국 조봉암을 공산당으로 몰아 이승만이 죽이지 않았네! 이승만 그 민족반역자 같은 놈! 반민특위까지 와해시킨 친일파보다 더한 악질 이니가!"

"아니, 왜 걸핏하면 이놈 저놈하며 이 박사 욕을 하고 그러시오? 그래도 나라를 세운 국부 아니오?"

"뭐이 어드래! 나라를 세운 국부? 국부? 이 에미나이 이거 정신이 나가도 한참 나간 에미나이 아니가! 그런 독재자를 국부로 부르는 너

같은 에미나이가 있어서 나라꼴이 이렇게 개판이 되고 남북통일이 되지 않는 거라우! 친일파에 둘러싸여 사람이나 죽이고 독재나 하는 인간이 국부는 무슨 국부간나!"

"이 박사만 죽였소? 김일성은 안 죽였소? 역사를 봐도 다들 죽고 죽이는 게 정치요! 정치를 하려면 정적을 죽이는 것이야 당연한 것 아니오? 이 박사가 독립운동을 한 것은 세상이 다 아는 사실이고 망명해서 나라를 위해 외국 여자까지 얻어가며 고생한 분인데 왜 그러시오?"

"이거 완전 악질 에미나이 아닌가! 정치를 하려면 죽이는 거야 당연해? 그리고 뭐이 어드래? 나라를 위해 외국 여자까지 얻어 고생? 이거이 정신이 나가도 아주 멀리 나가 영영 찾을 수 없게 된 구제불능인 에미나이구만! 이 호랑말코 같은 에미나이야! 그게 모두 자신의 야욕을 위한 거이지 무슨 고생이간나! 선교사들의 도움으로 안전한 미국으로 망명해 스위스니 미국이니 온 외국을 휘젓고 다니며 본처 놔두고 이혼한 외국 여자와 바람난 것도 고생을 한 거이가? 그게 고생이라면 안 하는 놈이 병신이지 나 같으면 사서라도 하갓다!"

"어쨌건 나라를 떠나 외국에서 고생한 것은 사실 아니오! 안전한 곳이건 위험한 곳이건 우리나라를 빼앗겼다고 알린 것도 독립운동은 독립운동 아니오? 본부인이야 집안에서 맺어준 것이고 정치를 하기 위해 내조할 신식여자를 구한 것이 무슨 흠이겠소? 일반 사람들도 집에서 맺어준 부인 놔두고 다들 신식여자를 만나는데 대통령이 구식여자보다 신식여자가 필요한 건 당연한 일이 아니오? 더구나 외국에서 박사까지 딴 분 아니오? 그러니 자신에게 걸맞은 사람이 필요하지 않겠소? 그리고 보면 왕족의 씨는 다르긴 다르오. 한국에서도 하기 힘든 박사를 외국에서 했으니 그 좋은 머리를 가지고 국부까지 된 것 아니오? 모든 독립운동이 꼭 당신처럼 총칼을 들고 싸워야 독립운동이오? 총칼을 든 독립운동은 머리로 하는 독립운동을 못 따라가는 법이오. 더구나 그들은 지식인에다 사회 요직을 차지하고 있는 재력가들인 양반 아니오? 그러니 못 배우고 없는 놈이 이길 수가 있겠소? 없는 놈들이 아무리 칼을 가지고 수천 번을 휘둘러보시오! 있는 놈들이 총 한 방 쏘면 끝인데!"

"이거이 이거 이승만에게 돈 받아 처먹고 선전하는 에미나이 아니가! 비겁한 놈들이 말하는 머리로 하는 독립운동이 독립운동이가? 너 같은 에미나이가 있으니 나라 꼴이 이 모양 아니가! 미국에 자빠져 동포들 덕에 편히 먹고 살았는데 고생? 그런 고생이라면 내래 백 번은 더 하갓다! 박사도 한국에 들어와 선교를 하겠다고 하니 미국에서 거저 준 거이나 마찬가지 아니가! 왕족의 씨고 알이고 간에 양녕대군 서자 출신의 방계 왕족이 뭐이 그리 자랑이라고 왕족이라고 떠드는 거이가!"

"아무리 선교를 한다고 해도 박사를 미국에서 엉터리로야 줬겠소? 직계든 방계든 왕족의 씨는 틀림없는 왕족의 씨 아니오? 무수리 출신의 씨도 왕의 씨면 왕을 하는 세상인데 그게 무슨 문제요? 그래도 난사람이오! 능력이 되니 독재를 했어도 한 나라를 이끌어간 거 아니오!"

"햐! 이느무 에미나이 이거 비행기 태워 이승만에게 보내야 할 에미나이 아니가! 뭐이 어드래 능력이 되니 독재를 해? 햐! 이거 사람 여럿 잡을 에미나이가 여기 있구만!"

"알았소, 알았소, 비행기를 타도 내가 알아서 탈 것이니 그만하시오. 그런데 이기붕 아들이 정말 자기 가족을 다 쏴 죽인 건 맞소?"

"그 속사정까지야 어찌 알갔나! 죽였는지 죽임을 당했는지!"

"어쨌든 이 박사가 이기붕을 자기 후계자로 생각한 건 맞는 것 같소. 이기붕 장남까지 양자로 받아들이지 않았소? 쫓겨난 것도 이기붕을 부통령으로 앉히려고 부정선거를 하다 쫓겨난 것 아니오? 85세인 이 박사야 끝까지 대통령을 못할 것이 뻔하고, 그 다음은 부통령이 대통령을 하는 것이니 결국 이기붕을 대통령으로 만들려고 한 것 아니겠소!"

"이기붕이 효령대군의 왕족 아니네! 서로 같은 왕족이라고 친밀하게 지낸 거 아니가! 이기붕 아들을 양자로 입적시켰으니 대대로 세습해서 독재를 하겠다는 속셈이었갔지!"

"이기붕 아들을 양자로 입적시킨 걸 보면 프란체스카가 아기를 못 낳는 모양이오. 이 박사의 하나 있던 아들은 미국에서 죽었지 않소? 그런데 이 박사와 임영신과의 소문은 사실이오?"

"거야 본인만 아는 일을 어찌 알간나!"

"이 박사가 미국 유학 시절에 임영신에게 청혼했다 차였다고 하지 않소. 프란체스카가 외국에 있을 때 임영신이 경무대를 들락거린다는 소문을 듣고 분개해서 급히 귀국해 임영신을 돈암장에 발도 못 붙이게 했다는 말까지 돌지 않았소. 그 틈을 비집고 이기붕 부인인 박마리아가 프란체스카에게 접근한 거 아니요. 그게 사실이라면 임영신으로선 땅을 칠 일이오. 이 박사가 대통령이 된다는 것을 알았다면 그때 청혼을 거절했겠소?"

"그거이 뭐가 땅을 칠 일이가? 이승만과 결혼했다면 쫓겨나 하와이밖에 더 가 있간나!"

"쫓겨날 때 쫓겨나더라도 나라를 치맛자락에 넣고 휘둘렀으니 원도 한도 없을 것이오! 그런데 신익희 죽음에 대해 떠도는 소문이 정말 사실이오?"

엄마가 나직하게 물었다.

"거야 빤한 거 아니가! 신익희만 아니라 여운형이나 송진우나 장덕수가 죽고 누가 덕을 본 거이가? 머리가 제대로 달렸음 알 거 아니가! 신익희 그 인간 김구 선생님을 배신하고 이승만에게 붙더니 결국 제 목숨 재촉한 거 아니가!"

"신익희는 몰라도 송진우나 장덕수는 김구 선생이 죽였다는 말이 있지 않소?"

"말이 되는 소리를 하라우! 김구 선생이 자신을 도와준 송진우를 죽였갔나!"

"도와준 것으로 말하자면 김구 선생 가족을 탈출시켜준 여운형이 더한 거 아니오? 그래도 여운형과 적을 두지 않았소? 싸움은 원래 같은 민족끼리 하는 싸움이 제일 무서운 거요. 김구 선생이나 여운형이나 다들 다른 민족이 죽였소? 한국전쟁은 다른 민족들이 했소? 같은 민족끼리 한 싸움 아니오? 송진우가 죽었을 때 미국 하지가 찬탁을 주장하는 송진우를 죽였다고 김구 선생에게 화를 냈다는 말이 떠돌지 않았소? 더구나 장덕수가 죽었을 땐 김구 선생이 법정에 서서 난리가 나고, 이 박사도 김구 선생이 테러리스트를 지지하는 거라고 말했다지 않소?"

"이 에미나이 이제 보니 이승만과 살면 딱 맞을 에미나이구만! 여운형과는 이념이 달랐으니 어쩔 수 없었던 일 아니가! 나라를 빼앗은 원수를 죽인 안중근이나 윤봉길을 지지하는 거야 독립운동가로서 당연한 거이지. 그게 테러리스트를 지지하는 거이가? 그럼 일본군을 죽인 나나 독립군은 다 테러를 자행한 악당 놈이간네! 너 같은 에미나이가 있어 전쟁이 나고 남북이 분단된 거라우! 일본놈도 아니고 친일파도 아니고 독립운동가인 같은 민족을 죽였다는 거이 말이 되는 소리가?"

"세상에 나 같은 사람만 있으라 하시오! 나 같은 사람만 있다면 전쟁도 안 나고 분단도 안 됐소! 분단되고 전쟁이 난 건, 이념 가지고 싸우는 당신 같은 사람들 때문이 아니오! 당신이 김구 선생의 속에 들어갔다 나온 것도 아니고 모든 걸 다 아는 것도 아니지 않소? 여운형이 도와줬는데도 이념이 다르다고 적을 둔 거라면 송진우에게 덕을 봐도 이념이 다르면 돌아설 수 있다는 말 아니오? 그런데 그 이념은 도대체 어디 사는 누구고 어떻게 생겼소? 얼마나 잘났기에 서로 죽고 죽이는 거요? 그 이념이 사람 목숨보다 더 중요하오? 그 이념이 서로 죽이라고 합디까? 그 이념 도대체 어떻게 생겼는지 좀 보고 싶소! 눈코는 있소? 난 당신처럼 잘나지 않아서 눈도 코도 없는 이념이 시키는 대로 사람을 죽이진 않소!"

"이 에미나이 꼭 저같이 무식한 소리만 하누만! 이념이 눈에 보이는 거가? 정신이 눈에 보이는 거가!"

"눈에 보이지 않는 정신이 서로 달라 죽이는 거라면, 그거야말로 미친 사람들 아니오? 사람마다 정신이 다 다른 거야 정한 이치인데 다르다고 죽이는 것이 이념이라면 그런 걸 믿고 따르는 사람들이 내 눈엔 정상이 아니오! 눈 코 입도 안 보이는 이념인지 저념인지 가지고 왜들 그 난리들이오? 난 당신 말대로 무식해 이념이 뭔진 몰라도 아침에 눈 뜨면 일하고 해 떨어지면 자고 남에게 해 안 입히고 살면 그게 사람 사는 도리라고 배웠소. 도대체 왜들 살아있지도 않은 이념 가지고 서로 죽고 죽이는지, 내 눈엔 한심해 보여 하는 소리요!"

"지금 무슨 개소리를 하는 거이가? 이념이 목적인데 목적이 다른 사람들이 어찌 한 배를 타갓나!"

"목적이 다르면 다른 배를 타면 되지 꼭 죽여야 하오?"

"모르면 닥치라우! 배가 하나밖에 없는데 어찌 다른 배를 탈 수 있간나!"

"배가 하나밖에 없고 목적이 다르면 무조건 죽이는 것이오? 서로 상의해서 목적지를 적당한 중간으로 바꿀 수도 있고 내가 먼저 내리고 다른 사람의 목적지로 갈 수 있는 것 아니오?"

"뭐이 어드래? 목적지를 중간으로 바꿔? 이거 악질 기회주의자에 대책 없이 무식한 에미나이 아니가! 이 에미나이야, 내가 갈 곳까지밖에 기름이 없는데 중간이고 뭐고 어디 있간나!"

"그것부터 틀렸소! 배가 하나밖에 없고 기름도 없는 사람들이 싸우긴 왜 싸운단 말이오? 그럼 공평하게 배를 부숴버리면 되겠구려! 목적지고 뭐고 갈 것이 뭐 있소? 그냥 있는 데서 합심해서 살면 되는 거 아니오!"

"이제 보니 이 에미나이 이거 깡패 기질까지 갖고 있는 사상 자체가 아주 불량한 에미나이 아니가? 이느무 에미나이야, 있는 곳에 물이 차오르는데 어떻게 배를 부수긴 부수갔나!"

"그럼 더더욱 싸우지 말고 다 같이 타면 되겠구려! 물이 들어차는데 목적지가 다르다고 물에 빠져 죽게 만들어야 하겠소? 이념도 사람이 살아야 이념이지 죽어버리면 이념이 무슨 소용이겠소? 그리고 물이 차는데 목적지가 다르다고 서로 싸움질을 하는 거부터가 틀린 것 아니오?"

"지금 무슨 무식한 개소리를 하고 있는 거이가? 정원이 정해져 있는데 어찌 배에 다 같이 탈 수 있간나!"

"유식한 당신은 정신 속에서 배도 목적지도 만들어 서로 싸우는 것이오? 유식한 사람들은 참 별짓을 다 하오! 더운밥 먹고 도대체 뭐 하는 짓이오? 그렇게 할 일이 없으면 가서 잠이나 자시오! 그런 이념이라면 내가 보기에 사는 데 방해만 될 뿐, 하등 필요 없는 것 같소! 그렇게 쓸데없는 이념이라면 얼른 내다버리시오!"

"이 에미나이 이제 보니 이거 사회주의 교육까지 받은 거 아닌가! 참 여러 가지 하는 에미나이네!"

"사회고 국가고 무식해 난 그런 거 모르오! 하지만 당신들처럼 정신 속에서 배나 물을 만들어 서로 죽고 죽이며 싸우진 않소! 당신이 믿는 김구 선생이 독립에 대한 신념이 굳고 강직해도 내가 보기엔 세상을 보는 지혜와 혜안은 이 박사보다 좀 모자랍디다. 이것저것 따지지 않고 무턱대고 행동이 먼저 나가니 머리로 하는 싸움을 이기지 못하는 것이오. 세상 돌아가는 것을 봐가며 일을 하고 몰아붙여도 상황을 살펴가며 몰아붙여야 하지 않소? 무턱대고 성질대로 몰아붙이니 이길 수 없는 것이오!"

"혜안 같은 소리 하누만! 혜안은 무슨 개 같은 혜안이가! 탐욕의 눈깔이고 교활한 눈깔이지 그게 혜안이가!"

"당신은 사람을 그리 잘 알아 이 고생을 하시오? 친일 청산이 물 건너갔으면 차라리 그때 당신도 잇속이나 챙기고 이승만이 제공한 3·1 빌딩 자리와 한강 골채권이나 받아놓지 그랬소? 3·1 빌딩은 결국 당신이 그렇게 이를 가는 엉뚱한 사람이 차지하지 않았소?"

"이 에미나이 사람 되려면 한참 멀었구만! 동지들이 만주에서 싸우면서 굶주림으로 죽고 추위로 죽고 총탄이 없어 죽고 동상에 걸려 발이 잘려나가고 약이 없어 죽는 것을 뻔히 보았는데 그걸 외면하고 눈 감고 배신하라 말이가!"

"눈 감지 않으면 어찌하겠소? 눈 뜨고도 요 모양 요 꼴로 사는데! 나 같으면 차라리 눈 감고 떵떵거리고 살겠소! 안 받고 이리 산다고 세상이 달라지는 것도 아니고, 먼저 간 동지들이 퍽이나 고마워하겠소? 오히려 죽은 사람들을 위해서 더 잘 살아야 하는 것 아니오? 다들 배신하고 떵떵거리며 잘사는데 당신만 쪽박을 차고 이 고생을 하고 있으니 답답해서 하는 말 아니오. 이리 산다고 누가 알아주겠소?"

"이게 무슨 개소리가? 죽은 사람을 위해 친일파와 붙으란 말이가? 누가 알아주는 게 뭐이 그리 중요한 거이가! 먼저 간 동지들이 알고 내가 알고 하늘이 알고 땅이 아는 거 아니가!"

"어이구, 잘났소! 죽은 사람이 뭘 아오? 그 하늘과 땅에서 쌀이 떨어지오? 돈이 떨어지오? 그러니 당신이 셈이 없고 하나밖에 모르는 사람이오! 이것이 아니다 할 때는 빨리 눈치를 채서 자기 잇속을 차릴 줄 알아야지. 그저 울뚝성으로 자기 혼자 잘났다고 큰소리를 치니 요 모양으로 사는 거 아니오? 꼴좋소! 이 박사에게 굽히고 들어간 사람들이 당신보다 못나서 그랬소? 당신처럼 중국군 장군인 김홍일도 대만 대사로 가지 않소? 이범석도 국무총리를 하지 않았소? 친일파가 그리 싫으면 차라리 그때 이 박사에게 고개 숙이고 '대만의 대사자리나 달라'고 하지 그랬소? 그도 아니면 김일성이 북한에서 함께 정치하자고 할 때 목숨 걸고 남한으로 내려오지 말고 같이했던지! 그러면 내 팔자도 이리되지 않았을 텐데!"

그렇지 않아도 우울하던 아버지가 드디어 폭발하고 말았다. 엄마의 한쪽 뺨을 철석 때리며 소리를 높였다.

"이 에미나이가 이거이 아주 악질 민족반역자 에미나이 아니가! 이승만 자체가 민족을 배신한 반역자인데 어디다 고개를 숙이란 말이가? 굽히긴 뭘 굽히고 펴는 거이가! 김홍일 장군은 쫓겨난 것이고 이범석이야 자기와 같은 왕손이네 뭐네 하는 이승만에게 홀려 옆에 붙어있다 이용만 당하고 쫓겨난 거 아니가! 정신이 나간 변절자와 지금 누굴 비교하는 거이가! 그리고 김일성 그 놈이 공산당이가? 독재자지! 거기서 김일성 그놈과 함께 했으면 그놈이 날 가만 두었갓나! 벌써 숙청당해 죽어도 열 번은 죽었갓다! 김일성 그놈이 김원봉까지 죽이고 지 적수를 다 죽였지 않았네! 나보고 그놈 밑에 있다 죽으란 말이가?"

엄마는 뺨을 맞고도 수그러들지 않았다.

"원래 권좌를 위해선 피를 나눈 형제도 죽이는 법이오! 그러니 정치는 세상에서 가장 질긴 물개 가죽을 뒤집어써야 한다고 하지 않소? 그리고 그렇게 목숨이 아까운 양반이 어찌 독립운동을 하셨소? 여기서 이렇게 쪽박을 차고 사느니 나 같으면 큰소리 한번 쳐보다 죽겠소! 그리고 당신도 이 박사에게 이용당한 것은 마찬가지 아니오? 36개 당인지 방인지를 통일해 정당통일사업인지 뭔지에 병신처럼 고스란히 이 박사에게 갖다 바치지 않았소?"

드디어 엄마의 한쪽 뺨마저 철썩 소리가 났다.

"이거 이거 안 되겠구만! 이거 사상까지 불순한 구제불능인 빨갱이 에미나이 아닌가! 난립한 정당을 통일하는 것은 나라를 위해 누가 하든 해야 하는 당연한 일 아닌가? 에이! 무식한 에미나이 같으니!"

엄마와 아버지의 대화는 항상 그런 식으로 끝이 났다. 그리고 엄마가 아버지의 아픈 곳을 건드린 것만은 틀림이 없었다.

아버지의 눈물

　분주하고 소란스러웠던 장사가 끝났다. 엄마가 바위에 앉아 그날 번 돈의 셈을 치른다. 개울가에 산처럼 쌓인 돗자리를 씻는 일까지 마친다. 드디어 뜨겁고 바빴던 하루가 끝난 것이다. 해가 산속으로 고개를 숙이고 알몸을 감춰줄 어둠이 어둑어둑 내린다.

　이제 우리를 목욕시킬 차례다. 우리는 촌스런 꽃무늬 분홍 플라스틱 바가지에 수건과 비누를 챙겨 담아 개울로 갔다. 개울에는 우리가 닦아놓은 돗자리가 바위 위에 눈꽃처럼 하얗게 피어있었다. 우리 모두는 종일 몸에 묻은 더위와 소란과 왁자지껄함을 차가운 물로 씻어냈다.

　하루 종일 여름 더위와 땀에 절어있던 몸이 계곡에서 내려오는 차디찬 물을 뒤집어쓰면 죽은 닭같이 오돌토돌한 소름이 피부에 돋아났다. 우리는 몸에 묻은 땀을 모두 벗어버리고 바가지를 옆에 끼고 상쾌한 마음으로 어둠 속에 잠긴 집으로 걸음을 옮겼다.

하루를 분주히 치러내고 찬물로 소름이 돋은 몸 위에 하루 종일 바위에 널어놓았던 이불을 덮고 누웠다. 이불에선 여름이 그을린 내음과 온기가 묻어났다. 우리는 곤한 하루를 요에 깔고 깊고 깊은 잠에 빠져들었다. 그 순간만큼은 우리 모두 행복하지 않았을까.

하지만 그런 행복이 오래 계속되지는 않았다. 피서객들이 모두 빠져나가고 땅거미가 내려앉으면. 휑한 마당 한쪽에 심기가 틀어진 아버지가 자리를 펴고 앉으면 우리의 행복은 끝장이 난다.

"에미나이들! 술상 차리라우!"

아버지의 그 한마디에 풍요롭고 뜨거웠던 여름은 우수수 떨어져 조각이 난다. 하지만 가끔 예외도 있었다. 술상 앞에 앉은 아버지는 우울한 목소리로 술잔을 들며 엄마에게 노래를 시킨다.

"〈황성 옛터〉 좀 불러 보라우!"

두려움에 숨조차 제대로 쉬지 못하던 우리는 그제야 어깨를 떨어뜨리며 참았던 숨을 크게 내쉬었다. 우리가 내쉰 안도의 숨결은 뉘엿뉘엿한 해거름과 함께 마당에 가득 가라앉았다. 아버지의 마음이 바뀐 것인지 아니면 처음부터 그냥 술이 마시고 싶어서였는지 그것까지 알아챌 여유는 없었다.

"뜬금없이 무슨 노래요? 술이나 드시오."

엄마는 그렇게 말하면서도 아버지의 부탁에 안도하듯 수굿이 따랐다.

아버지는 엄마의 노래 중에 〈황성 옛터〉를 가장 좋아했다.

> 황성 옛터에 밤이 되니 월색만 고요해
> 폐허에 설운 회포를 말하여 주노라
> 아, 가엾다 이 내 몸은 그 무엇 찾으러

끝없는 꿈의 거리를 헤매어 있노라

성은 허물어져 빈터인데 방초만 푸르러
세상이 허무한 것을 말하여 주노라
아, 외로운 저 나그네 홀로이 잠 못 이뤄
구슬픈 벌레 소리에 말없이 눈물져요

엄마의 노래를 들으며 소주잔을 들이키던 아버지의 얼굴은 점점 어두워지고 쓸쓸해졌다. 아버지는 소주잔을 입으로 가져가며 중얼거렸다.

"흥! 쓰러지고 폐허가 돼버린 조국을 잃은 나그네가 되어 조국을 찾고자 청춘을 바쳤지만 결국은 조국을 배신한 놈들이 다시 조국을 집어삼키고 내 꿈은 덧없고 허무해진 지금의 내 처지를 말하고 있구먼! 〈애수의 소야곡〉 좀 부르라우!"

"어이구! 참! 당신이 부르지 왜 나를 시키시오?"

말은 그렇게 하면서도 엄마는 아버지의 말을 따랐다. 사실 아버지는 노래를 엄청 못 불렀다.

운다고 옛사랑이 오리요만은
눈물로 달래보는 구슬픈 이 밤
고요히 창을 열고 별빛을 보면
그 누가 불어주나 휘파람 소리

차라리 잊으리라 맹세하건만
못생긴 미련인가 생각하는 밤

가슴에 손을 얹고 눈을 감으면
애타는 숨결마저 싸늘하구나

무엇이 사랑이고 청춘이던고
모두 다 흘러가면 덧없건마는
외로운 별을 안고 밤을 새우면
바람도 문풍지에 싸늘하구나

　엄마의 노래가 끝나자, 아버지는 고개를 푹 숙이며 아이처럼 눈물을 흘렸다.
　"아! 어드래 모든 노래가 지금 꼭 내 처지를 말하고 있네! 내래 사랑하는 조국을 찾겠다고 청춘을 걸었지만 모든 것이 물거품이 되지 않았네! 야인이 되어 이리 살고 있는 지금 내 처지를 말하고 있는 거 아니가!"
　엄마는 아버지의 눈물에 약해진 것인지 부드럽게 타이르듯 말했다.
　"왜 우시오? 노래는 노래로 들어야지. 이 노래는 사랑하던 옛사랑을 노래한 건데 어찌 당신을 말한 거라 하시오?"
　엄마의 말에도 아버지는 무식한 에미나이라고 타박하지 않았다. 힘없이 고개를 숙이고 훌쩍이며 중얼거렸다.
　"오늘 죽을지 내일 죽을지 모르는 신세인데 언제 사랑 타령할 틈이 있었간나. 그때 내 사랑과 내 님은 조국이었다우! 그게 다 흘러가고 뜻 없이 돼버렸다는 거이 지금 꼭 내 처지를 말하는 거이 아니가. 〈눈물 젖은 두만강〉이나 불러 보라우!"
　엄마는 아버지의 눈물 때문인지 이번엔 말없이 노래를 불렀다.

두만강 푸른 물에 노 젓는 뱃사공
흘러간 그 옛날에 내 님을 싣고
떠나던 그 배는 어디로 갔오
그리운 내 님이여 그리운 내 님이여 언제나 오려나

임 가신 강 언덕에 단풍이 물들고
눈물진 두만강에 밤새가 울면
떠나간 그 님이 보고 싶구나
그리운 내 님이여 그리운 내 님이여 언제나 오려나

아버지는 정말 목메어 울었다.
"아, 기때 내래 순진했지. 그저 목숨 바쳐 싸우면 언젠가 조국이란 님도 찾아질 줄 알았지 않네. 압록강을 기차로 넘으며 다짐했던 때가 바로 어제갔구나! 내래 그리운 고향도 바라던 조국도 이젠 다시 오지 않을 떠나간 님이 되지 않았네."
아버지가 쿡쿡 소리를 내며 울었다. 엄마가 아기를 달래듯 아버지를 달랬다.
"그렇다면 잊어버리시오. 세상에 뜻대로 되는 일이 어디 있겠소? 당신이 뜻하는 세상이 되지 않았다고 해서 속상해 하지 말고 잊으시오. 그래도 이젠 이런 노래도 맘대로 부르고 일본놈들에게 쫓기는 세상은 아니지 않소? 그러니 미련 두지 말고 두만강 물처럼 흘려버리시고 그냥 잊으시오."
"〈비 내리는 고모령〉이나 부르라우"
고개를 숙이고 훌쩍이던 아버지가 대답을 대신했다. 아버지의 말에 이번에도 엄마는 아무런 토를 달지 않고 따랐다. 사실 〈비 내리는 고모령〉은 엄마도 좋아하는 노래였다.

어머님의 손을 놓고 돌아설 때엔
부엉새도 울었다오 나도 울었소
가랑잎이 휘날리는 산마루턱을
넘어오던 그날 밤이 그리웁구나

맨드라미 피고 지고 몇 해이던가
물방앗간 뒷전에서 맺은 사랑아
어이해서 못 잊느냐 망향초 신세
비 내리는 고모령을 언제 넘느냐

눈물 어린 인생고개 몇 고개이드냐
장명등이 깜빡이는 주막집에서
손바닥에 그린 하소 졸아가면서
오늘밤도 불러본다 망향의 노래

　엄마의 노래가 끝났다. 아버지가 갑자기 자신의 가슴을 부여잡고 격정적으로 흐느끼기 시작했다.
　"아! 오마니!"
　대포로 불리며 우이동을 휘어잡고 사는 아버지가 아이처럼 우는 모습은 한편으론 놀랍고 한편으론 신기했다. 어머니는 아버지에게도 눈물을 흘리게 만드는 존재였다. 한참을 고개를 숙이고 흐느끼던 아버지는 띄엄띄엄 말을 이어갔다.
　"내래 독립운동을 할 때 악질 일본 순사놈들이 이 아바지를 잡으려고 내 오마니를 앞세워 만주로 가는 기차를 한 칸 한 칸 수색하는 기야. 기때 내래 만주에 있던 동지들에게 가져갈 기밀문서와 독립자금을 가지고 있었지 않았네. 잡히면 꼼짝없이 죽는 거였다우. 결국 더는 피할 수 없게 돼, 기차 통로에서 오마니와 딱 마주치지 않았간나. 내래 이젠 끝이구나. 꼼짝없이 잡혔다는 생각에 진땀이 나고 몸이 굳어 움직일 수 없었지 않았네. 그런데 진땀을 흘리는 아바지를 보고도 오마니가 허공을 보듯 무심히 지나치지 안캤어. 오마니가 이 아바지를 볼 수 없는 눈뜬 장님이 되고 만기야! 이 아바지 때문에 오마니가 속이 상해 눈뜬 장님이 된 거 아니가! 아! 오마니!"

그런 아버지를 바라보며 엄마가 딱하다는 듯 혀를 찼다.

"어이구! 너희 아버지가 이렇게 단순하고 어리석다! 그때 아들을 아는 척하면 일본 순사에게 잡혀갈 것이 불을 보듯 빤한데 어느 어미가 내 아들이라고 아는 척을 하겠소! 어이구! 그런 머리로 어떻게 독립운동을 했나 모르겠네!"

보통 때라면 엄마에게 당장 날벼락이 떨어졌겠지만 신기하게도 아버지의 흐느낌이 잦아들었다. 어머니가 눈뜬 장님이 아니라는 말이 아버지에게 단순하고 어리석다는 말을 건너뛰게 만든 것 같았다. 아버지가 적당히 눈물을 흘리고 마음의 한을 어느 정도 정화해 화를 낼 마음이 아니란 것을 눈치챘다.

궁금한 것을 참지 못하는 나였다.

"아바지, 그런데 일본 순사놈들이 왜 오마니를 앞세우고 아버지를 잡으러 다녔어?"

"기야 일본 순사놈들이 아버지 얼굴을 모르니 당연한 거 아니가."

"그땐 아버지 사진이 없었어?"

"사진은 일본놈들에게 증거가 되니 되도록 찍지 않았지."

"얼굴도 모르는데 아버지가 독립운동을 한 것을 어떻게 알았어?"
"이 아바지가 양세봉 장군의 통역 보좌관으로 있을 때부터 일본놈들이 탐지하고 있었지 않네."
"아바진 왜 어머니와 헤어진 거야?"
"오마니가 아바지를 독립운동에 가담시키지 않기 위해 막았지 않았네. 어느 날 오마니가 잠든 틈을 타서 몰래 빠져나와 아바지를 찾아간 거 아니가. 그 후로 오마니와는 기차에서 본 것이 영영 마지막이 됐다우."
아버지가 다시 눈물을 흘렸다. 무서운 아버지도 엄마가 많이 보고 싶은 거구나. 아버지가 불쌍하고 측은했다. 술이 조금 더 들어간 아버지는 어린 내가 들어도 책을 읽는지 노래를 부르는지 모를 노래를 부르기보다 읽기 시작했다.

"코스모스 필 때 맺은 사랑 코스모스가 필 때 돌아오라."

워낙 책을 읽는 수준의 가창력이라 잘 기억이 나지 않지만 대충 그런 가사였다. 노래를 부르던 아버지가 갑자기 자기 가슴을 부여잡으며 큰 소리로 흐느끼기 시작했다.
"아, 경숙이가 보고 싶구네!"
아버지는 엄마가 차려준 술상 앞에서 엄마의 노래를 실컷 듣고서 다른 여자의 이름을 부르며 눈물을 흘렸다. 경숙이? 오늘 죽을지 내일 죽을지 모르는 상황에서 사랑할 틈도 없었다고 하더니 경숙인 또 누구인가? 술상을 차리고 노래를 불러주고 타이르기까지 하며 화기애애한 분위기를 이어가던 엄마는 갑자기 다른 여자 이름을 부르며 흐느끼는 아버지를 보고 혀를 찼다.

그리곤 "이그! 저 문둥이!"라고 눈을 흘기며 양동이를 들고 샘으로 가버렸다. 하지만 때때로 양동이를 쨍강 소리가 나게 땅바닥에 패대기치다시피 거칠게 놓으며 아버지에게 대들 때도 있었다. 그때 우리는 엄마가 샘으로 가지 않은 것을 원망하며 가슴을 졸였다.

"경숙인지 중숙인지 바보처럼 징징대지 말고 그만 그치시오! 그렇게 보고 싶으면 신문에 광고라도 내시오!"

"광고를 낸다고 어디 찾아질 사람이가……. 그러면 내래 이리 마음이 아프간나…….."

어린 내가 봐도 아버지는 엄마의 염장을 지르고 있었다.

"그러면 울지 말고 직접 찾아 나서시오!"

"찾아 나서서 만날 것이면 벌써 찾아 나섰지 지금까지 이러고 있간나. 죽었는지 살았는지 알 수가 없으니 답답한 거 아니가……."

아아! 아버지는 정말 어린아이인가. 슬프게 읊조리는 아버지에게 엄마는 기가 찬 듯 물었다.

"그렇게 그리운 사람들이 어쩌다 헤어진 것이오?"

"모른다우, 어느 날 갔더니 모두 사라졌다우."

아버지는 다시 흐느꼈다. 엄마의 인내는 한계를 지나버렸다.

"그 여자가 나보단 똑똑한 여자인 것 같소! 당신을 떠난 것을 보니! 그러니 떠난 여자를 붙들고 어리석게 바보 같은 눈물 뚝뚝 흘리지 말고 그만 우시오! 천하의 어리석은 병신 짓 그만하고!"

엄마의 소원대로 우는 것을 그친 아버지는, 대신 무안함과 분함에 지금까지 보여준 인내를 끝내고 바로 전투태세에 돌입했다.

"이느무 에미나이! 이거 악질 에미나이 아니가! 나를 숨겨주고 도와준 여잔데 떠난 것인지 잡혀 죽은 것인지 어케 알고 그따위 막말을 하간!"

"그렇다면 울지 말고 비석이라도 세우시오?"

"뭐이 어드래 비석? 햐! 이 에미나이 이제 완전히 악질 전라도식으로 나오는구만!"

자신의 순정을 비웃은 엄마에게 아버지는 악질 전라도라는 말로 안타를 쳤다. 자신의 정성이 짓밟힌 엄마도 이제까지 보여준 인내를 끝내고 바로 반격에 나섰다.

"생사를 모르고 잊지 못할 사람을 위해 비석 세우라는 말이 왜 악질이오? 만일 죽은 사람이라면 당신이 그리 눈물을 흘리며 애타하는 것이 그 사람 저승길을 막는 것이오. 당신이 그리 사랑했다면 당신 감정만 앞세워 슬퍼하지 말고 편히 저승길을 가게 놓아주는 게 그 사람을 위한 거요. 그리고 내가 왜 전라도요! 경상도에서 태어났고 아버지도 경상도 사람인데 내가 왜 전라도요!"

"아바지가 경상도이면 무슨 소용이 있네? 장모가 전라도 중에 최고 악질 순천 아니가?"

"아이고! 이런 쥐꼬리 같은 나라에서 전라도니 경상도니 가르고 있으니 나라가 요 모양 요 꼬락서니지! 좋소! 우리 어머니 고향이 전라도니 당신 말대로 내가 전라도라고 칩시다! 전라도가 당신에게 밥을 달랬소? 술을 달랬소? 왜 걸핏하면 전라도를 걸고 넘어지시오? 그리고 순천이 왜 최고 악질이오?"

"밥과 술보다 더한 악질적인 반란이 일어난 곳이 전부 전라도 아니가! 전라도에 빨갱이가 가장 많은 것은 세상이 다 아는 사실인데 무슨 개소리가! 동학이니 여순사건이니 전부 전라도에서 일어났고 순천에서 일어난 거 아니네! 원래 항구 것들이 거칠고 무지막지하다우."

어머니라는 존재는 누구에게나 소중하다. 어머니의 출신지가 문제가 되자 엄마는 벌떡 일어나 술상에 앉은 아버지를 내려다보며 비웃었다.

"저리 어리석고 세상 돌아가는 일을 모르니 요 모양 요 꼴로 앉아 있지! 여순사건은 제 백성을 죽이라는 명령을 듣지 않은 건데 같은 백성으로서 당연한 거지 뭐가 악질이오? 정말 악질이야말로 제 백성을 죽이라고 명령을 내린 놈들이 아니오? 동학이 왜 일어났는지 아시오? 농민들이 허리가 휘도록 일한 만큼 대가를 받아 처자식 굶어죽지 않게 해달라고 봉기한 거요."

"무식한 에미나이 같으니 뭐를 안다고 여순이고 동학이고 하네!"

"나도 눈과 귀가 있고 교육을 받고 자란 사람이오. 당신 말처럼 외가가 악질 남도라 들을 것은 듣고 볼 것은 보고 자랐소!"

"제대로 듣지도 보지도 못하고 지껄이는 소리 아니가! 어디서 아는 체를 하네!"

"왜 제대로 못 듣고 못 봤다고 하시오? 난 누가 악질인지 듣고 본 사람이오. 손에 물 한 번 묻히지 않고 편히 놀면서, 농민들에게서 농사지은 곡식을 빼앗아 곡간에 썩어나도록 쟁여두고, 정작 농민들의 처자식은 굶어죽게 착취했던 악질 지주들을 보고 자랐소."

"무식한 에미나이 같으니! 지주들이 그런 거야 다 이유가 있는 거이지. 농사짓는 것들도 추수할 때 눈 속이고 빼돌리고 별 짓을 다하는 것을 모르는 거가! 어디 지주들만 악질이가!"

"지금 그 말이 독립운동한 사람에게서 나올 말이오? 그렇다면 일본 놈들이라고 다 나쁜 놈들만 있었겠소? 겨 속에 든 쌀을 찾아내고 그게 다 쌀이라고 우기시오?"

"지금 무슨 개소리를 하는 거이가? 뭐가 겨이고 쌀이가?"

"지주 중에 착한 지주 몇 명 있는 것을 가지고 전체라고 떠들다니 한심해서 하는 소리요. 수많은 지주들이 농부들을 얼마나 착취했는지 알고나 하는 소리요?"

"그래서 농민들이 다 굶어죽었나! 지주들이 착취해서 다 굶어죽었나 이느무 에미나야!"

"당신 입으로 말하지 않았소. 착취를 피해 만주로 간 사람들이 많다고. 그런 사람들을 보고도 그런 말이 나오시오. 하긴 당신은 굶어죽지 않았으니, 독립운동도 하고 지금까지 살아있으니 모를 만은 하오."

"이 에미나이 내가 얼마나 굶주리며 싸웠는지 알기나 하네! 어디서 그런 개소리가 나오는 거가!"

"굶은 양반이 그런 말이 나오시오? 내 눈엔 악질 지주에게서 벗어나 당장 굶어죽지 않으려고 농민들이 일으킨 동학이나 제 백성을 지키려던 여순사건이, 왜놈들에게서 나라 찾겠다고 일어난 당신이 한 독립운동보다 더하면 더했지 덜하진 않소! 그걸 모르면 당신도 독립운동 헛한 것이오!"

엄마는 아버지에게 직격탄을 날렸다.

"뭐이 어드래? 독립운동을 헛해! 헛해! 반란과 독립운동이 같나? 같아? 지금 어디다 독립운동을 갖다 붙이나! 갖다 붙이길! 독립군도 굶어가며 싸웠다우! 그리고 여순사건은 반동분자 빨갱이들이 일으킨 반란이란 걸 세상이 다 아는 데, 어디다 독립운동을 갖다 붙이는 거가!"

독립운동에 대한 얘기가 나오자 그때까지 술상 앞에 앉아있던 아버지도 이마에 핏대를 세우며 벌떡 일어났다. 이제 사태는 돌이킬 수 없다는 것을 알고, 우리 모두는 마음에 준비를 하고 있었다.

"무식하긴 당신이 무식하오! 그저 한쪽 말만 듣고 사니, 당신도 나라도 요 꼬락서니요! 당신 입으로 말하지 않았소? 김원봉도 봉기한 사람 모두가 빨갱이는 아니라고 하지 않았소?"

"감히 지금 어디다 김원봉을 끌어다 붙이는 거가! 무식한 에미나이 같으니!"

"김원봉과 그 사람들이 다르다는 말이 하고 싶소? 김원봉도 의인이지만 백성들을 죽이라고 명령 내린 인간의 말을 듣지 않은 사람도 내가 보기엔 김원봉 못지 않은 의인이고 영웅이오!"

"뭐이 어드래? 영웅? 반란분자들이 영웅이가? 이거 아주 제대로 된 공산당 에미나이 아니가!"

"당신이 제 백성 제 나라 지키겠다고 한 거는 독립운동이고, 처자식을 지키고 굶어죽이지 않겠다고 일어난 것이 공산당 반란이오? 제 백성 죽이라는 명령을 듣지 않은 것도 공산당 반란이오? 걸핏하면 공산당 공산당 지겹지도 않소? 그리고 그런 봉기가 전라도에서만 일어났소? 경상도는 안 일어났소? 이북은 안 일어났소? 왜 전라도에서 일어난 것만 가지고 난리요?"

"전라도가 가장 악질적으로 반란이 일어난 것은 세상이 다 아는 일인데 어디서 생떼가!"

"곡간에서 인심 나고 곡간에서 악심 난다고, 우리나라 국민을 먹여 살리는 생명줄인 곡간이 거의 전라도에 있으니, 전라도에서 농민들이 들고일어나는 것은 당연한 일 아니오! 그게 왜 전라도 사람의 죄요? 죄라면 없이 태어난 것이 죄고 농민의 피를 빨아먹는 악질 지주 밑에서 소작한 죄지! 내가 본 전라도 사람들은 똑똑하기만 합디다! 똑똑하고 생각이 있으니 들고일어나는 것 아니오? 바보 같으면 들고 일어날 생각이라도 하겠소? 당신 말대로 먹고 살라고 일어난 봉기가 악질 반란 분자라면, 배부르고 등 따뜻한데 나라를 뺏은 이북의 이성계야말로 최고의 반란 괴수이고 최고의 악질이겠소!"

이북의 이성계까지 등장시킨 엄마의 말에, 아버진 제대로 대응하지 못하고 말을 더듬었다. 전라도 악질 에미나이란 말만 되풀이했다. 그나마 엄마가 새벽마다 듣는 삼국지의 조조까지 끌어들이지 않은 건 천만다행이었다.

"이, 이, 에미나이 이거 역시 악질 전라도 에미나이 맞구먼! 어따 대고 이성계를 끌어들이는 거가! 등이 따뜻하긴 뭐가 따뜻한 거가? 훔치긴 뭘 훔치간나! 죽을 것이 빤한 전쟁에 나가란 명령을 내리는 썩어빠진 나라를 바로 세우려는 거이 훔친 거이가! 그것과 빨갱이 반란이 같나! 이 전라도 에미나이야!"

말이 딸린 아버지가 분을 참지 못하고 엄마의 뺨을 철석 때렸다. 뺨을 맞은 엄마는 이제 본격적으로 해보겠다는 듯, 저고리 소매를 걷으며 아버지를 향해 소리쳤다.

"말 잘했소! 농민들도 썩어빠진 지주들을 바로잡겠다는 것이 아니오! 바로잡겠다는 상대만 다를 뿐 내가 보긴 똑같소! 그런데 어째서 한쪽은 반란이고 한 쪽은 혁명이오?"

"에미나이 혁명과 반란도 구분하지 못하면서 어디서 아는 체를 하네!"

"성공하면 혁명이고, 실패하면 무조건 폭동이고 반란으로 몰아붙이는 것이 이 나라 썩어빠진 법 아니오? 손 하나 까닥하지 않은 지주들은 곳간에 곡식이 썩어나고, 삼시 세끼 쌀밥에 고기에 떡에 약과에 산해진미로 먹고 사는데 정작 논에 들어가 피땀 흘리며 거머리에게 물리면서 쌔가 빠지게 농사짓는 사람들은, 굶어 죽어가는 게 바른 세상이오? 바르지 않은 세상을 바로잡자는 뜻이야 똑같지, 그게 왜 빨갱이 반란이오?"

아버지가 제대로 말을 더듬기 시작했다.

"이, 이, 이거이 이거이 이제야 본성이 나오느만, 이 에미나이 이거이 제대로 된 선동분자 전라도 빨갱이 아니가!"

기선을 제압한 엄마의 말이 계속됐다.

"하긴! 당신 말대로 전라도 사람들이 당신이 태어난 이북사람과는 다릅디다. 이성계는 양반이고 굶을 걱정이 없는데 나라를 훔친 것이고, 전라도 사람들은 그저 처자식 굶어죽지 않게 해달라고 봉기한 것이니, 다르긴 정말 다르구려! 이성계는 군대와 무기가 있어 성공한 거고, 전라도 농민들은 배곯는 가난한 처지라 이성계처럼 총칼과 군대가 없어 성공하지 못한 것이니 다르구려! 나라를 도둑질한 것도 아니고 단지 삼시 세 끼 배곯지 않고 먹고 살게 해달라고 일어난 것이 악질이고, 제 백성 죽이라는 말을 듣지 않은 것이 악질이오? 전라도 사람이 이성계처럼 나라를 빼앗았소? 친일파처럼 나라를 팔았소? 내 생각엔 배고픈 전라도 사람들보다 배부르고 욕심이 과해 나라를 도둑질한 이북의 이성계가 더 악질 같소!"

아버지 얼굴이 벌개졌다.

"이제 보니 이거 완전 뼛속까지 악질 전라도에 반란까지 선동하는 빨갱이 에미나이 맞구먼! 이성계가 배부르다니 지금 무슨 헛소리를 하고 자빠진 거가? 임금의 명령대로 전쟁에 나가면 군사들이 개죽음할 것이 뻔해 군사들을 살리려고 한 사람에게 이게 무슨 무식한 개소리가!"

말로 이길 수 없다는 것을 안 아버지가 엄마의 얼굴을 이리 치고 저리 쳤다. 아버진 이성계보다 이북이라는 말에 상처를 입었다. 엄마는 아버지의 폭력에도 물러서지 않고 독립군 아내답게 용감하게 항거했다.

"말 잘했소! 이성계가 전쟁에 나가면 죽을 것이 뻔해 군사를 살리려고 했다면, 동학도 여순사건도 살고 살리려고 한 발버둥이오! 가진 것이 없고 힘이 없는 사람들이 자기 권리를 찾으려고 하면, 무조건 빨갱이 반란으로 몰고 보는 것이 이 나라 법 아니오! 빨갱이, 빨갱이 하는데 당신보다 빨갱이가 훨씬 점잖습디다! 이리저리 구르던 얼치기 빨갱이나 얼치기 공산당이라고 하는 것들이 나쁜 거지, 배우고 제대로 된 빨갱이나 공산당은 남에게 피해도 안 주고 당신보다 훨씬 신사입디다!"

이제 엄마와 아버지는 돌아올 수 없는 강을 건너버렸다.

"이거 큰일을 내도 크게 낼 에미나이 아니가! 빨갱이 공산당이 점잖아? 점잖아? 이거이 이제 보니 나라를 들어먹을 에미나이 아니가! 햐! 이런 빨갱이 에미나이가 어찌 아직까지 죽지 않고 살아있는지 희한한 일 아니가!"

흥분하고 상처 입은 아버지가 엄마를 사정없이 패기 시작했다. 엄마는 맞으면서도 물러서지 않았다.

"제대로 된 공산당이 뭐가 나쁘오? 똑같이 일하고 똑같이 먹고살자는 건데? 당신도 그러지 않았소? 공산당 이론 자체야 좋은 거라고? 김원봉의 말이 맞다하지 않았소? 그럼 공산당 이론은 좋다고 한 당신도 공산당이겠소? 그리고 입은 삐뚤어졌어도 말은 바로 하라고 했소. 당신 고향 이북 사람인 이성계가 고려를 들어먹고, 친일 매국노가 들어먹었지, 전라도 사람들이 들어먹었소? 항구 사람들이 거칠어도 어디 이북 사람들만 하겠소? 당신이 민족 반역자고 독재자라고 이 갈고 욕하는 이승만도 이북 사람 아니오? 전쟁을 일으킨 것도 이북의 김일성 아니오? 이북은 옛날부터 포악하고 광폭한 사람이 많은 곳이오! 거기에 비해 농사를 지으며 온순하고 유하고 예술을 아는 사람들은 전부 남도 사람이오."

"이게 무슨 달밤에 개 짖는 소리가? 이북이야말로 의병과 독립군이 가장 많이 나온 곳인데, 지금 어따 대고 개소리를 하고 있는 거이가! 그리고 남도 사람들이 순하고 예술을 알아? 온순해서 그리 폭동이 일어난 거가! 예술을 알아서 폭동도 예술적으로 일으킨 거가! 말이 되는 소리를 하라우! 귀양살이 가는 곳이 남도고 빨갱이와 폭도가 득실거리는 곳도 남도인 건, 세 살 먹은 어린아이도 아는데 무슨 개소리를 하고 있는 거이가!"

"말 잘했소! 전라도에는 의병이 없었습디까? 임진왜란 때 의병이 일어난 곳은 남도요! 귀양은 이북으론 안 갔소? 당신 고향 이북은 그렇게 잘나서 도둑들만 득시글하구려! 유명한 도적들은 다 이북사람입디다!"

싸움은 돌이킬 수 없는 경지로 접어들었다. 드디어 난투극이 벌어졌다. 엄마는 정말 의병이 된 듯 맞으면서도 끝까지 항거했다. 엄마와 아버지의 싸움은 이념을 넘어 남과 북의 지역 대결로 치달았다. 우리는 엄마와 아버지 옆에서 숨소리조차 크게 내지 못했다. 조마조마한 마음으로 지켜보는 우리의 간은 작아지다 못해 쪼그라들었다. 그나마 간당간당하게 남아있던 아버지의 이성은 문밖을 나가버렸다.

"뭐이 도적? 도적? 햐! 이거 도적과 의적도 구분하지 못하는 형편

없는 에미나이 아니가! 이제 보니 완전히 악질 전라도에 공산당 빨갱이 반란분자 에미나이 아니가!"

아버지는 자신이 아는 그 시대 대한민국이 지향하는 이념에 반하는 모든 단어를 나열하듯 쏟아냈다.

"나라를 다스리는 사람들이 잘하면 반란이 나겠소? 성공하지 못해 반란이 됐지만 우리는 반란과는 멀게 산 집안이오! 우리 친할아버지는 경상도에서 진사 벼슬을 하시고 천석꾼 지주에 갑오난에도 인심을 잃지 않아 멀쩡했소. 외할아버지는 전라도 순천을 전부 아우르고 배를 열 척이 넘게 가진 보부상들의 거상이었소! 우리 어머니는 금노리개가 달린 금수저로만 밥을 자시던 양반이오!"

"뭐이 어드래? 무식한 에미나이! 거상이 무슨 양반이간나! 보부상들이 일정 때 밀정이었는데 이제 보니 이거이 빨갱이에 악질 전라도 밀정 집안 아니가! 그리고 진사 벼슬이 무슨 벼슬이라고 벼슬 얘기를 하는 거이가! 겨우 이장 정도 되는 것도 벼슬이가! 천석꾼 집안이니 농민들 숱하게 피 빨아 챙긴 악질 지주 집안 아니가! 이느무 에미나이 이제 보니 악질 지주에다 밀정에 빨갱이 공산당에 죽을 이유를 제대로 다 갖춘 에미나이 아니가!"

"어이구! 이렇게 어리석고 단순하니 당신이 지금 이 고생을 하고 공은 엉뚱한 사람들이 다 차지하고 사는 거요! 보부상들이 어디 친일 밀정만 있었겠소! 독립군을 도와주는 사람들도 있었지! 우리 외할아버지가 왜놈 세상은 물론이고 동학과 전쟁 때도 인심을 잃지 않아 멀쩡한 것을 보면 알 것 아니오!"

"햐! 이 에미나이 이거이 완전히 이중첩자 집안 아니가! 이쪽저쪽에서도 멀쩡한 거이 자랑이가! 이쪽저쪽으로 붙어먹은 교활한 첩자 아니가! 이거이 살려두면 안 되는 에미나이 아니가!"

아버지의 말이 끝나기 무섭게 엄마는 마무리 안타를 날렸다.

"아이고! 당신이 그리 하나밖에 모르니 똥치막대가 돼서 요 모양 요 꼬락서니요!"

드디어 아버지는 대꾸할 말이 바닥이 나버렸다. 엄마도 아버지의 무력에 더는 항거하지 못했다. 우리에겐 기적과도 같이 찾아온 화기애애한 분위기였다. 하지만 경숙인지 중숙이인지로 시작된 엄마와 아버지의 싸움은 이념 싸움에서 지역 싸움으로 번지며 난투극까지 더해져 불행하게 끝이 났다.

처음부터 엄마가 무조건 맞은 것만은 아니었다. 처음 아버지에게 맞은 엄마가 그만 살겠다고 반기를 들었다. 아버지는 자신의 손가락을 면도칼로 잘라 혈서를 썼다. 다시는 때리지 않겠다고. 하지만 아버지의 혈서는 3일이 가지 못했다. 아버지의 혈서와 달리 엄마의 인내는 오래갔다.

매를 맞았어도 엄마의 승리로 전반전이 끝나면 악몽 같은 후반전이 시작됐다. 분을 추스르지 못한 아버지가 다시 술상에 앉으면 그때부터 자식들에게 불똥이 튀기 시작했다. 우리는 아버지의 주사를 피해 달아날 수 있었지만 걷지를 못하는 셋째 언니는 우리의 매까지 고스란히 맞아야 했다. 걷지 못하는 언니를 데리고 도망갈 수는 없었다. 언니의 비명소리를 들으며 처음으로 비겁함을 배웠다.

만주군

여름이 오면 엄마는 언제나 바빴다. 얼굴을 제대로 볼 수 없을 만큼 하루 종일 바쁘게 종종거렸지만 엄마는 항상 가난했다. 땀 흘려 번 돈을 이리저리 빼앗겼다. 돈을 쥔 아버지마저 집을 나서면 그제야 우리가 사는 계곡은 전쟁이 끝난 듯 어둡고 침울한 적막을 맞아들였다.

우리는 하루를 끝낸 홀가분함과 개울가 목욕의 상쾌함과 여름이 내려앉은 이불의 포근함도 빼앗긴 채 무겁고 어두운 잠에 빠져들었다. 어두운 밤이건 우울한 밤이건 외로운 밤이건 불행한 밤이건 아침은 어김없이 찾아왔다.

다시 하루가 시작되면 난 엄마를 위해 부지런히 닭 파는 집으로 뛰었다. 그렇게 바쁘게 뛰어도 엄마는 항상 빈손이었다. 부대가 들어오면서 우이동을 찾는 피서객도 눈에 띄게 줄어들었다.

우이동이라는 유원지는 아버지를 이해하지 못하게 막았다. 훗날 성장해 우리나라의 기막힌 현대사를 찾아가면서 비로소 아버지를 이해했다. 아버지가 생전에 그리 밟고 싶어 했던 북녘땅 금강산도 가고 아버지가 그리워하던 경숙이가 살던 길림도 갈 수 있게 됐을 때 이미 아버지는 나와 같은 세상에 있지 않았다. 나의 삶은 언제나 그렇게 한 발자국씩 늦었다.

엄마는 아버지의 불행한 삶이 '산소 탓'이라고 했다. 아버지의 할아버지, 그러니까 나의 증조할아버지가 돌아가셨을 때 지관이 묘 터를 잡아주며 '이곳에 산소를 쓰면 정수리에 흰 머리카락 세 올이 난 손자가 태어나 나라에 징을 울릴 것'이라고 예언했다. 그러면서 지관이 덧붙이기를 '무슨 일이 있어도 절대 묘를 건드리면 안 된다'고 신신당부했다. 지관의 예언대로 태어난 아버지 정수리엔 흰 머리카락 세 올이 나 있었다.

그 다음부터 할아버지가 꿈을 꾸기만 하면 구렁이가 자기 아버지 묘를 칭칭 휘감고 있었다. 견디다 못한 할아버지는 지관의 말을 어기고 아버지 묘를 이장하기로 결심했다. 묘를 파기 시작해 시간이 얼마나 흘렀을까 갑자기 묘에서 흰 연기가 훅하고 빠져나왔다. 할아버지는 묘 앞으로 털썩 쓰러져 정신없이 흙을 퍼 담았지만 이미 운기가 빠져나간 뒤였다.

엄마는 그때 묘를 파지 않았더라면 아버지의 꿈이 이루어졌을지도 모른다고 했다. 하지만 그 또한 아버지의 운명 아니겠냐며 쓸쓸히 웃었다. 아버지는 청춘과 목숨을 걸고 찾고자 했던 세상을 결국은 찾지 못했다. 대통령만 한국인으로 바뀌었을 뿐 그전보다 더 기막히고 억울한 세상이었다. 그 속에서 아버지가 미치지 않고 하루하루를 견뎌내며 살아가는 방법은 완벽하게 자신을 놓아버리는 것이었는지도 모른다.

세상사에 일체 관심을 두지 않았던 아버지가 깊고 깊은 실망을 해서 며칠 동안 풀이 죽은 때가 있었다. 그런 아버지의 실망감을 본 것은 그때가 처음이자 마지막이었다. 군관학교를 나와 군인이었던 아버지는 하나뿐인 아들인 남동생도 군인이 되길 원했다. 아버지의 바램대로 동생은 육사를 지원했다. 성적이 괜찮고 아버지를 닮아 체육에 능한 동생이었다. 당연히 아버지나 엄마는 합격은 따놓은 당상이라고 철석같이 믿고 있었다.

"신체 건강하고 정신 바로 박히고 인물 반듯하고 성적이 나쁜 것도 아니고 나라를 위해 목숨까지 내놓고 싸운 독립투사의 자손이니 붙을 것은 당연지사 아니냐!"

엄마는 자신에 차 있었다. 그러나 식구들의 예상을 뒤엎고 동생은 최종 면접에서 떨어졌다. 그 소식을 들은 아버지는 자신 때문에 떨어진 듯 풀이 죽었고 갑자기 목소리가 10년은 늙어버렸다.

"이 아바지가 독립운동을 하고 반민특위 탐정위원장이었단 것을 말하지 않아야 했던 것은 아닌가?"

"아니! 당신이 강도질을 했소? 도둑질을 했소? 나라를 팔았소? 나라를 찾기 위해 싸운 독립투사의 자손인데 그걸 왜 숨긴단 말이오?"

엄마가 펄펄 뛰었다. 엄마는 자신이 사랑하는 아들이 면접에서 낙방했다는 사실이 믿기지 않았고 인정하고 싶지도 않았다.

"나라의 현실이 그렇지 않네……."

아버지는 화조차 내지 못할 만큼 실망이 컸다.

"현실은 무슨 현실이오? 지금이 왜놈 세상이오? 나라의 독립을 위해 싸운 독립투사의 자손이 독립한 나라를 지키는 군인이 되겠다는데 못하게 막는 이유가 도대체 뭐요? 신체와 정신이 모두 건강하고 인물은 물론 성적도 좋은데 육사 면접에서 떨어지다니 이게 있을 수 있는 일이오?"

야인이 된 아버지를 '현실감각이 없고 세상 흐름을 못 읽는다'며 탓하던 엄마가 갑자기 독립운동가를 옹호하는 투사가 되어있었다.

"말이 되지 않는 것이 어드래 한두 가지간나……. 이거이 다 우리 힘으로 독립을 하지 못해 생긴 일 아니가……."

아버지는 하늘을 보며 한숨을 쉬었다.

"거 무슨 바보 같은 소리를 하시오? 우리 힘으로든 남의 힘으로든 독립을 했으면 우리나라지 남의 나라요? 더구나 당신은 장개석 군대에서 장군까지 하며 일본놈들과 싸웠지 않소? 해방 후엔 반민특위 탐정위원장에 육군 준비총사령관까지 하며 나라를 세우는 데 이바지한 사람 아니오? 그런 사람의 자손이 나라를 지키겠다는데 안 된다는 게 말이 되는 소리요?"

엄마가 바보라고 해도 아버지는 화를 내지 않았다.

"지금에 와서 총사령관이니 반민특위니 독립운동이 다 무슨 소용이간나……. 독립을 했어도 다시 친일파가 득세하고 판을 치는 세상이니 이게 독립을 했다고 할 수 있는 세상이가. 나라의 우두머리를 비롯해 총리까지 관동군 출신이고 각 처의 우두머리를 전부 친일파가 잡고 있는데 뭘 바라간나. 바란 내가 어리석은 거이지. 독립군을 때려잡던 만주군이 육군 대장이 되고 친일파 세력이 자리를 차지하고 있는 군대에서 친일파를 잡아들였던 반민특위 탐정위원장의 아들을 뽑아주간나……. 그래도 세월이 흘렀으니 조금은 바뀌었을 거라고 희망을 가진 내래 바보같이 순진한 거이지……."

아버지는 자신을 스스로 바보라고 하고 있었다.

"어이구! 빌어먹을 세상! 이게 도대체 어찌된 세상이란 말이오? 독립한 나라에서 독립군의 자식이라 안 된다니 이런 세상이 도대체 어디 있소! 그들은 공산당에 친일파에 할 짓 안 할 짓 다하면서 잘 사는데 당신은 나라를 위해 그 고생을 하고 얻은 대가가 겨우 이거요? 독립군이 아니라 차라리 관동군이 될 걸 그랬소! 관동군인 박정희의 아들은 육사에 붙고 독립군의 아들은 떨어지는 이런 썩어빠진 세상이 어디 있단 말이오! 이게 친일파 세상이지 독립된 나라요? 하늘과 땅이 딱 붙어버렸으면 좋겠소!"

엄마가 분노하고 억울해하는 심정은 이해되지만 하나 있는 아들이 면접에 떨어졌다고 하늘과 땅이 붙어버려야 한다면 그 사이에 낀 8명의 딸은 어쩌란 말인가. 동생을 떨어뜨린 군인이 동생에게 용기를 잃지 말고 살라고 위로까지 하더란 말을 듣고 엄마는 광분했다.

"세상에 도둑이 매 든다고 하더니 용기를 잃지 말라? 허! 위로까지 해주고 아주 눈물 나게 고맙구나! 우리 아버지가 독립운동을 하고 반민특위 탐정위원장을 해서 죽을죄를 졌소! 그렇지만 용기를 잃지 않고 살라니 너무 고맙소! 말씀대로 용기를 잃지 않고 살겠소! 하지 그랬냐! 뻔뻔스러운 도둑놈들 같으니!"

아버지가 그렇게 입을 닫으라고 해도 듣지 않던 엄마는 그제야 현실 판단이 섰는지 스스로 입을 닫아버렸다. 동생은 육사에 낙방을 하고, SKY대 중 한 곳에 들어갔다. 동생이 대학에 붙자 아버지는 혼잣말처럼 중얼거렸다.

"그 학교는 친일파가 총장이었고 안두희의 사촌동생이 총장이었던 학교 아니가……."

아버지의 말에 엄마가 거침없이 쏘아붙였다.

"당신 말대로 친일파가 학교를 세우고 사회 여기저기 파고들지 않은 곳이 없는 세상에서 이것저것 따지며 피해갈 방법이 없는데 쓸데없는 소리하지 마시오! 안두희의 사촌이든 오촌이든 무슨 상관이오.

거긴 반민특위 탐정위원장의 아들이라고 떨어뜨리진 않으니 그것만으로도 고마운 학교요!"

그 후 아버지는 상처가 너무 아파서인지 철저하게 체념해버렸다. 그렇게 이를 갈던 이승만이란 이름도, 독립·친일·권력·정치 등 그 어떤 단어도 일체 입에 올리지 않았다.

마
적
단

부
인

지금 생각해보면 아버지는 여리고 정이 많은 사람이었다. 우리가 아프면 엄마는 대범한 모습을 보였다

"괜찮다! 안 죽는다! 푹 자면 낫는다!"

하지만 아버지는 이마를 짚어보며

"이그 이느무 에미나이! 이 열 좀 보라우! 열이 펄펄 끓는구만! 이러다 죽갔구만! 어서 병원 가자우!"

우리를 부랴부랴 병원으로 데려갔다. 주사를 부릴 때와는 전혀 다른 모습이었다. 독립군들이 죽는 것을 많이 봐서 그런가? 어쨌든 그런 아버지가 이렇게 목숨을 내놓고 독립운동을 했는지 지금도 완벽하게 이해가 가지는 않는다. 마음이 여린 것과 용기는 또 다른 이야기이고 아버지가 어린아이같이 욕심 없는 마음을 가졌기에 가능하지 않았을까 추측해본다.

어느 날 엄마가 바느질을 하면서 혼잣말처럼 중얼거렸다.

"여자 팔자는 뒤웅박 팔자라, 깡패를 만나면 깡패 부인이 되고 신사를 만나면 귀부인이 되느니라. 그러니 여자는 모름지기 남자를 잘 만나야 한다."

"그게 무슨 말이야? 뒤웅박?"

내가 물으면 엄마는 엄숙하게 대답했다.

"뒤웅박은 쌀을 담으면 쌀바가지가 되고 똥을 담으면 똥바가지가 되는 것을 말하느니라."

때때로 우리가 아버지에 대해 불평불만을 터뜨리면 아버지와 싸우던 때와는 달리 아버지를 옹호하며 편을 들었다.

"너희 아버지가 세월을 잘못 만나 그리되었지만 정신만은 올곧게 살아있는 사람 아니냐? 그런 아버지를 둔 너희는 나라의 독립을 위해 싸운 훌륭한 애국자의 자손이다."

그때 그 말은 어쩌면 엄마 자신을 위로하며 다독인 말이었는지도 모른다.

한번은 엄마가 애국자의 자손이고 뭐고 간데없이 악을 쓰며 우리를 팬 적이 있었다.

"이 마적단 자식들아!"

여자 팔자는 뒤웅박 팔자라던 엄마는 자신의 말처럼 기꺼이 마적 부인이 돼서 마적 패듯 우리를 팼다.

그날도 아버지가 무언가를 만들며 나에게 광에서 망치를 가져오라는 심부름을 시켰다. 나는 망치를 가져다주며 아버지의 기색을 살폈다.

"아바지, 아바지가 마적이었어?"

"뭐이 어드래? 어느 에미나이가 그러던?"

부지런히 움직이던 아버지의 손이 갑자기 멈췄다. 어린 나도 심상치 않은 기운을 느낄 만큼 아버지 얼굴이 굳어있었다. 나는 우물쭈물하며 죄지은 듯 고개를 숙였다. 아버지가 다그쳤다.

"어느 에미나이가 그따위 개소리를 하던?"

"저…… 엄마 에미나이가…….""

기어가는 목소리로 대답하자 아버지의 불호령이 떨어졌다.

"뭐이? 어드래? 가서 엄마 에미나이 불러오라우!"

나는 슬금슬금 뒷걸음질을 쳐 부엌에 있는 엄마에게 달려갔다.

"어…… 엄마…….""

"왜 그러냐?"

아궁이에 불을 지피고 있던 엄마는 귀찮은 듯 고개도 들지 않았다.

"저기…… 아바지가 엄마 에미나이 오라는데…….""

"또 무슨 일이라냐?"

엄마는 귀찮은 듯 느릿느릿 일어나 광 앞에 있는 아버지에게로 다가갔다.

"왜 그러시오?"

아버지가 눈을 치떴다.

"이느무 에미나이야, 마적이 머이가 마적이!"

"갑자기 무슨 소리요?"

"아이들에게 아버지가 마적이라고 했단 말이 사실이가?"

"당신이 그리지 않았수? 중국에서 독립군을 마적단이라고 했다고."

엄마는 그게 무슨 큰일이라고 바쁜 사람을 불렀냐는 듯 시큰둥했다.

"머이 어드래? 거야 악질 일본 만주군 놈들이 독립군을 마적이니 비적이니 한 거이지. 정말 마적이고 비적이라서 한 거이가?"

"당신이 그랬지 않소? 양세봉 장군도 중국 비적과 힘을 합쳐 함께 싸웠다고. 어쨌든 마적이니 비적이니 한 것은 사실 아니오?"

"그래도 독립군과 비적이 같은 거이가? 어이구! 이느무 에미나이 이거 무식해서 큰일 났구먼!"

다행히 그날 아버지는 엄마를 더 닦달하거나 전투태세를 갖추지 않았다. 기억나지 않지만 아버지는 그때 아주 중요한 것을 만들고 있었던 것 같았다. 나는 한동안 엄마를 슬슬 피해 다녔다.

표가 크게 나지는 않지만 자세히 보면 아버지는 다리를 아주 조금씩 전다. 아버지가 다리를 절게 된 것은 일본군과의 싸움이 아니라 엄마와의 전투 때문이었다.

내가 젖먹이일 때 마당에 앉아 엄마가 나에게 젖을 물리고 있었다. 그때 자신이 들어온 것을 반기지 않자 화가 난 아버지가 어른 머리 만 한 돌을 엄마에게 던졌다. 돌은 바로 엄마 앞에서 떨어졌다. 만약 한 뼘만 더 날아왔어도 난 아버지가 던진 돌에 맞아 죽었을 것이라고 했다. 살면서 힘들 때마다 아버지가 한 뼘만 더 멀리 던져주지 않은 것을 원망했다.

자칫하면 자기 품속에서 자식이 돌에 맞아 죽었을 상황에 엄마는 이성을 잃었다. 엄마는 바로 나를 내려놓고 반사적으로 옆에 있던 톱을 들고 전속력으로 아버지에게 달려가 톱으로 다리를 내리쳤다.

"아고고! 이누무 에미나이! 사람 죽이는구만!"

아버지는 비명을 지르며 다리를 잡고 쓰러졌다. 다리에선 쉴 새 없이 피가 솟구쳐 흐르고 난리가 났다. 옆집이 놀라 신고를 하자 경찰이 왔다.

"나는 저 인간 목을 치려고 했는데 다리를 쳤습니다! 저를 잡아가세요!"

엄마는 경찰에게 자신의 두 손을 내밀었다. 피를 본 엄마는 제정신이 아니었다. 그런 엄마를 아버지가 저지했다.

"이건 집안일이니 상관 말라우! 그러니 저 에미나이를 놔두고 빨리 나를 태우고 병원이나 데려가라우!"

그 후로 조금씩 다리를 절게 된 거였다. 자신을 죽이려다 불구로 만든 엄마를 용서한 것을 보면 한 편으론 너그럽고 착한 분이기도 하다. 아버지는 일본군과의 전쟁보다 더 치열한 전투를 엄마와 함께 치르며 살았다. 그러고도 아버지와 엄마는 내 밑으로 4명의 자식을 더 낳고 살았다.

엄마는 엄마대로 가진 것을 빼앗기고 포기하게 만드는 현실을 한탄하고, 아버지는 아버지대로 이상을 배반한 현실에 대한 울분을 엄마에게 쏟아놓으며 서로서로 치열한 전투를 하며 살았던 것 같다.

아버지의 수난은 다리에 그치지 않고 머리까지 이어졌다.

어느 날 아버지가 우리 모두를 부르더니 산으로 가자며 앞장섰다. 평소엔 챙기지도 않던 셋째 언니까지 지팡이를 짚게 하고 데려갔다. 산에 가는데 굳이 걷지 못하는 언니까지? 좀 으스스하고 이상했지만 거역하지 못하고 아버지를 따라갔다. '엄마가 혹 말려주지 않을까' 하는 기대를 가지고 엄마를 돌아보았다. 엄마는 우리를 쳐다보지도 않고 마루에 앉아 자신의 일에 열중하고 있었다.

나중에 엄마에게 듣기론 아버지가 '우리를 다 죽이고 자신도 죽겠다'며 산으로 데려간 거라고 했다. 하지만 그건 위협이었을 뿐 아버지는 절대 자식을 죽일 만큼 독한 사람이 못됐다.

정이 약해 헤어지는 것도 제대로 못했다. 경숙이를 생각하며 엄마 앞에서도 눈물을 흘리는 사람이다. 더구나 우리가 아프다면 벌벌 떠는 사람이 어떻게 자식을 죽인단 말인가. 대범한 엄마에게도 자식은 가장 나약한 부분이었다. 그것이 자식의 생명과 연관이 됐을 땐 대부분의 엄마가 그렇듯 엄마 역시 대범함을 버렸다.

산으로 가려면 집 뒤에 있는 밭을 거쳐야 했다. 밭에 다다르자 아버지는 밭 귀퉁이 돌 위에 털썩 앉았다.

"여기 좀 앉았다 가자우."

언제 챙겼는지 품에서 소주병을 주섬주섬 꺼내 병째로 홀짝홀짝 마시기 시작했다. 아버지는 술을 마셔도 절대 정신 줄을 놓거나 취하게 마시지 않았다. 떡을 안주 삼아 소주 한 병을 가지고 밤새도록 마시는 분이었다. 난 용기를 내어 물었다.

"아바지, 우리 어디로 가는 거야?"

아버지는 하늘을 멀거니 쳐다보며 슬픈 듯이 말했다.

"멀리 간다우!"

"멀리? 얼마만큼 멀리?"

"아주 멀리 간다우."

"멀리 가려면 차를 타야 하는데 왜 산으로 가? 여긴 차가 없잖아?"

"차를 타지 않는 곳으로 아주 아주 멀리 간다우!"

아버지가 도통 무슨 말을 하는지 알 수 없었지만 평소와는 다른 우울한 모습이 마음에 걸렸다. 그런데 그때 아버지 등 뒤로 엄마가 발자국 소리를 죽이며 살금살금 다가오고 있었다. 아버지와 마주보고 앉아 있던 나는 엄마의 모습을 똑똑히 볼 수 있었다.

항상 한복을 입고 있던 엄마는 한 손을 뒤로 감추고 있었다. 느낌만으로도 아버지 몰래 다가오는 것을 알 수 있었다. 말을 해서는 안 된다는 것을 본능적으로 느끼며 엄마의 행동을 숨을 죽이고 지켜봤다. 아버지 뒤에 바짝 다가온, 뒤로 감춰졌던 엄마의 손이 허공 위로 높이 들어 올려졌다. 엄마의 손에는 망치가 들려있었다. 내가 비명을 지를 새도 없이 갑자기 아버지의 비명소리가 들렸다.

"에구구! 이느무 악질 에미나이! 사람 죽이는구먼!"

안타깝게도 그 뒤의 기억은 전혀 없다. 단지 내가 아는 건 아버지가 죽지 않았고 엄마도 감옥에 가지 않았다는 사실이다. 그러고도 두 분은 계속 함께 살았다. 나중에 엄마에게 벌금이 나왔는데 아버지는 엄마에게 벌금 고지서를 보이며 힐책했다.

"이느무 에미나이! 꼴좋다! 꼴좋아! 제 남편 죽이려 망치로 머리 내리치더니 나라를 위해 벌금까지 내주고! 아주 장한 일을 했다우!"

벌금이 나왔다는 건 아버지와 엄마가 경찰서까지 갔다는 얘기다. 그럼 아버지가 또 엄마를 풀어준 건가? 두 분의 삶은 지금도 나에겐 증명되지 않는 리만가설 같은 것으로 남아있다. '인생은 가까이서 보면 비극이고 멀리서 보면 희극'이라는 찰리 채플린의 말은 명언이다.

아버지는 내 바로 위의 넷째 언니가 학교에 들어가자 숫자를 가르쳐주는 자상함을 보였다. 그런데 언니는 3자를 제대로 쓰지 못하고 거꾸로 기러기 날아가는 것처럼 썼다. 아버지는 언니의 머리를 주먹으로 쥐어박았다.

"에이! 이느무 에미나이! 이거 행편없네! 에미나이 아니가!"

아버지는 가끔 나와 언니를 데리고 나가 이발소에서 언니의 머리를 사발을 대고 자른 것처럼 동그랗게 잘라주고는 했다. 그러고 난 뒤에는 중국집에 가서 음식을 사주었다. 중국에서 생활했던 아버지는 중국집을 즐겨 찾았다. 중국집에 자리를 잡고 앉은 아버지가 우리에게 물었다.

"명아, 명이 에미나이! 너희 무얼 먹간나?"

아버지 말이 떨어지자마자 메뉴판을 보고 있던 넷째 언니가 대답했다.

"탕수육요."

언니가 정말 좀 맹한 건지 아니면 의식세계가 남다르고 뚜렷한 건지 알 수 없었다. 혼날 것이 빤한데 거기서 왜 비싼 탕수육이 나온단 말인가.

"에이! 이느무 에미나이! 탕수육이 뭐가! 짜장면 시키라우!"

어차피 짜장면으로 결정할 거라면 왜 물어보는 건지 아버지의 의식세계 또한 언니와 막상막하였다. 난 아버지의 눈치를 살피며 대답을 하지 않고 있어서 혼나는 것을 면했다. 혹시 이래서 식구들이 나를 약아빠졌다고 하는 건가. 이건 약아빠졌다기보단 환경에 살아남기 위한 처절한 생존본능 아닌가.

어느 초가을에 점잖게 생긴 초로의 남자가 우리 집을 찾아왔다. 한 달간 방을 빌리겠다고 했다. 유원지 장사도 끝나가는 터라 어차피 남아도는 방이었다. 게다가 삼시 세 끼의 식사까지 부탁했다. 반가운 손님이 아닐 수 없었다. 그는 선금을 내고 안채와 뚝 떨어진 방에 머물렀다. 아버지는 시간만 나면 그 사람을 이 선생이라 부르며 방으로 찾아갔다. 서로 술잔을 기울이며 이런저런 시국 얘기를 하며 친하게 지냈다. 그러던 어느 날, 매섭게 생긴 사람들이 양복을 입고 까만 차를 타고 와 선생을 찾았다. 하얗게 질린 선생은 그들을 따라 말없이 차에 올랐다. 그 와중에도 예의를 차려 아버지에게 그동안 고마웠다는 인사를 잊지 않았다. 아버지는 차에 오르는 선생을 보고 안타까운 듯 말했다.

"이 선생, 고생 좀 하갔습네다."

이 선생이란 사람도 깍듯하게 받았다.

"네. 그동안 신세 많이 졌습니다."

옆집은 그 선생이 간첩이어서 데리고 간 거라고 수군댔다. 엄마는 차가 떠나자 무서운 듯 혀를 차며 말했다.

"세상에! 열 길 물속은 알아도 한 길 사람 속은 모른다고, 저리 점잖은 양반이 간첩이라니 믿기지 않소."

아버지가 소리를 질렀다.

"에미나이! 간첩은 무슨 간첩이가!"

"간첩이라 연행한 거 아니오?"

"다 자기 정권에 반대하니 무조건 간첩이라고 누명 씌워 잡아다 족치는 거이지! 간첩은 무슨 간첩이간나! 이승만 정권부터 한두 번 해먹는 수작이가!"

"딱히 그렇게 볼 것도 아니오. 그동안 정치 얘기를 많이 하지 않았소? 북한은 친일 청산 싸그리 했다는 것도 그렇고 북한이 미국 배를 끌고 가고 미국 비행기까지 쏴서 떨어뜨렸다는 것도 말하지 않았소? 간첩이라 그리 소상하게 잘 아는 것 아니오? 그때 우리가 김일성 보고 간도 크다고 하지 않았소? 그 작은 나라에서 대국의 배를 끌고 가고 비행기를 쏘아 떨어뜨려도 전쟁이 나지 않아 신통하다고 생각했잖소. 그것이 다 간첩이라서 그리 많이 아는 것 아니오?"

"기야 시국에 관심을 가지면 다 아는 거이지 간첩이라서 아는 거가! 그리고 김일성 그놈이 어떤 놈인데 전쟁이 날 짓을 하간나! 다 끌고 갈 만하니 끌고 간 거고 쏠 만하니 쏜 거 아니간나!"

"아이고! 당신 제발 말조심하시오. 하여간 김일성이 배짱 하나는 대단하우."

그러더니 엄마가 소리를 죽여 물었다.

"그런데 늘 같이 붙어있던 당신을 간첩이라고 같이 데려가지 않은 것 보면 막 잡아간 것이 아니라 제대로 안 것 아니오?"

"말이 되는 소리를 하라우! 독립운동가가 간첩이 말이 되간? 공산당이 싫어서 목숨 걸고 넘어온 나를 간첩이라고 엮을 수 있간나! 그리고 이제 야인이 된 나를 잡아다 무슨 이득을 보갔다고 잡아가갔나!"

"말이 안 될 건 또 뭐요. 엮으려면 뭔들 못 엮겠수? 현 정권에 환멸을 느껴 같이 자란 친구인 김일성을 찬양했다고 할 수도 있는 것 아니오?"

"하여튼 무식한 에미나이는 어쩔 수가 없구먼! 김일성이 싫어 탈출한 내가 김일성을 찬양하는 게 말이 되는 거이가! 김일성과 난 노선부터 다르다는 건 독립운동을 할 때부터 다 아는 사실인데 갖다 붙일 곳에 갖다 붙이라우!"

"아이고! 김일성과 노선이 달라 장하시오. 목숨을 걸고 넘어와서 남는 것이 없는데 노선이고 길선이고 뭐가 중요하오. 잡혀간 선생 말대로라면 북쪽은 친일이 깨끗하게 청산됐다니 항상 친일 청산을 하지 못해 불만을 터트리는 당신이 안타까워하는 소리요. 이 박사와 김일성이 똑같이 독재를 해도 김일성은 친일 청산을 했다니 하는 소리 아니오?"

아버지 눈이 휘둥그레지며 갑자기 주위를 살폈다.

"이느무 에미나이 이거 큰일 날 에미나이 아니가? 어디서 김일성 찬양을 하네! 지금 세상이 어떤 세상인데 함부로 그런 말을 내뱉네! 쥐도 새도 모르게 잡혀가 죽고 싶어 환장을 했구먼!"

"그것이 사실이라면 친일 청산에선 남한보다 나은 것 아니오? 김일성 찬양이 아니라 친일파 청산이 확실히 되었다는 사실을 말하는 것인데 그게 김일성 찬양이오? 당신이 주구장창 외치던 친일파를 깨끗이 청산한 것은 잘한 일 아니오? 똑같은 독재를 했어도 그런 점은 이 박사보다는 낫지 않소?"

"이 에미나이 이거이 정말 죽고 싶어 환장을 한 거 아니가! 함부로 그런 소리 말라우! 독재를 했으니 이승만이 쫓겨난 거 아니가! 친일 청산을 했지만 독재를 해도 쫓겨나지 않고 있으니 김일성이 더 악질 독재자 놈 아니가! 소리도 없이 죽기 전에 함부로 그런 개소리 말라우! 지금 이 선생 끌려가는 것을 보고도 그런 개소리가 나오는 거가! 개죽음 당하기 싫으면 아예 그런 개소리는 입 밖에도 내지 말라우!"

아버지는 엄마와 싸울 때와 달리 엄마가 잡혀갈 것을 걱정했다. 엄마는 그런 아버지를 보고 코웃음을 쳤다.

"당신은 참 겁도 많소! 이렇게 단순하고 겁 많은 양반이 독립운동을 어떻게 했나 모르겠소! 하긴 적이 확실히 구분되는 단순한 싸움이니 가능했을 것이오!"

"에미나이 이거 정말 대책 없는 무식한 소리만 하누만! 독립운동이 서로 적이 확연히 구분이 되긴 어드래 구분이 되간나! 독립운동가 사이에도 얼마나 많은 밀정이 있었는지 알기나 하네! 양세봉 장군이나 김좌진 장군이 같은 민족인 밀정에게 속아 죽었지 일본놈에게 속아 죽었간나! 개소리 말고 가서 술이나 개 오라우!"

아버지는 그닐 혼사서 소주 한 병을 가지고 오랫동안 마셨다.

남북 정상회담으로 김일성 사진이 신문에 오르내리던 어느 날, 엄마가 김일성의 인물을 칭찬했다.

"당신이 악질이라고 욕하고 나라에선 '빨갱이 빨갱이' 해서 엄청

무섭게 생긴 줄 알았는데, 김일성이 인물 하나는 참 잘생겼습디다! 나라를 통치하고 미국을 좌지우지할 만하게 생겼소!"

"이느무 에미나이 이거 눈이 외출 나간 에미나이 아니가! 드라큘라같이 생긴 놈이 잘생기긴 뭐가 잘생긴 거이가?"

"드라큘라는 또 뭐요? 훤하니 잘만 생겼습디다!"

"하여튼 사람 볼 줄을 모르는 에미나이로구만! 길림에서 그놈 별명이 드라큘라였다우!"

"왜 그런 별명이 붙었소?"

"이빨이 온통 덧니로 삐뚤빼뚤해 드라큘라라고 하지 않았네!"

"그럼 그 이빨이 다 어디로 갔소?"

"내가 알간! 그놈이 다 뽑았는지 팔아먹었는지 했갔지!"

"덧니도 그렇게 막 뽑소?"

"못할 건 뭐이가! 사람도 갖다 죽이는데 이빨 뽑아 죽이는 거야 아이들 장난 아이가!"

"덧니를 뽑든 뻴니를 뽑든 난 인물이오! 대국의 배를 끌고 가고 비행기를 쏘아 떨어뜨리는 대단한 사람이오! 그러니 나라를 다스리는 것 아니오! 인물값을 합디다!"

"에미나이 이거 눈이 발바닥에 달린 에미나이 아니가! 그놈 인물이 길림에서 내 발밑에도 따라오지 못했는데 지금 무슨 개수작이가!"

"옛날의 금잔디가 무슨 소용이 있소! 지금이 중요한 거지! 그리고 아무리 인물이 잘생겼음 뭐 하오! 행동이 궂으면 잘 생긴 인물도 징그러운 법이오!"

"이 에미나이 남자에 환장한 에미나이 아니가! 이승만은 죽어버렸으니 어쩔 수 없고 김일성은 아직 살아있으니 목숨 걸고 휴전선 넘어가 데리고 살라우! 흰 깃발 날리며 김일성 수령 동지 사랑해서 목숨 걸고 넘어왔다면 감격해서라도 그놈이 받아줄 것 아니가! 그러니 어서 가서 데리고 살라우!"

엄마보다 13살이 많았던 아버지는 엄마 입에서 남자에 관한 얘기만 나오면 민감해졌다.

"그것까진 당신이 걱정할 필요 없소! 가도 내가 알아서 갈 것이니!"

엄마가 그렇게 당당하게 말할 수 있었던 것은 아버지가 이미 힘을 잃은 후였기 때문이었다. 독립운동을 할 때 장개석 밑에서 장군으로 중국군을 호령하며 잘나가던 자신과 김일성이 도달한 세상이 너무나 다른 것에 아버지는 더 분개했다.

가마솥의 눈물

더위와 개울물, 뜀박질과 노란 한복과 흐느낌, 술에 취한 노랫소리와 싸움꾼들의 공포까지 가세한 닭백숙이 가득했던 계곡에 적막한 고요가 찾아온다. 을씨년스런 가을이 몰려오고 낙엽 타는 냄새가 하늘로 올라가는 계절이 되면 우리의 풍요로움도 끝이 난다.

우이동의 겨울은 슬프고 초라했다. 문풍지가 겨울바람에 윙윙거리며 울었다. 눈의 무게에 못 이긴 뒷산의 소나무 가지가 뚝뚝 부러지며 비명을 지르면 우리는 여름과 너무 먼 세상에서 언제나 가난했다.

코끝이 싸하게 매운 겨울날 아침은 엄마의 쌀독을 긁는 소리로 시작됐다. 그 여름의 풍요는 다 어디로 간 것일까. 여름만 지속된다면 하루 종일 닭을 사러 뛸 수도 있었다. 하지만 우리나라는 사계절이 뚜렷한 너무나 살기 좋은 나라였다. 변화무쌍한 기후를 가진 나라에서 여름만을 고집할 순 없었다.

쌀독을 긁은 다음 날부터 우리는 밀가루로 만든 수제비를 먹기 시작했다. 가마솥으로 한가득 끓여놓은 수제비는 다음 날 아침이 되면 손바닥만큼 부풀었다. 우리는 부푼 수제비와 우거짓국으로 겨울을 났다.

가끔 젊지도 늙지도 않은 아저씨가 소간이나 천엽, 쇠고기에 붙은 하얀 기름덩어리를 철로 만든 작은 사각형 상자에 넣어 자전거 뒤에 싣고 팔러 다녔다. 재수가 좋은 날은 하얀 쇠고기 기름을 사서 우거짓국에 넣고 끓였다. 그러면 쇠고기 국을 끓일 때처럼 고소한 냄새가 진동했고 우리는 쇠고기 국을 먹듯 맛있게 우거짓국을 먹었다. 우리들은 기름기를 먹으니 역시 다르다며 몸이 한층 부드러워졌다고 행복해했다.

50여 년이 지나 우리가 맛있게 먹은 쇠고기 기름은 동맥경화증과 고지혈증의 주범으로 몰려 기피하는 음식이 됐다. 지금 내가 고지혈증을 앓고 있는 것이 그 때문인가. 하지만 그나마 자주 먹지도 못했는데…….

흰 눈이 소복이 쌓이면 눈을 퍼서 설탕을 넣어 빙수라고 먹었다. 그 시대엔 설탕도 귀했던 터라 자주 먹지 못했다. 지금 생각하면 기겁할 일이다. 그땐 공기가 지금보다 맑았고 그나마 자주 먹지 못한 것이 천만다행이었다. 그렇게 우리는 겨울을 나며 여름을 기다렸다. 다시 계곡이 기지개를 펴고 버들강아지가 물가에서 제 몸을 적시는 봄이 지나고 여름이 찾아 왔다.

그러던 어느 해던가? 우리가 기다린 여름의 분주함 대신에 아버지가 젊디젊은 여자를 데리고 나란히 집으로 들어섰다.

엄마는 아버지가 가끔 다른 여자의 이름을 부르고 울어도 애꿎은 양동이만 들고 우물로 갈 뿐 애써 무심해 했다. 그러던 엄마가 하루는 마당 끝에 있는 커다란 절구에다 쌀을 찧었다. 생일도 아닌 아무 날도 아닌 날에 땀을 흘리며 쌀을 찧는 엄마가 의아했다.

엄마는 찧은 쌀을 체에 곱게 쳐놓고 솥에 물을 부은 후 시루를 걸었다. 시루에 베 보자기를 깔고 그 위에 체에 친 곱디고운 흰쌀가루를 부었다. 솥과 시루 사이를 반죽한 쌀가루로 메우더니 나무에 불을 붙여 물을 끓여 떡을 쪘다.

솥에서 김이 나자 시루 뚜껑을 열고 젓가락으로 시루 속을 찔러 쌀가루가 묻어나오는지 살폈다. 젓가락에 쌀가루가 묻어나오지 않자 솥과 시루 사이에 붙은 쌀 반죽을 떼어냈다. 그런 다음 수건으로 자투리를 틀어 머리에 올리고 그 위에 떡시루를 이었다. 떡시루를 머리에 인 엄마는 임도를 건너 아버지가 쓴 박연폭포를 지나 부지런히 산으로 올라갔다.

나는 살금살금 엄마 뒤를 따라갔다. 후리후리한 키에 떡시루를 이고 산을 오르는 엄마의 걸음은 한 치의 흐트러짐도 없이 재빨랐다. 한참을 올라간 엄마가 떡시루를 내려놓았다. 우리가 아버지와 함께 버섯을 따러왔다가 앉아서 쉬었던 큰 바위 밑이었다. 떡시루를 내려놓은 엄마가 갑자기 자기 가슴을 치며 통곡했다.

"아이고! 아이고!"

그땐 여름이라 우리가 깔고 앉던 낙엽은 자취를 감춘 뒤였다. 엄마의 때가 탄 치마와 달리 나무들은 초록의 산뜻한 새 옷을 입고 있었다. 한참을 서럽게 울던 엄마는 한복 치맛자락을 잡아 쓱쓱 눈물을 닦았다. 그리고 다시 떡시루를 이고 내려와 아무 일도 없었던 것처럼 우리에게 떡 접시를 내밀었다. 엄마의 눈물방울 같은 빨간 팥이 얹혀 있었다.

그 후로 엄마가 말없이 양동이를 들고 개울로 갈 때마다 흐르는 물소리에 통곡 소리를 숨기고 마음껏 울기 위한 것이 아닐까 싶어 엄마의 뒷모습을 유심히 바라보았다. 내가 바라본 뒷모습들은 언제나 슬픔과 한을 가득 지고 있었다.

내가 불러온 색시와 술 배달하는 청년과 엄마와 아버지까지. 그때 엄마의 통곡은 삶의 거미줄에 갇힌 여인의 비명은 아니었을까. 고생과 질투로 버무려진 세월을 살며 사랑이 애증으로 변해가는 시간들을 사는 한 여인의 처연한 몸부림은 아니었을까.

그렇게 질긴 아버지와 엄마의 인연도 서서히 막을 내리고 있었다. 치열한 전쟁을 거듭하면서도 부부의 연을 끊지 못하고 살던 엄마였다. 아버지가 젊은 여자를 데리고 나타났을 때 엄마는 태연히 아궁이에 장작을 넣고 있었다. 눈물이 뚝뚝 떨어지는 가마솥을 멍하니 바라보고 있었다.

엄마가 나에게 알려준 실용적인 교육 중 하나는 가마솥에 눈물이 뚝뚝 떨어지면 밥이 익었다는 것이다. 엄마는 그때부턴 장작을 더 넣지 말고 불을 고래까지 깊숙이 넣어 불길을 약하게 만들어서 뜸을 들여야 한다고 했다.

그렇게 가르쳐 준 엄마가 가마솥에 눈물이 뚝뚝 떨어지는데도 불을 고래로 밀어 넣지 않고 멀거니 불길만 바라보고 있었다. 정신을 가출시키고 몸만 남은 엄마가 앉아 있었다.

"엄마! 가마솥이 눈물을 흘리잖아!"

내가 소리를 지르자 엄마는 꿈에서 깬 듯 얼른 장작을 밀어 넣었다. 다행히 정신을 멀리 가출 시키진 않은 것 같았다. 가마솥에선 쉴 새 없이 눈물이 떨어졌다. 그때 가마솥이 흘린 눈물은 엄마의 눈물이 아니었을까. 엄마의 인생은 그때 가마솥이 흘린 눈물처럼 눈물만 흘리고 뜸을 들여 완성하지 못한 것은 아니었을까. 그때 엄마는 본능적으로 알았던 걸까? 엄마의 삶은 결코 틈을 들일 수 없다는 것을.

아버지가 데리고 온 젊은 여자는 어린 내가 보기에도 얼굴이 얽고 예쁘지도 않았다. 목소리마저 남자같이 거칠었다. 나이가 들어 아버지 눈이 나빠진 것이 틀림없었다. 미인 소박은 있어도 음식 소박은 없다는데 여자가 음식을 잘하는 걸까. 엄마는 미인에다 음식도 잘하는데……. 어쨌든 그 여자 때문에 아버지는 집을 나가고 엄마와 헤어지게 됐다. 나중에 확인한 사실이지만 젊은 여자의 음식솜씨도 영 말씀이 아니었다.

엄마의 말처럼 모든 일은 억지로 해서는 안 되고 다 때가 있는 것 같다. 그 후에 젊은 여자가 도망갔다고 아버지가 돌아왔어도 엄마는 받아주지 않았다. 젊은 여자가 도망을 가도 아버지가 기어이 찾아낼 것을 엄마는 경험으로 이미 알고 있었다. 엄마가 숱하게 도망을 갔어도 귀신같이 찾아냈던 아버지였다.

엄마를 실망시키지 않고 아버지는 젊은 여자를 매번 찾아냈다. 아버지와 사는 젊은 여자는 아이를 가질 수 없는 것 같았다. 도망갔던 젊은 여자가 아버지와 헤어지겠다며 엄마를 찾아오면 타이르며 용돈까지 쥐어 보냈다.

"자식이 이렇게 많은데 나중에 자네를 모른 척하지 않을 것이니 헤어지지 말고 살게."

그때 엄마는 아버지에 대한 마음을 정리하고 아버지가 집을 나간 것을 속 시원하게 생각하고 있었다. 오히려 아버지가 젊은 여자와 헤어지고 다시 집으로 들어오는 것을 겁냈던 것 같았다.

둘째 언니가 아버지 환갑잔치를 해준다고 하자 불같이 화를 냈다.

"집 나간 사람에게 환갑잔치는 무슨 썩어빠진 환갑잔치냐! 네가 지금 정신이 있는 것이냐? 그러다 다시 눌러앉으면 네가 책임질 것이냐?"

이미 그때 엄마는 뜸이 들지 않은 밥을 밥솥에서 미련없이 퍼내버린 거였다.

한 번은 아버지와 함께 우리 집을 찾은 젊은 여자가 무슨 이유인지 아버지와 싸우기 시작했다. 여자는 죽기 살기로 기를 쓰며 악착스럽게 밭에 있는 흙을 손으로 퍼서 미친 듯이 아버지에게 던졌다. 아버지를 땅에 묻을 기세였다. 쉴 새 없이 날아오는 흙 때문에 눈을 뜨지 못한 아버지가 비틀거렸다. 여자가 조금만 더 분발하면 아버지는 곧 흙더미에 묻혀 생매장을 당할 판이었다. 결국 아버지가 눈물을 흘리며 백기를 들었다.

"악질 에미나이 같으니……."

그렇게 여자는 아버지를 단숨에 굴복시켰다. 젊은 여자의 전술은 놀라웠다. 힘으로 당하지 못하니 아버지를 유인해 밖으로 나오게 만들었다. 그리고 흙을 이용해 아버지의 눈을 막아버려 간단하게 승리한 것이었다. 엄마가 톱이나 망치를 휘둘러도 굴복시키지 못한 아버지를 무기도 없이 흙 하나로 간단하게 굴복시킨 것이다.

'저런 여자가 독립군이 됐어야 하는데!'

나는 속으로 감탄하며 아쉬워했다. 전투를 끝내고 시장함을 느낀 아버지와 젊은 여자는 엄마가 차려준 밥상을 받고 서로 마주 앉아 맛있게 먹었다. 그러고는 사이좋게 손을 잡고 내려갔다. 아버지는 드디어 임자를 만난 거였다.

젊은 여자에게 제압당한 아버지의 혈기는 내리막길을 구르듯 빠르게 굴러 바닥을 쳤다. 그 후 아버지는 젊은 여자에게 꼼짝을 못하고 구박을 당하며 살았다. 때때로 아버지가 젊은 여자에게 얻어맞고 다시 집에 들어오면 엄마도 용기를 얻었는지 아버지의 멱살을 잡고 흔들었다.

　한 번 무너지자 사정없이 무너지기 시작한 아버지는 엄마에게도 역전을 당했다. 아버지는 노란 한복을 입은 색시와 술을 나르던 청년이 간 길을 걸어 아이처럼 울면서 내려갔다.

　그러고도 젊은 여자가 아버지에게 헤어지자고 하면 아버지는 입이 한 발이나 나온 여자를 데리고 말려달라며 엄마를 찾아왔다. 엄마는 언제나 따뜻한 밥을 해 먹이고 용돈을 쥐어주며 아버지와 여자를 토닥여 보냈다.

　난 어린 나이에 혈기를 부리는 남자가 힘없고 늙으면 어떻게 되는지, 말이 아닌 현실로 배웠다. 춥고 깊은 겨울날, 아버지는 여느 때처럼 젊은 여자와 나란히 엄마를 찾아왔다. 젊은 여자를 옆에 앉혀놓고는 매서운 겨울바람에 빨갛게 언 엄마의 볼을 쓰다듬으며 마음 아파했다.

　"어이구! 이 에미나이 이 볼 좀 보라우! 다 얼었구먼!"

　말을 타고 중국을 누비며 수많은 항일전을 치렀던 아버지. 엄마가 차려준 술상 앞에서 당신의 연인이었던 경숙이가 보고 싶다고 울던 아버지. 할머니가 눈뜬 장님이 됐다고 울고 엄마에게 쫓겨나 울던 아버지. 그 아버지가 엄마의 언 볼을 쓰다듬으며 안타까워하고 있었다. 아버지는 모든 것을 계산하지 않고 자신의 감정에 솔직한 아기 같은 분이었다.

　아버지가 입원했다는 소식을 듣고 엄마가 병원을 찾은 것은 겨울이었다. 아버지는 병문안을 온 엄마 앞에서 아버지의 휠체어를 끌고 있는 젊은 여자를 걱정하며 울먹였다.

　"이것을 놔두고 내가 어찌 눈을 감네······."

아버지는 자신을 생매장 시킬 뻔한 뛰어난 전투력과 전술력을 가진 용맹한 젊은 여자를 걱정하며 눈물을 흘렸다.

그런 아버지를 엄마가 위로했다.

"자식들이 많은데 그런 염려 마시고 얼른 털고 일어나 건강이나 챙기시오. 얼굴 보니 걱정하지 않아도 될 것 같소. 병도 마음먹기에 달렸으니 용기를 내시오. 그럼 나는 이제 가 보겠소."

"알았다우, 어서 가 보라우."

아버지가 힘없이 대답했다.

"자네가 고생이 많네."

손이 큰 엄마는 꽤 많은 돈을 젊은 여자에게 쥐어주고 돌아섰다. 젊은 여자는 아버지가 탄 휠체어를 끌고 병원 현관까지 엄마를 배웅했다. 아버지가 울먹이며 엄마에게 물었다.

"또 올 거가?"

"내가 다시 오지 않게 얼른 일어나시오. 얼굴을 보니 내가 다시 오지 않아도 될 것 같소."

"조심해서 가라우."

한없이 약해진 아버지가 엄마에게 손을 흔들었다.

첫눈이 내리기 시작했다. 엄마는 아버지와 젊은 여자를 뒤로 하고 눈이 펄펄 내리는 길을 홀로 걸어 집으로 돌아왔다. 엄마의 얘기를 듣던 큰언니가 엄마 대신 눈물을 흘렸다. 엄마가 우는 큰언니에게 물었다.

"왜 우냐?"

"엄마의 인생이 너무 슬프잖아? 엄마의 인생은 뭐야?"

그 뒤에 어떤 말이 이어졌는지는 생각이 나지 않는다. 아마 별 말이 없었던지 아니면 엄마가 또 양동이를 들고 개울로 갔는지 모르겠다.

아버지는 걱정과 달리 퇴원해서도 몇 년을 더 살고 한국에서 가장 무더웠던 1994년에 유명을 달리했다. 김일성이 죽고 불과 20일 만에 아버지의 부음이 이어졌다. 김일성이 '자기 말을 듣지 않고 남한으로 내려간 아버지를 괘씸히 여겨 저승으로 데려간 것이 아니냐'는 얘기를 하며 장례를 치렀다.

아버지는 홀로 눈을 감아야 했다. 아버지가 눈물을 흘리며 걱정했던 젊은 여자에 의해 방치된 채. 어느 날 젊은 여자가 아버지를 데리고 갑자기 사라졌다. 우리에게 알리지도 않고 이사를 간 것이다. 아버지를 지하 방으로 옮기고 일체 연락처를 주지 않았다. 연락을 할 수 없었던 아버지는 지하 방에서 홀로 눈을 감았다.

어떻게 돌아가셨냐는 말에 여자는 우물쭈물했다. 아마 가끔씩 들여다보며 음식을 챙겼던 것 같다. 그러다 아버지 죽음을 발견했으리라. 독립유공자인 아버지였다. 홀로 장례를 치를 수는 없었을 것이다. 아버지의 죽음에 대해선 안타깝고 섭섭한 점이 많았다. 하지만 그 또한 아버지의 운명이려니 생각하고 덮었다. 아버지가 돌아가셨다는 말을 듣고 엄마는 분개했다.

"나쁜 년! 그 벌을 어찌 받으려고! 잘만 구완했으면 더 살 양반인데!"

아버지가 운명하기 3년 전쯤이던가. 하루는 아버지가 시무룩해서 집을 찾아와 엄마에게 하소연을 했다.

"내래 죽으면 국립묘지에 못 간다우. 국립묘지가 꽉 차서 들어갈 자리가 없다 하지 않네. 그래서 대전 현충원으로 가야 한다우."

국립묘지에 들어가지 않아야 할 사람이 너무 많이 자리를 차지해버려서 정작 독립투사였던 아버지가 들어갈 자리가 없었던 건 아닌가.

이승만 정권이 몰락하고도 한참이 지나고 나서야 오랫동안 묻힌 아버지의 공로가 인정됐다. 조국이 광복되었을 때, 중국 국민군 소장으로 한국에 들어와 〈자유신문〉과 인터뷰를 한 기사가 증거가 된 것이다. 독립운동을 한 사실이 확인돼 아버지는 늦게나마 나라에서 주는 건국훈장을 받았다.

하지만 모든 혜택은 젊은 여자에게로 돌아갔다. 아버지 옆인 현충원에 묻힐 부인도 그 여자였다. 아버지에게 맞아가며 고생스럽게 살았던 엄마에게는 아무것도 주어지지 않았다. 인생은 그런 것이다.

운명

김신조 때문에 우리 집 위로 들어온 군부대는 전투경찰이었다. 말 그대로 전투도 하고 군 복무를 마치고 나면 자신의 선택에 따라 경찰이 될 수 있었다. 1970년대 그들의 전투 대상은 민주화운동을 하는 학생들이었다. 그들이 군용버스에 가득 실려 나가면 어디서 시위가 일어난 것이었다.
　부대가 들어오면서 길이 막히자 봄이면 내려오던 산나물 장수도 내려오지 않았고, '산 너머 남촌에는 누가 살길래'라는 노래도 들려오지 않았다. 이제 그 길이 다시 개방되었다는 소식을 방송을 통해 들었지만 아직까지 한 번도 간 적이 없다. 거기엔 내가 살던, 헐려버린 집의 잔해가 아직 그대로 남아있다.

　군부대가 들어오고서 유원지 장사는 종을 쳤다. 피서객들이 줄면서 우리 집의 운명 또한 막다른 길로 접어들었다. 그 집에서 먹고 사는 우리들도 그 영향을 피해갈 순 없었다.

언니들의 운명 역시 달라졌다. 그때는 몰랐지만 후에 나 또한 그 운명에 연결돼 있었다는 것을 알고 소스라쳤다. 김신조는 왜 하필 우리 집이 있던 행길로 내려왔단 말인가. 유독 바람이 매섭던 겨울의 춥고 가난한 밤에 갑자기 굵은 남자들 목소리가 문 밖에서 들려왔다.

"아주머니! 아주머니!"

사람 소리라곤 들리지 않는 적막하고 깊은 겨울밤에 밖에서 남자의 목소리가 들렸다. 그땐 아버지가 집을 나간 후였다. 엄마는 겁을 집어먹었는지 어둠 속에서 불안하게 물었다.

"누구요?"

"저희는 위에 있는 부대에서 나왔습니다."

그때까지 전기가 들어오지 않던 우리 집은 호롱불을 켜고 살았다. 촛불은 우이동에서도 부잣집에서나 켜고 살았다. 손잡이가 달려있는 작은 유리병인 호롱에 석유를 넣고 나사를 돌리면 심지가 올라왔다. 심지에 불을 붙이면 불꽃이 올라왔다. 불길을 감싸기 위해 위에 구멍이 뚫린 호리병처럼 생긴 호야를 씌웠다. 성장해 안경렌즈를 살 때야 우리가 부르던 호야가 일본에서 유명한 유리회사 이름이라는 사실을 알았다.

얇은 유리로 된 호야는 이삼일이 지나면 석유 심지에서 나오는 연기로 까맣게 그슬려 불빛이 희미해졌다. 호야는 얇디얇아 아무리 조심해서 닦아도 잘 깨졌고, 언니와 난 툭하면 호야를 깨뜨려 혼이 났다. 불길을 감싸는 호야가 없으면 불이 이리저리 날려 불을 켠 효과가 없었다.

언니와 난 호야를 닦는 일도 했지만 석유를 사오는 일도 했다. 겨울 해가 산을 넘어갈 무렵 언니와 함께 대두병을 들고 석유를 사러 집을 나섰다. 석유를 파는 집은 버스 정류장에서도 한참을 더 내려가야 나왔다. 대두병에 석유를 받아 집으로 오는 중에 짧은 겨울 해가 들어가고 캄캄한 밤이 됐다. 집에 다 와서 안도감이 들어서였는지 언니가 대두병을 땅에 털썩 놓고 주저앉아 숨을 내쉬었다.

"아! 이제 집에 다 왔다!"

순간 쨍강하는 소리와 함께 대두병에서 석유가 콸콸 쏟아졌다. 하필 땅바닥에 박힌 돌 위에다 대두병을 놓은 것이었다. 그때의 황망함이란! 더구나 겨울엔 돈 나올 데가 없어서 다시 석유를 사올 돈이 넉넉하지 않았다. 기억하기에 너무 괴롭고 힘든 일은 머릿속에 망각이란 지우개가 지워버리는 것 같다. 그 다음 일은 아무리 기억하려고 노력해도 지금까지도 전혀 생각나지 않는다. 아마도 언니는 눈물 빠지게 혼나고 우리는 부지런을 떨며 잠자리에 들어 캄캄한 밤을 견뎠을 거다.

캄캄한 우이동에 전기가 들어온 때를 잊을 수 없다. 안방의 전구에 불이 켜졌을 때, 우리는 천지가 개벽을 한 듯 눈부신 밝음에 환성을 질렀다. 그러나 당시에는 전기가 모자라 걸핏하면 정전이 됐고 가끔씩 얇디얇은 전구가 과열돼 '팟!' 하고 터졌다.

그럴 때마다 언니는 실과과목에서 배웠다며 방 앞에 설치된 두꺼비집을 열었다. 끊어진 쇠를 연결해 전구를 갈아 다시 불이 들어오게 만들었다. 그때 언니는 전구처럼 빛났다.

부대에서 왔다는 남자의 말에 엄마는 부스럭부스럭 옷을 찾아 입고 문을 열었다. 문틀이 틀어진 문은 삐거덕 소리를 내며 힘겹게 열렸다. 나는 무서움에 이불을 머리끝까지 덮어쓴 채, 눈만 내놓고 숨죽이며 밖을 응시했다. 온몸을 군모와 군복으로 감싸 눈만 보이는 남자 두 명이 어둠 속에 서 있었다.

생전 처음 보는 군인 모습은 학교에서 배운 무장공비를 상상케 만들었다. 김신조가 잡혔다는데 혹시 또다시 내려온 무장공비는 아닌가? 긴장하며 엄마와 그들을 지켜보았다. 엄마도 의심의 눈초리로 그들을 살폈다.

"아주머니, 혹시 라면 좀 끓여주실 수 있습니까?"

무시무시한 복장과 달리 그들의 태도는 공손했다. 전쟁을 겪은 엄마는 그제야 의심을 걷고 언니와 나를 불러 아래 가게에 가서 라면을 사오라고 했다. 가난한 겨울에 라면을 찾는 손님이 온 것은 행운이 제 발로 걸어 들어온 것과 같았다. 그 행운을 놓칠 수는 없었다.

언니와 난 매운바람 속을 덜덜 떨며 10분 정도 걸어야 나오는 가게에 가서 그 시대에는 귀했던 라면 두 개를 사왔다. 엄마는 부엌에서 라면을 끓일 작은 솥을 따로 돌 위에 걸어놓고 불을 때고 있었다.

물이 끓자 라면을 넣으려고 일어서던 엄마의 한복 치맛자락이 옆에 있던 나뭇가지에 걸렸다. 나뭇가지가 솥을 건드렸다. 돌 위에 걸어놓은 솥이 뒤집혔다. 펄펄 끓는 뜨거운 물이 그대로 버선 신은 엄마 발 위로 쏟아졌다. 엄마는 반사적으로 바로 버선을 쑥 빼어 벗었다. 펄펄 끓는 물에 익은 살이 두꺼운 버선과 함께 깊게 벗겨져 나갔다. 버선을 벗지 않고 가위로 잘라야 했나. 엄마는 가위를 찾을 경황도 없었고 그래야 하는 줄도 몰랐다. 우선 고통에서 벗어나야겠다는 생각에 본능적으로 버선을 벗어버린 것이다.

그 후에 라면을 끓여 팔았는지 아닌지 잘 기억이 나지 않는다. 다시 망각의 지우개가 작동했다. 엄마는 고통을 참고 다시 물을 끓여 끝내 라면을 팔았을 거다. 기억나는 것은 언니와 내가 30분을 걸어 종점에 있는 약국에서 화상연고를 사온 것이다.

엄마의 신음 소리는 밤새 이어졌다. 건강보험이 없던 때라 병원에 가려면 많은 돈이 들었다. 화상연고만 바른 채 밤새도록 신음하며 고통을 견딘 엄마를 생각하면 지금도 가슴이 아리다. 엄마의 발은 오랫동안 낫지 않았다. 동네 사람들이 엄마에게 발을 잘라야 한다고 충고했다는 얘기를 엄마는 나중에야 우리에게 털어놓았다. 아버지도 없고 어린 자식들만 오르르 한데 발을 자르면? 그때 엄마의 심정이 어땠을까. 생각하고 싶지 않다. 여름이 시작될 무렵 엄마의 발에 새살이 나기 시작했다.

우리 집에서 라면을 먹은 군인들이 자기 친구를 하나, 둘씩 물고 오면서 조금씩 소문이 났다. 우리는 한동안 겨울에도 부대원들을 상대로 라면을 끓여주고 이것저것 군것질거리를 팔았다. 덕분에 우이동의 겨울이 활기차졌다.

군인들이 많이 찾는 담배는 나라에서 허가가 나야 했다. 우리가 허가를 받아 담배를 팔 때에는 청자 담배가 있었다. 그때 최고급 담배가 거북선이었던가, 한산도였던가? 군부대가 들어온 뒤로 아침 6시만 되면 산나물 장수가 내려오던 길로 군인들이 구보를 돌며 노래를 불렀다.

> 사나이로 태어나서 할 일도 많다만
> 너와 나 나라 지키는 영광에 살았다
> 전투와 전투 속에 맺어진 전우야
> 산봉우리에 해 뜨고 해가 질 적에

부모 형제 너를 믿고 단잠을 이룬다

군인들의 힘찬 노래는 나의 새벽 단잠을 빼앗았고 언니들에겐 단잠뿐 아니라 운명까지 빼앗아 갔다. 어느 날 군인들이 부르는 노래가 달라졌다.

> 울적한 마음 달래려고 산길로 접어 섰다가
> 나는 정말 반했다오 정말 멋있는 산 아가씨
> 구두도 못 신고요 의복은 낡았어도
> 맑고 밝은 그 눈동자 정말 멋있는 산 아가씨
> 사랑도 모른답니다 이별도 모른답니다
> 아는 것은 오직 하나 저기 저 산뿐이라오

큰언니와 셋째 언니는 그 노래를 들으며 노래 속 산 아가씨가 마치 자신들인 듯, 이불을 가슴 위로 잡아당기며 미소 지었다. 그때 이미 언니들은 산 아가씨가 되기 위해 있던 구두도 갖다 버리고 멀쩡한 옷에 구멍까지 낼 각오가 돼있었다. 나는 그런 언니들을 비밀스럽게 힐끔거렸다.

큰언니와 셋째 언니는 노래 가사처럼 사랑도 모르던 산 아가씨가 돼, 부대원과 사귀고 사랑을 알게 됐다. 노래 속 산 아가씨는 이별도 모르지만 언니들은 혹독하고 철저히게 이별을 알게 됐다. 세상 모든 일이 노래가사처럼 되지 않는다는 걸 언니들은 몰랐다.

셋째 언니의 배가 불러온 것은 여름이 나뭇잎에 아슬아슬하게 걸린 초가을이었다. 엄마는 알고도 묵인했다. 그런 엄마를 이해할 수 없었다. 그러다 어느 날 끔찍한 광경을 목격했다.

셋째 언니와 사귀던 군인이 언니와 얘기를 하다 갑자기 벌떡 일어나더니 다짜고짜 앉아 있던 언니의 부른 배를 군홧발로 걷어차는 게 아닌가. 걷지 못하는 언니는 반항도 하지 못하고 힘없이 뒤로 픽 나동그라졌다.

군인은 쓰러진 언니의 부른 배를 차는 것을 멈추지 않았다. 나는 그 자리에서 꼼짝할 수 없어 부들부들 떨면서 그 끔찍한 광경을 지켜봐야 했다. 한참을 언니의 부른 배를 차던 군인은 씩씩대며 부대로 올라가버렸다.

정신을 차린 나는 엄마에게 뛰어가 내가 본 광경을 울음 섞인 목소리로 더듬거리며 설명했다. 엄마가 언니와 그 폭군을 떼어놓을 줄 알았다. 언니도 당연히 그 악당과 헤어질 줄 알았다.

그런데 한참을 지나도 엄마는 마치 그 얘기를 듣지 않았다는 듯 무심했다. 언니 입에서 회충이 튀어 나왔을때 횟배가 아파구나라는 비슷한 말조차 없었다. 어린 내 생각에도 언니 입에서 회충이 튀어나온 것보다 더 심각한 일인것 같았다. 그런데도 엄마는 아무말 없이 태연했다. 언니 또한 아무렇지도 않게 그 악당을 계속 만났다. 그런 엄마와 언니를 이해할 수 없어 작은 머릿속이 터질 지경이었다. 결국 언니는 자신이 슬퍼한 '그것만은 돼도 그것만은 돼도 때리지는 마세요, 아무리 미워도 때리지는 마세요'라는 가사처럼 되고 말았다.

언니와 헤어지게 된 악당의 형은 아이가 없었다. 아이가 없는 형님이 언니가 낳은 아들을 키우겠다고 했다. 악당이 아이를 업고 나갔다. 언니가 엄마에게 울부짖었다.

"엄마, 저 새끼 좀 잡아!"

엄마가 달려가 그 악당이 업고 가는 아이를 빼앗아왔다. 그 뒤로 아이는 우리 집에 맡겨졌다. 결국 그 아이의 결혼 준비는 내 차지가 됐다. 냉정한 말이지만 아이의 장래를 위해선 그때 보냈어야 했다.

언니는 아이가 있으면 악당이 다시 돌아올 거라고 생각했던 것 같다. 하지만 그건 언니의 순진한 생각이었다. 자신의 아이가 든 배를 군화발로 차버린 그는 이미 사람이 아니었다. 그 순간 그의 마음은 셋째 언니로부터 멀리 떠난 것이다. 언니 뱃속에 든 아이는 자신의 발목을 잡는 존재외엔 아무것도 아니었다. 그런 악당임에도 사랑을 거둬들일 수 없었던 언니가 너무나 가엾다. 너무 배가 고팠던 언니는 상한 음식이란 걸 알면서도 수저를 놓을 수가 없었겠지.

산 아가씨의 또 다른 주인공이 된 큰언니도 부대원과 사귀다가 아이만 낳고 헤어졌다. 다행히 그 군인은 언니의 배를 차지는 않았다. 대신 언니의 미래를 차버렸다.

결혼 전에 아이를 갖는 것은 그 사람을 잡고 싶은 마음에서였을 것이다. 그것이 사랑이든 욕심이든. 대부분의 남자들은 아이가 생기면 책임을 진다. 기꺼운 마음이든 억지로든. 언니들은 운이 나빴다. 불행하게도 책임을 질 남자들을 모두 비껴갔다. 사랑에 허기졌던 언니들은 너무 배가 고파 이성을 챙길 기운도 의지도 없었다. 현실을 자각하지 못할 정도로 위험한 사랑을 했고 불행을 감수해야 했다.

시간이 흘러 엄마는 그때 말리지 않았던 속내를 털어놓았다.

"몸이 불편한 언니를 나중에 거둬줄 자식이라도 있어야 하는 것 아니냐."

엄마는 '자식 농사도 땀을 흘리며 가꾸면 가을엔 추수하게 된다'고 믿는 분이었다. 자식이 있는데 어떤 부모가 노후를 걱정하겠는가? 당연히 노후는 자식이 책임져야 했다. 지금은 자식의 집을 방문하는 것도 눈치가 보이는 세상이지만 그때는 그랬다.

그러나 언니의 아이는 엄마의 바람과 달리 언니를 거둘 수 없었다. 언니는 다른 사랑을 찾았다. 세상 일이 자신의 바람대로 되지 않는 것을 그 많은 시간들을 산 엄마는 몰랐을까. 그렇다면 엄마는 정말 순진한 바보였다.

역사만 반복되는 것이 아니다. 불행도 대를 이어 반복된다. 불행의 단추는 언제나 사랑이다. 사랑을 받아본 사람만이 건강한 사랑을 하고 사랑 안에서 길을 잃지 않는다. 사랑을 받아보지 못한 사람은 사랑 안에서 길을 잃고 자신이 만든 미로 속에 스스로 갇혀버린다. 그 미로는 수렁 같아서 사랑을 잡으려고 발버둥 치면 칠수록 더 깊은 수렁 속으로 빨려 들어간다.

사랑은 냉장고 안에 든 음식과 같다. 냉장고에 음식이 가득 차 있으면 배가 고프지 않다. 하지만 가난으로 냉장고가 텅텅 비어 며칠을 굶은 사람 앞에 음식이 놓이면 자신을 제어할 힘을 잃는다. 어떤 음식이든 상관없이 수저를 놓지 못한다. 언제 다시 음식을 먹을지 알 수 없기 때문이다. 그걸 식탐(食貪)이라 하던가? 인간에겐 식탐만이 아닌 사랑탐도 존재한다.

결핍은 욕망을 부른다. 결핍된 욕망은 위험하고 맹목적이다. 사랑의 결핍으로, 사랑을 욕망한다. 결핍된 사랑은 이성마저 상실케 한다. 그렇게 불행은 반복되고 상식적이지 않은 형태의 사랑으로 둔갑된다. 대부분의 사람들은 다이빙을 하다 상처를 입으면 그곳에서는 다시 다이빙을 하지 않는다. 결핍은 어리석을 정도로 무모한 욕망을 낳는다. 그래서 한 번 다이빙으로 부상을 입어도 이번만은 다를 것이라 믿으며 같은 곳에서 또다시 다이빙을 시도한다. 어리석다고 치부하기엔 눈물겨운 것이기도 하다. 언니들은 변함없이 실망하지 않고 씩씩하게 눈물겨운 다이빙들을 시도했다.
 역사나 인간의 삶에 만약은 없지만 그럼에도 불구하고 만약 우리 집 위로 군부대가 들어오지 않았다면 언니들의 운명이 달라졌을까? 천만에! 형태만 달랐지 어떤 식으로든 비슷한 운명을 살았을 것이다. 엄마의 냉장고부터 아니, 할머니의 냉장고에서부터 우리 집 냉장고는 늘 텅텅 비어 있었고 우리는 항상 허기졌다.

"이 새끼들은 하라는 공부는 안 하고 매일 데모질이야!"
 우리 집 위에 있던 군부대의 전투경찰이 개울에서 철모와 방패를 씻으며 큰 소리로 짜증을 내고 있었다. 그때 우리는 전투경찰을 상대로 장사를 하고 있었기 때문에 부대원 대부분의 얼굴을 알고 있었다. 모든 것이 궁금했던 내가 그 장면을 보고 지나칠 리가 없었다. 개울에 쪼그리고 앉아 투덜거리며 방패와 철모를 씻는 전투경찰에게 물었다.
 "데모요? 데모가 뭐예요? 아저씨."
 그는 철모와 방패 씻기에 열중하며 건성으로 대답했다.
 "뭐긴 뭐냐! 하라는 공부는 안하고 매일 모여 앉아 소리치고 구호 외치고 지랄들을 하는 거지!"
 "구호요?"
 "아, 악을 쓰고 지랄들 하는 거지!"
 "왜 모여 있아 악을 써요?"
 "내가 아냐? 그놈들이 하는 짓을! 나라에서 하는 일을 무조건 반대하는 놈들이니까!"
 "왜 반대를 하는데요?"
 "지들 마음에 들지 않으니까 반대를 하지!"

"뭐가 마음에 들지 않는데요?"

"10월유신이 마음에 들지 않는다나 뭐라나!"

"10월유신요? 그게 뭔데요?"

"뭐긴 뭐야. 나라에서 만든 거지!"

상대방이 지칠 때까지 계속 질문을 해 엄마에게 등짝을 맞고서야 입을 닫는 내가 멈출 리가 없었다.

"그러니까 유신이 뭔데요?"

"나라 지키고 잘 살자는 거지!"

"그걸 왜 반대를 해요?"

"아, 누가 알아! 공부하기 싫어서 모여 앉아 개지랄들 떠는 거지!"

"누가요?"

"누군 누구야! 배운 새끼들이지! 비싼 등록금 처들여서 대학 보내 놨더니 데모나 하고 앉아있고! 누구 자식들인지 부모 속깨나 썩이는 애물덩어리겠지!"

"어디서 하는데요?"

"요 밑에 한신댄가, 한심댄가? 예수를 믿는 놈들이 예수나 믿고 앉 았을 것이지 데모는 왜 해서 애꿎은 우리까지 고생시키는지 모르겠 다!"

"앉아서 그냥 소리치는데 왜 가서 고생하세요?"

"나도 모르겠다! 위에서 하라니까 하는 거지!"

"위요?"

"대통령 말이다! 대통령! 대통령이 시키니까 우리도 어쩔 수 없이 하는 거지!"

"그런데 그건 왜 닦으세요?"

"최루탄이 묻었고 내일 또 써야 하니까 깨끗이 닦아놔야지."

"최루탄이 뭐예요?"

"매운 고춧가루 물이야!"

"고춧가루 물요? 그게 왜 거기 묻어요?"

"아! 고춧가루 물을 뿌리니까 묻지! 나도 매워죽겠다!"

더는 대꾸하기 귀찮은 듯 전투경찰은 철모와 방패를 들고 부대로 올라가버렸다.

'김치 담글 때 쓰는 비싼 고춧가루 물을 왜 뿌리는지, 어떻게 뿌리는지 물어 볼 것이 아직 더 남았는데…….'

모든 것은 항상 그런 식었다. 나는 언제나 어떤 것의 결말을 듣지도 못한 채, 한참 동안 궁금증 안에서 서성거려야 했다.

우리 집 위에 주둔한 전투경찰들이 진압하러 나간 한신대는 후에 나와 결혼할 오빠의 학교였다. 그 오빠가 10월유신 반대 시위에서 선언문을 읽다 잡혀갔다는 걸, 그때 내가 어찌 알 수 있었겠는가. 내가 궁금증의 결말을 듣지 못한 것은 내 결혼이 결말을 보지 못할 것을 암시한 것은 아니었을까. 그래서 나는 듣지 못한 대답을 상상하며 개울가에 앉아 생각에 잠겼던 것은 아니었을까. 그때 내가 나름대로 어떤 결말을 냈는지 아니면 내지 못하고 실망스럽게 돌아섰는지 기억나지 않는다.

대학에 들어와서야 10월유신이 나라 지키고 잘 살자는 것이 아닌, 대통령이 영구집권하려고 헌법을 무시하면서 단행한 비상조치라는 걸 알게 됐다. 무지는 전쟁보다 무섭다.

타인들

    딸만 가득한 집 위에 늑대들이 뒤섞여 있는 군부대가 들어온 것부터가 불행의 시작이었다. 큰언니 사랑도 셋째 언니처럼 아들만 남겨진 채 끝장이 나버렸다.

    큰언니는 자신뿐 아니라 아들까지 버림받았다는 생각에 자신의 상처를 어루만지듯 아들에게 전폭적인 애정을 쏟았다. 언니는 아들에게서 자신의 존재를 확인하는 듯 맹목적으로 변해갔다. 사랑했던 남자가 언니에게 퍼부어주길 바랐던 사랑까지 아들에게 덧칠했다. 아무도 사랑해 주지 않는 외롭고 고독했던 언니였다. 큰언니는 사랑에 집착했다. 사링을 하시 않고 사랑에 빠졌다.

    그러던 중에 중매가 들어왔다. 큰언니는 조카를 데리고 재혼했다. 언니가 재혼한 형부 역시 재혼이었다. 재혼한 형부의 아이는 전 부인이 키우고 형부는 혼자였다. 처음 선볼 때 형부는 언니에게 '아들이 있다'는 말을 듣고, '자기는 아들이 없으니 잘됐다'며 '자신의 아들처럼 키우겠다'고 했다. 하지만 그 말이 헛말이란 걸 깨달을 때까지 그리 오랜 시간이 걸리지 않았다.

재혼한 언니는 곧 형부의 아들을 낳았다. 형부는 자기 친아들이 사랑스러울수록 언니의 아들에게는 더 모질게 대했다. 직접 보지 않았지만 형부는 툭하면 언니와 언니의 아들을 구박하고 폭력까지 썼다고 한다. 하지만 형부는 이성으로 다듬어지지 않은 감정에 충실한 사람이었을 뿐 악인은 아니었다.

세상의 모든 부부가 서로 사랑하고 좋아서 사는 것은 아니다. 각자의 속을 들여다보면 복잡하고 미묘한 여러 형태의 결혼 생활이 존재한다. 언니도 형부에게 이를 갈며 두고 보자는 마음으로 살았다. 굳이 이를 갈며 살 필요까지 있었을까 싶지만, 언니는 어느 정도 돈을 모으면 형부를 떠날 계획이었다. 형부를 낙동강 오리알을 만들어버리겠다고 누누이 되뇌었다. 그렇지만 언니의 복수심에 찬 계획은 끝내 이루어지지 않았다. 형부의 사업이 언니의 계획보다 먼저 실패했다. 언니는 아들 둘만 데리고 빈손으로 이혼했다.

복수는 두개의 무덤을 파놓아야 하듯 언니는 자신이 판 무덤에 들어가 버렸다.

그 즈음, 둘째 언니가 살 수도 있었던 우리 옆집을 재일교포가 사게 됐다. 일본에서 부동산으로 부자가 된 사람이 산 것이다. 내 삶에는 어찌 이리 일본과 관계된 것이 많은지, 글을 쓰는 이 순간에도 그저 놀라울 뿐이다.

옆집을 산 재일교포는 60세가 넘었는데 부인은 22세였고 그들 사이에는 두 살짜리 아들이 있었다. 그땐 까맣게 몰랐지만 그건 바로 내 미래의 모습이었다. 난 그들에게서 나의 미래를 보고 있었던 거였다.

재일교포는 엄마에게 '땅을 팔라'고 요구했다. 엄마는 절터였던 그 집을 팔고 나간 사람은 모두 비명횡사했다며 '절대 팔 수 없다'고 완강히 버텼다. 혼자만의 판단과 해석으로 완전무장한 엄마의 고집을 꺾을 사람은 아무도 없었다.

그러자 재일교포는 우리 집을 철조망으로 뺑뺑 둘러막았다. 서로가 공동으로 쓰던 마당에는 나오지 못하게 만들었고 개울에도 가지 못하게 막아버린 것이다. 그리고는 우리 집 뒤로 우물을 파 주었다. 우리는 군인들이 구보하는 길을 통해 집에 드나들어야 했다. 한마디로 자신들의 눈에 띄지 말라는 거였다.

재일교포가 보기에 우리 집은 이마에 붙은 혹이었다. 우리 집만 없으면 주변이 완벽하게 자신만의 성이 될 수 있는데, 우리 집이 혹처럼 버티고 있었다. 눈만 뜨면 심기가 불편했을 것이다. 졸지에 갇혀버린 우리 집은 유원지 장사를 할 수 없게 됐다. 그나마 방이 많아 절로 빌려주며 겨우 생활할 수 있었다.

재일교포는 그것으로도 모자랐는지 공유부지여서 땅 주인들이 함께해야 할 측량을 자기 혼자 멋대로 했다. 측량 결과 우리가 쓰던 안채와 방이 모두 자기 땅을 침범했고 우리 집의 땅이 뒷산이라고 주장했다. 우리는 돈을 뿌려 공권력을 산 재일교포를 상대할 힘과 돈이 없었다. 그저 속수무책으로 당할 수밖에 없었다.

추운 겨울날 공무원들이 굴착기를 대동하고 쳐들어와 굉음을 내며 우리 집을 부수기 시작했다. 굴착기가 남긴 것은 이층 방 하나뿐이었다. 그것도 정확하게 반으로 쪼개져 뒷산에 걸친 반쪽이 잘려나간 채로. 밑이 광이었던 방은 반쪽만 남아 방 구실을 할 수 없게 됐다. 그들은 감탄할 만한 솜씨로 어느 곳 하나 제대로 쓸 수 없게 완벽하고 정확하게 부수어 놓았다. 우리는 어제까지 먹고 자며 생활하던 삶의 터전이 눈앞에서 굉음을 내는 기계에 의해 처참하고 잔인하게 부서지는 모습을 무력하게 지켜 볼 수밖에 없었다. 집이 아닌 우리들의 일부가 뜯겨져 나가는 느낌이었다. 그 기분은 끔찍할 정도로 처참했고 끈을 매지 않고 번지점프를 하듯 어둡고 끝을 알 수 없는 깊고 깊은 나락으로 추락하는 공포감까지 들게 만들었다.

그렇게 부수고 나자 자신들이 보기에도 흉물스러웠는지 철조망을 걷어내더니 아예 나무로 담을 쌓았다. 재일교포에게 땅을 팔지 않은 대가는 너무나 혹독했다. 우리는 반만 남은 방에 갇혔다. 엄마는 우리들을 낳아 키우며 수십 년을 산 집이 자신의 눈앞에서 헐려나가는 걸 고스란히 지켜보았다. 엄마가 땅에 집착하기 시작한 것은 그때부터였다.

집을 부숴버린 그들의 행동은 집뿐만 아니라 그 집에서 살던 사람들의 삶까지 철저하게 부숴버렸다. 삶의 의지마저 꺾는 잔인함을 넘어서는 정신적 살인이었다. 굴착기가 돌아간 다음 급하게 치워놓은 짐을 헤치고 반만 남은 방에 들어서니 하늘이 훤히 보였다. 엄마는 양동이를 들고 우물로 가며 소리쳤다.

"하늘도 보이고 시원하고 좋다!"

또 울러 간 것인가? 이젠 울음소리를 묻어줄 개울 물소리도 없는데? 여름도 봄도 아닌 추운 겨울에 어제까지 생활하던 모든 공간이 졸지에 반 토막 난 것이다. 집터를 팔고 비명횡사한 사람들이 부러웠다. 우리 앞에 벌어진 현실을 확인하는 일은 순식간에 죽는 비명횡사보다 고통스러웠다.

그때 셋째 언니는 아기를 낳고 몸조리를 하고 있었다. 산모와 아이는 급한 대로 재일교포 집의 관리인 부부가 살던 방으로 들어갔다. 나머지 식구들은 반만 남은 집에서 무엇을 해야 할지 몰라 서로를 멀뚱멀뚱 쳐다만 보고 있었다. 너무 황당한 현실 앞에서 우리는 기꺼이 혼을 버렸다. 이젠 절로 세를 줄 수도 없었다. 살 곳은 물론 당장 호구지책이 없어졌다. 둘째 언니 마저 가세가 기울어 인천으로 이사를 간 상태였다. 그 바람에 내 의지와 무관하게 더부살이를 청산하게 되었다. 우이동 집으로 돌아와 대학을 다니고 있었다. 엄마와 우리들은 당장 잠잘 곳을 잃어버렸다. 우리 모두는 급하게 큰언니 집으로 들어갔다. 그즈음 큰 언니는 재혼한 형부의 사업이 번창해 다행히 잘 살고 있었다. 둘째 언니와 처지가 뒤바뀐 것이다.

하지만 큰언니네 집도 오래 있을 곳은 못됐다. 큰언니는 친정 식구들까지 들어오자 입장이 더욱 난처해졌다. 그렇지 않아도 데리고 들어온 아들 때문에 구박받던 언니였다. 게다가 호구지책마저 없어졌기 때문에 우리는 어쩔 수 없이 형부의 신세를 져야만 했다. 큰언니가 엄마와 우리에게 편한 얼굴을 할 수 없었던 것은 당연했다. 자존심이 강한 엄마는 '차라리 반만 남은 집에 비닐로 움막이라도 치고 살겠다'며 우이동으로 돌아갔다.

큰언니는 아이를 낳기 전까지는 나름대로 최선을 다해 동생들을 챙겼다. 부유했던 둘째 언니도 집안을 도왔다. 우리 집 전통에 따라 다음 순서는 셋째 언니와 넷째 언니였다. 셋째는 몸이 불편해 집을 도울 형편이 못 됐고 넷째도 집안의 기둥감은 못되었다.

그 다음 순서는 바로 나였다. 그땐 지금처럼 일할 곳이 많은 시대가 아니었다. 남의 집 식모도 알음알음 소개로 들어가던 때였다. 그런 상황에서 엄마와 동생들이 줄줄이 딸린 집안의 가장 노릇을 하려면 술집 여자가 되는 길밖에 없었다. 굶주림에 시달리며 설움과 구박을 참고 견디며 공부를 했는데 내 자신을 어떻게 집안의 제물로 바친단 말인가. 결코 용납할 수 없는 일이었다.

그럼 난 이제 어떻게 해야 하나? 하나뿐인 중학교 동창에게 고민을 털어놓았다. 친구는 '자존심을 다 버리고 비빌 언덕인 큰형부를 찾아가라'고 했다. 무조건 무릎을 꿇고 형부 집에 있게 해달라고 빌라는 것이었다. 왜 무릎까지 꿇어야 하는지 모르겠지만 어쩔 수 없었다. 자존심 따위야 둘째 언니 집에서 더부살이를 할 때부터 짐 싸놓은 지 이미 오래였다.

그래서 동창이 시키는 대로 형부에게 무릎을 꿇고 빌었다. 빌면서도 이렇게까지 해야 하나 싶었지만 동창이 그것만이 살길이라고 하니 빌었다. 아침저녁으로 형부에게 안마를 해줘야 했다. 거실 청소도 해야 했다. 큰언니의 맏아들에게 공부도 시켜줘야 했다. 무릎을 꿇고 빈 덕분에 마침내 큰언니네 집에서 지내며 학교를 다닐 수 있게 됐다. 그때는 '학교보다 집안의 제물이 되고 싶지 않다'는 생각뿐이었다. 인간의 의지는 운명 앞에서 얼마나 초라하고 나약한가!

큰언니가 살던 반포에서 학교가 있는 태릉까지 가려면 2시간이 걸렸다. 새벽에 일어나 형부가 출근하기 전에 안마를 했다. 그런 다음 거실을 청소하고 부랴부랴 학교에 갔다. 수업이 끝나면 다시 2시간을 버스를 타고 돌아왔다. 퇴근한 형부를 다시 안마해주고 큰조카에게 공부를 가르쳤다. 피곤함은 얼마든지 참을 수 있었다. 비참함이나 서글픔 같은 것도 잠시 주머니에 넣어두면 되니까.

정말 참기 어려운 건 형부의 온몸을 주물러가며 안마를 하는 거였다. 비쩍 마른 형부가 몸에 걸친 것이라곤 삼각팬티에 러닝셔츠가 전부였다. 처음에는 그저 제물이 되지 않겠다는 생각에 이것저것 따질 형편이 못되었다. 하지만 시간이 갈수록 내가 하고 있는 행동이 사람이 할 짓은 아니라는 생각이 들었다.

비참하고 괴로웠다. 처제가 형부를 안마를 한다는 것은 상상조차 할 수 없는 일이 아닌가! 이건 콩가루 집안을 넘어 베지밀 집안에서도 용납될 수 없는 일이었다.

큰언니가 아침을 차릴 동안 난 형부의 온몸을 안마했다. 언니 자신이 직접 형부를 안마하는 게 귀찮고 싫어서였을까. 아니면 대학생인 여동생이 남편을 안마하는 동안은 남편의 구박이 덜해서였을까. 우리 형제들은 살기 위해선 비참하고 억울해도 침묵해야 한다는 것을 일찍부터 터득했다.

내 삶을 타인에게 의탁해야만 할 때는 비참함을 감수할 수밖에 없다. 비참함과 도덕은 또 다른 문제였다. 사람이라면 마땅히 지켜야 할 최소한의 도덕까지 외면하는 데에는 억울함이나 비참함이 포함되지 않는다. '부모나 형제간의 성행위는 용납되지 않는다'는 사실을 배워서 아는 게 아니지 않는가.

큰언니는 형부를 안마하는 나의 행동이 도덕적으로 그릇된 것을 과연 알고도 묵인했을까. 아니면 언니에게는 그런 인식 자체가 아예 없었던 것일까. 물어보지 않았다. 입으로 얘기를 꺼내는 것조차 수치스러웠다.

살다보니 세상엔 이해할 수 없는 일들이 수두룩하게 널려있었다. 어느 날, 학교 가기 전에 거실 청소를 하고는 너무 배가 고파서 냉장고를 열고 우유 하나를 꺼내 먹었다.

"그거 아들 먹일 거야!"

큰언니가 냉정하고 차갑게 쏘아붙였다.

"아……, 미안해……."

난 내 주제를 잠시 잊은 것에 진심으로 미안해했다. 그 다음부터 냉장고에 있는 물 말고는 일절 손대지 않았다. 그런 일쯤이야 나에게는 전혀 새삼스럽지 않았다. 둘째 언니네 집에서 더부살이를 할 때부터 이미 그런 일에 굳은살이 박혀있었다. 언니들은 먹는 것에 병적일 정도로 인색했다.

둘째 언니 집에서 더부살이를 할 때부터 반찬이 된장뿐인 도시락조차 싸가지를 못 했다. 더부살이를 시작한 초등학교 6학년 말부터 나의 보호자는 내 자신이었다. 수색에서 도봉동으로, 여의도에서 삼선교로 통학해야 했다.

등하교만으로도 벅차서 도시락까지 챙길 여유가 없었다. 하루 종일 굶고 집에 도착할 쯤엔 하늘이 노래지며 어지러웠다. 주섬주섬 냉장고에서 김치와 밥을 허겁지겁 챙겨 먹었다. 그리고 나면 긴장이 풀리며 축 늘어졌다.

그때 내 소원은 아침에 바나나우유를 한 병씩 마시는 거였다. 바나나우유를 마시면 내 삶이 무채색에서 컬러를 입힌 화려한 유채색으로 변할 것 같았다. 여러 번 홍은동에서 집이 있는 수색으로 가는 버스를 타지 않고 걸어서 갔다. 갈아탈 차비를 아꼈다.

돈이 모이자 등교 버스를 타기 전, 매점에서 바나나우유 하나를 사 먹을 수 있었다. 세상이 밝아지고 눈이 훤해졌다. 버스를 타도 어지럽지 않고 메스껍지도 않았다. 행복했다. 그런 삶이 계속된다면 세상을 살아봄직했다. 그 뒤로 난 매일같이 바나나우유 먹기를 꿈꿨다. 하지만 꿈은 꿈으로 끝났다.

우리 반 아이들은 수업이 끝나면 떡볶이나 냉면 등을 사먹었다. 그들을 부러워했던 것 같다. 슈퍼를 갈 때마다 아직 예전 그대로인 바나나우유의 용기를 보면 지금도 무심히 지나쳐지질 않는다. 그래도 초등학교 때와 달리 등록금을 제 날짜에 낼 수 있었고 책도 필기구도 있었다. 그것만으로도 충분히 만족했다. 바나나우유까지는 나에게 사치였다.

"아이참! 너는 왜 항상 아침에 차비를 달라고 그러니! 저기서 가져가!"

아침마다 언니의 신경질을 감수하면서 '차비를 달라'는 말을 하기가 죽기보다 싫었다. 아침이 되면 언니가 자는 방의 문손잡이를 잡았다 놓기를 반복했다. 참고 참다 더 지체할 수 없게 되면 지각을 면하기 위해 어쩔 수 없이 문손잡이를 돌렸다. 매일 언니 방의 문손잡이를 돌려야 하는 고역이 계속됐고, 언니가 신경질을 낼수록 도피처를 찾고픈 내 열망은 점점 강렬해졌다.

빌붙어 사는 내가 제대로 된 옷을 갖고 있을 리 만무했다. 속옷도 생리대도 브래지어도 늘 궁핍했다. 고등학교에서 수학여행을 갈 때 입을 옷이 없었다. 그때까지 나는 외출복이란 걸 모르고 살았다. 키가 큰 넷째 언니의 바지를 잠시 빌렸다. 돌아와 원상태로 되돌려 놓아야 해서 바짓단을 접어 실로 대충 꿰매어 입었다. 궁핍은 나에겐 당연했고 수학여행을 갈 수 있게 해준 것만으로도 황송했다.

옷이라고는 중·고등학교 내내 교복과 내복이 전부였다. 심부름을 갈 때도 교복을 입고 가는 모범생이 됐다. 반 아이들 중에 가끔 빵집에서 남학생들과 미팅하는 아이들이 있었다. 가출하는 아이들도 종종 있었다. 그러다 선생님에게 들키면 정학을 당하거나 교무실로 불러가 하루 종일 반성문을 썼다. 그들이 낯설었다. 내가 모범생이 된 것은 온전히 교복뿐인 환경 덕분이나.

"똥구멍들도 고급이다!"

처음으로 흰 두루마리 휴지를 사왔을 때 둘째 언니가 했던 말이다. 그때는 신문지를 잘라 화장실 휴지 대용으로 썼던 시절이었다.

재생 휴지도 충분히 고급이었다. 흰 두루마리 휴지를 쓸 만큼 고급 똥구멍을 갖지 못한 우리는 다시 누런 재생 휴지를 사왔다.

둘째 언니네 집에선 샴푸도 휴지도 아껴 써야 했다. 그렇지 않으면 같이 얹혀살던 넷째 언니에게 뺨을 얻어맞았다. 언니는 중학교 때까지 내 뺨을 갈겼다. 언니의 손찌검에는 왜 샴푸를 많이 써서 자기가 한 소리를 듣게 만드느냐 하는 원망이 덧붙여져 있었다.

둘째 언니는 나에게 직접 말하지 않고 언제나 넷째 언니에게 불만을 터트렸다. 내가 샴푸로 목욕하는 것도 마사지하는 것도 아닌데, 도대체 어떻게 해야 샴푸를 아껴 쓰는 건지 방법을 묻고 싶었다.

그땐 무슨 뜻인지 몰랐지만 지금 생각하니 샴푸를 쓰지 말라는 소리였다. 차라리 그때 솔직하게 말해줬다면 난 기꺼이 빨랫비누로 머리를 감았을 거다. 머리털이 뽑히지 않는 한, 샴푸를 안 쓰는 것쯤이야 나에겐 너무나 하찮은 일이었다. 그저 쫓아내지만 않고 더운 물로 머리를 감을 수 있는 것만으로도 감읍할 정도로 고마운 일이었다.

그런 내게 학교는 둘째 언니의 시선을 피할 수 있는 유일한 도피처였다. 담임선생님이 전 과목을 가르치던 초등학교와 달리, 중학교부터는 과목당 선생님이 달라서 형편에 따른 차별이 없어졌다. 그런 중학교가 좋았다. 교과서가 없는 고역을 더는 겪지 않아도 됐다. 만년필이나 볼펜으로 글을 쓰는 게 가능해 연필을 깎을 필요가 없었다. 손을 벨 염려도 없었다. 손톱을 깎았는지 발에 때가 끼었는지 검사를 받기 위해 손과 발을 책상 위에 올려놓지 않아도 됐다. 그렇다고 선생님과의 갈등이 전혀 없었던 것은 아니다.

중학생 때였다. 정치경제시간에 우리나라 민주주의와 삼권분립에 대해 배웠다. 선생님은 삼권분립이 입법부·사법부·행정부가 철저하게 나뉘어져 독재를 하지 못하는 구조라고 했다. 그런데 사법부 수장인 검찰총장과 대법원장을 대통령이 임명한다는 게 좀처럼 이해가 되지 않았다.

"선생님, 완벽한 삼권분립이 되려면 대법원장과 검찰총장을 대통령이 임명해선 안 되는 것 아닌가요? 그럼 그들은 임명권자인 대통령에게 충성할 수밖에 없는데, 어떻게 완벽한 삼권분립이 가능한가요?"

그러자 갑자기 선생님이 삿대질을 하며 소리를 높여 윽박질렀다.

"박명아! 그걸 질문이라고 하냐? 대통령이 너처럼 도둑 심보를 가진 줄 아냐! 너처럼 도둑일 줄 아냐!"

질문 하나로 졸지에 도둑년이 됐다. 어안이 벙벙했다. 그래도 초등학교에서 문제아 소리를 들을 때만큼 비참하고 억울하지는 않았다. 과하다 싶을 정도로 마치 발작을 일으키듯 나를 윽박지르는 선생님 모습이 왠지 측은해 보였다.

당시는 유신독재의 서슬이 퍼렇던 1970년대 초였다. 선생님의 격한 반응은 당연했다. 혹시라도 시국 비판적인 말을 했다가 아이가 부모에게 옮기기라도 하면 교단에서 그 선생님을 다시 볼 수 없던 시절이었다. 반공을 국시로 한 이승만 정권부터 사법부는 독재를 지탱해 주는 권력의 시녀 역할을 했다. 그렇게 여러 간첩사건을 조작하고 막강한 권력을 휘두르면서 검찰은 권력자의 애첩이 됐다.

갈등의 다음 주자는 담임인 국어신생님이었다. 담임선생님은 수업을 나훈아와 남진의 비교로 시작했다. 명색이 국어선생님인데 나훈아와 남진을 비교하며 열강을 하다니 기가 막혔다. 나훈아와 남진의 차이를 배우려고 어렵게 차비를 타서 멀미까지 하며 학교에 온 것은 아니었다. 그러더니 이수만은 역시 대학을 나온 사람이라 다르다며 또 비교를 하기 시작했다. 더는 참을 수가 없었다. 손을 번쩍 들고 일어났다.

"선생님, 저는 남진과 나훈아의 비교를 들으러 학교에 온 것이 아닙니다."

많은 학생 앞에서 망신을 당한 선생님은 얼굴이 벌개지며 나에게 다가왔다.

"야야, 네가 그렇게 똑똑하고 잘났어!"

화가 난 선생님은 내 머리를 쿡쿡 쥐어박았다.

초등학교 때와 같이 또 머리를 쥐어박혔다. 그때 처음으로 '이 거지같은 학교 때려치울까'라는 생각을 했다. 그러다 넷째 언니의 일까지 맞물려 정말 학교를 그만두려고 했지만 넷째 언니의 설득에 생각을 바꾸고 다시 다녔다. 그때 학교를 때려치웠다면 내 학력은 중학교 중퇴로 끝났을 것이다. 그랬다면 갈등하지 않고 내 삶을 악착같이 살았겠지.

고등학교 때는 또 다른 고역이 기다리고 있었다. 수학시험을 볼 때였다. 커닝을 방지하기 위해 짝과 같이 붙여 쓰던 책상을 떨어뜨려 한 줄로 만들어 시험을 보게 했다.

시험감독으로 들어온 체육선생님이 내 앞에서 칠판을 향해 서더니 자신의 손을 뒤로 빼 갑자기 내 입에다 자기 손가락을 넣고 헤집는 게 아닌가. 더러운 손가락을 입에 넣다니! 내 앞에 닥친 상황에 당황하고 놀라 고개를 이리저리 돌리며 피했다. 아이들은 문제를 푸느라 정신이 없었다. 내 앞에 딱 붙어 서있는 선생님의 양복 주머니에서 나는 담배 냄새가 역하게 코를 찔렀다.

나로서는 고개를 비틀며 저항하는 것이 내가 할 수 있는 전부였다.

"선생님, 왜 이러세요!"

그렇게 외칠 수가 없었다.

초등학교 때 남학생을 갈겼던 것과는 또 달랐다. 마치 내가 뭔가를 크게 잘못해 이런 일을 당하고 있다는 생각이 들며 수치스러웠다. 죄인처럼 움츠러들었다. 그렇지 않아도 수학은 내겐 이미 자유로운 과목이었는데 시험시간 내내 선생님의 손가락과 사투를 벌이느라 한 문제도 못 풀고 빵점을 받았다.

시험이 끝나고 내 짝에게 더러워죽겠다며 내가 당한 얘기를 했다.

"아이, 더러워! 그 선생님 너무 더럽다!"

내 짝도 그렇게 말하는 것으로 그때 그 일은 끝나고 말았다. 대학에 들어와 고등학교 때 그런 선생님이 있었다고 얘기하자 남학생들이 과하다 싶을 정도로 분개했다.

"그놈 아주 나쁜 놈이네!"

중학교 때 물상선생님은 수업시간마다 나와 몇몇 아이를 교대로 나오게 해 자기 어깨를 안마하게 했다. 지금 생각하면 입이 벌어지는 일이지만 그때 우리는 이상한 선생님이라고 생각하고 넘겨버렸다.

어쩌다 부부싸움을 했는지 얼굴에 손톱자국이 가득한 선생님이 오전 수업시간에 들어올 때가 있었다. 그러면 오늘은 죽었구나! 라고 마음에 준비를 해야만 했다. 선생님은 '걸리기만 해봐라'는 듯한 분위기 속에서 수업을 했다. 그러다 느닷없이 책이나 공책을 검사해서 꼬투리를 잡았다. 선생님은 부인에게 하지 못한 분풀이를 우리에게 했다.

그때도 등하교 시간에 출현하는 바바리맨이 있었다. 여학생만 지나가면 바바리를 활짝 열어 자신의 은밀한 부위를 꺼내 우리를 기절초풍하게 만들었다. 버스를 타면 몸 여기저기를 만지는 치한도 많았다. 그런 일이 있어도 어쨌든 학교는 그때 내가 가진 세계의 전부였다.

한빛교회

팝송이 흘러나왔다. 갑자기 몸이 굳어졌다. 이 노래는…… 아나운서의 목소리가 이어졌다. 밥딜런의 'Blowing in the Wind'가 귀를 위한 시(詩)로 노벨문학상을 탔다는 소식을 전하고 있었다. 그 노래는 나를 40년 전 시간으로 데려갔다.

　고등학교 때부터 단짝 친구를 따라, 문익환 목사님이 목회를 하는 미아리 언덕꼭대기에 있는 '한빛교회'를 다녔다. 그곳은 이부영 등 동아일보 해직기자들과 YMCA 위장결혼식의 가짜 신랑 등 진보적인 인사들로 가득했다. 그들은 언론 검열에 항의해서 민주화와 언론의 자유를 외쳐 강세로 해석되었거나 독재에 항거한 사람들이었다.

　대학에 들어가서는 선배들이 주도하는 스터디에 참가하고 주말이면 성가대를 했다. 문익환 목사님의 아들이 성가대 지휘를 했다. 그곳에는 의식 있는 형(그땐 여자들이 오빠라 부르지 않고 형이라 불렀다. 여자란 성(性)을 뛰어넘어 남녀동등의 상징처럼 인식됐다.)과 언니들로 가득했고 밖에는 사복형사들이 서성이고 있었다. 우리가 교회로 들어가려고 하면 사복형사들은 무조건 가방을 빼앗아 수첩과 노트 등을 마구 뒤졌다.

목사님의 사모인 박용길 장로님은 택시 안에서 박정희 정권을 성토하다 애국자 택시 운전사들에 의해 경찰서로 수없이 끌려갔다. 하도 많이 끌려오는 박용길 장로님을 붙잡고 형사들이 오히려 사정을 할 정도였다.

"사모님, 다음부턴 택시 안에서 제발 정치 얘기는 하지 마세요."

문익환 목사님의 사택은 수유리에 있었다. 사택 앞에는 아예 초소가 세워져 누가 드나드는지 경찰이 24시간 감시하고 있었다. 내가 한빛교회를 다닐 때는 문익환 목사님의 어머니 김신묵 권사님이 생존해 계셨다. 권사님은 캐나다에 있는 아들 문동환 목사가 보내준 귀한 웅담을 고문 후유증을 앓고 있는 시국사범들에게 헐값에 나눠주곤 하셨다.

고등학교 3학년이 되던 해, 한빛교회에서 열리는 '문학의 밤' 사회를 맡게 되었다. 그때는 가을만 되면 교회와 학교마다 시와 그림을 전시하고 낭송하는 '문학의 밤'을 개최했다.

덕수궁에선 국화 전시회와 국전이 열렸다. 노란 은행잎들이 가을비에 젖고 있었다. 춥고 가난했지만 애잔한 낭만이 살아있던 시절이었다. '문학의 밤' 때 나와 같이 사회를 보았던 고3 남자 아이가 있었다. 다른 교회에서 초빙된 아이로 기타를 치고 노래도 부를 수 있는 아이였다. 같이 사회를 보다 그 아이 순서가 되자 기타를 치면서 밥 딜런의 'Blowing in the Wind'를 불렀다. 그 아이가 노랫말을 조금 다듬었는지 한국어 가사가 지금의 원곡과는 조금 달랐다. 슬프도록 맑은 목소리였다.

　　얼마나 긴 세월 흘러야 사람들은 자유 얻나
　　얼마나 먼 길을 헤매야 사람들은 어른 되나
　　얼마나 큰 소리 외쳐야 내 노래가 들려질까
　　오오 친구여 묻지를 마라 바람만이 아는 대답을

　그 아이의 빡빡 깎은 뒤통수가 불빛에 반짝이며 푸른빛의 물방울들을 만들어냈다. 푸른빛들이 교복 위로 들어난 그 아이의 하얀 목덜미로 흘러내렸다. 목련꽃이 흐드러진 교정에서 그 아이가 시위에 가담했다는 소식을 들었다. 감옥 대신 군 입대를 택했고 총기 오발 사고로 목숨을 잃었다는 얘기가 들려왔다. 시위를 하다 군대에 끌려갔으니 단순한 총기 오발이 아닐 거라고 수근댔다. 바람만이 아는 대답을 들으려고 그리 일찍 길을 서두른 걸까. 그것이 그리 궁금했던 걸까. 바람이 그 아이에게 자신만이 아는 대답을 해주었을까. 대답을 들었기를 바랐다. 그래야했다.

　한동안 흉흉한 소문들이 음울한 교정을 떠돌아다녔다. 죽음의 그림자들이 최루탄가스와 함께 스산하게 교정을 맴돌았고 그런 일들이 아무렇지도 않게 일어나던 때였다. 음울한 소식들은 바람을 타고 우리들에게 퍼졌다. 우리는 울분과 공포에 떨면서도 애써 태연을 가장했다.

　한빛교회에서 명목상 성경공부를 빙자한 스터디가 열렸다. 조잡하게 인쇄된 김지하의 시 '오적'과 김수영, 양성우의 시를 읽었다. 금서(禁書)였던 리영희의 『전환시대 논리』, 송건우의 『해방전후사의 인식』, 강만길의 『분단시대의 역사인식』, 조세희의 『난장이가 쏘아올린 작은 공』, 『프랑스 혁명사』, 『러시아 혁명사』, 『중국의 붉은 별』 등을 몰래 돌려 읽었다. 현실비판과 사회의 부조리와 노동자 인권의 대명사가 된 전태일을 얘기했다. 그렇게 선배들의 토론을 지켜보는 것으로 대학생활을 시작했다.

대학은 내가 꿈꾸던 곳이 아니었다. 난무하는 최류탄가스에 눈물을 흘려야 하는 격렬한 전쟁터였다. 민주화를 위해 싸워야 하는 현실에 우리의 젊음은 멍들었다. 강의실엔 짭새라 불리는 경찰이 학생을 가장해 우리들과 함께 강의를 듣는다는 것은 학생들 사이에 널리 알려진 사실이었다.

강의하는 교수들은 그 어떤 시국발언도 할 수 없었다. 아침에 등교를 하면 현실을 규탄하는 대자보가 잔뜩 붙여졌다. 강의실 칠판엔 누가 썼는지 모를 시국 비판 글들로 가득 채워져 있었다. 짭새들은 그들을 잡아내는 데 혈안이 돼 있었고 그들이 말하는 사상이 불온한 교수들은 강의실을 잃어버렸다.

우리는 낭만과는 먼 학창시절을 보내야했다. 최루탄가스로 따가운 눈물을 흘리며 눈 밑에 독한 치약을 발라야만 했다. 굉음을 내는 거대한 탱크가 교정 한 가운데를 차지하고 있었다. 탱크에 붙은 거대한 총구는 보기만 해도 공포로 몸이 떨렸다.

운동장에서는 학생이 아닌 군인들이 러닝셔츠 바람으로 공을 차며 놀았다. 학교에 가는 날보다 갈 수 없는 날들이 많아졌다. 몇몇 선배들은 수배자 명단에 이름이 올려졌고, 두 명만 모여 있어도 짭새들은 우리 가방을 뒤졌다.

점점 감시가 심해지면서 교회도 더 이상 안전한 곳이 아니었다. 우리들은 구석진 중국집에 모여 책을 읽고 토론했다. 눈을 감아야만 하는 현실은 좁은 방을 담배 연기로 가득 차게 만들었다. 우리는 멀쩡한 정신으로는 견딜 수 없는 세상에 취해 비틀거렸다.

1979년 10월 중순 부산과 마산에서 '유신철폐'를 외치며 시민들과 학생들이 들고 일어났다. 10월유신은 박정희가 영구집권을 목적으로 단행한 폭거였다. 곧이어 시민과 학생들이 군에 의해 잡혀가고 부산에 위수령이 선포됐다. 암울한 소식들이 계속 들려오고 불안한 날들이 이어졌다.

10월의 끝자락에서 박정희가 총에 맞아 죽었다는 뉴스가 전해졌다. 마지막 인사를 하는 가을빛이 피부에 따갑게 앉던 날이었다. 전혀 예상하지 못한 일이 발생한 것이다. 국민들은 벼락을 맞은 듯 커다란 충격을 받았다.

더 놀라운 소식은 박정희를 쏜 사람이 그의 최측근 심복인 김재규라는 사실이었다. 김재규는 말만 들어도 사람들이 벌벌 떨며 사색이 되는 중앙정보부 부장이었다. 우리는 그 상황을 어떻게 받아들여야 할지 몰랐다. 서로들 분분한 의견들을 내며 불안한 눈초리로 사태를 지켜봤다.

최규하 총리가 즉시 비상계엄령을 선포하고 대통령권한대행이 되었다. 이어 육군참모총장이던 정승화는 계엄사령관이 됐다. 최규하는 '제4공화국 헌법에 따라 대통령을 우선 선출할 것과 새 대통령은 가능한 한 빠른 기간 안에 민주헌법으로 개정한 후 다시 선거를 실시할 것'이라는 특별담화를 발표했다.

우리는 단계적으로 민주화가 진행되리라 믿고 싶었다. 드디어 긴 독재의 겨울에서 깨어나리라는 기대로 부풀었다. 조심스럽고 은밀하게 봄을 꿈꿨다.

박정희는 박진경[32], 김창룡[33]에 이어 자신의 심복에 의해 살해된 비운의 인물이 됐다. 그 사실을 알게 된 우리들은 장기집권을 꿈꾸는 또 다른 세력이 있는 것은 아닌지, 의혹의 눈초리로 사태를 지켜봤다. 김재규가 차지철(대통령 경호실장)과 마찰을 빚어 우발적으로 일어난 사건이라는 설, 김재규 말대로 유신의 심장을 쏘듯 독재를 끝내려 했다는 설, 미국의 개입설 등이 어지럽게 떠돌았다. 하지만 아무도 정확한 원인을 알지 못했다.

박정희 18년 독재가 끝나는 것인지 누구도 장담할 수 없었다. 개중엔 조심스럽게 희망을 얘기하는 형들도 있었고, 아직 희망을 얘기하기엔 이르다는 신중한 형들도 있었다. 광복이 우리의 힘으로 되지 않아 불행을 겪었듯, 국민이 아닌 내부세력에 의해 독재자가 암살된 사실은 우리를 불안하게 만들었다.

늦가을이 마루 끝에서 쪽잠을 자던 날, 잠시 우이동 집에 다니러 갔다. 아버지가 가을 끝에 서 있었다. 아버지도 마음이 뒤숭숭했던 것일까.

"아버지, 박정희가 죽었으니 민주화가 되지 않을까요?"

"뭐이 어드래? 민주화?"

아버지는 어처구니가 없다는 듯 대꾸했다.

"독립군에게 총을 쏘던 만주군 출신 독재자가 죽었으니 이제 당연히 민주주의가 되지 않겠어요?"

"누가 기렇게 순진한 개소리를 하던? 네 교수들이 그카던?"

32 박진경은 제주 4.3민중항쟁을 잔혹하게 진압하다 부하에 의해 암살됐다.

33 김창룡은 관동군 헌병 출신이다. 해방이 되자 남한으로 탈출해 이승만의 신임을 얻어 이승만의 정적들을 제거하는 데 앞장섰다. 월권을 행사하다 부하에게 암살당했다.

"교수들 뿐 아니라 민주주의를 바라는 모든 사람들이 그렇게 되길 바라지요. 박정희를 죽인 김재규는 딱히 다른 욕심이 있는 것 같지 않아요. 계엄사령관 정승화는 온건한 인물이고, 최규하도 정권 욕심은 없는 것 같으니 정권이 민간에게 이양되지 않겠어요?"

"최규하? 최규하는 친일관료 아닌가? 괜히 어리석은 기대 하지 말라우! 세상에 정권에 욕심이 없는 인간이 어디 있다고 그딴 개소리를 하는 거이가! 계엄이 선포된 시기에 총 잡은 놈들이 제일이지! 그리고 최규하가 총을 든 놈들에게 맞설 만큼 용기 있는 인간이가?"

"최규하도 친일파예요?"

"아, 만주인맥으로 군 행정관료를 양성하는 학교를 나와 근무한 거 아닌가! 지금 대한민국에서 밥술 깨나 쳐 먹고 큰소리치는 놈들치고 친일파 아닌 놈들이 어디 있간나!"

아버지 말대로라면 우리나라에 친일파 아닌 사람들은 도대체 어디에 있는걸까? 아버지 말처럼 야인이 되어 죽거나 우리가 모르는 또 다른 세상 밖으로 나가 있는 걸까. 그 후에 최규하가 '민족사 바로찾기 국민회의' 의장이 된 것을 안 아버지는 화도 내지 않았다.

"이런 세상이 바로 개판인 세상 아니가!"

탄식했다.

12월 6일 최규하가 통일주체국민회의에 의해 체육관 대통령으로 선출되었다. 그리고 부총리 신현확을 국무총리로 임명했다.

그때도 아버지는 신랄하게 비난을 쏟아냈다.

"흥! 신현확도 일본 상공성에서 일한 관료 아닌가! 게다가 이승만의 3·15 부정선거를 도운 인간 아니네! 끼리끼리 잘들 해 쳐먹는구만!"

그런 아버지에게 내 나름의 생각을 말했다가 혼쭐이 났다.

"아버지, 일제 강점기 때는 모든 사람들이 36년 간 일본의 압제 밑에서 살았어요. 그들 모두 일본에게 반기를 들고 독립운동을 할 수는 없고, 또 36년간 굶어 죽을 수는 없잖아요? 부모나 처자식 먹여 살리기 위해 어쩔 수 없이 선생도 되고 공무원도 돼야 했어요. 단지 먹고 살기 위한 것일 뿐, 민족에게 해를 끼치지 않은 사람들까지 모조리 친일로 몰아 처단해야 하나요?"

"이 에미나이 독립운동가의 딸이 그게 할 소리가! 다른 사람도 아니고 독립운동가의 자식이 정신 썩은 그런 개소리를 해서야 쓰갔나!"

내가 아무 말도 하지 못하고 무안해하자 아버지는 얘기를 이어나갔다.

"살기 위해 어쩔 수없이 친일을 한 거까지야 어쩔 수 없는 거 아니가. 하지만 우리나라가 독립이 된다고 생각했다면 그들이 일본 관청에 취직을 했갔나? 우리나라가 독립이 되지 않고 영원히 일본이 지배한다고 생각한 거 아니가. 민족의 혼과 정신을 팽개쳐버린 거 아니네. 기게 바로 잘못 된 것 아니간나. 기래도 그 사람들이 동족에게 아무런 해를 끼치지 않았다면 구제는 해야갔지. 하지만 그들과 달리 동족을 팔고 박해하고 적극적인 친일을 하고 선동질한 악질종자들은 가려내야하지 않간나. 그러기 위해 반민족행위자특별조사위원회는 꼭 필요했던 거 아니네. 그런데 이승만의 훼방으로 육년을 해도 모자라는 시간에 겨우 6개월 하고 문을 닫았으니 안타까운 일 아니가. 기래서 선의의 친일파도 악질 친일파와 함께 도매금으로 같이 넘어가는 것 아니네. 그들을 가려내기 위해서도 반민특위는 꼭 필요했던 거라우. 그런데 중도에서 파했으니 땅을 칠 일 아니가."

"그런 친일파들이 과연 몇 명이나 될까요?"

"흥! 친일파 아닌 사람을 골라내는 것이 더 빠른 세상 아닌가! 그 당시 반민특위에 제보되거나 명단에 오른 놈들이 7천명 정도 됐으니 시간이 지나면 더 많은 사람들이 제보됐을 거 아닌가. 그런데 중도에 작파 되었으니 기가 찬 일 아니네!"

"그들 중엔 개인적인 원한으로 억울하게 제보된 사람들도 있지 않겠어요?"

"기러니 철저하게 조사해야 했다우. 그런데 하기도 전에 문을 닫지 않았네. 기러니 피를 토할 일 아닌가. 그게 다 친일파보다 더 악질 이승만 때문이라우!"

아버지는 독립운동가들의 신념을 산산조각 낸 사람이 이승만이라고 열을 올렸다. 친일에 관한 얘기가 나올 때마다 친일을 한 사람보다 더 나쁘다며 이승만에 대해 분노했다.

"아버지, 친일파가 요소요소 중요한 자리에 진을 치고 있어도 그 사실들을 잊지 않고 있으면 언젠가는 부조리한 사회가 바로잡히지 않겠어요? 아버지도 나라가 독립 되리라는 희망을 가지고 싸우셨잖아요? 김구 선생이 우려한 대로 우리의 힘으로 독립이 되지 않았으니 이런 일이 생기는 것이지요. 늦었지만 이제부터 조금씩 바로잡아 가는 과정이라고 보면 되지 않겠어요? 계엄사령관인 정승화는 민간정권 이양에 큰 불만은 없는 온건한 인물 같으니 희망을 걸어도 되지 않을까요?"

"흥! 친일파 시(詩) 나부랭이가 미래를 짊어질 아이들이 배우는 교과서에 버젓이 실리는 세상에서 잘도 잊지 않캇구나! 그리고 총을 가졌어도 정승화 하나만 총을 가진 거이가? 총 가진 놈들이 많은 거이 문제지! 독립군들도 세력이 강해지니 정신 못 차리고 서로 높은 자리를 차지하려고 같은 편들이 총질 하는 일이 허다했다우. 그런데 허깨비 같은 인간이 집을 지키고 있는데 무기 가진 놈들이 욕심 안 낼 놈들이 있간나! 기러니 정권이 국민들이 원하는 대로 그리 쉽게 민간에게 이양이 되갓나 말이다. 기러니 너도 이 아바지처럼 바보 같이 순진한 희망 걸고 쓸데없는 짓 하지 말라우!"

"아버지는 정승화가 정권을 잡을 것이라고 생각하세요?"

"그 속을 누가 알간나! 총을 잡아도 총 잡은 놈들 나름이지! 이렇게 정신없고 어지러운 시국에 어느 놈이 깃발 꽂고 권력을 잡을지 누가 알간나!"

'닭의 모가지를 비틀어도 새벽은 오고 민주주의 나무는 피를 먹고 자란다'고. 지금 정도의 희생을 치렀으면 이제 우리나라도 민주주의가 펼쳐질 것이라고 기대하고 싶었다. 그러나 우리를 철저하게 실망시킬 일들이 기다리고 있었다. 김구선생 말처럼 조국의 산천은 더 많은 피를 요구하고 있었다.

돌아오는 길은 착잡했다. 우리는 곧 방학을 맞았다. 조심스럽게 희망을 점치며 가파르게 흘러가고 있는 어수선한 시간들을 견디며 기다렸다.

아버지의 예상대로 세상은 아무도 모르게 불길한 물줄기 쪽을 향해 치닫고 있었다. 계엄사령관 정승화와 보안사령관 전두환의 갈등설이 흘러나왔다. 정승화는 개헌과 유신철폐를 옹호했고, 전두환은 유신을 존속시키고 군사정권을 유지하려 했다. 드디어 우려하던 일이 터지고야 말았다.

전두환과 군사반란

'하나회' 중심의 신군부가 계엄사령관이던 정승화를 박정희 암살 사건과 관련이 있다는 혐의를 씌워 일등병으로 강등시키는 하극상이 벌어졌다. '하나회'는 전두환과 노태우 등이 이끌던 군부내 사조직이다. 이 '하나회'가 12·12 군사반란을 일으킨 것이다.

그때 난 큰언니가 살고 있던 반포에 머물고 있었다. 12월 12일에 잠시 선배를 만나고 저녁 7시쯤 집으로 가려고 동대문운동장에서 버스를 탔다. 그런데 버스가 반포대교를 얼마 앞두고 멈춰 섰다. 처음에는 퇴근시간이라 정체가 된다고 가볍게 생각했다. 하지만 1시간이 지나도 버스는 움직일 생각조차 하지 않았다. 아무리 퇴근시간이라 길이 막힌다 해도 거북이 걸음이라도 조금씩 움직이기 마련인데 버스는 길에 서서 꼼짝을 하지 않았.

길은 주차장을 방불케 했다. 모든 차들이 길 위에서 꼬리에 꼬리를 물고 늘어서 있었다. 1시간이 지나자 승객들 사이에서 고함이 터져 나왔다. 버스기사가 시동을 끈 것은 한참 전이었다. '왜 이리 막히느냐'고 불만을 터트리는 승객들에게 버스기사도 답답한 듯, '자신도 모르겠다'고 한숨을 쉬었다. 버스는 꼼짝도 않고 말뚝처럼 박혀있었다. 사람들은 더 이상 기다리는 것을 포기했다. 승용차를 제외한 택시와 버스를 탔던 사람들은 긴 반포대교를 걸어서 집으로 돌아가야 했다.

시간이 지나고 나서야 그때 버스가 움직이지 않은 이유를 알게 됐다. 전두환은 정승화에게 박정희 암살에 관여했다는 혐의를 씌워 용산의 참모총장 공관을 습격했다. 상관인 정승화 계엄사령관을 불법 체포한 것이다. 그 자리에서 상관의 계급장을 떼고 일등병으로 강등시키는 군사반란을 일으킨 거였다.

박정희 암살 당시, 정승화는 김재규의 초대를 받았다. 정승화는 다른 건물에서 연회를 하고 있었고, 김재규가 말하기 전까지는 '박정희가 살해된 사실'을 모르고 있었다. 하지만 전두환은 정승화가 같은 궁정동에 있었다는 사실만으로 그를 체포했고 김재규와 함께 박정희 살해에 가담했다는 내란음모죄를 뒤집어 씌웠다.

버스가 멈춰 섰던 이유는 그 시간에 정승화를 지키려던 측과 신군부 간에 총격전이 일어나고 있었기 때문이었다.

후에 한빛교회 선배들에게 들은 얘기에 의하면 전두환과 노태우가 포함된 '하나회' 멤버들인 유학성·황영시·차규헌·박준병·박희도·최세창·장기오·이학봉·허삼수·허화평·우경윤 등이 군사쿠데타를 일으켰다는 거였다.

북한을 향하고 있던 총구를 전부 남한으로 향하게 하고 최고 경계 태세인 진돗개 1호를 발령했다. 쿠데타군은 명령만 떨어지면 즉각 서울로 쳐내려올 만반의 준비를 갖추고 있었다고 한다. 북한을 조준

하던 총구를 남한으로? 그건 여차하면 밀고 내려와 서울을 전쟁터로 만들겠다는 의미 아닌가. 국민의 세금으로 구입한 무기를 가지고 국민을 향해 총구를 겨누고 쳐내려온다? 퇴근하기 위해 많은 사람들이 쏟아져 나온 그 시간에?

정승화의 부하들이 허화평의 연회 초대 음모에 넘어가 자리를 지키지 못한 것은 정승화에게 매우 불행한 일이었다. 그렇지 않고 육본에서 정승화 부하들과 하나회 사이에 본격적인 총격전이 일어났다면? 서울 근방을 사수하고 있던 군인들이 탱크를 앞세우고 밀고 내려왔다면? 하마터면 그때 반포대교를 건너려던 많은 사람들이 영문도 모른 채 죽을 수도 있었다는 얘기 아닌가. 상상만으로도 끔찍하고 울화가 치밀었다. 이것들은 권력을 위해선 나라고 국민이고 안중에도 없는 족속들이 아닌가?

육군참모총장이자 계엄사령관이 체포된 상황에서 이제 모든 권한은 보안사령관인 전두환에게로 넘어갔다. 무력 앞에 무릎을 꿇었겠지만 최규하가 정승화 연행을 허가한 것에 대해서는 배신감을 느꼈다. 전두환의 동생인 전경환이 박정희의 경호원이었고 전두환이 정보를 다루는 보안사령관이었기 때문에 가능했던 쿠데타였다.

선배들은 박정희의 죽음이 처음부터 치밀하게 계획된 살인이 아닌 우발적인 살인으로 보고 있었다. 김재규가 박정희를 살해한 후 자신이 장악하고 있던 정보부로 가지 않고, 정승화를 따라 육본으로 간 것만 보아도 알 수 있다고 했다. 만일 김재규가 그때 육본이 아닌 자신의 근거지인 중앙정보부로 갔다면 사정은 달라졌을 거라고 했다. 왜 그때 김재규가 정승화를 따라 육본으로 갔는지 이해가 가지 않는다고도 했다. 김재규가 박정희와 차지철을 죽이고 경황이 없었거나 아니면 자신들이 모르는 또 다른 이유가 있었을 거라고 추측했다.

국민들은 박정희가 죽은 궁정동에서 '누가 노래를 불렀는지, 어떤 술을 먹었는지'에 대해 수군거렸다. 박정희가 미국 몰래 핵무기를 만들려다 제거 당한 것이 아니냐며 그의 죽음에 대해 의견들이 분분했다. 어떤 것도 확실한 것은 없었다. 우리는 최규하가 입을 열어 진실을 말해주기를 바랬지만 끝내 침묵으로 일관했다.

이미 실권은 전두환을 주축으로 한 신군부에 넘어가버린 상황이었다. 갑자기 긴급연락을 받고 모였던 장관들은 박정희가 죽었다는 사실을 모르고 있었다. 최규하에게 소집한 이유를 물었고 최규하는 박정희가 살해된 것을 알고도 모르는 것처럼 행동했다. 전두환과 신군부는 그런 최규하의 태도를 약점으로 잡았다. 그 후 최규하는 모든 상황들에 대해서 무기력한 모습을 보여줬다.

전두환은 12월 21일 대통령 권한대행인 최규하를 통일주체국민회의에서 대통령으로 앉혔다. 12·12쿠데타의 속셈을 감추기 위해 이름뿐인 허수아비 대통령을 내세운 것이다.

새해가 되자 국민의 환심을 사려는 듯 유신치하의 긴급조치가 해제되었다. 재야인사들이 복권되고 제적된 학생들이 학교로 돌아왔다. 각 대학 교수들은 학원민주화 성명을 발표했다. 여야는 국회를 열어 계엄령 해제와 유신헌법 개정을 논의하기로 합의했다. 하지만 휴전선에서 총격전이 발생했고 북한군의 병력 이동이 시작됐다는 허위 사실이 유포되었다.

급기야 국회의 눈은 닫혀버렸다. 봄이 돼 개학을 한 학교에서는 '사학 비리와 어용교수 물러가라'는 데모가 계속되고 있었다. 시위는 교정을 벗어나 거리로 나갔다. 각 대학 총학생회장단은 대통령에게 군사교육의 거부와 계엄령 해제를 요구했다.

최규하는 '군사교육 거부는 안 될 일이고 학원사태가 질서문란의

원인이라 계엄을 연장할 수밖에 없다'는 담화문을 발표했다. 그건 최규하의 담화문이 아닌 전두환의 담화문이란 걸 모르는 학생들이 없었다.

5월 10일이 되자 최규하는 마치 자리를 피해주듯 중동을 방문한다는 구실로 한국을 떠나버렸다. 전두환이 최규하 대통령에게 '잠시 자리를 피해 나가 있으라'고 해서 중동으로 떠났다는 말이 떠돌았다. 그 사이에 그들은 무엇을 계획했을까.

서울의 봄

　야당 국회의원과 시민운동가들은 비상계엄해제를 촉구하는 시국선언문을 발표했다. 교문을 뛰쳐나온 학생들의 격렬한 가두시위가 이어졌다.
　1980년 5월 15일 사전에 통문을 받은 전국의 대학생들이 서울역 광장으로 몰려들었다. 신군부가 정권을 장악하는 것을 저지하기 위함이었다. 10만명 넘는 대학생들이 서울역 광장에 모였다. 아직 시민들은 전두환의 야욕을 정확히 모르고 있을 때였다. '비상계엄 철폐', '병영훈련 반대', '유신잔당 퇴진', '전두환 물러가라' 등의 구호를 외치며 시위를 했다. 서울역 광장과 거리를 꽉 매운 학생들의 민주화 열기는 뜨거웠고 강렬했고 용감했으며 사기는 충천했다.
　총학생회장단 대표였던 서울대 총학생회장 심재철, 대의원회 의장 유시민, 고려대 총학생회장 신계륜, 숙명여대 총학생회장 형난옥, 서울대 복학생 대표 이해찬 등 시위지도부가 미니버스에 타고 시위를 주도하고 있었다.

학생들의 민주화 열기는 아스팔트를 녹이듯 지글지글 끓었다. 광화문 이순신 장군 동상 앞에 장갑차와 탱크를 앞세운 전투 병력들이 도열해 있다는 소식이 들려왔다. 곧 공수부대가 몰려온다는 불안한 말들도 떠돌았다.

저녁이 되자 심재철이 '계속된 농성은 군이 개입할 수 있다'며 학생들의 해산을 주장했다. 신계륜과 이해찬 등은 철야농성을 주장하며 심재철과 갈등을 빚었다. 서울대 학생처장 이수성이 나서서 '내무부장관이 학생들의 안전귀가를 보장했다'며 귀가를 독려했다. 심재철은 미니버스 지붕 위에 올라가 스피커로 해산을 발표했다.

그 일은 '서울역 회군'이라 불리며 지금까지도 운동권내 논쟁의 화두가 되고 있다. 만약 그때 해산을 하지 않고 철야농성으로 이어졌다면 역사는 또 달라졌을지도 모른다. 서울 한복판인 서울역은 수많은 시민들의 눈과 국내 및 해외 언론을 차단할 방법이 없는 곳이었다.

하지만 광주는 서울역과 달리 폐쇄된 공간이었다. 서울역 시위가 지속되었다면 어쩌면 비극적인 광주민주화민중항쟁도 일어나지 않았을지도 모른다. 서울역 회군을 두고 여러 가지 설이 떠돈다. 전두환 세력이 집권하는 것을 막을 수 있던 유일한 기회를 포기한 거라는 주장, 철야농성을 이어갔더라도 전두환의 야욕을 단념시키긴 못했을 것이라는 입장, 오히려 10만명이 넘는 학생들의 대참사를 막았다는 사람들, 절호의 민주화 기회를 날려버렸다는 의견 등이 첨예하게 대치한다. 강준만 교수는 서울역 회군을 '한국인이라는 동족의 이성을 믿은 과오'로 평가했다. 역사에 만약은 없듯 모두 가설일 뿐, 어느 것도 100% 확실한 것은 없다.

학생들이 해산하고 이틀 후인 5월 17일, 작정한 듯 국회 해산과 전국으로 계엄령이 확대됐다. 휴교령이 내려졌다. 자정 무렵 진압봉을 든 사복경찰들이 학교로 들이닥쳤다. 학교에 남아있던 지도부 학생들은 영문도 모른 채 두들겨 맞고 잡혀갔다. 국무총리 신현확은 연말까지 개헌안을 확정해 내년 상반기까지 양대 선거를 실시하겠다고 했다. 민주화 일정을 발표하고 해산을 독려했던 말은 모두 거짓이었다.

도망을 다니다 자수한 심재철은 '광주민주화운동의 배후 인물로 김대중을 지목하여, 그가 국가 전복을 목적으로 소요를 선동하고 데모자금을 댔다고 진술하였다. 또한 자신은 학생운동의 총책임자인 복학생 대표 이해찬의 조종을 받아서 전국의 학생운동을 진두지휘했다'고 증언하였다. 김대중은 '내란음모 및 국가보안법·반공법·계엄법·외환관리법 위반' 등의 죄명으로 계엄군법회의에서 사형을 선고받았다. 내가 본 심채철은 눈빛이 번쩍이던 잘 생긴 젊은이였다.

그 후 심재철은 노선을 바꿔 MBC 기자로 근무하다 우익 보수정당 소속의 국회의원이 되었다. '서울의 봄'에 함께 했던 이해찬과 유시민·심상정 등은 자신들의 소신에 따라 정치인과 작가의 길을 가고 있다.

학생들이 잡혀간 바로 다음 날인 1980년 5월 18일, 비극적인 광주민주화민중항쟁이 일어났다. 지지기반이 허약한 정권은 그 정권을 확고히 하기 위한 희생양을 찾기 마련이다. 항일무장투쟁에 앞장섰던 김원봉이 독립투사 아버지에게 한 말이다.

미군정과 이승만의 먹이 포획지는 제주, 여수, 순천, 대구였고 전두환은 광주를 택했다. 광주는 전두환에 의해 희생될 운명에 놓인 것이다. 학생들의 농성은 결국 '전두환 물러가라'는 구호로 그때까지 대다수 국민들은 모르고 있던, 전두환의 정권 탐욕의 실체를 알려주는 꼴이 되고 말았다.

전국의 계엄령 확대와 각 학교에 휴교령이 내려지면서 학교에 남아있던 학생들과 간부들이 잡혀갔다. '서울의 봄'은 신군부에 의해 철저하게 이용당했다.

5월 15일 10만명의 학생들이 모였을 때, '전경이 깔려죽었다'느니 '쿠데타'니 하며 학생들을 불안하게 만든 이유가 무엇이었을까. 답은 간단하다. 전두환과 신군부는 10만명의 학생들을 상대하기가 벅찼다. 자칫 그들을 무력으로 진압하다간 끔찍한 유혈사태가 발생할 것은 불을 보듯 뻔한 일이었다.

이에 동조하는 시민들의 공분 또한 우려의 대상이었다. 광화문까지 탱크가 들어와 있었던 상황이라도 서울역에 운집한 10만명 학생들의 힘은 엄청났다. 그러니 서울역 광장 그것도 시민들이 지켜보는 앞에서 그들을 무력으로 잔인하게 진압할 수는 없었을 것이다.

그들은 우선 학생들을 해산시킬 목적으로 잡았던 학생들을 풀어주었다. 신현확 총리가 민주화 일정을 발표하고 내무부 장관을 통해 '해산하지 않으면 안전귀가는 없다'는 협박성의 안전귀가를 선심 쓰듯 내걸었다.

그들이 의도한대로 학생들은 고맙게도 자진해산을 했다. 그들은 기다렸다는 듯이, '사회불안을 조장한다'는 이유를 걸어 전국으로 계엄령을 확대했다. 10만 학생들의 서울역 시위는 사회불안을 조장한 것 외에는 아무것도 아닌 것이 되어버렸다. 도리어 그들에게 이용당한 꼴이 되었다.

신군부가 지도부 학생들을 모두 잡아들이고 전국으로 계엄을 확대한 5월 18일 일요일 광주……. 어쩌면 그들이 그렇게 만들었을지도 모르는 재앙과도 같은 끔찍하고 불행한 일이 이 땅에서 일어났다. 광주민주화민중항쟁은 처음부터 쿠데타 세력들의 철저한 계획에 의해 시작됐다. 우리는 멀쩡히 살아있다는 것이 미안하고 부끄러워 죄의식에 시달려야 했다.

이 모든 것은 그들이 짠 각본에 따른 것이었다. 서울역 시위를 이용해 국회 해산과 계엄을 전국으로 확대했고, 휴교령을 내려 대학의 지도부 학생들을 모두 잡아들였다. 이어 광주에서 학생들의 시위가 일어났다. 애초에 이 시위는 총학생회장과 지도부가 이미 전부 잡혀간 상황이라 염려할만한 것도 아니었다.

그런데도 신군부는 시위하는 학생들을 무자비하고 끔찍하고 잔혹하게 진압해 시민들의 분노를 유도해냈다. 자신들이 심어놓은 프락치들을 시민들 속에 잠입시켜 시민들로 하여금 무기를 잡게 선동했다. 군에 의해 통제된 언론은 무기를 들고 수건으로 얼굴을 가린 시위대의 사진을 내보냈다. 누가 봐도 국가 전복을 노리는 폭도들이었고, 군의 말대로 이북의 사주를 받은 불순세력들이었다. 전두환과 신군부는 광주 시민들을 국가 전복을 노리는 불순세력으로 몰아 잔인하고 참혹하게 학살했다.

만약 광주민주화민중항쟁이 없었더라면 전두환이 그리 쉽게 정권을 잡을 수 있었을까. 최규하 대통령이 중동에 간 사이, 전두환과 신군부는 무엇을 계획했을까. 자신들이 정권을 잡기 위해 어떤 구상을 하며 어떤 그림을 그려나갔을까.

그들은 광주를 자신들의 정권야욕을 실현하는 발판으로 삼았다. 국민 정서를 교묘히 이용해 '전라도 광주에서 그 정점을 찍자'는 집권시나리오를 그린 것은 아닐까. '북한에서 남파된 간첩들이 광주를 적화하기 위해 시민들을 선동하여 시위를 일으키고 있다'는 터무니없는 말을 퍼뜨렸다. '광주가 대한민국에서 떨어져 나가 하나의 국가를 만들려고 한다'는 말까지 만들어냈다.

한국전쟁의 트라우마를 겪은 국민들은 전쟁과 공산당으로부터 자신들을 지켜준다면 정권이 무슨 일을 해도 그저 감읍하며 순한 양들이 된다. 그때 대다수 국민들은 간첩들이 대한민국을 접수하여 적화될 것을 두려워했다. 언론보도가 차단된 상태에서 신군부가 허용하는 단편적인 사진과 정보만 들을 수 있었다. 많은 사람들은 불순세력들을 상대로 싸우는 강력한 군대에 안심하며 고마워했다.

싸움에서 가장 중요한 것이 심리전이다. 전두환과 신군부는 국민들에게 고도의 심리전을 펼쳤고, 이어서 광주를 철저하고 완벽하게 짓밟았다. 먼저 광주민주화민중항쟁 바로 직전에, 군통수권자인 최규하 대통령을 돌아오게 하여 마음대로 군대를 이동시킨 책임을 회피할 수 있는 명분을 만들었다. 광주를 무력으로 진압하기 이틀 전에는 최규하로 하여금 광주를 방문하게 했다. 대통령이 직접 시민들에게 자제를 당부하는 모양새를 갖추게 한 것이다.

최규하의 광주 방문은 광주시민들의 울분을 증폭시켰다. 이제 울분의 대상은 무력한 최규하 대통령으로 바뀌었고, 대다수 국민들에게는 '광주를 폭도들이 장악하고 있다'는 믿음을 심어주었다. 그리고 그것은 곧 무력진압에 대한 명분으로 작동했다.

역사적으로 많은 민중항쟁들이 그렇게 진행됐듯, 그들은 잔혹하고 끔찍한 진압으로 민중들의 분노를 이끌어냈다. 늘 써먹던 방법으로 '북이 간첩단을 보내 국가전복을 노리고 소요를 조장하는 것'이라고 했다. 허위 발표와 공포심의 증폭을 통해 국민들의 입을 용접하고 손발을 결박하고 눈에 바리게이트를 쳤다. 그리곤 쇠심이 박힌 진압봉과 총칼로도 모자라 기관포와 헬기사격까지 해댔다. 선량한 민중들을 잔인하고 악랄하게 희생시켰다. 그렇게 민중들의 피로 제단을 쌓아 권좌를 만들었다.

가장 가슴 아픈 건 자신들의 죽음을 알고도 마지막까지 함께 했던 다수의 사람들이 희생된 사실이다. 그들은 민주화나 독재를 느낄 여유조차 없이 바쁘게 살아가던 이 땅의 이름 없는 민초들이었다. 그들은 이 땅의 민주화를 위해 기꺼이 목숨을 내놓고 이슬처럼 스러져 갔다.

전두환은 '5·18민주항쟁을 획책한 내란음모죄'를 적용하여 김대중에게 사형을 선고했다. 김영삼을 가택연금하고 문익환 목사를 구속했다. 5·18민주항쟁을 이용하여 그들에게 반기를 들 수 있는 시민운동가와 정치적 정적들의 손발을 미리 자른 것이다. 그들은 철저하게 계산된 각본대로 움직였다.

그들이 그린 첫 번째 그림은 1980년 5월 15일 서울역 회군을 이용하여 전두환이 실세라는 사실을 알리는 것이었다. 휴교령을 내리고 전국으로 계엄을 확대하였다. 광주를 희생시켜 '전두환만이 북으로부터 나라를 지킬 유일한 인물이라는 것'을 인식시켜 나갔다.

최규하는 그해 8월 대통령 직을 내놓았다. 전두환이 그의 하야를 촉구했다는 건 누구나 아는 사실이다. 전두환은 이미 대장으로 전역을 한 후, 대통령이 될 만반의 준비를 갖추고 있었다. 이제 대한민국에서 전두환이 실세라는 것을 모르는 사람은 아무도 없었.

1980년 8월, 전두환은 통일주체국민회의에서 3번째 체육관 대통령으로 당선되었다. 그때 전두환 부인이 대통령 당선을 축하하기 위해 광화문에 걸린 자신의 남편 얼굴이 찍힌 현수막을 보고

"아아 내 남편이 대통령이 되다니! 내 남편은 한국의 넬슨 만델라와 같은 분이다!"

감격에 겨워했다는 잡지 기사를 읽었다.

오랫동안 두통에 시달리며 밥맛을 잃은 기억이 생생하다.

대통령이 된 전두환은 국민에게 주는 선물인 양, 통일주체국민회의를 해체하였다. 전두환은 1981년 1월 민주정의당을 창당하고 총재가 되었다. 2월에는 유신헌법을 이름만 바꾸고 통일주체국민회의와 다를 바 없는 대통령 선거인단에 의한 간접선거를 통하여 7년 단임 대통령이 되었다.

전두환은 선심 쓰듯 통행금지 해제, 교복 자율화와 두발 자율화, 해외여행 자유화의 카드를 국민들에게 던졌다. 언론을 탄압한 언론사 통폐합과 언론인 강제해직을 가리듯.

전두환 정권은 민중들의 분노를 이끌어내 그것을 교묘하게 이용하여 탄생했다. 그러나 그들이 간과한 사실이 있다. 민중들의 분노가 그들의 각본대로만 일어나고 움직이는 것은 아니라는 것이다. 그들이 권좌를 차지하기 위해 이용한 민중들의 분노는 그들의 권좌를 무너뜨릴 때도 사용된다는 사실이다.

신영복 선생님은 평소에 귀신의 존재를 인정하고 무서워하는 사람은 양심이 있는 사람이라고 했다. 자신들 때문에 무고한 생명들이 처참하게 학살당했다는 것을 아는 데도 매일 밤을 편히 잠 들 수 있을까. 그들은 귀신의 존재를 믿지 않는 걸까. 궁금하다.

대통령이 된 전두환은 박정희의 행적을 모방한 삼청교육대를 만들었다. 부랑자와 사회부적응자, 깡패들을 교육시킨다는 미명아래 무고한 많은 사람들이 끌려가 죽임을 당했거나 지체장애자가 됐다.

전두환 역시 우리들의 예상을 실망시키지 않고 8년간이나 박정희 못지않게 반인륜적인 공포정치를 일삼았다. 북한이 우리나라를 수장시키려 한다는 허위사실을 유포해 국민들의 불안감을 조성했다. 수장을 막으려면 댐을 만들어야 한다며 평화의 댐 사업을 일으켜 어린이들의 코 묻은 돈까지 참여시켰다.

그러다 그 유명한 '탁치니 억하고 죽었다'는 박종철 고문치사 사건이 터졌다. 그것이 발화점이 돼 그들의 각본에 없던 민중들의 분노가 폭발했다. 6월 민중항쟁이 일어났다. 시위대는 '호헌철폐와 대통령 직선제'를 외쳤다. 학생뿐 아니라 넥타이부대라고 불린 일반 시민들도 함께 참여한 대규모 시위였다.

전두환은 국민들의 힘에 밀려 대통령 간선제를 고집한 호헌조치를 폐지할 수밖에 없었다. 고심하다 후계자로 점찍은 노태우로 하여금 직선제 선언을 하게 만들었다. 전두환에 의해 다음 대통령으로 내정된 노태우는 '직접 대통령 직선제로 국민의 심판을 받겠다'는 6·29선언을 발표하였다.

전두환의 뜻대로 노태우에 대한 좋은 인상을 국민들에게 각인시켰다. 전두환은 퇴임 후에도 노태우라는 허수아비 대통령을 세워두고 상왕정치를 할 목적이었다. 전두환의 꿈은 국민의 힘에 의해 깨어졌다. 그는 '8년 간 권력도 누릴 만큼 누려봤고 돈도 뜯을 만큼 뜯고 가질 만큼 가졌으니 상왕의 꿈은 접지 뭐. 더구나 차기 대통령은 다른 사람도 아닌 쿠데타 동지인 노태우 아닌가.' 이렇게 생각했을지도 모른다. 물론 그 꿈은 노태우가 대통령이 되고 난 후, 전두환을 백담사로 유폐시키면서 산산조각이 났다.

6월 민중항쟁에서 얻은 교훈은 그들이 개돼지라 불리는 민중이 역사의 중심이라는 사실이다. 그 후 김대중과 김영삼은 서로 합심하지 않고 민중의 여망에 부응하지 못했다. 그 덕분에 표가 갈리어 결국 노태우가 대통령이 되었다. 그들은 노태우정권의 일등공신들이 됐다.

국민들은 실망하고 분노했다. 하지만 그건 내 인생이 나를 절망시킨 훨씬 후의 일이다.

도피와 기만

내 운명 또한 내 의도와 달리 많은 곳에서 개헌들을 요구하고 있었다. 형부를 안마해가며 큰언니네 집에 머물던 나는 안방 옆 구석의 부엌에 딸린 작은 방을 썼다. 그 방은 문손잡이 전체가 떨어져나가 구멍이 뻥 뚫려 있었다.

하루는 자는데 이상한 기척이 느껴져 깼더니 형부가 러닝셔츠와 팬티만 걸친 채 내 옆에서 자고 있었다. 술 취한 형부가 화장실에 갔다가 안방과 붙은 내 방을 잘못 알고 들어와 잠든 것 같았다. 너무 놀라고 소름이 끼쳐 비명을 질러댔다.

"으악! 큰언니야! 형부가 여기서 자고 있어!"

내 비명에 큰언니가 잠에서 깨어 내 방으로 들어왔다.

"어유, 내가 못살아! 일어나! 일어나!"

형부를 뚜드려 깨워 데리고 나갔다.

난 당연히 다음 날 큰언니가 떨어져나간 문손잡이를 달아줄 줄 알았다. 하지만 큰언니는 끝내 달아주지 않았다. 데리고 들어온 아들까지 키우던 상황에서 큰언니도 내 방의 문손잡이까지 달아줄 만큼 심적 여유를 가질 수 없었던 것 같았다.

나는 밤마다 혹시 그런 일이 또 일어날까봐 잠을 못 자고 떨어야 했다. 아무리 술에 취해 방을 잘못 찾았다 하더라도 그런 상황을 다시 겪는다는 것은 끔찍한 일이었다. 더는 견딜 수가 없어 친구인 동창에게 털어놓았다.

무릎을 꿇고 사정하라던 친구도 '어떻게 그러고 살 수 있겠냐'며 자신의 집으로 오라고 했다. 미안하고 염치없었지만 그런 걸 따질 형편도 경황도 없었다. 나는 얼굴에 석고를 바르고 친구네 집으로 들어갔다.

학교에는 휴학계를 냈다. 잠을 재워주고 먹여주는 것만으로도 고마운데 교통비와 책값까지 달라고 할 수는 없었다. 더구나 친구의 집은 내가 마음 놓고 있을 만큼 넉넉하지 않았다. 가난하지도 부유하지도 않은 그저 평범한 집이었다. 친구네는 사업하는 아들에게 생활비를 타서 살고 있었다. 그런 집에서 오랜 시간을 객식구로 살 순 없었다.

"이 집은 결혼하면 오빠의 집이다."

시어머니의 말에도 난 그저 '결혼하면 잘 곳을 걱정하지 않고 살 수 있겠다'는 생각뿐이었다. 그래서 나를 좋아하던 내 친구의 오빠와 결혼했다. 우리 집은 부서졌고 더는 큰언니네 집에 있을 수가 없었다. 둘째 언니네는 망한 상태였다. 몸이 불편한 셋째 언니는 자신조차 추스르기 힘든 상황이었다. 넷째 언니는 언니대로 자신의 삶이 버거워 신음하고 있었다.

이런 상황에서 내가 어디로 간단 말인가. 그렇다고 길에서 잘 수는 없지 않는가. 지금은 노숙자라는 말이 그리 생소하지 않지만, 그땐 노래에서만 나오는 단어였다.

　　노숙자여, 노숙자여, 사랑의 노숙자여

난 노래처럼 낭만적인 사랑의 노숙자가 아닌 삶의 노숙자가 됐다. 대학생은 공장 노동자로도 취직이 안되던 시절이었다. 절실함은 때로 문제를 해결하지만, 그 해법은 어이없을 정도로 상식을 뛰어넘을 수 있다는 걸 그때 알았다. 인간이 얼마나 이기적이고 자기중심적이고 자기기만적이며 자기합리적인 존재인지도.

잠 잘 곳이 절실했다. 결혼하면 잘 곳이 생긴다. 오빠를 좋아하기로 했다. 좋아만하면 되는 일 아닌가. 형부를 안마하는 것보다 얼마나 쉽고 간단한가. 그렇게 쉽고 간단하게 생각했다.

결혼하지 않으면 언니들의 뒤를 이어 엄마와 동생들을 거둬야 했다. 자식을 농사짓는 것으로 아는 우리 집에선 당연한 전통이었다. 난 그 당연한 전통에서 도망쳐 나와 결혼을 택했다.

나와 결혼한 오빠는 한신대 학생이었다. 집 위의 부대에서 온 전투경찰이 개울에서 전투 장비를 닦으며, '하라는 공부는 하지 않고 쓸데없이 데모해서 자신들을 고생시킨다'고 투덜대던 바로 그 대학이었다.

오빠는 10월유신 반대 선언문을 낭독하다 집시법으로 체포됐다. 당연한 수순처럼 수없이 두들겨 맞고 고문을 당했다. 재판을 받고 수

감된 뒤에도 교도소에서 단식하다 맞고 독방에 감금되는 생활을 되풀이했다. 석방됐을 때에는 이미 몸과 마음이 너덜너덜해져 있었다.

혹독한 고문과 구타로 피해망상과 조현병까지 얻었다. 시어머니는 오빠를 볼 때마다 시위만 하지 않았으면 편히 목회자의 길을 갈 수 있었을 거라며 한숨을 쉬었다. 군목 시험에도 붙었는데 왜 시위를 해서 스스로를 불구덩이에 던져버렸는지 모르겠다고 탄식했다.

아무리 발버둥쳐도 인간의 힘으로 되지 않는 것이 있다. 그걸 운명이라고 하던가. 운명이 인색하고 너그럽지 않다는 것은 알았지만 그렇게까지 알뜰하게 잔인할 줄은 몰랐다. 결혼이란 방법을 통해 도망쳤어도 나의 운명은 결국 엄마와 동생들을 돌보게 돼있었다. 결과적으로 보면 토끼를 피하려다 호랑이를 만난 것이다. 나는 스스로 운명이 파놓은 구덩이에 떨어지는 지름길을 택한 셈이 됐다.

어느 날 엄마가 바느질을 하며 조곤조곤 얘기를 시작했다. 어떤 여인이 자신의 팔자에서 도망치려고 밤새도록 달렸는데 새벽이 어슴푸레 밝아올 즈음에 여인의 앞을 막는 검은 물체와 맞닥뜨렸다. 여인이 누구냐고 물으니, '네 팔자다'라고 했다. 엄마는 '세상에 팔자 도망은 못하느니라' 하며 허허롭게 웃었다.

그때 그 여인은 팔자라고 한 상대에게 어떻게 했을까? '네' 하며 얌전하게 대답하고 오던 길을 되돌아갔을까. 만일 내가 팔자를 만난다면 나를 이렇게 만든 팔자와 목숨이 다할 때까지 싸울 것이다. 그래서 지금까지 그 팔자가 내 앞에 나타나지 않고 있는 건지도 모른다.

나를 좋아했던 오빠가 10월유신 반대 시위를 하다 수감 생활을 한 것을 한참 후에야 알았다. 더군다나 고문으로 심각한 정신질환을 앓는다는 사실을 안 건, 결혼한 첫날 첩자라며 내 목을 조를 때였다. 설사 결혼하기 전에 그 사실을 알았다 해도 별로 달라지지 않았을 것이다. 왜냐고? 난 잠잘 곳이 필요했잖아.

성경엔 '인자가 머리 둘 곳이 없다'고 했는데, 인자도 아닌 나 역시 머리 둘 곳이 없었다. 머리를 둘 곳이 없는 자가 어떤 짓인들 못할까. 더구나 머리 둘 곳을 만드는 것이 결혼이라는데 어찌 마다하겠는가. 오빠라는 사람만 좋아하면 되는 것 아닌가. 그리 쉬운 것이라면 당연히 땡큐였다.

하지만 자신뿐 아니라 상대방마저 기만하는 방법은 결코 오래갈 수 없었다. 혹독한 대가가 따른다는 것 또한 완벽하게 알게 됐다. 잘 곳이 필요해 결혼했는데 이번에는 먹을 것이 없어 결혼 생활을 포기하게 되리라고 어찌 알았겠는가.

내가 결혼을 결정했을 때 시어머니의 생활비를 대던 오빠 형님의 사업은 망해가고 있었다. 나만 그 사실을 모르고 침몰하는 배에 올라탔던 것이다. 오빠는 전두환이 선심을 쓴 덕분에 과제물로 졸업을 했다. 그리고는 제주도의 작은 교회에 전도사로 내려갔다. 시어머니와 내가 내려갔을 때 오빠는 삶의 무게를 견디지 못하고 무너져 있었다.

제주도에서 목사님 주례로 간단하게 결혼생활을 시작했다. 나는 매일 목졸림을 당하면서도 주말마다 오빠의 설교 원고를 고쳐야했다. 오빠의 신 죽음의 신학이나 해방신학, 민중신학은 제주도에서 먹히지 않았다.

설교만 하고 나면 오빠는 목사님께 혼이 났다. 그것이 스트레스가 돼 오빠의 병은 더욱 깊어갔다. 결국 내가 설교집을 보고 설교 원고를 써야했다. 내가 쓴 어설픈 원고를 오빠가 읽으면 목사님은 잘했다고 칭찬했다. 하지만 그것도 잠시였다. 목사님도 눈치를 챌 만큼 오빠의 병이 도졌다. 한 달이 채 못돼 올라와야 했다.

정신을 차려보니 난 오빠의 보호자로 간병인이 돼있었다. 엄청난 것을 원한 게 아니라 단지 잘 곳이 필요했을 뿐인데 그 대가가 너무 컸다. 시댁에서는 병원비가 부담 되자 서둘러 오빠를 퇴원시켰다. 시댁이란 배는 완벽하게 바닥으로 가라앉았다. 이번엔 내가 잘 방이 부서진 것이 아니라 아예 통째로 가라앉아 버린 것이다.

병원에서 근무하는 시누이 아이를 봐주며 오빠의 약값을 대야했다. 나와 모두를 기만한 벌이라고 생각했다. 그마저도 시누이가 멀리 이사를 가는 바람에 오빠의 약값마저 댈 수 없게 됐다. 오빠의 집은 매일 몰려오는 빚쟁이들로 한시도 편한 날이 없었다.

그러던 어느 날 병든 오빠와 나만 남겨 둔 채, 모든 식구가 떠나버렸다. 집에는 쌀도 물도 없고, 전기도 화장실도 쓸 수 없었다. 시어머니는 딸네 집으로 떠났고 내 친구는 취업해서 부산으로 갔다. 오빠 형님의 부인은 아이들을 데리고 친정으로 들어갔다. 망해버린 형님은 도피했다.

어렸을 때 읽었던 동화가 생각났다.

한 젊은이가 길을 가는데 길옆에 노파가 처량하게 앉아있었다. 노파는 자신이 늙고 병들어 걷지 못해 집에 갈 수 없다며 애처롭게 울었다. 젊은이에게 '자신의 집이 바로 가까운 곳에 있으니, 제발 집까지만 업어달라'고 사정사정했다. 마음이 약한 젊은이는 거절하지 못하고 노파를 업었다.

그 순간 노파는 젊은이의 등에 거머리처럼 철썩 달라붙었다. 가깝다고 한 노파의 집은 가도 가도 나오지 않았다. 노파를 내려놓으려 해도 등짝에 딱 달라붙어서 떼어 놓을 수가 없었다. 젊은이는 사정하거나 달래기도 하며 노파에게 내려달라고 애원했다. 그럴수록 노파는 악착같이 달라붙어 평생 자신을 업고 다닐 것을 요구했다.

그때 내가 느낀 감정이 딱 동화 속 젊은이의 감정이었다. 난 이제 평생 오빠를 등에 업고 책임지고 살아야하는구나! 동화가 어떻게 끝났는지 알아야 했다. 노파를 내려놓았는지 아니면 계속 업고 갔는지 결말이 절실했다. 하지만 아무리 애써도 동화의 결말이 생각나지 않았다. 지금도 생각나지 않는다.

처음부터 젊은이가 노파의 청을 들어주지 않았다면 노파 때문에 애먹을 일은 없었다. 마음 약한 젊은이의 성격이 그런 운명을 만들었다. 나는 성격이 아니라 나를 둘러싼 상황이 만든 운명과 맞닥뜨린 것이다. 그렇다면 상황이 운명을 만든 동화를 찾아야 했다. 나에겐 너무나 절실하고 간절했지만, 그런 동화를 찾을 수도 기억할 수도 없었다. 어디에도 내가 나갈 문은 없었다. 내가 선택한 삶 속에 그대로 갇히고 말았다.

이제 내가 잘 곳이라 믿고 결혼했던 집마저 은행에서 가져갈 참이었다. 잘 곳이 없어 결혼했는데 잘 곳은커녕 병든 오빠마저 등에 업고 거리에 나앉게 되었다. 나와 모두를 기만한 선택에 대한 벌은 잔인할 만큼 혹독했다.

물어보고 싶었다. 내 운명인지 팔자인지에게. 나한테 이리 혹독해도 되는 건가. 내가 기만한 것은 좋아하지 않은 오빠를 좋아하겠다고 마음먹은 것뿐이었다. 그게 그렇게 잘못한 거란 말인가. 세상 모든 남녀가 사랑하고 좋아해서 결혼하는가. 그렇다면 중매로 결혼한 사람들은 모두 자신과 상대방을 기만한 사람들 아닌가. 그들과 내가 다른 것이 있다면 나는 잘 방이 없다는 것이고 그들은 잘 방이 있다는 것이다.

잘 방이 없는 사람은 잘 방조차 원하면 안 되는 건가. 잘 방을 원해서 결혼하면 안 되는 건가. 그렇게 절실한 이유를 가지고서 결혼하면 안 되는 건가. 왜 유독 나에게만 이렇게 혹독하고 엄격한 잣대를 대는 건가. 잠 잘 곳이 필요해 오빠를 좋아하기로 한 내 선택이 용서받지 못할 만큼 큰 잘못이란 말인가. 악랄한 내 운명인지 팔자인지를 만나기만 하면 싸대기를 갈기고 싶었다.

오빠는 병원에 갈 돈이 없어 약을 복용하지 못했다. 쌀과 전기도 끊기고 물도 안 나왔다. 약이 떨어진 오빠는 잠을 자지 못했다. 계속 내 이름을 부르며 발을 떨었다. 며칠 잠을 자지 못하면 사람의 눈이 얼마나 크게 커지는지 그때 처음 알았다.

어린이 동화책 외판을 일주일 간 했다. 교통비와 이력서 사진 값만 날렸다. 식모를 구하는 구인광고를 보고 전화를 했다. 인신매매 조직에 걸릴 뻔했다. 이번엔 싸대기가 아니라 내 운명을 불러내 죽이고 싶었다. 내가 너무 심한 것을 요구한 것이냐? 난 그저 내가 누울 방 하나를 원한 것뿐이다. 그런데 그것조차 허락하지 않는 팔자인지 운명인지 도대체 넌 누구냐? 그때 운명이 내 앞에 나타난다면 잔인한 내 운명의 목을 조를 수도 있었다.

인간의 지식은 현실 앞에서 얼마나 무력하고 나약한가? 그 많은 논리와 지식과 사상은 가혹한 현실 앞에선 아무 소용이 없었다. 그 어떤 논리나 사상이나 지식이나 신까지도 그때 나에게는 아무 도움이 안 됐다. 팔자 도망은 할 수 없다지 않는가. 운명이라면 받아들여야지 어쩌겠는가.

'나는 더 물러설 곳이 없어! 그런데도 나를 절벽으로 밀겠다고? 내가 추락하는 게 운명, 네가 원하는 거냐? 그래, 그럼 완벽하게 떨어져 주지!'

운명을 내 앞으로 불러낼 수 없던 그때의 내 감정이었다. 운명에게 학력은 아무 짝에도 쓸모없는 무용지물이었다.

내가 중학교에 진학할 때는 입학시험이 폐지되고 추첨제가 도입되었다. 추첨으로 자신이 살고 있는 지역에서 가까운 중학교에 갔다. 고등학교 진학할 때도 입시제도가 바뀌었다. 실업계는 각자가 원하는 학교에 가서 시험을 치렀지만, 인문계는 일종의 자격시험인 연합고사를 쳤다. 합격하면 추첨을 통해 자신이 살고 있는 곳에서 가장 가까운 학교에 배정됐다. 운이 좋으면 명문 고등학교가 몰려있는 공동학군에 배정되기도 했다.

세간에선 대통령의 아들을 위해 입시제도가 바뀌었다고 수군댔다. 명문고에선 '추첨으로 들어온 세대를 후배로 치지 않는다'는 소리가 들려왔다. 성적으로 경기고나 이화여고를 갈 수 있던 학생들은 억울해했고, 그렇지 않은 학생은 재수가 좋았다고 흐뭇해했다. 내가 고등학교에 입학했을 때, 1학년과 2학년은 연합고사 세대였고 3학년은 입학시험을 보고 들어온 세대였다. 추첨으로 배정받은 나의 학교는 명문교가 아닌 깡패학교라고 불리는 학교였다.

고등학교엔 교련시간이 있었다. 학도호국단이란 이름으로 제식훈련도 받아야했다. 좌향좌, 우향우, 우로봐! 인공호흡법과 삼각붕대의 매듭을 묶는 법도 배웠다. 일 년에 한 번 직접 군인교관이 나와 학생들의 제식훈련을 지켜보았다. 그 사람이 합격 여부를 판단했다. 합격하지 못하면 제식훈련을 시킨 체육선생님에게 질타가 쏟아졌다. 그러면 다시 검열을 받아야 해서 어떻게든 합격해야 했다. 우리가 열심히 한 덕분인지 아니면 교관이 좋게 봐줬는지, 다행히 3년 내내 불합격한 적은 없었다.

교관의 심사가 있는 날에는 열을 맞춰 행진하다 체육선생님의 우로봐! 구령이 떨어지면 최대한 큰 소리로 '충성!'을 외쳐야 했다. 목이 부러질 정도로 힘을 줘서 단상에 선 교관을 향해 일시에 고개를 90도로 돌렸다. 선글라스를 낀 군인은 거만하게 지휘봉을 들고 단상에서 우리를 내려다보고 있었다. 이런 사람에게 왜 닭 모가지 비틀듯 고개를 비틀어 충성을 외쳐야 하는지 모를 일이었다. 외치라고 하니 외치기는 해도 그 상황이 어이가 없었다.

남학생들은 교련 시간에 거뭇거뭇한 교련복을 입고 제식훈련과 총검술을 배웠다. 대학에 들어가서는 병영훈련이란 이름으로 잠시 군에 입대해 군사훈련을 받아야 했다. 이 땅에 태어난 남자들은 여러모로 힘든 세상이었고 힘든 나라였다. 힘이 드는 상황에서 서로를 격려하고 사기를 고취시키는 노래가 빠질 리 없었다. 더구나 우리나라는 가무를 즐기는 민족 아닌가.

　　　겨레의 바른 줄기 이어갈 우리
　　　한 마음 나라 사랑 하나로 뭉쳐
　　　수려한 조국산하 굳게 지키며
　　　새 역사 창조하는 선봉이 되자

보람찬 젊은 꿈 함께 가꾸며
배우면서 지킨다 학도호국단

학도호국단은 1949년에 창설됐다. 1985년 대학교 학도호국단을 해체하고, 1986년에는 고교 학도호국단도 폐지되어 역사에서 사라졌다.

고등학교 국어시간에 '동지 달 기나긴 밤을 한 허리 버혀내어 춘풍 이불 아래 서리서리 넣었다가 어룬 님 오신 날 밤이어든 굽이굽이 펴리라'는 황진이의 시조를 배웠다. 지금 봐도 훌륭한 비유이다. 국어선생님은 황진이의 시조를 가르치며, 그나마 남아있는 기생집다운 곳이 어디인지 알려줬다. 그것도 우리 학교 가까이에 있는 기생집이었다. 나중에 그 얘기가 내게 그렇게 알뜰하고 살뜰하게 쓰일 줄 몰랐다.

국어선생님은 한자로 적힌 출석부를 펼쳐놓고 우리 이름을 하나씩 부르며 이름 풀이를 해줬다. 내 차례에 이르러서는,

"박명아? 박명아? 밝을 명에 아름다울 아? 이거 기생 이름이다!"

라고 외치는 게 아닌가.

마치 내 미래를 알려주듯 했다. 결과적으로 맞는 말이 되었지만 국어를 가르치고 후학을 양성하는 교육자라면 기본적인 감수성과 책임감이 있어야 하지 않는가. 그런데 어찌 자라는 학생에게 그런 말을 했는지, 참으로 경솔한 언행이었다. 게다가 내 짝의 이름을 풀어 줄 때는

"소엽? 소엽? 낙엽이 웃는다? 이거 좋은 이름이네!"

하는 게 아닌가. 내가 보기엔 소엽이나 명아나 거기서 거기였다.

10월의 끝자락에 은행잎이 융단처럼 깔린 길을 올라가 국어선생님이 말한 기생집다운 곳을 찾아갔다. 시댁에는 다시 물이 나오고 전기가 들어왔다. 쌀이 채워졌고 똥을 퍼서 화장실도 갈 수 있게 됐다. 병원에 가서 오빠의 약을 타왔다. 오빠는 계속 발을 구르며,

"명아, 명아. 잠이 안 와, 잠이 안 와. 집에 도청 장치가 돼 있어."

지치지도 않고 중얼거렸던, 나를 미쳐버리게 만들던 오빠의 말도 차츰 사그라졌다. 다시 진료를 받고 약을 타오던 날, 오빠는 병원 앞에서 파는 군밤을 보고 아이처럼 졸랐다.

"명아, 명아. 나 저 군밤 사줘."

열렬히 해방신학을 논하던 이 사람을 도대체 누가 이렇게 만든 것일까. 국어선생님 말대로 그나마 남아 있던 기생집다운 기생집에서 일을 끝내고 저녁 늦게 집에 올 때마다 오빠는 내 손에 들린 봉지를 기다렸다.

"명아, 귤 사왔어?"

내가 귤 봉지를 건네주면 마치 엄마를 기다린 아이처럼 좋아하며 봉지를 열었다. 저녁에 나가려고 하면 오빠는 자신이 먹고 싶은 것들을 주문했다. 고구마·빵·군밤·귤·사과······. 맛있게 귤을 먹는 오빠의 책장에는 아무런 도움이 안 되는 쓸데없는 책들이 가득 꽂혀있었다. 각종 논리와 사상·의식·하나님의 말씀인 성경까지.

시댁의 집은 결국 경매에 넘어갔다. 집을 산 사람은 시어머니와 큰아들에게 월세 단칸방을 얻을 돈을 주어 이사시켰다. 나는 그 뒤에도 일정 기간 시어머니와 오빠의 생활비를 댔다. 그건 오빠와 모두를

기만한 내 마음이었다.

　그나마 기생집다운 기생집을 찾아가려고 집을 나선 순간부터 나는 오빠와도 내 자신과도 헤어질 결심을 했다. 이듬해 1월 5일, 나는 아이들 아빠를 만나면서 국어선생님이 말한 그나마 기생집다운 기생집의 생활을 그만두게 됐다. 그리고 내 인생도 빗장을 걸었다. 더 이상 나는 없었다.

　3개월이 채 되지 않는 나의 기생집 생활은 그렇게 끝이 났다. 6개월이 조금 넘은, 혼인신고를 할 정신마저 없던 결혼 생활도 깨어졌다. 아이들 아빠는 아버지보다 한 살이 아래인 일본인이었다. 아이들 아빠를 처음 만난 날, 그는 나를 보자마자 '이 생활을 접으라'고 했다.
　아이들 아빠와 같이 따라온 중간상인이자 통역하는 사람을 통해서 훅 들어온 예기치 않은 제안에 당황했다. 일본인이라는 사실에 잠시 번민했지만 찬밥 더운밥을 가릴 상황이 아니었다. 그땐 기생인지 기녀인지 그만두고 엄마와 형제들을 돌보며 먹고 잘 수만 있다면 80세가 넘은 병자라도 가서 병수발을 들며 살 수 있었다.

　"너희가 여기 있지 않았으면 어떻게 감히 이런 사람들을 만날 수 있겠니? 여긴 고급 사교장이야. 긍지를 가져."
　마담이 말했다. 그녀는 나를 보고
　"너는 교양이 있으니 40세까지도 쓸 수 있어."
　선심 쓰듯 나에게 던진 말이었다.

　40세! 하루도 지옥 같고 징그러운데, 40세라니! 기절할 노릇이었다. '감히 만날 수 없는 이런 사람 당신이나 실컷 만나시고, 40세 넘어서 귀밑머리 파뿌리가 될 때까지 사세요'라는 말을 삼켰다. 긍지를 가지라니! 지나가는 개가 웃을 일이었다.

이런 사람이건 저런 사람이건 전혀 만나지 않고 살면 내 삶은 훨씬 행복할 것 같았다. 이런 사람들이 아기피부 같다며 내 손을 만지작거렸다. 집에 돌아와 알코올로 손의 각질이 일어날 때까지 닦고 또 닦았다.

'미친 것들! 여러 사람들이 만진 내 손이 더럽지도 않나! 뭐가 좋다고 만지작거린단 말인가! 넋 나간 것들 같으니!'

아이들 아빠를 만나고 나서, 상황이 만든 운명인 오빠를 등에서 내려놓았다. 아이들 아빠를 위해서도 오빠를 위해서도 그래야했다.

더불어 내 자신도 내려놓았다.

아이들 아빠와 살면서 엄마와 형제로부터 도망쳤던 미안함을 돈으로 대신했다. 집안과 형제들 일이라면 내가 처한 상황에서 최선을 다했다. 오빠를 내려놓은 대신, 상황과 성격이 만든 운명인 집안을 등에 업게 된 것이다.

우리 집에서도 뛰어봤자 별수 없지 않았냐는 듯 당연하게 받아들였다. 아이들 아빠는 내가 생활할 만큼의 돈만 주었고 나는 그 돈을 나눠 집안을 돕느라 늘 허덕이는 생활을 했다. 집안이나 형제를 돌보는 문화에 익숙하지 않은 그는 이런 나를 이해하지 못했다. 하지만 기생집이란 지옥에 다시 돌아가지 않는 것만으로도 얼마든지 참을 수 있었다.

딸이 태어나자 궁핍한 생활에서 어느 정도 벗어날 수 있었다. 하지만 집안의 기둥으로 8명이나 되는 형제와 조카까지 신경을 쓰며 나의 아이에게조차 죄의식을 느껴야 했다. 늘 새가 쪼듯 정수리의 신경이 날카롭게 쪼이는 통증을 참으며 하루하루를 견뎌야 했다. 자신감은 그 단어조차 잊어버렸고 자존감은 내 발 아래에서 처참히 짓밟혔다. 밥 걱정과 잘 걱정을 하지 않게 된 대가는 너무나 컸다. 내 자신을 모두 놓아버린 채 허깨비로 살아야만 했다.

행복은 내가 결코 넘볼 수 없는 곳에 있었다. 어렸을 때, 닭의 물컹하고 축축한 물기가 밴 봉투를 안고서 훔쳐보던 날카로운 유리가 꽂힌 월벽장 너머 수영장처럼. 형제들은 내 도움을 받으면서도 내 존재를 부끄러워했다. 나를 향한 모든 시선들은 스치기만 해도 피가 흐르는 날카로운 유리 조각이었다.

현지처라는 말을 무겁고 낡은 갑옷처럼 걸치고 살아야 했다. 그 무게에 질식할 것 같았다. 내가 입은 갑옷은 여기저기 구멍이 뚫려 살이 보이는 넝마 같아서 나조차 수치스럽고 초라하게 만들었다. 나는 드러난 맨살을 감추기 급급했고 자존감과 의지와 생각을 빼앗긴 바보가 됐다.

어느 날 물건을 사러 단골집에 들렸을 때, 우연히 중학교 동창 친구를 만나게 됐다.

"어머 너 박명아 아니니?"
"……누구지?"
"나야, 나. 박준희!"

그제야 생각이 났다. 중학교 때는 비쩍 말랐었는데, 키도 크고 살집이 있어 알아보질 못했다. 그 아이가 가게 주인을 보고 동의를 구하듯 물었다.

"얘 참 똑똑하지요? 얘 정말 똑똑했어요!"

"이 푼수 같은 호구에 바보가?"
가게주인이 생뚱맞다는 표정으로 동창을 쳐다봤다.

나 역시 그 아이 말에 놀라고 있었다. '내가 똑똑했던가?' 잊고 있었다. 나조차도 그 말이 생소하고 낯설었다. '난 정말 바보가 됐구나!' 그 아이와 헤어지고 돌아오는 내내 우울했다. 난 바보다. 하지만 무엇이 중요한지는 안다. 차라리 몰랐으면 더 편했겠지만. 그 어떤 것도 날 노예로 삼을 순 없었다. 내 운명을 희롱한 물질까지도. 그런 의미에서 바보라면 난 정말 바보가 맞다.

동생들과 언니는 항상 나를 보고, '명아는 마음이 약하니까 들어줄 거야.'라는 말을 입에 달고 살았다. 형제들은 내가 가진 인간성을 적절하게 사용하는 방법을 너무나 잘 알고 있었다. 그들은 영악했지만 자신들의 삶에 대해선 영악하지 않았다. 삶은 그런 것이다.

내가 집안을 돌보던 때, 큰형부의 사업이 망해 큰언니가 이혼하게 됐다. 큰언니에겐 아들 둘만 덩그러니 남았다. 큰형부는 이혼 후 병원비만 잔뜩 남기고 혼자 쓸쓸하게 생을 마감했다.

형부의 병원비와 장례를 치러줄 형편이 되는 사람은 나밖에 없었다. 죽은 사람을 계속 병원에 놔둘 수는 없는 일 아닌가. 소식을 전한 큰언니는 나만 바라보고 있었다. 나는 병원비를 치르고 형부의 시신을 찾아 화장했다. 그리고 당장 먹고 살 곳이 없게 된 큰언니에게 아이들과 가게를 하며 살라고 돈을 주었다. 반포에 있던 아파트를 매매한 돈의 일부였다.

나머지는 엄마에게 어떻게든 집을 지으라고 주었으나 엄마는 그대로 달려가 땅을 샀다. 만 원을 가지고 있던 엄마는 은행 대출을 받아 이만 원어치의 땅을 산 것이었다. 결국 그 땅은 고스란히 은행으로 넘어갔다. 엄마는 배포와 손이 커도 너무 컸다.

　은행은 잔인할 만큼 철저했다. 엄마의 재산을 샅샅이 찾았다. 결국 엄마의 명의가 들어가 있는 내 땅을 찾아냈다. 은행은 경매로 땅을 넘기고도 이자를 못 낸 금액에 대해선 엄마의 명의가 들어간 내 땅에 차압을 걸어놓았다. 차라리 재산이 없었다면 경매로 끝났을 것이다. 엄마의 과도한 욕심으로 내 돈은 공중분해 됐다. 거기에 쓰지도 않은 돈에 이자까지 갚아야했다. 돈도 땅도 뺏기고 이자까지 갚아야하는 상황이 된 것이다.

　그런 내가 바보라고? 내 것을 챙기지 못한 내가 바보 같다고? 모든 상황들을 받아들인 내가 바보라는 거지? 그럴지도 모르지. 끊임없이 베풀고 당하는 바보는 나 하나로 끝나길 바랐다. 앞으로 힘든 삶을 헤쳐 나갈 내 아이들이 겪을 바보스러움까지 모두 내가 겪길. 나의 아이들이 나처럼 바보스럽게 살게 되지 않기를 염원했다. 더구나 상대에게 똑같이 갚아준다는 마음으로 살고 싶지는 않았다. 그렇게까지 내 삶을 유치하게 만들고 싶지도 않았다.

　이제 언니들도 나이가 들어 늙고 약해졌다. 체급이 같아야 링에도 오르는 것 아니겠는가. 둘째 언니에게도 최선을 다해 고마움을 표시했다. 한때의 더부살이에 대한 고마움을 표시하게 만든 방법이 마음에 들지는 않았지만.

　엄마는 툭하면 세뇌시키듯 말했다.

"우이동 산신이 네 동생들을 도우라고 네 아이들 아빠를 만나게 한 것이다. 네 둘째 언니를 봐! 결국 형제들을 외면하더니 쫄딱 망했지 않냐? 그러니 도와주려면 끝까지 도와주어야 한다. 네 아이들 아빠는 나이가 많아 언제 죽을지 모르는데 지금 네가 형제들을 도와주면 나중에 그 형제들이 다 울타리가 돼 너를 금싸라기 보듯 보호할 거다!"

우이동 산신까지 출연시키면서 당신의 자식들을 나에게 떠맡기는 책임회피적인 말이었다. 하지만 그땐 그 말을 예언처럼 믿었다. 내 자신뿐 아니라 정신과 의지까지 놓아버린 허물만 걸친 껍데기로 살던 나에겐 당연했다. 엄마의 말에 충실히 따르며 동생들뿐만 아니라 언니들과 조카까지 도왔다. 일본인과 사는 내 삶을 속죄하듯.

식구들에 대한 짐을 벗어버리려고 오빠와의 결혼으로 도망쳤었다. 결국 실패하고 돌아온 나에게 엄마의 말은 부적과도 같았다. 아이들 아빠는 석재업을 했다. 한국에서 상석을 수입해 가기 위해 일년에 다섯 번만 한국에 왔다가 열흘씩 머물다 가는 손님 같은 사람이었다. 23세였던 나는 너무 어렸고 세상에 대해 무지했다. 의지할 사람은 엄마와 형제들 밖에 없었다. 난 내 의지를 잃어버린 꼭두각시로 살았다.

스트레스 탓이었을까. 아니면 내 몸이 나를 견뎌내질 못했던 걸까. 둘째 아이가 유산됐다. 세포가 끊임없이 분열해 태반이 포도송이처럼 변하는 포상기태 임신이었다. 항암치료를 받아야했다. 항암제 주사를 맞기 시작했다. 머리카락이 빠져 욕조의 구멍을 막았다. 머리카락이 빠져 자고 나면 베개를 가득 덮었다. 끔찍했다.

"네가 집에만 있으면 얼마 살지 못한다. 가게를 해야겠다."

엄마는 비명을 지르는 나를 보고 덜컥 가게를 계약했다.

할 수 없이 떠밀리다시피 해물탕 가게를 차렸다. 대인 기피증에 시달리며, 항암 치료 후에 건강을 제대로 추스르지 못한 내가 무슨 가게를 하겠는가. 지금 생각하면 엄마는 내가 얼마 살지 못할 것으로 알았던 것 같다. 그래서 내가 데리고 있던 동생들에게 먹고살 기반을 닦아주고 싶었던 것은 아닌가라는 생각이 든다.

엄마의 기대와 달리 동생들은 가게를 번창시키는 데 힘을 쓰지 않았다. 해물탕 가게를 하면서 동생들은 결혼을 했다. 결과적으로 가게는 동생들이 결혼하는 기회가 됐다. 어쨌든 엄마의 원은 이루어졌고 난 악몽 같았던 가게를 접었다.

오랜 기간 동안 나는 빈부의 차이가 형제간의 우애를 깬다고 생각했다. 똑같이 골고루 잘 살면 우애가 생긴다고 믿었다. 그렇게 만들려고 노력했다. 하지만 우애는 물질과는 전혀 상관이 없었다. 그렇게 생각한 내가 얼마나 어리석고 멍청했는지 인정할 수밖에 없는 고통을 겪어야 했다.

한 형제로 묶였다고 다 좋은 관계가 되는 것은 아니다. 어쩌면 타인보다 더 못한 타인으로 살 수도 있는 것이 형제였다. 엄마는 그런 사실을 몰랐으리라 믿고 싶다. 형제들이 나를 금싸라기 보듯 위하지 않을 거란 사실도 알지 못했다고 믿고 싶다.

엄마는 당신이 얼마 살지 못할 것을 아는 순간까지도 당신 대신 형제들을 돌보라고 강조했다. 엄마는 이승을 떠나면서도 당신의 자식들을 나에게 부탁했다. 그들이 홀로 설 것이란 믿음이 없었던 걸까. 하지만 이젠 그들도 모두 홀로서기를 넘어 그들의 자식들까지 책임질 나이가 됐다. 그리고 나도 형제들의 엄마가 아닌 엄마의 자식이다.

현
지
처

 20년 동안 가슴에 현지처란 주홍글씨를 가슴에 못질하고 살았다. 아이들 아빠와는 45살 차이다. 그는 하루에 한 번씩 매일 일본에서 전화를 했다. 언제 전화가 올지 알 수가 없었다. 지금처럼 무선전화나 핸드폰이 있던 시대가 아니었다.

 전화를 기다리느라 화장실에도 제대로 갈 수 없었다. 아이들 아빠가 얻어준 월세 집은 그대로 감옥이었다. 샤워를 하다가도 전화 벨소리를 듣고 받으려고 뛰쳐나오곤 했다. 그러다가 미끄러져 손목에 골절이 온 적도 있었다. 어쩌다 전화를 받지 못한 날은 마음이 편치 않았다. 혹시 '날 의심하는 것은 아닐까'라는 걱정에 하루 종일 아무것도 먹지 못했다. 그런 날은 날밤을 새웠다.

 아이들 아빠가 한국에 나와도 편하지 않기는 마찬가지였다. 늙었어도 아이들 아빠였다. 아이들이 자신의 아빠를 아빠라고 부르는 것은 당연했다. 아이들이 아빠라고 부를 때마다 내 주위의 사람들의 동공이 확장됐다. 70이 넘은 늙은 아빠와 20대의 젊은 엄마가 사람들의 따가운 눈총을 피할 수는 없었다. 그들의 시선이 날카로운 비수처럼 온 몸을 찔렀다. 무서웠다. 고통스러웠다. 선글라스를 사서 밤에도 쓰고 다녔다. 몸과 마음이 병들어갔다.

아이들을 낳기 전에 운전면허를 따게 됐다. 코스시험과 주행시험을 강남의 탄천에서 봤다. 당시엔 탄천 둔치에서 주행시험을 봤다. 주행시험을 보는 차는 모두 스틱이었다. 의자는 어른들 체격에 맞춰 고정돼 있었고, 내 발은 브레이크에 닿지도 않았다. 당연히 주행시험에 떨어졌다.

어떻게 간격을 줄일까 고심했다. 곰인형을 사서 의자 뒤에 덧대기로 했다. 그나마 겨울이라 다행이었다. 탄천의 1월 바람은 눈이 시릴 만큼 매웠다. 난 커다란 곰인형을 안고 두 번째 주행시험을 치르기 위해 순서를 기다리고 있었다. 키 큰 청년이 내 곁에 섰다. 그는 내가 안고 있던 곰인형을 내려다보며 말을 걸었다.
"의자가 고정돼 있어 불편하시지요?"
얼굴이 빨개진 나는 곰인형을 세게 끌어안으며 작게 대답했다.
"네."
"저는 학교를 다니다 군대에 입대해 작년 말에 제대를 했습니다."
"아, 네."
물어보지도 않았는데 주절주절 자신의 얘기를 하기 시작했다. 순서를 기다리며 한 시간 가량 그의 얘기를 들었다. 세상을 보는 시선이 신선했다. 모든 것을 빨아들이듯 말랑말랑한 뇌를 갖고 있었다. 그에게 호감을 느꼈던 것 같다.

곰인형은 나의 주행시험을 도와주지 않았다. 난 원수 같은 곰인형을 안고 순서를 기다리는 사람들이 보고 있는 앞에서 낑낑대며 차에서 내려야했다. 차라리 곰인형을 가져오지 않았다면 쪽이 덜 팔렸을 것이다. 그 광경을 보고 있던 청년이 웃으며 다가왔다.

"다음에 다시 보면 되지요. 이번 곰인형은 너무 크니 다음엔 조금 작은 인형을 준비하시면 꼭 붙을 겁니다."
순간 곰인형을 탄천에 던져버리고 싶었다.
'으, 제발 꺼져줄래'란 말을 꿀떡 삼키고 물었다.
"붙으셨어요?"
그가 죄를 지은 듯 대답했다.
"그게…… 네, 붙었습니다."
"축하드려요."
"죄송합니다."
"죄송하다니요, 축하합니다."
돌아섰다.
그가 다급하게 뒤에서 소리쳤다.
"조금 있으면 면허증을 발급받는데 그때까지만 기다려 주시겠어요. 차 한 잔을 같이 하고 싶습니다."

'이 꼴에 애물단지가 돼 버린 커다란 곰인형을 안고 너 같으면 차 마실 기분이 들겠니?' 솔직한 심정은 두려웠다. 차를 마시면 그를 좋아하게 될 것 같았다. 찰나의 순간에 엄마와 동생들과 내 과거, 사랑타령하다 기생집으로 들어가는 신파소설이 빠르게 완성됐다.
"아니에요, 저는 가볼 데가 있어서요."
강하게 고개를 저었다.

"그렇군요. 저, 그럼 전화번호라도 알 수 있을까요?"

"전화가 없어요."

내가 생각해도 미안할 정도로 노골적이었다.

"그럼, 지금 같이 나가시죠. 면허증이야 다음에 찾으면 되니까요."

"네? 아, 아니 그러지 마세요. 약속시간이 빠듯해서요."

"그럼 버스 타는 데까지만 바래다 드릴게요."

"아! 괜찮다니까요!"

벌컥 화를 내는 나를 보고 그가 눈을 동그랗게 떴다. 어쩔 수 없다는 듯 목소리에 힘이 빠졌다.

"그럼 살펴가세요."

사실 그가 아닌 내 처지와 신세에게 낸 화였다. 그렇게 화를 내지 않으면 내 자신에게 질 것 같았다. 그와 데이트를 하며 차를 마시기엔 이미 난 너무 멀리 비켜난 사람이었다. 비켜난 길을 가로질러 자유를 찾기엔 난 이미 지나치리만큼 충분히 혹독하고 잔인한 세상을 알아버렸다. 그런 세상으로 다시 들어갈 수는 없었다. 큰 곰인형을 가슴에 안고 쌀쌀한 바람 속에 탄천교를 걸어 돌아오는 길은 너무 멀었다. 내 생에 그토록 먼 길이 있었던가. 곰인형을 탄천에 버리지 않은 것은 잘한 일이었다.

잠 잘 방은 있어도 나는 항상 돈에 쪼들려야 했다. 아이들 아빠는 첫 딸을 갖고 임신 7개월이 됐을 때에야 궁핍에서 헤어나게 만들어줬다. 월세 집도 면할 수 있었다. 하지만 마음까지 나아지진 않았다. 그렇게 20년을 살았다. 누군가에게 말을 하지 않으면 죽을 것 같았다.

책을 썼다. 덕분에 아이들과 나는 아빠 호적에 이름을 올릴 수 있었다. 그 과정은 길고 지난한 싸움이었다. 온전히 내 몫이었다. 나뿐만 아니라 아이들에게도 권리를 찾아줘야 했다. 아이들 아빠만 믿고 손 놓고 있을 수는 없었다. 기력이 쇠약해질 대로 쇠약해진 아이들 아빠였다. 외국인 여자가, 더구나 아이들과 함께 일본 호적에 오르는 일은 많은 것을 요구했다. 이름도 낯선 일본 관공서에서 온갖 서류를 떼어가며 이곳저곳을 찾는 일은 끔찍한 지옥이었다.

나이가 많은 아이들 아빠는 한국에서도 일본에서도 이방인이었다. 이사나 숱한 일들을 내가 결정해야했다. 매 순간마다 홀로 선택을 해야만 했다. 그 선택의 책임마저 오롯이 내가 져야했을 때 외로웠다. 하지만 이 일은 내 선택이 끼어들 수 없는, 외로움을 넘어서는 일이었다. 외로움 따위야 나에겐 이미 친숙하고 익숙한 감정이었다.

일본에서 난 완벽한 외국인이었다. 관광하는 것 외에는 아무 쓸모 없는. 외국인으로 관공서를 찾아다니며 어려움에 맞닥뜨릴 때마다 포기하고 싶었다. 아무도 없는 타국(他國)보다 더 먼 이국(異國)이었다. 절망했다. 온 몸이 비명을 질러댔다. 소리가 아닌 표시로. 전신에 작고 빨간 좁쌀들이 돌출했다. 가려웠다. 내가 아닌 퉁퉁 부은 낯선 얼굴이 거울 속에서 나를 보고 있었다.

병원을 찾았다. 차례를 기다릴 때 나도 모르게 두 손이 모아졌다. 자존심을 버려버리고 간절하게 빌었다. 양심이 있으면 도와달라고. 여기까지 나를 끌고 온 운명이나 팔자 그 따위들에게. 알레르기 검사를 하고 처방전을 받았다. 보험이 안 되는 외국인이라 백만원이 넘는 병원비가 나왔다.

처방전대로 약을 복용해도 낫지 않고 더 심해지기만 했다. 내가 날 버리고 있었다. 아이들 아빠는 자신의 나라인 일본에서조차 그리 도움이 되지 않았다. 그는 이미 청력도 기억력도 희미했다. 더 이상 완벽할 수 없을 정도로 완벽하게 혼자였다. 더 이상 철저할 수 없을 정도로 철저하게 외로웠다. 외로움에 굳은살이 박혔음에도 불구하고. 수술실로 실려 가면서 내가 내 보호자로 동의서에 서명을 했을 때도 이보단 덜 외로웠다. 혼자서 아이를 낳고 항암제를 맞을 때 역시도.

이대로 무너질 순 없었다. 정신을 차려야했다. 관공서 앞에서 한동안 눈을 감고 서류봉투를 안은 손에 힘을 줬다. 손톱이 살을 파고 들었다. 아팠다. 엄마가 발을 데었을 때, 소금물로 씻어서 나았다는 말이 기억이 났다. 소금을 샀다. 소금 한 통을 다 털어 넣고 욕조에 따뜻한 물을 채웠다. 찝찔한 물이 가득 찬 욕조에 들어앉아 달팽이처럼 몸을 구부리고 나를 불렀다.

'명아야, 명아야. 너무 화내지 마. 화내지 마. 넌 할 수 있어. 지금까지 헤쳐 왔잖아. 여기까지 왔잖아. 넌 분명 할 수 있어. 나를 믿어 줘. 해낼게. 해낼게. 포기하지 않을게. 꼭 해낼게. 그러니 제발 화 내지 말고 나를 믿어줘. 제발, 제발. 날 포기하지 마.'

나조차 믿을 수 없는 신기한 일이 눈앞에서 일어났다. 좁쌀처럼 돋아난 것들이 서서히 가라앉고 있었다. 다음 날부터 다시 혼인신고서에 증인이 돼 줄 사람들을 찾았다. 빛이 보이기 시작했다. 관공서에도 양심 있는 일본인들이 있었다. 잊을 수 없는 고마운 분들이다. 그렇게 혼인신고를 마치고 아이들과 함께 일본 호적에 이름을 올렸다.

혼인신고를 했어도 아이들은 일본인이지만 난 여전히 한국인이다. 일본은 자국민과 혼인신고를 해도 외국인은 절대 자신의 국민으로 받아들이지 않는다. 영주권을 부여받고 외국인 등록증을 가지고 살아야한다. 혼인을 했어도 귀화를 해야 일본인이 된다. 얼마나 깐깐하게 자신들의 국민들을 관리하고 있는지 놀라울 정도다. 그 이면에는 세계에서 가장 강한 미국과 대적했다는 우월감과 자신감에 찬 도도한 DNA가 흐르고 있었다.

한국으로 돌아오기 위해 내 이름과 아이들 이름이 올라간 호적을 들고 일본 공항에서 출국 수속을 끝냈다. 내 손에 들린 호적은 20년 동안 낙인 찍힌 현지처란 부끄러운 옷을 벗어버릴 수 있는 허가장이었다. 내겐 독립문서였다.

공항 로비에서 비행기를 기다리며 무심히 창밖을 쳐다보았다. 내가 탈 비행기가 서서히 다가오고 있었다. 비행기에 선명하게 그려진 태극기를 본 순간, 내 의지와 상관없이 후두둑 눈물이 떨어졌다. 당황했다. 난 전혀 울 생각도 마음도 없었다. 태극기를 보고 울만큼 나라가 나에게 살뜰했던가.

왜 눈물이 나는지 나조차 모를 일이었다. 아버지와 달리 독립문서를 내 손에 쥐었기 때문이었을까. 너무 힘들었지만 돌아갈 조국이 있다는 안도감에서였을까. 아니면 아버지와 우리 가족에게 등 돌린 조국이었지만 미워할 수 없어서였을까. 이도 저도 아니면 돌아갈 조국조차 없이 타국에서 힘들고 서럽게 싸웠을 아버지에 대한 안쓰러움의 눈물이었을까. 그러고도 끝내 조국에게 버림받은 아버지의 회한에 찬 서러운 눈물이었을까.

기왕 흐른 눈물이니 작정하고 울기로 했다. 옆 사람들의 눈을 피해 고개를 숙이고 숨죽여 울었다. 눈물은 볼을 타고 턱으로 흘러 호적을 말아 쥔 손 등 위로 쉬지 않고 뚝뚝 떨어졌다. 그때 왜 눈물을 흘렸는지 지금도 잘 모르겠다.

한국으로 돌아와 아이들과 내가 올라간 호적을 정정하고 다시 한국에서 혼인신고를 해야 했다.

"미국 사람이 자신의 아이들을 찾아 호적에 올린 적은 있습니다. 그런데 일본 사람은 아직 그런 경우가 없어서 변호사와 상담하고 연락드리겠습니다."

담당 직원의 말이었다. 구청을 나오며 내 자신을 불러냈다.

"이겼다! 명아야, 거봐 날 믿으라고 했잖아. 내가 해냈어! 내가 이겼어!"

차가운 겨울바람이 불었다. 상쾌하고 시원했다.

내가 일본인과 살고 있다는 것을 알았을 때, 독립운동을 한 아버지는 정작 화를 내지 않았다. 엄마처럼 태극기를 가지고 와 집에 걸라고도 하지 않았다.

"나라를 집어삼키고 민족을 탄압한 정치인이나 거기에 동조한 놈이 나쁜 거이지. 일본인이라고 어디 모두 나쁜 거이가. 일본인 중엔 독립운동가를 도와주고 도망시킨 사람도 있었다우. 어디에 있든 정신만 살아있음 되는 거 아닌가."

아이들 아빠는 아버지를 만나고 싶어했다. 그의 뜻을 들어줄 자신이 없었다.

"젊었을 때 난 한국이란 나라가 있는지도 몰랐소. 살면서 한국에 나쁜 일을 하지도 나쁜 감정을 가진 적도 없었소. 헌데 왜 한국 사람은 다들 날 적으로 대할까? 왕의 명령으로 어쩔 수 없이 끌려가 정글에서 10년을 지낸 나요. 거기서 청춘을 다 보내고 말라리아에 걸려 죽음의 고비까지 갔었소. 그런 나 역시 태평양전쟁의 피해자요."

나는 아무 말도 하지 않았다. 복잡하고 미묘한 내용을 설명하기엔 내 일본어 실력도 설득력도 달렸다. 아이들 아빠는 일왕의 명령으로 강제징집 되어 10년간 버마전선에서 청춘을 보냈다. 그의 말대로 그역시 일왕에 의한 전쟁의 피해자였다. 그나마 그가 싸운 곳이 아버지가 싸운 만주가 아닌 것이 다행인가.

아이들 아빠는 한국에 묻히고 싶어했다. 나와 아이들을 위해서. 간암과 대장암을 앓고 있던 아이들 아빠는 중환자실에서 입퇴원을 반복했다. 결국 병원에서 더 이상 손 쓸 것이 없어졌다. 집으로 모셨다.

"언니 사람이 죽을 땐 어떤 증상이 나타나?"
홀로 죽음을 맞이해야 하는 내 목소리가 두려움을 이길 수 없었다.
"글쎄, 내가 죽은 사람을 본 적이 없어서. 잘 간호해 드려."

전화 속에서 들려온 언니의 짧은 목소리였다. 그 후 다시는 전화를 하지 않았다. 아이들 아빠는 2006년에 아이들과 내 옆에서 편안히 눈을 감았다. 2월의 자정을 넘긴, 바람이 몹시 불던 칠흑같이 캄캄한 밤이었다. 바람 소리는 폭풍이었다. 아이들 아빠가 숨을 몰아쉴 때, 다급하게 수화기를 든 내 손을 잡고 딸이 울먹였다.

"엄마, 나 아빠 닮았다고 했지? 그러니까 아빠 여기서 그냥 보내드리자. 나 같으면 기저귀 차면서 호스 끼고 연명해가며 더 살고 싶지 않을 거야. 그러니 이제 보내드리자."

수화기를 내려놓았다. 아이들 아빠가 눈을 감자 딸은 울먹이며 말을 이어갔다.

"엄마 이제 대소변 나오지 않으니 그렇게 아빠가 싫어한 기저귀 빼고 속옷 입혀드리면 안 돼?"

왜 안 되겠는가. 그는 눈을 감기 직전에 마지막으로 고맙다는 말을 했다. 고마워해야 할 사람은 나였다. 그분 덕에 보석 같은 아이들을 얻을 수 있었고, 엄마와 형제들을 보살필 수 있었다. 그동안 입퇴원을 반복해 준 사설 구급차를 불렀다.

"돌아가신 분 얼굴이 편안하고 좋습니다."

구급차를 운전하신 분의 말이었다. 숨이 끊긴 아이 아빠를 실었다.

"재홍아, 지금 아니면 이제 영원히 아빠 손을 잡을 수 없어. 그러니 지금 잡아봐."

딸이 제 동생에게 구급차 안에서 한 말이다. 난 그의 손을 잡을 수 없었다. 차를 몰고 그를 태운 구급차를 따라가야 했다. 아이들과 셋이서 장례를 치렀다. 일본에 있는 아들은 '출장이라 못 온다'고 했다. 죽은 사람을 못 봤다는 사람들과 전화조차 없던 사람들을 부르고 싶지 않았다. 아니, 보여주고 싶지 않았다.

아이들과 나, 우리 셋이서만 아이들 아빠를 보내줘야 했다. 그 누구도 그의 죽음을 볼 자격이 없었다. 사망진단서를 떼어서 일본영사관을 찾아 화장 허락을 받았다. 무슨 정신에 그런 일을 했는지 지금도 기억나지 않는다.

넋이 나간 내게 병원에서 물었다.

"상주는 누구세요? 손님들은요?"

"우리 세 명뿐이에요. 올 사람 없어요."

실장이 영정을 들고 있는 아들을 측은하게 쳐다봤다.

"저기 빈 방이 있으니 매점에서 술과 간단한 안주를 사서 잔 올리세요. 고인에게 마지막 인사를 드리세요. 그리고 수의는 화장을 하실 거면 비싼 것 필요 없으니 싼 것으로 하세요."

염을 마쳤다는 소리에 들어가서 마지막으로 아이들 아빠를 보았다. 평온해 보였다. 아이들이 탄 장학금을 마지막 노자돈으로 넣어드렸다.

"엄마에게 잘 해라."

염을 한 분들이 아이들 아빠가 든 관을 영구차에 실어주며 아이들에게 한 말이다.

"너 혼자 영구차 타고 갈 수 있지? 난 엄마 옆에 있어줘야 할 것 같아. 엄마와 함께 타고 갈게."

딸이 아들에게 타이르고 있었다.

"아니, 난 괜찮아. 그러니 영구차에 동생과 같이 타고 가."

"엄마, 정말 괜찮겠어?"

"응, 정말 괜찮아."

내가 생각해도 신기할 만큼 정신이 맑아졌다. 아이들 2명이 달랑 올라탄 커다란 영구차가 떠났다. 난 운전을 하며 뒤를 따랐다. 벽제 화장터에 도착하기 전에 작은 유골함을 샀다.

"뿌리실 거면 비싼 거 필요 없으니 싼 것으로 사세요."

영구차 기사 아저씨가 알려줬다. 화장터에 도착했다. 관을 내려줄 사람이 없었다. 상을 당한 주위 분들에게 부탁해서, 영구차 기사 아저씨가 관을 내려주었다.

"이제 저희들이 알아서 할게요. 먼저 가세요. 고마웠습니다."

영구차가 떠났다.

"아, 아빠가 아직 따듯하다."

육신이 태워져 재로 담긴 아빠의 유골함을 받아든 딸이 말했다.

"아빠 추울 것 같으니까 돌아가면서 석유 사서 옷 태워드리자."

내 말에 아이들도 고개를 끄덕였다. 석유를 사서 멋쟁이였던 아이들 아빠가 즐겨 입던 옷을 태웠다. 연기가 빈 겨울 하늘로 올라갔다. 아이들이 손을 흔들었다.

"아빠, 따뜻하게 입고 잘 가. 잘 가."

일본에서 장례를 치렀다면 성대하게 치를 분이었다. 하지만 그는 그 모든 것을 포기하고 한국의 나와 아이들을 택했다. 그 고마움을 숨이 끊어질 때까지 잊을 수 없을 것이다.

마을에선 혼자 초상을 치른 나를 귀신 보듯 했다. 문상을 왔던 할머니가 유골함을 집에 놔두고 있는 것을 보았다. 혼비백산해서 뒤도 안 돌아보고 내려갔다. 그러나 나와 아이들에겐 살아있던 그가 단지 재로 돌아온 것뿐이었다.

출장 갔던 아들이 일본에서 찾아와 '유골을 달라'고 했다.

"아니, 이젠 못 줘. 아이들 아빠가 병이 들었을 때, 너희들이 가족이 아니라는 이유로 병원에서 날 쫓아냈지. 그때와는 상황이 달라졌어. 난 이제 그의 부인이야. 내게도 권리가 생겼거든. 그러니 그의 유골을 마음대로 내게서 가져갈 수 없어."

아들은 빈손으로 돌아갔다. 눈물은 아이들 아빠가 세상을 떠나고 1년이 지난 후에야 흘러내렸다.

나를 무시한 것은 아이들 아빠의 아들뿐만이 아니었다. 배달민족인 동족도 마찬가지였다. 그들 대부분은 내가 일본인과 살았다는 것을 안 순간부터 무례하게 돌변했다. 마치 나라를 팔아먹은 여자를 대하듯 내게 함부로 하고 쉽게 행동했다. 동시에 그들은 의협심과 정의로 무장한 애국자가 됐다. 투철한 애국심과 의협심이 있다는 것은 바람직한 일이다. 다만 그 애국심과 정의감과 의협심을 나 외의 친일파에게도 썼더라면 더 좋았을 것이다.

지금도 주위의 사람들은 나를 노류장화도 아닌 노류잡초로 대한다. 단 3개월도 안 되는 기생집 생활과 20년 동안 일본인과 살았다는 것만으로. 어엿하게 그의 호적에 부인으로 올랐어도 여전히 그들에겐 무시하기 좋은 현지처일 뿐이었다.

귀부인의 대우를 바라는 것이 아니다. 인간으로서 최소한의 부끄러움을 알고 최소한의 예의와 배려를 바라는 것뿐이다. 자신들이 하는 행동은 떳떳한지 혹시라도 부끄러운 것은 아닌지 생각하면서 행동하고 살라는 부탁을 하고 싶을 뿐이다.

"명아 씨는 일본인과 살았어도, 아버지가 독립운동을 했으니 용서가 되지."

용서?

무슨 자격으로 나를 용서하겠다고 말하는지는 모르겠다. 하지만 정의에 불타는 애국심을 내세울 거라면 우리나라에서 친일파가 득세하지 말아야 했다. 아버지가 관여했던 반민특위에 의해서 완전한 친일 청산이 이루어졌어야 했다.

고맙게도 나를 용서해주겠다는 애국심으로 무장된 사람들은 정작 자신들 곁에 있는 친일파와 그 후손에게는 용서와 아량을 베풀고 침묵했다. 그들 대부분은 자기에게 대항할 수 없는 약자에게만 애국심과 의협심이란 잣대를 거침없이 들이댔다. 강자인 친일파에겐 한 치의 망설임과 주저함도 없이 잣대를 던져버리며 아부한다. 거기에 더해 강대국에 빌붙고 길들여진 사대주의와 기회주의적인 천박한 역사의식을 가졌다면 친일파나 이승만을 비난할 자격은 없다. 나를 비난할 자격은 더더욱 없다.

만일 내가 미국인과 살았다면 상황은 또 달랐을 것이다. 우리나라 사람들은 미국인이라면 먹던 밥까지 양보하며 과도한 친절을 베풀지 않는가. 미국은 을사늑약 직전, 일본과 가쓰라-태프트협정을 맺었다. 일본은 우리나라를, 미국은 필리핀을 차지하기로 비밀리에 약정한 것이다. 게다가 미국은 구한말 운산광산 채굴권 등을 챙기며, 우리나라로부터 가장 많은 이익을 챙긴 나라다.

미군정은 해방 후, 군정을 펼치며 친일파를 그대로 기용했다. 백범 김구 선생을 암살한 안두희는 미국 첩보부대 요원이었다. 미국은 해방 전에 이미 우리나라를 반토막 내기로 결정했다. 한반도를 분할할 적절한 경계선을 설정하라는 국무부와 전쟁부의 명령을 받은 대령 2명은 네셔널지오그래픽의 극동지도를 펼쳤다. 미·소 점령의 경계선인 북위 38선을 30분 만에 일자로 그었다. 수많은 강을 단절 시키고 수많은 산봉우리를 가로질러 산맥을 끊었고 철도를 끊었다.

38선은 일본군의 무장해제를 위한 편의적인 경계선이었지만 그 임무가 종결된 1946년 이후에는 미·소 주둔군의 경계선이 됐다. 한국인들에게는 전쟁의 불씨를 안은 분단의 경계선이 됐다. 38선의 국제법적 근거는 일본군의 무장해제가 완료된 1946년 봄에 이미 끝났다. 그러나 지금도 금단의 경계선으로 여전히 우리를 갈라놓고 있다.

미국은 전범국인 일본을 그대로 둔 채, 오히려 일본에게 희생된 우리나라를 분단시켰다. 미국이 주도한 유엔의 한국전쟁 참전도 우리나라를 전략적 요충지로 만들기 위한 불가피한 선택일 뿐이었다.

그때 중국의 정세는 장개석의 국민당이 모택동의 홍군에게 패해 타이완으로 쫓겨나 있던 상황이었다. 모택동에 의해 중국은 공산화되었다. 미국은 소련과 중국을 견제하기 위해서라도 우리나라가 공산화되는 것을 막아야했다. 냉전시대에 접어든 미국으로선 당연한 선택이었다. 주한미군 역시 같은 맥락으로 지금까지 한국에 머물고 있다.

그 사이 미국은 분단된 우리나라에 무기를 팔아 막대한 이익을 남기고 있다. 그러고도 모자라 우리에게 주한미군 방위비를 500%나 증액해달라는 터무니없는 요구까지 하고 있다. 이 돈은 주한 미군 1명당 1억원이 넘는 연봉을 받게 되는 금액이다. 나를 용서해주겠다는 그들에게 묻고 싶다. 우리나라에게 미국은 그리 좋은 나라인가? 생각하지 못하는 건 용서할 수 있다. 그러나 생각하지 않는 건 용서할 수 없는 죄악이다.

난 일본인과 사는 동안 일본에게 아부하거나 내 민족을 핍박하거나 일본에 이익을 준 일이 없다. 오히려 일본인의 도움으로 형제들을 도우며 집안의 기둥으로 살았다. 나의 아이들 아빠 역시 한국인을 비하하지도 박해하지도 피해 입히지도 않았다. 오히려 한국인인 나에게 도움을 줬다. 그런데도 일본인과 산 나는 친일파이고 매국녀인가.

그렇다면 독립투사 자손이 사는 우리 집이 헐리는 순간, 당신들은 어디에 있었는가. 내 집을 헐어버린 사람들은 재일교포의 돈에 매수된 내 동족들이었다. 잘 곳이 없어 결혼해야 했을 때, 당신들은 어디

에 있었는가. 이 땅의 민주화를 위해 투쟁하다 병을 얻은 사람의 약
값과 먹을 것을 구하러 기생집을 찾았을 때, 당신들은 어디에 있었
는가. 부족한 일본어로 서류를 떼고 관공서를 찾아다니며 내 권리를
찾고자 홀로 피눈물을 흘릴 때, 당신들은 어디에서 무엇을 하고 있
었는가.

15년 전, 한국에서 혼인신고를 부탁하자 나의 처지를 이용하려는
사람들은 오천만원이란 거금을 요구했다. 혼인신고에 오천만원이란
돈을 요구한 것이다. 법을 아는 그들은 나와 동족인 한국인이었다.
나와 우리 집 식구들의 삶을 철저하게 부숴버리고 반쪽짜리 방만 남
긴 사람들은 일본인이 아니다. 일본에 사는 돈 많은 재일교포와 그에
게 매수된 한국인은 나와 같은 동족이었다.

난 재일교포에게 땅을 팔지 않은 엄마를 원망했다. 하지만 정작
원망할 사람은 재일교포와 그의 돈에 매수돼 양심을 팔아버린 동족
이었다. 돈에 눈이 멀어 제 민족의 삶을 부숴버린 그들은 재일교포보
다 더 잔인하고 악랄하다. 게다가 우리에게 그린벨트지역이고 공원
지역이라 집도 못 짓고 수리도 못한다고 했다. 반만 남은 방에서 '텐
트를 치고 살라'고 했다. 총칼만 안 들었지 나가라는 위협이었다. 그
러나 재일교포는 우리 집을 허문 자리에 새로 집을 지었다. 돈으로
공권력을 매수할 수 있었던 그들에겐 그린벨트도 공원도 문제가 되
지 않았다. 돈을 받은 공권력은 재일교포의 편에 붙어 보호해야 할
동족을 저버리고 삶마저 파괴했다.

길 때문에 고생하는 나의 사정을 한 시의원이 알게 됐다. 그 분이

애를 써준 덕분에 처음 집을 지으면서 하천에 묻은 둥근 관 3개를 걷어내고 ㅁ자형의 작은 관 하나를 묻었다. 고마운 일이다. 그러나 지금 묻은 관으로는 장마철의 수해를 막지 못한다.

난 지난해 말 마을 총결산 때에 그 시의원을 처음 만났다. 연말 총결산은 우리 동네 사람이 모두 모이는 자리인지라 시의원도 도의원도 찾아온다. 그때 내 사정을 그 시의원에게 얘기했다. 마을 이장과 함께였다. 그 시의원이 현장을 둘러보고 나서야 그나마 ㅁ자관도 묻을 수 있었다.

"아니, 겨우 저걸로 그 큰물을 막아내겠어요? 묻으려면 아예 큰 것을 묻어야지 저런 걸로는 택도 없지!"

공사한 것을 본 아랫집 선생님과 동네 사람들이 한 말이다. 나도 같은 의견을 냈지만 공사를 하는 분은 충분하다고 큰소리를 땅땅 쳤다. 수해가 날 때 얼마나 큰물이 한꺼번에 쏟아지는지는 경험해본 사람만이 안다. 갑자기 불어난 물에 컨테이너나 정자가 둥둥 떠내려가는 모습을 직접 눈으로 보아야만 알 수 있다. 믿을 수 없을 만큼 엄청난 수해를 겪은 사람만이 그 무서움을 안다.

지금 묻은 관으로는 큰비가 오면 또다시 수해가 날 것이 불 보듯 빤했다. 다리를 놓고, 수로를 깊고 넓게 파서 물길을 넓히고 길옆이 쓸려 내려가지 않게 사방공사를 하는 방법밖에 없다. 그러지 않는 한 수해는 계속될 것이다. 근본적인 문제 해결을 위한 접근 방법부터가 달라져야 한다.

애써준 그 시의원에게 미안하게 됐다. 그마저도 최남선 종중의 땅에 속하는 하천엔 아예 관을 묻을 엄두조차 낼 수 없었다.

일본의 무역보복으로 온 나라가 시끄러웠다. 강제징용 피해자 할아버지가 울고 있었다. 자신 때문에 일본에게 경제 보복을 당한 것 같다고 했다. 나라에 누를 끼쳤다고 눈물을 흘렸다. 자신을 지켜주지도 못한 나라였다.

할아버지는 그런 우리나라에 계속 미안해하며 눈물을 흘렸다. 오히려 눈물을 흘리며 미안해하고 부끄러워해야 할 사람은 할아버지가 아니었다. 할아버지를 지켜주지 못한 무능한 군주와 친일 매국세력이었다. 할아버지의 권리조차 지켜주지 못한 나라였다. 권리를 빼앗긴 할아버지였다. 그런 할아버지가 나라에 미안하다며 눈물을 흘리고 있었다.

독립투사이며 반민특위 탐정위원장이었던 아버지는 술을 많이 마신 어느 날, 분을 못 이겨 치를 떨며 말했다.

"독립군을 잡아들이고, 악랄하고 지독하게 고문한 악질은 조선놈들이었다. 그 놈들은 일본놈들보다 더 설치고 앞장섰다. 제 민족을 조센징이라 부르며 일본놈들 편에 붙어 아부했다. 그들은 일본의 앞잡이로 제 동족을 철저하고 잔인하게 짓밟았다. 그 놈들은 일본놈보다 더 악랄하고 잔혹한 것들이다. 그 놈들을 잡아 죽이지 못한 것이 천추의 한이다!"

아버지의 이력을 포탈에 올리려고 네이버의 문을 두드렸다. 하지만 네이버에서 주저했다. 당시 아버지와 같은 이름의 국회의원 박영선이 있다는 것이다. 그러니 '아버지를 첫 번째로 올리는 것은 모양이 좋지 않다'는 것이었다. 하지만 독립운동가를 국회의원 박영선 다음으로 올리는 것 역시 모양이 좋지 않기는 마찬가지 아닌가. 도대체 나보고 어쩌라는 것인가.

그들은 그냥 박영선이 아닌, 독립운동가 박영선으로 올리겠다는 답신을 보내왔다. 기가 막혔다. 나라의 독립을 위해 싸운 아버지가 국회의원보다 위에 있으면 안 되는 건가. 개인적으로 국회의원 박영선과는 아무런 사심이 없다. 하지만 포탈업체 네이버의 태도가 아직도 이해가 안 된다. 독립운동가 박영선이라는 것은 이미 아버지에 대한 사전지식이 있다는 의미다. 그렇다면 네이버의 인물난에 올리는 것이 무슨 의미가 있을까.

'대한민국헌법 제1조 제1항엔 대한민국은 민주공화국이다. 제2항엔 대한민국의 주권은 국민에게 있다'고 명시돼 있다. 내 주권은 돈과 권력과 멸시 앞에서 항상 무릎을 꿇어야만 했다. 네이버에서 밀려난 아버지 역시 마찬가지다. 그들에게 묻고 싶다. 지금 내가 살고 있는 조국이, 36년간이나 우리를 억압했던 일본으로부터 해방된 나라가 맞는가.

접으며

　오랜만에 나와 보니 하늘이 달라져 있었다. 더위가 한발 물러앉고 햇살이 부드럽게 쏟아졌다. 컴퓨터와 치열한 전쟁을 치르는 동안 계절이 달라져 있었다. 세상은 너무나 따뜻하고 평온했다. 문득 그냥 그 세상 속에 남겨지고 싶었다. 세상이 그러려니 체념하고 눈 감고 살면 편할 것 같았다. 하지만 그 세상 또한 내 세상이 아니었다. 내가 찾는 세상은 항상 담 너머에 있었다. 그 옛날 날카로운 유리 조각이 꽂혀 있던 월벽장 담벼락 너머 수영장처럼.

　이 글을 쓰던 마지막 일주일 내내 몸살 약을 먹으며 버텼다. 밤마다 내 방 창문 앞으로 아주 커다란 나방이 찾아왔다. 그렇게 큰 나방은 처음이었다. 처음에는 새라고 생각했다. 나방은 창문에 자기 몸을 부딪쳐가며 팅팅 소리를 내며 울었다. 왜 자기 몸을 학대하며 울고 있는 걸까. 불빛을 찾아 안으로 들어오려는 몸부림일까. 자기 몸을 다치게 하며 울 만큼 한이 있는 걸까.

'들어오려고 몸부림치지마. 이곳도 네가 밖에서 보는 것만큼 그리 밝고 환한 것만은 아니야. 한이 있다면 기다려. 몸부림친다고 한이 없어지진 않아. 몸만 아프지. 시간이 흐르기를 기다려. 시간은 가장 강한 치료제니까. 미칠 것 같아도 견뎌. 몸이 부서질 듯 아파도 참고 기다려. 그렇게 시간을 기다리다 보면 매일 종이 한 장만큼씩 덜 아파질 거야.'

한동안 나방의 몸짓을 응시하다 문득 지난 시간을 떠올렸다. 가슴을 잡고 있는 일은 뿌듯한 일보다 후회하는 일이었다. 지금이라면 난 전혀 달랐을 텐데. 난 왜 항상 바보처럼 한발 늦는 걸까. 왜 내 삶은 가을에 찾은 꽃고무신처럼 늘 한 짝이 모자라는 걸까. 지금 내 등에 또 어떤 노파가 업혀있는 걸까. 지금 이 시간이 지나가면 난 또 지금처럼 이 시간을 후회하는 것은 아닐까. 하지만 이제 그 어떤 것도 후회하지 않기로 했다. 후회하고픈 일들 역시 나의 삶이었으므로. 그런 순간까지도 난 내 삶에 최선을 다했다.

여행에서 돌아오는 길은 떠나는 길보다 항상 빠르다. 그리고 나는 지금 돌아오는 길로 접어들었다. 앞으로 어떤 여행이 나를 기다리는지 알 수 없지만 한 가지 확실한 것은 살아온 날보다 살아갈 날이 짧다는 사실이다. 남은 내 여행이 후회하지 않는 시간으로만 채워질 거라는 순진한 희망은 이제 갖지 않는다. 앞으로 남은 여행이 지난 여행보다 후회하는 날이 적기를 바란다면, 내 욕심이 너무 과한 것인가.

아이들 아빠는 삶을 접기 전에 '인생은 아름다웠다'고 했다. 그 말을 듣는 순간, 서울대를 2번이나 들어갈 정도로 수재였던 천상병 시인의 〈귀천〉이 떠올랐다. 혹독한 고문으로 몸이 망가지고 아이가 되어 소주값 천원에 만족했던 시인.

"아름다운 이 세상 소풍 끝내는 날/가서 아름다웠다고 말하리라."

그는 자신의 삶을 아름답다고 말하고 있었다. 아기같이 순수한 마음이었기에 쓸 수 있는 시라고 생각했다. 그런데 아이들 아빠도 똑같은 말을 하고 있지 않는가. 이건 아기 같은 마음의 차원이 아니라는 생각이 들었다.

그는 인생에서 가장 찬란한 청춘의 10년을 동남아 정글에서 사선을 넘나들었다. 그렇게 일왕을 위해 싸우다가 전후의 황폐한 나라에 돌아와 사업을 일으키면서 갖은 고생을 했다. 늙고 고통스런 암으로 죽어가면서 아이들 아빠가 천상병 시인과 똑같이 '삶이 아름다웠다'고 말한 것이다. 나라면 저주를 퍼부어도 시원치 않을 마당에 아름답다니 말이 되는 소린가. 죽음 앞에 서면 사람이 이렇게까지 너그러워지고 겸허해지는 건가. 이해를 건너 뛴 충격이었다.

그런 마음들이 지금에야 이해된다면 나 또한 이제는 내 운명을 용서한 건가. 아니면 나 자신을 용서한 건가. 난 오랜 시간 형제들과 똑같이 내 자신을 부끄러워하고 스스로를 학대해 왔다. 그렇게 해야 할 것만 같았다. 그렇게 사는 것이 운명에 대항하는 것보다는 쉬웠다. 비겁했다.

처음에는 내 글을 미화해서 그럴듯하게 쓰고 싶었다. 욕심을 부리고 싶었다. 하지만 내가 살아온 삶을 미화할 순 없었다. 내가 비밀에 대해 안 것은 초등학교 국어교과서에 실린 '임금님 귀는 당나귀 귀'라는 글에서였다.

그 후 난 비밀이 손톱 밑에 박힌 가시 같은 존재라는 것을 알게 되었다. 숨기고 있으면 숨길수록 더 깊이 박히는 가시. 숨기지 않기로 했다. 벌거벗은 임금님처럼 허영의 옷을 벗기로 했다. 가혹하고 잔인한 삶이었다. 그럼에도 불구하고 내 삶을 송두리째 버릴 수는 없었다. 그 또한 내 삶이었다. 비참하고 불행했던 순간까지도.

추천사

김성렬
대진대학교 문예창작학과 명예교수
문학평론가. 소설가

이 책의 저자는 늦은 나이에 문예창작학과와 일본학과를 졸업하고 석사학위까지 받은 억척스런 공부꾼이다. 오십 전후의 중년 나이에 편입생으로 들어온 저자를 처음에는 문예창작에 열정이 있는 여교사쯤으로 알았다. 해맑고 지적인 느낌의 만학도가 참으로 버거운 삶을 버텨온 주인공인 줄은 저자의 『아버지는 태극기를 물려주지 않았다』를 읽고 난 다음이었다.

독립투사의 딸로 태어나 일본인 현지처와 미혼모의 운명을 살았던 어두운 내력을 담은 책이었다. 이 책을 읽고도 그녀가 그처럼 아픈 삶의 소유자인 것을 깜박깜박한 것은 자식뻘의 어린 학생들과도 밝게 잘 어울렸고 배움을 즐겼기 때문이다.

이번에 펴낸 책은 운명과 치열하게 맞선 한 여인의 자전적 소설이다. 아픈 삶의 기록에 독립투사의 딸이라는 정체성과 올곧은 역사의식까지 담았다. 산업화와 유신독재시대에 유년과 젊음을 살았기에 한 시대를 증언하는 한 폭의 사실적 풍경화 같기도 하다.

이 책은 운명적인 삶의 고통에 굴하지 않고 온몸으로 싸안으려는 처절한 투쟁의 기록이다. 글쓰기를 통하여 자신의 과거와 맞선 것은 해원의 살풀이에 값한다. 이 해원의 힘든 투쟁이 독자들을 만나 상생의 과정으로 거듭나기를 고대한다. 지식만 전수하고 저자의 고통스러운 삶을 위로하거나 돕지 못한 것을 자책하며 추천에 가름한다.

아버지의 나라는 없었다

발행일 : 2020년 5월 20일

글쓴이 : 박명아
펴낸이 : 김태문
펴낸곳 : 도서출판 다락방
주　소 : 서울시 서대문구 북아현로 16길 7 세방그랜빌 2층
전　화 : 02) 312-2029
팩　스 : 02) 393-8399
홈페이지 : www.darakbang.co.kr

정가 : 16,000원

ISBN 978-89-7858-080-9　03810

ⓒ 박명아 2020

* 이 책의 일부 혹은 전체 사진과 내용을 박명아와 다락방의 허락 없이 복사·전재 하는 것은 저작권법에 저촉됩니다.
* 파본 및 낙장본은 교환하여 드립니다.